Do-It-Yourself
Housebuilding.

Georg Nash

Sterling Publishing, N.Y.

COLLECTION
FOLIO CLASSIQUE

Lucullus (71)

Honoré de Balzac

La Peau
de chagrin

*Préface
d'André Pieyre de Mandiargues
Édition établie
et annotée
par S. de Sacy*

Gallimard

PRÉFACE

Ce n'est pas la moindre merveille de la littérature que l'aboutissement de ses inventions les plus singulières soit souvent une formule de la plus grande banalité, une sorte d'expression proverbiale. A entendre dire que « la vie est une peau de chagrin », personne aujourd'hui n'est surpris, et les bonnes gens approuvent. Qu'il y ait là le titre d'un roman du siècle passé, beaucoup le savent, si quelques-uns l'ignorent, mais la plupart, faute d'avoir lu, croiraient à une pleurnicherie sentimentale ou moralisante, à un autre Jeune homme pauvre ou même à un premier Sans famille. Or il y a de l'orphelin et du jeune pauvre dans La Peau, qui ne progresse, comme il est évident, qu'à partir de ces données, mais la double raison pour laquelle on va prêter toujours plus d'attention à ce fulgurant roman dans les temps modernes est que nous trouvons en lui l'un des livres les plus franchement et les plus violemment « romantiques » de tout le romantisme français, et puis qu'il n'en est pas d'autre qui puisse faire découvrir Balzac, ou qui si bien le définisse.

De quelque façon, Honoré de Balzac date de La Peau de chagrin. Il n'est malheureusement pas *vrai, quoi qu'on ait pu écrire, que le premier ouvrage signé de son nom soit celui-là, puisqu'il est devancé par* Le Dernier Chouan, *dont la rare édition originale est de 1829. Du grand Balzac, de celui que nous préférons, cependant, nous voyons là les débuts incontestables. On sait qu'il avait d'abord noté son sujet ainsi : « L'invention d'une peau qui représente la vie. Conte oriental. » Au commencement de l'année 1831, et précisément le 17 janvier, Balzac vendait aux libraires Gosselin et Canel un roman intitulé* La Peau de chagrin, *qui devait fournir matière à deux volumes in-8° et dont il s'engageait à livrer le manuscrit complet un peu moins d'un mois plus tard, à la mi-février. Malgré les capacités assez surhumaines de son esprit, qui alors, puisque l'homme avait trente et un ans, étaient dans leur plein pour la fraîcheur autant que pour la puissance, la promesse ne fut pas tenue avec une rigoureuse exactitude. Vinrent ensuite l'impression et les corrections d'épreuves, qui n'allèrent pas aussi rapidement que l'eût souhaité l'éditeur.* La Peau *ne fut en librairie que le 1ᵉʳ août (mauvaise date, dirait-on aujourd'hui, où l'on aurait remis la vente à la rentrée...).*

L'époque romantique, et c'est à son avantage, était beaucoup moins que la nôtre soumise à la tyrannie des « vacances ». Le succès de La Peau *fut immédiat, et l'édition, dont à la vérité il n'avait été tiré que 750 exemplaires, fut épuisée en quelques jours. Dès le mois de septembre, une seconde édition, d'un tirage presque double, paraissait, et sous le titre de* Romans et contes philosophiques *ses trois volumes ajoutaient douze contes au premier récit et lui donnaient une introduction de*

*Philarète Chasles. Après la troisième édition
publiée en 1833, la quatrième, de 1835, est importante parce qu'elle porte l'en-tête définitif des
Études* philosophiques *ainsi que le lieu et la date
de l'achèvement de* La Peau : *La Bouleaunière,
avril 1831. Il faut dire encore que le succès
remporté par le livre n'avait pas été une affaire de
chance, et qu'il n'était pas dû à la seule originalité.
Balzac l'avait préparé par des méthodes que n'eussent pas désavouées les plus roués et les plus
calculateurs de ses héros, en organisant une campagne de presse pour laquelle tous les plus influents
de ses amis furent mis à contribution, en publiant
des fragments de son roman dans les deux plus
grands périodiques littéraires du temps,* La Revue
des Deux Mondes *(le 15 mai 1831),* La Revue de
Paris *(le 29 mai), en donnant des lectures en divers
salons, notamment chez Mme Récamier. Passons.
Là n'est pas ce qui mérite aujourd'hui notre
extrême intérêt.*

*Pour justifier celui-là, qui n'est pas exagérément
qualifié, c'est vers le romantisme que je regarderai
de nouveau, vers les ténèbres fantastiques qui à
partir de la fin du XVIIIe siècle chargent le ciel de la
plupart des littératures européennes et sont respon-
sables du climat bouleversant dont les effets se font
sentir encore, vers une certaine clarté fantastique,
déchirante à la manière de l'éclair, qui appartient
au même système et qui procède de la même
origine. Balzac, dans tout ce que nous chérissons
de son œuvre, a fait un constant usage d'un
assombrissement ou d'une occultation et puis
d'une illumination de la sorte. Il est un nom, ou
plutôt un titre de roman, qui vient irrésistiblement*

sous le bec de la plume qu'en l'honneur de **La Peau de chagrin** *on fait courir un peu. C'est celui de* **Melmoth**, **Melmoth the Wanderer**, **Melmoth ou l'Homme errant**, *qui par ses sonorités multiples, en français aussi bien qu'en anglais, évoque déjà* **Maldoror** *autant que la créature du révérend Mathurin annonce celle d'Isidore Ducasse. Paru en Angleterre et en Écosse (à Londres et à Édimbourg) en 1820,* **Melmoth** *eut un éclat à tel point météorique que dès l'année suivante il s'en publiait deux traductions françaises, dont la plus connue, rééditée plusieurs fois, est celle de Jean Cohen. Son influence sur les meilleurs écrivains du XIXe siècle est suffisamment notoire pour que je n'en parle pas ici, sinon pour rappeler que Balzac déclarait que* **Melmoth** *était égal et par endroits supérieur au* **Faust** *de Goethe.*

Oui, Balzac me paraît avoir été littéralement fasciné par **Melmoth**, *pour son plus grand bienfait, d'ailleurs, et cette rencontre, qui enchanta sa jeunesse, est à mon avis fort au-dessus d'une question de sources, fût-ce celles de* **La Peau de chagrin**. *Dès 1822, tout juste âgé de vingt-trois ans, sous le pseudonyme d'Horace de Saint-Aubin, il faisait paraître un roman,* **Le Centenaire ou les deux Béringheld**, *dans lequel on reconnaît facilement, démarqué sans beaucoup plus d'habileté que de vergogne, le personnage de* **Melmoth**. *En 1831, nous l'avons vu,* **La Peau** *marque les débuts véritables d'Honoré de Balzac en tant que grand romancier, et le thème de l'œuvre est au fond celui de* **Melmoth** *encore, quoique le personnage principal du récit ait subi une modification radicale, une sorte de renversement des pôles, puisque par l'effet* *du pacte ténébreux Raphaël est déchu au rôle de victime aussi fatalement et aussi inexorablement que Melmoth était élevé à celui de bourreau. Quatre ans plus tard, enfin, Balzac composait une autre « étude philosophique »,* Melmoth réconcilié, *dans laquelle il reprenait ouvertement le héros de Mathurin, en lui donnant plusieurs successeurs qui par un rythme accéléré des événements sont conduits à la condition misérable du Raphaël de* La Peau. *Inséparables dans l'œuvre de Balzac sont* La Peau de chagrin *et* Melmoth réconcilié, *où nous voyons briller une même femme galante, la courtisane Aquilina, définie dans un récit comme dans l'autre par une même référence à* Venise sauvée, *la tragédie d'Otway. N'eût-il pas été beau de pouvoir les lire à la suite ?*

Rien n'est plus « romantique » que le thème d'un pacte conclu par l'homme avec une puissance inférieure et maudite, pacte qui aura pour effet de satisfaire tous ses désirs au cours de sa terrestre existence. A l'origine, bien entendu, nous relèverons une opinion commune à beaucoup de peuples, puisqu'elle figure au catalogue de certaines hérésies chrétiennes aussi bien que de nombreuses religions de l'Orient ancien et moderne et même de l'Amérique précolombienne : la croyance à un dualisme ou à un antagonisme intérieur à la divinité, laquelle, à l'image de la double apparence de la planète Vénus (Vesper et Lucifer), serait partagée entre une force de lumière et une force de ténèbre, une souveraineté du bien et une souveraineté du mal. Dieu et Satan en termes plus orthodoxes, ou, si l'on veut, plus catholiques. Le Faust goethéen, s'il n'est pas le plus émouvant, est certainement le plus intellectuel et probablement le plus accompli et le plus célèbre des poèmes, des drames ou des récits construits à partir de ce thème.

Beaucoup d'écrivains, parmi lesquels je citerai le romantique allemand La Motte-Fouqué, l'Anglais Stevenson, ont emprunté à de vieilles superstitions un petit personnage-objet qui est à la fois le témoin et le moyen du pacte. Souvent nommé mandragore (et alors c'est une racine animée), contenu dans une fiole, celui-là est attaché à la personne de son possesseur, dont il exauce tous les souhaits ; volé ou perdu, il revient de lui-même à son maître, qui peut le revendre (pour une moindre somme que le prix d'achat, en général), et ainsi se délier du pacte ; son dernier possesseur est damné sans rémission. Dans La Peau, *comme dans* Melmoth réconcilié, *Balzac a fait de cette tradition un usage intéressant et intelligent, en la modifiant selon ses idées personnelles. En effet, le pacte conclu par son Melmoth, tout de même que l'entendait le révérend Mathurin, lie le bénéficiaire aux puissances infernales, qui vont s'emparer de lui à son dernier instant. La terrible fin du roman anglais, qui s'abstient de décrire pour suggérer plutôt, est à ce titre l'un des plus superbes déploiement de la couleur noire que nous ait jamais montrés la littérature. Chez Balzac, cependant, le pacte de Melmoth n'est pas irrémissible, puisque, à l'instar de la mandragore, il peut être revendu. Ainsi le voyons-nous passer de main en main, jusqu'à son dernier détenteur, le clerc amoureux de la fille Euphrasie, qui tombera bien en proie au démon, mais d'une façon curieusement comique*

(« *Il y a de l'instruction en France* »), *comme si Balzac avait reculé devant la conséquence ultime de son postulat dramatique. Auparavant, dans* La Peau, *il avait poussé plus loin les choses, et plus au noir.*

La grande originalité de La Peau de chagrin *par rapport à tous les récits plus ou moins analogues, je crois que c'est qu'il n'y soit pas question de damnation ou de salut. Pourtant la « puissance » dont il est question est d'ordre moins divin que démoniaque, quoique son terrestre intermédiaire eût été un prêtre, un mystérieux « bramine », et quoique la volonté de Dieu soit nommée dans les termes du pacte. Tel pacte est conclu précisément avec l'objet, la peau, qui devient serviteur et maître de l'homme assez imprudent pour avoir accepté son pouvoir et ses conditions. Comme la mandragore (dont elle se rapproche par ses manières souples), la peau ne peut être égarée ni dérobée ; jetée dans un bassin, elle saura revenir à son possesseur ; cependant elle est inaltérable, et l'on ne saurait s'en débarrasser d'aucune façon dès l'instant qu'en prenant possession d'elle et en prononçant le premier vœu on a noué l'alliance. Plus innocemment (moins banalement) qu'en « vendant son âme », on a refermé sur soi comme une cage le squelette qui pour l'homme est l'image de la mort.*

Admirable invention, en vérité, que cette peau ! Balzac en eut-il de plus géniales, je n'en suis pas sûr, mais ce dont je suis certain en revanche est qu'il fut émerveillé lui-même d'avoir si fantastiquement trouvé son morceau de cuir noir, et qu'il en devint épris comme on peut s'éprendre d'une chose prodigieuse. Il faut voir comme il parle d'elle, quand il l'affronte avec les plus efficaces machines à vapeur ou avec les plus forts mordants procurés par la chimie, avec les décharges électriques, les lames bien trempées, et quand il la fait triompher des savants et des ingénieurs. Quand pour la première fois il la présente, dans le magasin du vieil antiquaire, le pendant qu'il lui donne, accroché rigoureusement en face dans une grande caisse d'acajou à fermeture secrète, ce n'est rien moins que le portrait de Jésus-Christ peint par Raphaël ! Deux « noms religieux » (selon l'expression même de Balzac) qui montrent assez l'exultation de l'écrivain en train de faire surgir de sa fantaisie la forme de la puissance inconnue. Que le nom du peintre choisi soit celui du héros de l'histoire contée, pour curieux que cela paraisse, je ne crois pas qu'il y faille voir un effet voulu de dédoublement ou de miroitement. Raphaël, pour Balzac, était simplement le peintre sublime par excellence. Mais la description du magasin de l'antiquaire, premier cercle magique refermé autour de la caisse qui contient la peau, vaut que longuement le lecteur s'y arrête, car elle surpasse de très loin tout ce que put jamais offrir la réalité, si les trésors, les œuvres d'art et les bizarreries de l'univers entier y sont entassés moins comme dans un musée composé par les hommes que dans la mémoire d'un être surhumain. Ajoutons que le haut prix de ces pages est encore qu'elles nous permettent de rapprocher le goût bien connu de Balzac pour la brocante de celui témoigné par André Breton pour le marché aux puces : mêmes amas désordonnés et disparates où des écrivains, qui sont avant tout des

« *chercheurs* », *vont en quête de la trouvaille objective comme ailleurs ils poursuivaient la découverte poétique, mêmes espaces où, comme dans la nuit ou le rêve, toute rencontre est possible.*

La peau est la vie réduite à l'état d'objet ; elle est parmi les choses, le corps étranger par définition. Appartient-elle à cette terre, je n'en suis pas sûr, et il me semble, à la réflexion, que par sa nature elle est proprement d'ailleurs, non pas venue d'une autre planète à la manière de certaines substances décrites par les écrivains de science-fiction, mais sortie toute noire et luisante d'un monde mystique, qui put être accessible à la magie. Avant le pacte, elle est inerte, cuir d'onagre et c'est tout ; ses capacités de destruction sont en puissance comme dans un œuf de parasite qui a besoin de rencontrer la créature à lui destinée pour que son cycle s'accomplisse ; après le vœu, s'étant saisie d'une vie d'homme, elle prend vie à son tour, et son accomplissement consiste à décroître en dévorant cette vie jusqu'à l'anéantir et à s'anéantir elle-même. Par sa mise en œuvre, l'imagination de Balzac a enrichi l'univers fantastique d'une nouvelle espèce de vampire.

En même temps, l'entrée en jeu de la peau et les satisfactions qu'à son père spirituel elle procure ont l'heureux effet d'inciter Balzac à dévoiler les idées qu'à propos des mystères de la vie humaine il nourrit, idées qui ne varieront guère pendant le temps bref (dix-neuf ans) qui lui reste à parcourir. « Vouloir *nous brûle et* Pouvoir *nous détruit ; mais* savoir *laisse notre faible organisation dans un perpétuel état de calme* », *voilà la leçon qu'il met dans la bouche du vieil antiquaire, à l'inten-*

tion du jeune homme qui (hélas, il ne l'ignore point !) a plus d'un trait commun avec lui-même. A la froide Fœdora, Raphaël enseigne « que la volonté humaine est une force matérielle semblable à la vapeur », mais ensuite il apprendra du vieillard qu'il faut être précautionneux de cette force, et que la folie n'est rien, sans doute, « sinon l'excès d'un vouloir ou d'un pouvoir ». « Je lui dis que nos idées étaient des êtres organisés, complets, qui vivaient dans un monde invisible et influaient sur nos destinées », confesse Raphaël encore, quand il raconte à un ami sa conversation avec la belle. Il n'est peut-être pas indifférent de constater qu'à ce moment-là, qui est au terme d'une orgie, le jeune homme a les pieds sur la ravissante Aquilina, qui ronfle avec le bruit du tonnerre. Quant au sage vieillard prodigue de bonnes leçons, ne deviendra-t-il pas fou d'une autre courtisane, la légère Euphrasie ? Petite incartade de la peau d'onagre et vengeance de Raphaël tout de suite après la conclusion du pacte.

Dans La Peau de chagrin, *le premier rôle féminin (un peu secondaire, pourtant) est donné à Pauline, qui dans ses rapports avec son amant n'est pas moins une mère (avec ses pauvres gains elle lui achète du lait) qu'une femme-enfant, deux extrêmes assez affectionnés par Balzac. L'héroïne au regard de l'écrivain serait incomplète sans le déchaînement passionnel qui pour un court moment lui est accordé. Mais en dernier recours, il me semble que c'est l'ascétisme, plus encore que l'économie, qui par le livre est indiqué comme voie salutaire, puisque entre Raphaël et Pauline l'amour aurait dû être « décharné » pour garder une perfection durable.* La Peau de chagrin *ne serait pas la grande œuvre romantique que j'ai dit et qui nous éblouit si ce prudent conseil avait été récompensé. Pour le bonheur des lecteurs de romans, qui se plaisent aux abîmes, la voie salutaire n'est pas tenue, et la peau se referme sur sa victime pour l'emporter on ne sait où, dans un convulsif accès qui est à souhait mélodramatique. Observons enfin qu'en disparaissant la peau a cédé à la femme amoureuse et aimée le rôle de vampire. Beau paroxysme!*

André Pieyre de Mandiargues.

La Peau de chagrin

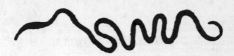

  STERNE (*Tristram Shandy*, ch. CCCXXII [1])

A Monsieur Savary

Membre de l'Académie des Sciences [1]

LE TALISMAN [1]

Vers la fin du mois d'octobre dernier [2], un jeune homme entra dans le Palais-Royal au moment où les maisons de jeu s'ouvraient, conformément à la loi qui protège une passion essentiellement imposable. Sans trop hésiter, il monta l'escalier du tripot désigné sous le nom de numéro 36.

— Monsieur, votre chapeau, s'il vous plaît? lui cria d'une voix sèche et grondeuse un petit vieillard blême, accroupi dans l'ombre, protégé par une barricade, et qui se leva soudain en montrant une figure moulée sur un type ignoble.

Quand vous entrez dans une maison de jeu, la loi commence par vous dépouiller de votre chapeau. Est-ce une parabole évangélique et providentielle? N'est-ce pas plutôt une manière de conclure un contrat infernal avec vous en exigeant je ne sais quel gage? Serait-ce pour vous obliger à garder un maintien respectueux devant ceux qui vont gagner votre argent? Est-ce la police tapie dans tous les égouts sociaux qui tient à savoir le nom de votre chapelier ou le vôtre, si vous l'avez inscrit sur la coiffe? Est-ce enfin pour prendre la mesure de votre crâne et

dresser une statistique instructive sur la capacité cérébrale des joueurs ? Sur ce point l'admi-
nistration garde un silence complet. Mais,
sachez-le bien, à peine avez-vous fait un pas vers
le tapis vert, déjà votre chapeau ne vous appartient pas plus que vous ne vous appartenez à
vous-même : vous êtes au jeu, vous, votre fortune, votre coiffe, votre canne et votre manteau.
A votre sortie, le JEU vous démontrera, par une
atroce épigramme en action, qu'il vous laisse
encore quelque chose en vous rendant votre
bagage. Si toutefois vous avez une coiffure
neuve, vous apprendrez à vos dépens qu'il faut se
faire un costume de joueur.

L'étonnement manifesté par le jeune homme
en recevant une fiche numérotée en échange de
son chapeau, dont heureusement les bords
étaient légèrement pelés, indiquait assez une
âme encore innocente ; aussi le petit vieillard,
qui sans doute avait croupi dès son jeune âge
dans les bouillants plaisirs de la vie des joueurs,
lui jeta-t-il un coup d'œil terne et sans chaleur,
dans lequel un philosophe aurait vu les misères
de l'hôpital, les vagabondages des gens ruinés,
les procès-verbaux d'une foule d'asphyxies, les
travaux forcés à perpétuité, les expatriations au
Guazacoalco [1]. Cet homme, dont la longue face
blanche n'était plus nourrie que par les soupes
gélatineuses de d'Arcet [2], présentait la pâle
image de la passion réduite à son terme le plus
simple. Dans ses rides il y avait trace de vieilles
tortures, il devait jouer ses maigres appointe-
ments le jour même où il les recevait. Semblable
aux rosses sur qui les coups de fouet n'ont plus

de prise, rien ne le faisait tressaillir ; les sourds
gémissements des joueurs qui sortaient ruinés,
leurs muettes imprécations, leurs regards hébétés, le trouvaient toujours insensible. C'était le
J EU incarné. Si le jeune homme avait contemplé
ce triste Cerbère, peut-être se serait-il dit : Il n'y
a plus qu'un jeu de cartes dans ce cœur-là !
L'inconnu n'écouta pas ce conseil vivant, placé
là sans doute par la Providence, comme elle a
mis le dégoût à la porte de tous les mauvais
lieux. Il entra résolument dans la salle où le son
de l'or exerçait une éblouissante fascination sur
les sens en pleine convoitise. Ce jeune homme
était probablement poussé là par la plus logique
de toutes les éloquentes phrases de J.-J. Rousseau [1], et dont voici, je crois, la triste pensée :
*Oui, je conçois qu'un homme aille au Jeu ; mais
c'est lorsque entre lui et la mort il ne reste plus que
son dernier écu.*

Le soir, les maisons de jeu n'ont qu'une poésie
vulgaire, mais dont l'effet est assuré comme
celui d'un drame sanguinolent. Les salles sont
garnies de spectateurs et de joueurs, de vieillards indigents qui s'y traînent pour s'y réchauf-
fer, de faces agitées, d'orgies commencées dans
le vin et décidées à finir dans la Seine. Si la
passion y abonde, le trop grand nombre d'acteurs vous empêche de contempler face à face le
démon du jeu. La soirée est un véritable morceau d'ensemble où la troupe entière crie, où
chaque instrument de l'orchestre module sa
phrase. Vous verriez là beaucoup de gens honorables qui viennent y chercher des distractions
et les payent comme ils payeraient le plaisir du

spectacle, de la gourmandise, ou comme ils iraient dans une mansarde acheter à bas prix de cuisants regrets pour trois mois. Mais comprenez-vous tout ce que doit avoir de délire et de vigueur dans l'âme un homme qui attend avec impatience l'ouverture d'un tripot ? Entre le joueur du matin et le joueur du soir il existe la différence qui distingue le mari nonchalant de l'amant pâmé sous les fenêtres de sa belle. Le matin seulement arrivent la passion palpitante et le besoin dans sa franche horreur. En ce moment vous pourrez admirer un véritable joueur, un joueur qui n'a pas mangé, dormi, vécu, pensé, tant il était rudement flagellé par le fouet de sa martingale, tant il souffrait travaillé par le prurit d'un coup de *trente et quarante*. A cette heure maudite, vous rencontrerez des yeux dont le calme effraie, des visages qui vous fascinent, des regards qui soulèvent les cartes et les dévorent. Aussi les maisons de jeu ne sont-elles sublimes qu'à l'ouverture de leurs séances. Si l'Espagne a ses combats de taureaux, si Rome a eu ses gladiateurs, Paris s'enorgueillit de son Palais-Royal dont les agaçantes roulettes donnent le plaisir de voir couler le sang à flots, sans que les pieds du parterre risquent d'y glisser. Essayez de jeter un regard furtif sur cette arène, entrez... Quelle nudité ! Les murs couverts d'un papier gras à hauteur d'homme n'offrent pas une seule image qui puisse rafraîchir l'âme. Il ne s'y trouve même pas un clou pour faciliter le suicide. Le parquet est usé, malpropre. Une table oblongue occupe le centre de la salle. La simplicité des chaises de paille pressées autour de ce

tapis usé par l'or annonce une curieuse indifférence du luxe chez ces hommes qui viennent
périr là pour la fortune et pour le luxe. Cette
antithèse humaine se découvre partout où l'âme
réagit puissamment sur elle-même. L'amoureux
veut mettre sa maîtresse dans la soie, la revêtir
d'un moelleux tissu d'Orient, et la plupart du
temps il la possède sur un grabat. L'ambitieux se
rêve au faîte du pouvoir, tout en s'aplatissant
dans la boue du servilisme. Le marchand végète
au fond d'une boutique humide et malsaine, en
élevant un vaste hôtel, d'où son fils, héritier
précoce, sera chassé par une licitation fraternelle. Enfin, existe-t-il chose plus déplaisante
qu'une maison de plaisir ? Singulier problème !
Toujours en opposition avec lui-même, trom-
pant ses espérances par ses maux présents, et ses
maux par un avenir qui ne lui appartient pas,
l'homme imprime à tous ses actes le caractère de
l'inconséquence et de la faiblesse. Ici-bas rien
n'est complet que le malheur.

Au moment où le jeune homme entra dans le
salon, quelques joueurs s'y trouvaient déjà. Trois
vieillards à têtes chauves étaient nonchalamm-
ment assis autour du tapis vert ; leurs visages de
plâtre, impassibles comme ceux des diplomates,
révélaient des âmes blasées, des cœurs qui
depuis longtemps avaient désappris de palpiter,
même en risquant les biens paraphernaux d'une
femme. Un jeune Italien aux cheveux noirs, au
teint olivâtre, était accoudé tranquillement au
bout de la table, et paraissait écouter ces pressentiments secrets qui crient fatalement [1] à un
joueur : — Oui. — Non ! Cette tête méridionale

respirait l'or et le feu. Sept ou huit spectateurs,
debout, rangés de manière à former une galerie,
attendaient les scènes que leur préparaient les
coups du sort, les figures des acteurs, le mouvement de l'argent et celui des râteaux. Ces désœu-
vrés étaient là, silencieux, immobiles, attentifs
comme l'est le peuple à la Grève quand le
bourreau tranche une tête. Un grand homme sec,
en habit râpé, tenait un registre d'une main, et
de l'autre une épingle pour marquer les passes
de la Rouge ou de la Noire. C'était un de ces
Tantales modernes qui vivent en marge de
toutes les jouissances de leur siècle, un de ces
avares sans trésor qui jouent une mise imaginaire ; espèce de fou raisonnable qui se consolait
de ses misères en caressant une chimère, qui
agissait enfin avec le vice et le danger comme les
jeunes prêtres avec l'Eucharistie, quand ils
disent des messes blanches. En face de la banque, un ou deux de ces fins spéculateurs, experts
des chances du jeu, et semblables à d'anciens
forçats qui ne s'effraient plus des galères, étaient
venus là pour hasarder trois coups et remporter
immédiatement le gain probable duquel ils
vivaient. Deux vieux garçons de salle se prome-
naient nonchalamment les bras croisés, et de
temps en temps regardaient le jardin par les
fenêtres, comme pour montrer aux passants
leurs plates figures, en guise d'enseigne. Le
tailleur et le *banquier* venaient de jeter sur les
ponteurs ce regard blême qui les tue, et disaient
d'une voix grêle : — « Faites le jeu ! » quand le
jeune homme ouvrit la porte. Le silence devint
en quelque sorte plus profond, et les têtes se

tournèrent vers le nouveau venu par curiosité. Chose inouïe ! les vieillards émoussés, les employés pétrifiés, les spectateurs, et jusqu'au fanatique Italien, tous en voyant l'inconnu éprouvèrent je ne sais quel sentiment épouvantable. Ne faut-il pas être bien malheureux pour obtenir de la pitié, bien faible pour exciter une sympathie, ou d'un bien sinistre aspect pour faire frissonner les âmes dans cette salle où les douleurs doivent être muettes, où la misère est gaie, et le désespoir décent ? Eh bien, il y avait de tout cela dans la sensation neuve qui remua ces cœurs glacés quand le jeune homme entra. Mais les bourreaux n'ont-ils pas quelquefois pleuré sur les vierges dont les blondes têtes devaient être coupées à un signal de la Révolution ?

Au premier coup d'œil les joueurs lurent sur le visage du novice quelque horrible mystère, ses jeunes traits étaient empreints d'une grâce nébuleuse, son regard attestait des efforts trahis, mille espérances trompées ! La morne impassibilité du suicide donnait à ce front une pâleur mate et maladive, un sourire amer desinait de légers plis dans les coins de la bouche, et la physionomie exprimait une résignation qui faisait mal à voir. Quelque secret génie scintillait au fond de ces yeux voilés peut-être par les fatigues du plaisir. Était-ce la débauche qui marquait de son sale cachet cette noble figure jadis pure et brûlante, maintenant dégradée ? Les médecins auraient sans doute attribué à des lésions au cœur ou à la poitrine le cercle jaune qui encadrait les paupières, et la rougeur qui marquait les joues, tandis que les poètes eussent voulu reconnaître à ces signes les ravages de la science, les traces de nuits passées à la lueur d'une lampe studieuse. Mais une passion plus mortelle que la maladie, une maladie plus impitoyable que l'étude et le génie, altéraient cette jeune tête, contractaient ces muscles vivaces, tordaient ce cœur qu'avaient seulement effleuré les orgies, l'étude et la maladie. Comme, lorsqu'un célèbre criminel arrive au bagne, les condamnés l'accueillent avec respect, ainsi tous ces démons humains, experts en tortures, saluèrent une douleur inouïe, une blessure profonde que sondait leur regard, et reconnurent un de leurs princes à la majesté de sa muette ironie, à l'élégante misère de ses vêtements. Le jeune homme avait bien un frac de bon goût, mais la jonction de son gilet et de sa cravate était trop savamment maintenue pour qu'on lui supposât du linge. Ses mains, jolies comme des mains de femme, étaient d'une douteuse propreté ; enfin depuis deux jours il ne portait plus de gants ! Si le tailleur et les garçons de salle eux-mêmes frissonnèrent, c'est que les enchantements de l'innocence florissaient par vestiges dans ces formes grêles et fines, dans ces cheveux blonds et rares, naturellement bouclés. Cette figure avait encore vingt-cinq ans, et le vice paraissait n'y être qu'un accident. La verte vie de la jeunesse y luttait encore avec les ravages d'une impuissante lubricité. Les ténèbres et la lumière, le néant et l'existence s'y combattaient en produisant tout à la fois de la grâce et de l'horreur. Le jeune homme se présentait là comme un ange sans rayons, égaré dans sa route. Aussi tous ces

professeurs émérites de vices et d'infamie, semblables à une vieille femme édentée prise de pitié
à l'aspect d'une belle fille qui s'offre à la corruption, furent-ils près de crier au novice : — Sortez ! Celui-ci marcha droit à la table, s'y tint
debout, jeta sans calcul sur le tapis une pièce
d'or qu'il avait à la main, et qui roula sur Noir ;
puis, comme les âmes fortes, abhorrant de chica-
nières incertitudes, il lança sur le tailleur un
regard tout à la fois turbulent et calme. L'intérêt
de ce coup était si grand que les vieillards ne
firent pas de mise ; mais l'Italien saisit avec le
fanatisme de la passion une idée qui vint lui
sourire, et ponta sa masse d'or en opposition au
jeu de l'inconnu. Le banquier oublia de dire ces
phrases qui se sont à la longue converties en un
cri rauque et inintelligible : « Faites le jeu ! — Le
jeu est fait ! — Rien ne va plus. » Le tailleur étala
les cartes, et sembla souhaiter bonne chance au
dernier venu, indifférent qu'il était à la perte ou
au gain fait par les entrepreneurs de ces sombres
plaisirs. Chacun des spectateurs voulut voir un
drame et la dernière scène d'une noble vie dans
le sort de cette pièce d'or ; leurs yeux arrêtés sur
les cartons fatidiques étincelèrent ; mais, malgré
l'attention avec laquelle ils regardèrent alternativement et le jeune homme et les cartes, ils ne
purent apercevoir aucun symptôme d'émotion
sur sa figure froide et résignée. — « Rouge, pair,
passe, » dit officiellement le tailleur. Une espèce
de râle sourd sortit de la poitrine de l'Italien
lorsqu'il vit tomber un à un les billets pliés que
lui lança le banquier. Quant au jeune homme, il
ne comprit sa ruine qu'au moment où le râteau

s'allongea pour ramasser son dernier napoléon. L'ivoire fit rendre un bruit sec à la pièce qui, rapide comme une flèche, alla se réunir au tas d'or étalé devant la caisse. L'inconnu ferma les yeux doucement, ses lèvres blanchirent ; mais il releva bientôt ses paupières, sa bouche reprit une rougeur de corail, il affecta l'air d'un Anglais pour qui la vie n'a plus de mystères, et disparut sans mendier une consolation par un de ces regards déchirants que les joueurs au désespoir lancent assez souvent sur la galerie. Combien d'événements se pressent dans l'espace d'une seconde, et que de choses dans un coup de dé !

— Voilà sans doute sa dernière cartouche, dit en souriant le croupier après un moment de silence pendant lequel il tint cette pièce d'or entre le pouce et l'index pour la montrer aux assistants.

— C'est un cerveau brûlé qui va se jeter à l'eau, répondit un habitué en regardant autour de lui les joueurs qui se connaissaient tous.

— Bah ! s'écria le garçon de chambre en prenant une prise de tabac.

— Si nous avions imité monsieur ? dit un des vieillards à ses collègues en désignant l'Italien.

Tout le monde regarda l'heureux joueur dont les mains tremblaient en comptant ses billets de banque.

— J'ai entendu, dit-il, une voix qui me criait dans l'oreille : Le Jeu aura raison contre le désespoir de ce jeune homme.

— Ce n'est pas un joueur, reprit le banquier, autrement il aurait groupé son argent en trois masses pour se donner plus de chances.

Le jeune homme passait sans réclamer son chapeau ; mais le vieux molosse, ayant remarqué le mauvais état de cette guenille, la lui rendit sans proférer une parole ; le joueur restitua la fiche par un mouvement machinal, et descendit les escaliers en sifflant *di tanti palpiti*[1] d'un souffle si faible, qu'il en entendit à peine lui-même les notes délicieuses.

Il se trouva bientôt sous les galeries du Palais-Royal, alla jusqu'à la rue Saint-Honoré, prit le chemin des Tuileries et traversa le jardin d'un pas indécis. Il marchait comme au milieu d'un désert, coudoyé par des hommes qu'il ne voyait pas, n'écoutant à travers les clameurs populaires qu'une seule voix, celle de la mort ; enfin perdu dans une engourdissante méditation, semblable à celle dont jadis étaient saisis les criminels qu'une charrette conduisait du Palais à la Grève, vers cet échafaud, rouge de tout le sang versé depuis 1793.

Il existe je ne sais quoi de grand et d'épouvantable dans le suicide. Les chutes d'une multitude de gens sont sans danger, comme celles des enfants qui tombent de trop bas pour se blesser ; mais quand un grand homme se brise, il doit venir de bien haut, s'être élevé jusqu'aux cieux, avoir entrevu quelque paradis inaccessible. Implacables doivent être les ouragans qui le forcent à demander la paix de l'âme à la bouche d'un pistolet. Combien de jeunes talents confinés dans une mansarde s'étiolent et périssent faute d'un ami, faute d'une femme consolatrice, au sein d'un million d'êtres, en présence d'une foule lassée d'or et qui s'ennuie. A cette pensée, le

suicide prend des proportions gigantesques.
Entre une mort volontaire et la féconde espérance dont la voix appelait un jeune homme à
Paris, Dieu seul sait combien se heurtent de
conceptions, de poésies abandonnées, de désespoirs et de cris étouffés, de tentatives inutiles et
de chefs-d'œuvre avortés. Chaque suicide est un
poème sublime de mélancolie. Où trouverez-
vous, dans l'océan des littératures, un livre
surnageant qui puisse lutter de génie avec cet
entrefilet :

*Hier, à quatre heures, une jeune femme s'est jetée
dans la Seine du haut du Pont des Arts.*

Devant ce laconisme parisien, les drames, les
romans, tout pâlit, même ce vieux frontispice :
*Les lamentations du glorieux roi de Kaërnavan,
mis en prison par ses enfants ;* dernier fragment
d'un livre perdu, dont la seule lecture faisait
pleurer ce Sterne qui lui-même délaissait sa
femme et ses enfants.

L'inconnu fut assailli par mille pensées semblables, qui passaient en lambeaux dans son
âme, comme des drapeaux déchirés voltigent au
milieu d'une bataille. S'il déposait pendant un
moment le fardeau de son intelligence et de ses
souvenirs pour s'arrêter devant quelques fleurs
dont les têtes étaient mollement balancées par la
brise parmi les massifs de verdure, bientôt saisi
par une convulsion de la vie qui regimbait
encore sous la pesante idée du suicide, il levait
les yeux au ciel ; là, des nuages gris, des bouffées
de vent chargées de tristesse, une atmosphère
lourde, lui conseillaient encore de mourir. Il
s'achemina vers le pont Royal en songeant aux

dernières fantaisies de ses prédécesseurs. Il souriait en se rappelant que lord Castlereagh avait
satisfait le plus humble de nos besoins avant de
se couper la gorge, et que l'académicien Auger[1]
était allé chercher sa tabatière pour priser tout
en marchant à la mort. Il analysait ces bizarreries et s'interrogeait lui-même, quand, en se
serrant contre le parapet du pont pour laisser
passer un fort de la halle, celui-ci ayant légèrement blanchi la manche de son habit, il se
surprit à en secouer soigneusement la poussière.
Arrivé au point culminant de la voûte, il regarda
l'eau d'un air sinistre.

— Mauvais temps pour se noyer, lui dit en
riant une vieille femme vêtue de haillons. Est-
elle sale et froide, la Seine !

Il répondit par un sourire plein de naïveté qui
attestait le délire de son courage ; mais il frissonna tout à coup en voyant de loin, sur le port
des Tuileries, la baraque surmontée d'un écri-
teau où ces paroles sont tracées en lettres hautes
d'un pied : SECOURS AUX ASPHYXIÉS[2]. M. Dacheux lui apparut armé de sa philanthropie,
réveillant et faisant mouvoir ces vertueux avi-
rons qui cassent la tête aux noyés, quand malheureusement ils remontent sur l'eau ; il l'aperçut ameutant les curieux, quêtant un médecin,
apprêtant des fumigations ; il lut les doléances
des journalistes écrites entre les joies d'un festin
et le sourire d'une danseuse ; il entendit sonner
les écus comptés à des bateliers pour sa tête par
le préfet de la Seine. Mort, il valait cinquante
francs, mais vivant il n'était qu'un homme de
talent sans protecteurs, sans amis, sans pail-

lasse, sans tambour, un véritable zéro social, inutile à l'État, qui n'en avait aucun souci. Un mort en plein jour lui parut ignoble, il résolut de mourir pendant la nuit, afin de livrer un cadavre indéchiffrable à cette Société qui méconnaissait la grandeur de sa vie. Il continua donc son chemin, et se dirigea vers le quai Voltaire en prenant la démarche indolente d'un désœuvré qui veut tuer le temps. Quand il descendit les marches qui terminent le trottoir du pont, à l'angle du quai, son attention fut excitée par les bouquins étalés sur le parapet ; peu s'en fallut qu'il n'en marchandât quelques-uns. Il se prit à sourire, remit philosophiquement les mains dans ses goussets, et allait reprendre son allure d'insouciance où perçait un froid dédain, quand il entendit avec surprise quelques pièces retentir d'une manière véritablement fantastique au fond de sa poche. Un sourire d'espérance illumina son visage, glissa de ses lèvres sur ses traits, sur son front, fit briller de joie ses yeux et ses joues sombres. Cette étincelle de bonheur ressemblait à ces feux qui courent dans les vestiges d'un papier déjà consumé par la flamme ; mais le visage eut le sort des cendres noires, il redevint triste quand l'inconnu, après avoir vivement retiré la main de son gousset, aperçut trois gros sous.

— Ah ! mon bon monsieur, *la carita ! la carita ! catarina !* Un petit sou pour avoir du pain !

Un jeune ramoneur dont la figure bouffie était noire, le corps brun de suie, les vêtements déguenillés, tendit la main à cet homme pour lui arracher ses derniers sous.

A deux pas du petit Savoyard, un vieux pauvre honteux, maladif, souffreteux, ignoblement vêtu d'une tapisserie trouée, lui dit d'une grosse voix sourde : — Monsieur, donnez-moi *ce que vous voudrez*, je prierai Dieu pour vous... Mais quand l'homme jeune eut regardé le vieillard, celui-ci se tut et ne demanda plus rien, reconnaissant peut-être sur ce visage funèbre la livrée d'une misère plus âpre que n'était la sienne.

— *La carita ! la carita !*

L'inconnu jeta sa monnaie à l'enfant et au vieux pauvre en quittant le trottoir pour aller vers les maisons, il ne pouvait plus supporter le poignant aspect de la Seine.

— Nous prierons Dieu pour la conservation de vos jours, lui dirent les deux mendiants.

En arrivant à l'étalage d'un marchand d'estampes, cet homme presque mort rencontra une jeune femme qui descendait d'un brillant équipage. Il contempla délicieusement cette charmante personne dont la blanche figure était harmonieusement encadrée dans le satin d'un élégant chapeau. Il fut séduit par une taille svelte, par de jolis mouvements. La robe, légèrement relevée par le marchepied, lui laissa voir une jambe dont les fins contours étaient dessinés par un bas blanc et bien tiré. La jeune femme entra dans le magasin, y marchanda des albums, des collections de lithographies ; elle en acheta pour plusieurs pièces d'or qui étincelèrent et sonnèrent sur le comptoir. Le jeune homme, en apparence occupé sur le seuil de la porte à regarder les gravures exposées dans la montre, échangea vivement avec la belle inconnue l'œil-

lade la plus perçante que puisse lancer un
homme, contre un de ces coups d'œil insouciants
jetés au hasard sur les passants. C'était, de sa
part, un adieu à l'amour, à la femme ! Mais cette
dernière et puissante interrogation ne fut pas
comprise, ne remua pas ce cœur de femme
frivole, ne la fit pas rougir, ne lui fit pas baisser
les yeux. Qu'était-ce pour elle ? Une admiration
de plus, un désir inspiré qui le soir lui suggére-
rait cette douce parole : J'étais *bien* aujourd'hui.
Le jeune homme passa promptement à un autre
cadre, et ne se retourna point quand l'inconnue
remonta dans sa voiture. Les chevaux partirent,
cette dernière image du luxe et de l'élégance
s'éclipsa comme allait s'éclipser sa vie. Il marcha d'un pas mélancolique le long des magasins,
en examinant sans beaucoup d'intérêt les échan-
tillons de marchandises. Quand les boutiques lui
manquèrent, il étudia le Louvre, l'Institut, les
tours de Notre-Dame, celles du Palais, le Pont
des Arts. Ces monuments paraissaient prendre
une physionomie triste en reflétant les teintes
grises du ciel dont les rares clartés prêtaient un
air menaçant à Paris qui, pareil à une jolie
femme, est soumis à d'inexplicables caprices de
laideur et de beauté. Ainsi, la nature elle-même
conspirait à plonger le mourant dans une extase
douloureuse. En proie à cette puissance malfai-
sante dont l'action dissolvante trouve un véhi-
cule dans le fluide qui circule en nos nerfs, il
sentait son organisme arriver insensiblement
aux phénomènes de la fluidité. Les tourmentes
de cette agonie lui imprimaient un mouvement
semblable à celui des vagues, et lui faisaient voir

les bâtiments, les hommes, à travers un brouillard où tout ondoyait. Il voulut se soustraire aux
titillations que produisaient sur son âme les
réactions de la nature physique, et se dirigea
vers un magasin d'antiquités dans l'intention de
donner une pâture à ses sens, ou d'y attendre la
nuit en marchandant des objets d'art. C'était,
pour ainsi dire, quêter du courage et demander
un cordial, comme les criminels qui se défient de
leurs forces en allant à l'échafaud ; mais la
conscience de sa prochaine mort rendit pour un
moment au jeune homme l'assurance d'une
duchesse qui a deux amants, et il entra chez le
marchand de curiosités d'un air dégagé, laissant
voir sur ses lèvres un sourire fixe comme celui
d'un ivrogne. N'était-il pas ivre de la vie, ou
peut-être de la mort ? Il retomba bientôt dans ses
vertiges, et continua d'apercevoir les choses sous
d'étranges couleurs, ou animées d'un léger mouvement dont le principe était sans doute dans
une irrégulière circulation de son sang, tantôt
bouillonnant comme une cascade, tantôt tranquille et fade comme l'eau tiède. Il demanda
simplement à visiter les magasins pour chercher
s'ils ne renfermaient pas quelques singularités à
sa convenance. Un jeune garçon à figure fraîche
et joufflue, à chevelure rousse, et coiffé d'une
casquette de loutre, commit la garde de la
boutique à une vieille paysanne, espèce de *Cali-
ban* femelle occupée à nettoyer un poêle dont les
merveilles étaient dues au génie de Bernard de
Palissy ; puis il dit à l'étranger d'un air insouciant : — Voyez, monsieur, voyez ! Nous n'avons
en bas que des choses assez ordinaires ; mais si

vous voulez prendre la peine de monter au premier étage, je pourrai vous montrer de fort belles momies du Caire, plusieurs poteries incrustées, quelques ébènes sculptés, *vraie renaissance*, récemment arrivés, et qui sont de toute beauté.

Dans l'horrible situation où se trouvait l'inconnu, ce babil de cicérone, ces phrases sottement mercantiles furent pour lui comme les taquineries mesquines par lesquelles des esprits étroits assassinent un homme de génie. Portant sa croix jusqu'au bout, il parut écouter son conducteur et lui répondit par gestes ou par monosyllabes ; mais insensiblement il sut conquérir le droit d'être silencieux, et put se livrer sans crainte à ses dernières méditations, qui furent terribles. Il était poète, et son âme rencontra fortuitement une immense pâture : il devait voir par avance les ossements de vingt mondes.

Au premier coup d'œil, les magasins lui offrirent un tableau confus, dans lequel toute les œuvres humaines et divines se heurtaient. Des crocodiles, des singes, des boas empaillés souriaient à des vitraux d'église, semblaient vouloir mordre des bustes, courir après des laques, ou grimper sur des lustres. Un vase de Sèvres, où madame Jacotot [1] avait peint Napoléon, se trouvait auprès d'un sphinx dédié à Sésostris. Le commencement du monde et les événements d'hier se mariaient avec une grotesque bonhomie. Un tournebroche était posé sur un ostensoir, un sabre républicain sur une hacquebute [2] du Moyen Âge. Madame Dubarry peinte au

pastel par Latour, une étoile sur la tête, nue et
dans un nuage, paraissait contempler avec
concupiscence une chibouque[1] indienne, en
cherchant à deviner l'utilité des spirales qui
serpentaient vers elle. Les instruments de mort,
poignards, pistolets curieux, armes à secret,
étaient jetés pêle-mêle avec des instruments de
vie : soupières en porcelaine, assiettes de Saxe,
tasses diaphanes venues de Chine, salières antiques, drageoirs[2] féodaux. Un vaisseau d'ivoire
voguait à pleines voiles sur le dos d'une immobile tortue. Une machine pneumatique ébor-
gnait l'empereur Auguste, majestueusement
impassible. Plusieurs portraits d'échevins français, de bourgmestres hollandais, insensibles
alors comme pendant leur vie, s'élevaient au-
dessus de ce chaos d'antiquités, en y lançant un
regard pâle et froid. Tous les pays de la terre
semblaient avoir apporté là quelque débris de
leurs sciences, un échantillon de leurs arts.
C'était une espèce de fumier philosophique
auquel rien ne manquait, ni le calumet du
sauvage, ni la pantoufle vert et or du sérail, ni le
yatagan du Maure, ni l'idole des Tartares. Il y
avait jusqu'à la blague à tabac du soldat, jusqu'au ciboire du prêtre, jusqu'aux plumes d'un
trône. Ces monstrueux tableaux étaient encore
assujettis à mille accidents de lumière par la
bizarrerie d'une multitude de reflets dus à la
confusion des nuances, à la brusque opposition
des jours et des noirs. L'oreille croyait entendre
des cris interrompus, l'esprit saisir des drames
inachevés, l'œil apercevoir des lueurs mal étouf-
fées. Enfin une poussière obstinée avait jeté son

léger voile sur tous ces objets, dont les angles
multipliés et les sinuosités nombreuses produisaient les effets les plus pittoresques.

L'inconnu compara d'abord ces trois salles
gorgées de civilisation, de cultes, de divinités, de
chefs-d'œuvre, de royautés, de débauches, de
raison et de folie, à un miroir plein de facettes
dont chacune représentait un monde. Après cette
impression brumeuse, il voulut choisir ses jouissances ; mais à force de regarder, de penser, de
rêver, il tomba sous la puissance d'une fièvre due
peut-être à la faim qui rugissait dans ses entrailles. La vue de tant d'existences nationales ou
individuelles, attestées par ces gages humains
qui leur survivaient, acheva d'engourdir les sens
du jeune homme ; le désir qui l'avait poussé dans
le magasin fut exaucé ; il sortit de la vie réelle,
monta par degrés vers un monde idéal, arriva
dans les palais enchantés de l'Extase où l'univers
lui apparut par bribes et en traits de feu, comme
l'avenir passa jadis flamboyant aux yeux de
saint Jean dans Patmos [1].

Une multitude de figures endolories, gracieuses et terribles, obscures et lucides [2], lointaines et rapprochées, se leva par masses, par
myriades, par générations. L'Égypte, roide, mystérieuse, se dressa de ses sables, représentée par
une momie qu'enveloppaient des bandelettes
noires ; puis ce fut les Pharaons ensevelissant des
peuples pour se construire une tombe et Moïse,
et les Hébreux, et le désert, il entrevit tout un
monde antique et solennel. Fraîche et suave une
statue de marbre assise sur une colonne torse et
rayonnant de blancheur lui parla des mythes

voluptueux de la Grèce et de l'Ionie. Ah! qui
n'aurait souri comme lui de voir sur un fond
rouge la jeune fille brune dansant dans la fine
argile d'un vase étrusque devant le dieu Priape
qu'elle saluait d'un air joyeux? En regard, une
reine latine caressait sa chimère avec amour!
Les caprices de la Rome impériale respiraient là
tout entiers et révélaient le bain, la couche, la
toilette d'une Julie indolente, songeuse, attendant son Tibulle. Armée du pouvoir des talis-
mans arabes, la tête de Cicéron évoquait les
souvenirs de la Rome libre et lui déroulait les
pages de Tite-Live. Le jeune homme contempla
Senatus Populusque romanus : le consul, les lic-
teurs, les toges bordées de pourpre, les luttes du
Forum, le peuple courroucé défilaient lentement
devant lui comme les vaporeuses figures d'un
rêve. Enfin la Rome chrétienne dominait ces
images. Une peinture ouvrait les cieux, il y
voyait la Vierge Marie plongée dans un nuage
d'or, au sein des anges, éclipsant la gloire du
soleil, écoutant les plaintes des malheureux auxquels cette Ève régénérée souriait d'un air doux.
En touchant une mosaïque faite avec les différentes laves du Vésuve et de l'Etna, son âme
s'élançait dans la chaude et fauve Italie : il
assistait aux orgies des Borgia, courait dans les
Abruzzes, aspirait aux amours italiennes, se
passionnait pour les blancs visages aux longs
yeux noirs. Il frémissait aux dénoûments nocturnes interrompus par la froide épée d'un mari,
en apercevant une dague du Moyen Âge dont la
poignée était travaillée comme l'est une dentelle, et dont la rouille ressemblait à des taches

de sang. L'Inde et ses religions revivaient dans
une idole[1] coiffée de son chapeau pointu, à
losanges relevées, parée de clochettes, vêtue d'or
et de soie. Près du magot, une natte, jolie
comme la bayadère qui s'y était roulée, exhalait
encore les odeurs du sandal[2]. Un monstre de la
Chine dont les yeux restaient tordus, la bouche
contournée, les membres torturés, réveillait
l'âme par les inventions d'un peuple qui, fatigué
du beau toujours unitaire, trouve d'ineffables
plaisirs dans la fécondité des laideurs. Une
salière sortie des ateliers de Benvenuto Cellini le
reportait au sein de la Renaissance, au temps où
les arts et la licence fleurissaient, où les souverains se divertissaient à des supplices, où les
conciles couchés dans les bras des courtisanes
décrétaient la chasteté pour les simples prêtres.
Il vit les conquêtes d'Alexandre sur un camée, les
massacres de Pizarre dans une arquebuse à
mèche, les guerres de religion échevelées, bouil-
lantes, cruelles, au fond d'un casque. Puis, les
riantes images de la chevalerie sourdirent d'une
armure de Milan supérieurement damasquinée,
bien fourbie, et sous la visière de laquelle brillaient encore les yeux d'un paladin.

Cet océan de meubles, d'inventions, de modes,
d'œuvres, de ruines, lui composait un poème
sans fin. Formes, couleurs, pensée, tout revivait
là ; mais rien de complet ne s'offrait à l'âme. Le
poète devait achever les croquis du grand
peintre qui avait fait cette immense palette où
les innombrables accidents de la vie humaine
étaient jetés à profusion, avec dédain. Après
s'être emparé du monde, après avoir contemplé

des pays, des âges, des règnes, le jeune homme
revint à des existences individuelles. Il se per-
sonnifia de nouveau, s'empara des détails en
repoussant la vie des nations comme trop acca-
blante pour un seul homme.

Là dormait un enfant en cire, sauvé du cabinet
de Ruysch[1], et cette ravissante créature lui
rappelait les joies de son jeune âge. Au prestigieux aspect du pagne virginal de quelque jeune
fille d'Otaïti, sa brûlante imagination lui peignait la vie simple de la nature, la chaste nudité
de la vraie pudeur, les délices de la paresse si
naturelle à l'homme, toute une destinée calme
au bord d'un ruisseau frais et rêveur, sous un
bananier qui dispensait une manne savoureuse,
sans culture. Mais tout à coup il devenait corsaire, et revêtait la terrible poésie empreinte
dans le rôle de Lara.[2], vivement inspiré par les
couleurs nacrées de mille coquillages, exalté par
la vue de quelques madrépores qui sentaient le
varech, les algues et les ouragans atlantiques.
Admirant plus loin les délicates miniatures, les
arabesques d'azur et d'or qui enrichissaient
quelque précieux missel manuscrit, il oubliait
les tumultes de la mer. Mollement balancé dans
une pensée de paix, il épousait de nouveau
l'étude et la science, souhaitait la grasse vie des
moines exempte de chagrins, exempte de plaisirs, et se couchait au fond d'une cellule, en
contemplant par sa fenêtre en ogive les prairies,
les bois, les vignobles de son monastère. Devant
quelques Teniers, il endossait la casaque d'un
soldat ou la misère d'un ouvrier; il désirait
porter le bonnet sale et enfumé des Flamands,

s'enivrait de bière, jouait aux cartes avec eux, et
souriait à une grosse paysanne d'un attrayant
embonpoint. Il grelottait en voyant une tombée
de neige de Mieris, ou se battait en regardant un
combat de Salvator Rosa. Il caressait un toma-
hawk d'Illinois, et sentait le scalpel d'un Chéro-
kée qui lui enlevait la peau du crâne. Émerveillé
à l'aspect d'un rebec, il le confiait à la main
d'une châtelaine en en savourant la romance
mélodieuse et lui déclarant son amour, le soir,
auprès d'une cheminée gothique, dans la pénom-
bre où se perdait un regard de consentement. Il
s'accrochait à toutes les joies, saisissait toutes
les douleurs, s'emparait de toutes les formules
d'existence en éparpillant si généreusement sa
vie et ses sentiments sur les simulacres de cette
nature plastique et vide, que le bruit de ses pas
retentissait dans son âme comme le son lointain
d'un autre monde, comme la rumeur de Paris
arrive sur les tours de Notre-Dame.

En montant l'escalier intérieur qui conduisait aux salles situées au premier étage, il vit des
boucliers votifs, des panoplies, des tabernacles
sculptés, des figures en bois pendues aux murs,
posées sur chaque marche. Poursuivi par les
formes les plus étranges, par des créations mer-
veilleuses assises sur les confins de la mort et de
la vie, il marchait dans les enchantements d'un
songe. Enfin, doutant de son existence, il était
comme ces objets curieux, ni tout à fait mort, ni
tout à fait vivant. Quand il entra dans les
nouveaux magasins, le jour commençait à pâlir ;
mais la lumière semblait inutile aux richesses
resplendissant d'or et d'argent qui s'y trouvaient

entassées. Les plus coûteux caprices de dissipa-
teurs morts sous des mansardes après avoir
possédé plusieurs millions, étaient dans ce vaste
bazar des folies humaines. Une écritoire payée
cent mille francs et rachetée pour cent sous,
gisait auprès d'une serrure à secret dont le prix
aurait suffi jadis à la rançon d'un roi. Là, le génie
humain apparaissait dans toutes les pompes de
sa misère, dans toute la gloire de ses gigantesques petitesses. Une table d'ébène, véritable
idole d'artiste, sculptée d'après les dessins de
Jean Goujon et qui coûta jadis plusieurs années
de travail, avait été peut-être acquise au prix du
bois à brûler. Des coffrets précieux, des meubles
faits par la main des fées, y étaient dédaigneuse-
ment amoncelés.

— Vous avez des millions ici, s'écria le jeune
homme en arrivant à la pièce qui terminait une
immense enfilade d'appartements dorés et
sculptés par des artistes du siècle dernier.

— Dites des milliards, répondit le gros garçon
joufflu. Mais ce n'est rien encore, montez au
troisième étage, et vous verrez !

L'inconnu suivit son conducteur et parvint à
une quatrième galerie où successivement passèrent devant ses yeux fatigués plusieurs tableaux
du Poussin, une sublime statue de Michel-Ange,
quelques ravissants paysages de Claude Lorrain,
un Gérard Dow qui ressemblait à une page de
Sterne, des Rembrandt, des Murillo, des Velas-
quez sombres et colorés comme un poème de
lord Byron ; puis des bas-reliefs antiques, des
coupes d'agate, des onyx merveilleux ! Enfin
c'était des travaux à dégoûter du travail, des

chefs-d'œuvre accumulés à faire prendre en
haine les arts et à tuer l'enthousiasme. Il arriva
devant une vierge de Raphaël, mais il était las de
Raphaël. Une figure de Corrège qui voulait un
regard ne l'obtint même pas. Un vase inestima-
ble en porphyre antique et dont les sculptures
circulaires représentaient de toutes les priapées
romaines la plus grotesquement licencieuse,
délice de quelque Corinne [1], eut à peine un
sourire. Il étouffait sous les débris de cinquante
siècle évanouis, il était malade de toutes ces
pensées humaines, assassiné par le luxe et les
arts, oppressé sous ces formes renaissant qui,
pareilles à des monstres enfantés sous ses pieds
par quelque malin génie, lui livraient un combat
sans fin.

Semblable en ses caprices à la chimie moderne qui résume la création par un gaz,
l'âme ne compose-t-elle pas de terribles poisons
par la rapide concentration de ses jouissances,
de ses forces ou de ses idées ? Beaucoup
d'hommes ne périssent-ils pas sous le foudroiement de quelque acide moral soudainement
épandu dans leur être intérieur ?

— Que contient cette boîte ? demanda-t-il en
arrivant à un grand cabinet, dernier monceau de
gloire, d'efforts humains, d'originalités, de
richesses parmi lesquelles il montra du doigt
une grande caisse carrée construite en acajou,
suspendue à un clou par une chaîne d'argent.

— Ah ! Monsieur en a la clef, dit le gros garçon
avec un air de mystère. Si vous désirez voir ce
portrait, je me hasarderai volontiers à prévenir
Monsieur.

— Vous hasarder ! reprit le jeune homme. Votre maître est-il un prince ?

— Mais, je ne sais pas, répondit le garçon.

Ils se regardèrent pendant un moment aussi étonnés l'un que l'autre. Après avoir interprété le silence de l'inconnu comme un souhait, l'apprenti le laissa seul dans le cabinet.

Vous êtes-vous jamais lancé dans l'immensité de l'espace et du temps, en lisant les œuvres géologiques de Cuvier [1] ? Emporté par son génie, avez-vous plané sur l'abîme sans bornes du passé comme soutenu par la main d'un enchanteur ? En découvrant de tranche en tranche, de couche en couche, sous les carrières de Montmartre ou dans les schistes de l'Oural, ces animaux dont les dépouilles fossilisées appartiennent à des civilisations antédiluviennes, l'âme est effrayée d'entrevoir des milliards d'années, des millions de peuples que la faible mémoire humaine, que l'indestructible tradition divine ont oubliés et dont la cendre entassée à la surface de notre globe y forme les deux pieds de terre qui nous donnent du pain et des fleurs. Cuvier n'est-il pas le plus grand poète de notre siècle ? Lord Byron a bien reproduit par des mots quelques agitations morales ; mais notre immortel naturaliste a reconstruit des mondes avec des os blanchis, a rebâti comme Cadmus des cités avec des dents, a repeuplé mille forêts de tous les mystères de la zoologie avec quelques fragments de houille, a retrouvé des populations de géants dans le pied d'un mammouth. Ces figures se dressent, grandissent et meublent des régions en harmonie avec leurs statures colos-

sales. Il est poète avec des chiffres, il est sublime
en posant un zéro près d'un sept. Il réveille le
néant sans prononcer des paroles artificiellement magiques, il fouille une parcelle de gypse,
y aperçoit une empreinte et vous crie : Voyez !
Soudain les marbres s'animalisent, la mort se
vivifie, le monde se déroule ! Après d'innombrables dynasties de créatures gigantesques, après
des races de poissons et des clans de mollusques,
arrive enfin le genre humain, produit dégénéré
d'un type grandiose, brisé peut-être par le Créateur. Échauffés par son regard rétrospectif, ces
hommes chétifs, nés d'hier, peuvent franchir le
chaos, entonner un hymne sans fin et se configu-
rer le passé de l'univers dans une sorte d'Apocalypse rétrograde. En présence de cette épouvantable résurrection due à la voix d'un seul
homme, la miette dont l'usufruit nous est
concédé dans cet infini sans nom, commun à
toutes les sphères et que nous avons nommé LE
TEMPS, cette minute de vie nous fait pitié. Nous
nous demandons, écrasés que nous sommes sous
tant d'univers en ruine, à quoi bon nos gloires,
nos haines, nos amours : et si, pour devenir un
point intangible dans l'avenir, la peine de vivre
doit s'accepter ? Déracinés du présent, nous
sommes morts jusqu'à ce que notre valet de
chambre entre et vienne nous dire : « Madame
la comtesse a répondu qu'elle attendait Monsieur ! »

Les merveilles dont l'aspect venait de présenter au jeune homme toute la création connue
mirent dans son âme l'abattement que produit
chez le philosophe la vue scientifique des créa-

tions inconnues, il souhaita plus vivement que jamais de mourir, et tomba sur une chaise curule en laissant errer ses regards à travers les fantasmagories de ce panorama du passé. Les tableaux s'illuminèrent, les têtes de vierge lui sourirent, et les statues se colorèrent d'une vie trompeuse. A la faveur de l'ombre, et mises en danse par la fiévreuse tourmente qui fermentait dans son cerveau brisé, ces œuvres s'agitèrent et tourbillonnèrent devant lui ; chaque magot lui jeta sa grimace, les paupières des personnages représentés dans les tableaux s'abaissèrent sur leurs yeux pour les rafraîchir. Chacune de ces formes frémit, sautilla, se détacha de sa place gravement, légèrement, avec grâce ou brusquerie, selon ses mœurs, son caractère et sa contexture. Ce fut un mystérieux sabbat digne des fantaisies entrevues par le docteur Faust sur le *Brocken*[1]. Mais ces phénomènes d'optique enfantés par la fatigue, par la tension des forces oculaires ou par les caprices du crépuscule, ne pouvaient effrayer l'inconnu. Les terreurs de la vie étaient impuissantes sur une âme familiarisée avec les terreurs de la mort. Il favorisa même par une sorte de complicité railleuse les bizarreries de ce galvanisme moral dont les prodiges s'accouplaient aux dernières pensées qui lui donnaient encore le sentiment de l'existence. Le silence régnait si profondément autour de lui que bientôt il s'aventura dans une douce rêverie dont les impressions graduellement noires suivirent, de nuance en nuance et comme par magie, les lentes dégradations de la lumière. Une lueur en quittant le ciel fit reluire un dernier reflet rouge en luttant contre la nuit, il leva la tête, vit un squelette à peine éclairé qui pencha dubitativement son crâne de droite à gauche, comme pour lui dire : Les morts ne veulent pas encore de toi ! En passant la main sur son front pour en chasser le sommeil, le jeune homme sentit distinctement un vent frais produit par je ne sais quoi de velu qui lui effleura les joues et il frissonna. Les vitres ayant retenti d'un claquement sourd, il pensa que cette froide caresse digne des mystères de la tombe venait de quelque chauve-souris. Pendant un moment encore, les vagues reflets du couchant lui permirent d'apercevoir indistinctement les fantômes par lesquels il était entouré ; puis toute cette nature morte s'abolit dans une même teinte noire. La nuit, l'heure de mourir était subitement venue. Il s'écoula, dès ce moment, un certain laps de temps pendant lequel il n'eut aucune perception claire des choses terrestres, soit qu'il se fût enseveli dans une rêverie profonde, soit qu'il eût cédé à la somnolence provoquée par ses fatigues et par la multitude des pensées qui lui déchiraient le cœur. Tout à coup il crut avoir été appelé par une voix terrible, et il tressaillit comme lorsqu'au milieu d'un brûlant cauchemar nous sommes précipités d'un seul bond dans les profondeurs d'un abîme. Il ferma les yeux, les rayons d'une vive lumière l'éblouissaient ; il voyait briller au sein des ténèbres une sphère rougeâtre dont le centre était occupé par un petit vieillard qui se tenait debout et dirigeait sur lui la clarté d'une lampe. Il ne l'avait entendu ni venir, ni parler, ni se mouvoir. Cette apparition

eut quelque chose de magique. L'homme le plus
intrépide, surpris ainsi dans son sommeil, aurait
sans doute tremblé devant ce personnage qui
semblait être sorti d'un sarcophage voisin. La
singulière jeunesse qui animait les yeux immobiles de cette espèce de fantôme empêchait
l'inconnu de croire à des effets surnaturels ;
néanmoins, pendant le rapide intervalle qui
sépara sa vie somnambulique de sa vie réelle, il
demeura dans le doute philosophique recom-
mandé par Descartes, et fut alors, malgré lui,
sous la puissance de ces inexplicables hallucina-
tions dont les mystères sont condamnés par
notre fierté ou que notre science impuissante
tâche en vain d'analyser.

Figurez-vous un petit vieillard sec et maigre,
vêtu d'une robe en velours noir, serrée autour de
ses reins par un gros cordon de soie. Sur sa tête,
une calotte en velours également noir laissait
passer, de chaque côté de la figure, les longues
mèches de ses cheveux blancs et s'appliquait sur
le crâne de manière à rigidement encadrer le
front. La robe ensevelissait le corps comme dans
un vaste linceul, et ne permettait de voir d'autre
forme humaine qu'un visage étroit et pâle. Sans
le bras décharné, qui ressemblait à un bâton sur
lequel on aurait posé une étoffe et que le vieillard tenait en l'air pour faire porter sur le jeune
homme toute la clarté de la lampe, ce visage
aurait paru suspendu dans les airs. Une barbe
grise et taillée en pointe cachait le menton de cet
être bizarre, et lui donnait l'apparence de ces
têtes judaïques qui servent de types aux artistes
quand ils veulent représenter Moïse. Les lèvres

de cet homme étaient si décolorées, si minces, qu'il fallait une attention particulière pour deviner la ligne tracée par la bouche dans son blanc visage. Son large front ridé, ses joues blêmes et creuses, la rigueur implacable de ses petits yeux verts dénués de cils et de sourcils, pouvaient faire croire à l'inconnu que le *Peseur d'or*[1] de Gérard Dow était sorti de son cadre. Une finesse d'inquisiteur trahie par les sinuosités de ses rides et par les plis circulaires dessinés sur ses tempes, accusait une science profonde des choses de la vie. Il était impossible de tromper cet homme qui semblait avoir le don de surprendre les pensées au fond des cœurs les plus discrets. Les mœurs de toutes les nations du globe et leurs sagesses se réunissaient sur sa face froide, comme les productions du monde entier se trouvaient accumulées dans ses magasins poudreux. Vous y auriez lu la tranquillité lucide d'un Dieu qui voit tout, ou la force orgueilleuse d'un homme qui a tout vu. Un peintre aurait, avec deux expressions différentes et en deux coups de pinceau, fait de cette figure une belle image du Père Éternel ou le masque ricaneur du Méphistophélès, car il se trouvait tout ensemble une suprême puissance dans le front et de sinistres railleries sur la bouche. En broyant toutes les peines humaines sous un pouvoir immense, cet homme devait avoir tué les joies terrestres. Le moribond frémit en pressentant que ce vieux génie habitait une sphère étrangère au monde et où il vivait seul, sans jouissances parce qu'il n'avait plus d'illusions, sans douleur parce qu'il ne connaissait plus de plaisirs. Le vieillard se tenait debout, immobile, inébranlable comme une étoile au milieu d'un nuage de lumière. Ses yeux verts, pleins de je ne sais quelle malice calme, semblaient éclairer le monde moral comme sa lampe illuminait ce cabinet mystérieux.

Tel fut le spectacle étrange qui surprit le jeune homme au moment où il ouvrit les yeux, après avoir été bercé par des pensées de mort et de fantasques images. S'il demeura comme étourdi, s'il se laissa momentanément dominer par une croyance digne d'enfants qui écoutent les contes de leurs nourrices, il faut attribuer cette erreur au voile étendu sur sa vie et sur son entendement par ses méditations, à l'agacement de ses nerfs irrités, au drame violent dont les scènes venaient de lui prodiguer les atroces délices contenues dans un morceau d'opium. Cette vision avait lieu dans Paris, sur le quai Voltaire, au dix-neuvième siècle, temps et lieux où la magie devait être impossible. Voisin de la maison où le dieu de l'incrédulité française avait expiré [1], disciple de Gay-Lussac et d'Arago, contempteur des tours de gobelets que font les hommes du pouvoir, l'inconnu n'obéissait sans doute qu'à ces fascinations poétiques auxquelles nous nous prêtons souvent comme pour fuir de désespérantes vérités, comme pour tenter la puissance de Dieu. Il trembla donc devant cette lumière et ce vieillard, agité par l'inexplicable pressentiment de quelque pouvoir étrange ; mais cette émotion était semblable à celle que nous avons tous éprouvée devant Napoléon, ou en présence de

quelque grand homme brillant de génie et revêtu
de gloire.

-— Monsieur désire voir le portrait de Jésus-
Christ peint par Raphaël ? lui dit courtoisement
le vieillard d'une voix dont la sonorité claire et
brève avait quelque chose de métallique.

Et il posa la lampe sur le fût d'une colonne
brisée, de manière à ce que la boîte brune reçût
toute la clarté.

Aux noms religieux de Jésus-Christ et de
Raphaël, il échappa au jeune homme un geste de
curiosité, sans doute attendu par le marchand
qui fit jouer un ressort. Soudain le panneau
d'acajou glissa dans une rainure, tomba sans
bruit et livra la toile à l'admiration de l'inconnu.
A l'aspect de cette immortelle création, il oublia
les fantaisies du magasin, les caprices de son
sommeil, redevint homme, reconnut dans le
vieillard une créature de chair, bien vivante,
nullement fantasmagorique, et revécut dans le
monde réel. La tendre sollicitude, la douce sérénité du divin visage influèrent aussitôt sur lui.
Quelque parfum épanché des cieux dissipa les
tortures infernales qui lui brûlaient la moelle
des os. La tête du Sauveur des hommes paraissait sortir des ténèbres figurées par un fond noir ;
une auréole de rayons étincelait vivement
autour de sa chevelure d'où cette lumière voulait
sortir ; sur le front, sous les chairs, il y avait une
éloquente conviction qui s'échappait de chaque
trait par de pénétrants effluves. Les lèvres vermeilles venaient de faire entendre la parole de
vie, et le spectateur en cherchait le retentisse-
ment sacré dans les airs, il en demandait les

ravissantes paraboles au silence, il l'écoutait
dans l'avenir, la retrouvait dans les enseigne-
ments du passé. L'Évangile était traduit par la
simplicité calme de ces adorables yeux où se
réfugiaient les âmes troublées. Enfin la religion
catholique se lisait tout entière en un suave et
magnifique sourire qui semblait exprimer ce
précepte où elle se résume : *Aimez-vous les uns
les autres !* Cette peinture inspirait une prière,
recommandait le pardon, étouffait l'égoïsme,
réveillait toutes les vertus endormies. Partageant le privilège des enchantements de la musique, l'œuvre de Raphaël vous jetait sous le
charme impérieux des souvenirs, et son triomphe
était complet, on oubliait le peintre. Le prestige
de la lumière agissait encore sur cette merveille ;
par moments il semblait que la tête s'agitât dans
le lointain, au sein de quelque nuage.

— J'ai couvert cette toile de pièces d'or, dit
froidement le marchand.

— Eh ! bien, il va falloir mourir, s'écria le
jeune homme qui sortait d'une rêverie dont la
dernière pensée l'avait ramené vers sa fatale
destinée en le faisant descendre par d'insensibles
déductions d'une dernière espérance à laquelle il
s'était attaché.

— Ah ! ah ! j'avais donc raison de me méfier de
toi, répondit le vieillard en saisissant les deux
mains du jeune homme qu'il serra par les poi-
gnets dans l'une des siennes, comme dans un
étau.

L'inconnu sourit tristement de cette méprise
et dit d'une voix douce : — Hé ! monsieur, ne
craignez rien, il s'agit de ma vie et non de la

vôtre. Pourquoi n'avouerais-je pas une innocente
supercherie, reprit-il après avoir regardé le vieillard inquiet. En attendant la nuit, afin de pouvoir me noyer sans esclandre, je suis venu voir
vos richesses. Qui ne pardonnerait ce dernier
plaisir à un homme de science et de poésie !

Le soupçonneux marchand examina d'un œil
sagace le morne visage de son faux chaland tout
en l'écoutant parler. Rassuré bientôt par l'accent
de cette voix douloureuse, ou lisant peut-être
dans ces traits décolorés les sinistres destinées
qui naguère avaient fait frémir les joueurs, il
lâcha les mains ; mais par un reste de suspicion
qui révéla une expérience au moins centenaire, il
étendit nonchalamment le bras vers un buffet
comme pour s'appuyer, et dit en y prenant un stylet : — Êtes-vous depuis trois ans surnuméraire
au trésor, sans y avoir touché de gratification ?

L'inconnu ne put s'empêcher de sourire en
faisant un geste négatif.

— Votre père vous a-t-il trop vivement repro-
ché d'être venu au monde, ou bien êtes-vous
déshonoré ?

— Si je voulais me déshonorer, je vivrais.

— Avez-vous été sifflé aux Funambules, ou
vous trouvez-vous obligé de composer des flon-
flons pour payer le convoi de votre maîtresse ?
N'auriez-vous pas plutôt la maladie de l'or ?
Voulez-vous détrôner l'ennui ? Enfin, quelle
erreur vous engage à mourir ?

— Ne cherchez pas le principe de ma mort
dans les raisons vulgaires qui commandent la
plupart des suicides. Pour me dispenser de vous
dévoiler des souffrances inouïes et qu'il est

difficile d'exprimer en langage humain, je vous dirai que je suis dans la plus profonde, la plus ignoble, la plus perçante de toutes les misères. Et, ajouta-t-il d'un ton de voix dont la fierté sauvage démentait ses paroles précédentes, je ne veux mendier ni secours ni consolations.

— Eh ! eh ! Ces deux syllabes que d'abord le vieillard fit entendre pour toute réponse ressemblèrent au cri d'une crécelle. Puis il reprit ainsi :
— Sans vous forcer à m'implorer, sans vous faire rougir, et sans vous donner un centime de France, un para du Levant, un tarain de Sicile, un heller d'Allemagne, un kopeck de Russie, un farthing d'Écosse, une seule des sesterces ou des oboles de l'ancien monde, ni une piastre du nouveau, sans vous offrir quoi que ce soit en or, argent, billon, papier, billet, je veux vous faire plus riche, plus puissant et plus considéré que ne peut l'être un roi constitutionnel [1].

Le jeune homme crut le vieillard en enfance, et resta comme engourdi, sans oser répondre.

— Retournez-vous, dit le marchand en saisissant tout à coup la lampe pour en diriger la lumière sur le mur qui faisait face au portrait, et regardez cette Peau de Chagrin, ajouta-t-il.

Le jeune homme se leva brusquement et témoigna quelque surprise en apercevant au-dessus du siège où il s'était assis un morceau de *chagrin* accroché sur le mur, et dont la dimension n'excédait pas celle d'une peau de renard ; mais, par un phénomène inexplicable au premier abord, cette peau projetait au sein de la profonde obscurité qui régnait dans le magasin des rayons si lumineux que vous eussiez dit

d'une petite comète. Le jeune incrédule s'approcha de ce prétendu talisman qui devait le préserver du malheur, et s'en moqua par une phrase
mentale. Cependant, animé d'une curiosité bien
légitime, il se pencha pour regarder alternativement la Peau sous toutes les faces, et découvrit
bientôt une cause naturelle à cette singulière
lucidité. Les grains noirs du chagrin étaient si
soigneusement polis et si bien brunis, les rayures
capricieuses en étaient si propres et si nettes
que, pareilles à des facettes de grenat, les aspéri-
tés de ce cuir oriental formaient autant de petits
foyers qui réfléchissaient vivement la lumière. Il
démontra mathématiquement la raison de ce
phénomène au vieillard, qui, pour toute réponse,
sourit avec malice. Ce sourire de supériorité fit
croire au jeune savant qu'il était la dupe en ce
moment de quelque charlatanisme. Il ne voulut
pas emporter une énigme de plus dans la tombe,
et retourna promptement la Peau comme un
enfant pressé de connaître les secrets de son
jouet nouveau.

— Ah! ah! s'écria-t-il, voici l'empreinte du
sceau que les Orientaux nomment le cachet de
Salomon [1].

— Vous le connaissez donc? demanda le marchand dont les narines laissèrent passer deux ou
trois bouffées d'air qui peignirent plus d'idées que
n'en auraient exprimé les plus énergiques paroles.

— Existe-t-il au monde un homme assez simple pour croire à cette chimère? s'écria le jeune
homme piqué d'entendre ce rire muet et plein
d'amères dérisions. Ne savez-vous pas, ajouta-
t-il, que les superstitions de l'Orient ont consacré

la forme mystique et les caractères mensongers de cet emblème qui représente une puissance fabuleuse ? Je ne crois pas devoir être plus taxé de niaiserie dans cette circonstance que si je parlais des Sphinx ou des Griffons, dont l'existence est en quelque sorte mythologiquement admise.

— Puisque vous êtes un orientaliste, reprit le vieillard, peut-être lirez-vous cette sentence ?

Il apporta la lampe près du talisman que le jeune homme tenait à l'envers, et lui fit apercevoir des caractères incrustés dans le tissu cellulaire de cette Peau merveilleuse, comme s'ils eussent été produits par l'animal auquel elle avait jadis appartenu.

— J'avoue, s'écria l'inconnu, que je ne devine guère le procédé dont on se sera servi pour graver si profondément ces lettres sur la peau d'un onagre.

Et, se retournant avec vivacité vers les tables chargées de curiosités, ses yeux parurent y chercher quelque chose.

— Que voulez-vous ? demanda le vieillard.

— Un instrument pour trancher le chagrin, afin de voir si les lettres y sont empreintes ou incrustées.

Le vieillard présenta son stylet à l'inconnu, qui le prit et tenta d'entamer la Peau à l'endroit où les paroles se trouvaient écrites ; mais, quand il eut enlevé une légère couche de cuir, les lettres y reparurent si nettes et tellement conformes à celles qui étaient imprimées sur la surface, que, pendant un moment, il crut n'en avoir rien ôté.

— L'industrie du Levant a des secrets qui lui sont réellement particuliers, dit-il en regardant

la sentence orientale avec une sorte d'inquiétude.

— Oui, répondit le vieillard, il vaut mieux
s'en prendre aux hommes qu'à Dieu !

Les paroles mystérieuses étaient disposées de
la manière suivante :

Ce qui voulait dire en français :

SI TU ME POSSÈDES, TU POSSÉDERAS TOUT,

MAIS TA VIE M'APPARTIENDRA. DIEU L'A

VOULU AINSI. DÉSIRE, ET TES DÉSIRS

SERONT ACCOMPLIS. MAIS RÈGLE

TES SOUHAITS SUR TA VIE.

ELLE EST LÀ. À CHAQUE

VOULOIR JE DÉCROÎTRAI

COMME TES JOURS.

ME VEUX-TU ?

PRENDS. DIEU

T'EXAUCERA.

SOIT !

— Ah ! vous lisez couramment le sanscrit [1], dit le vieillard. Peut-être avez-vous voyagé en Perse ou dans le Bengale ?

— Non, monsieur, répondit le jeune homme en tâtant avec curiosité cette Peau symbolique, assez semblable à une feuille de métal pour son peu de flexibilité.

Le vieux marchand remit la lampe sur la colonne où il l'avait prise, en lançant au jeune homme un regard empreint d'une froide ironie qui semblait dire : Il ne pense déjà plus à mourir.

— Est-ce une plaisanterie, est-ce un mystère ? demanda le jeune inconnu.

Le vieillard hocha la tête et dit gravement :

— Je ne saurais vous répondre. J'ai offert le terrible pouvoir que donne ce talisman à des hommes doués de plus d'énergie que vous ne paraissez en avoir ; mais, tout en se moquant de la problématique influence qu'il devait exercer sur leurs destinées futures, aucun n'a voulu se risquer à conclure ce contrat si fatalement proposé par je ne sais quelle puissance. Je pense comme eux, j'ai douté, je me suis abstenu, et...

— Et vous n'avez pas même essayé ? dit le jeune homme en l'interrompant.

— Essayer ! dit le vieillard. Si vous étiez sur la colonne de la place Vendôme, essaieriez-vous de vous jeter dans les airs ? Peut-on arrêter le cours de la vie ? L'homme a-t-il jamais pu scinder la mort ? Avant d'entrer dans ce cabinet, vous aviez résolu de vous suicider ; mais tout à coup un secret vous occupe et vous distrait de mourir.

Enfant ! Chacun de vos jours ne vous offrira-t-il
pas une énigme plus intéressante que ne l'est
celle-ci ? Écoutez-moi. J'ai vu la cour licencieuse
du régent. Comme vous, j'étais alors dans la
misère, j'ai mendié mon pain ; néanmoins j'ai
atteint l'âge de cent deux ans, et je suis devenu
millionnaire : le malheur m'a donné la fortune,
l'ignorance m'a instruit. Je vais vous révéler en
peu de mots un grand mystère de la vie humaine.
L'homme s'épuise par deux actes instinctivement accomplis qui tarissent les sources de son
existence [1]. Deux verbes expriment toutes les
formes que prennent ces deux causes de mort :
VOULOIR et POUVOIR. Entre ces deux termes de
l'action humaine, il est une autre formule dont
s'emparent les sages, et je lui dois le bonheur et
ma longévité. *Vouloir* nous brûle et *Pouvoir* nous
détruit ; mais SAVOIR laisse notre faible organisation dans un perpétuel état de calme. Ainsi le
désir ou le vouloir est mort en moi, tué par la
pensée ; le mouvement ou le pouvoir s'est résolu
par le jeu naturel de mes organes. En deux mots,
j'ai placé ma vie, non dans le cœur qui se brise,
non dans les sens qui s'émoussent, mais dans le
cerveau qui ne s'use pas et qui survit à tout. Rien
d'excessif n'a froissé ni mon âme ni mon corps.
Cependant j'ai vu le monde entier. Mes pieds ont
foulé les plus hautes montagnes de l'Asie et de
l'Amérique, j'ai appris tous les langages
humains, et j'ai vécu sous tous les régimes. J'ai
prêté mon argent à un Chinois en prenant pour
gage le corps de son père, j'ai dormi sous la tente
de l'Arabe sur la foi de sa parole, j'ai signé des
contrats dans toutes les capitales européennes,

et j'ai laissé sans crainte mon or dans le wigwam
des sauvages, enfin j'ai tout obtenu parce que j'ai
tout su dédaigner. Ma seule ambition a été de
voir. Voir n'est-ce pas savoir ? Oh ! savoir, jeune
homme, n'est-ce pas jouir intuitivement ? N'est-
ce pas découvrir la substance même du fait et
s'en emparer essentiellement ? Que reste-t-il
d'une possession matérielle ? Une idée. Jugez
alors combien doit être belle la vie d'un homme
qui, pouvant empreindre toutes les réalités dans
sa pensée, transporte en son âme les sources
du bonheur, en extrait mille voluptés idéales
dépouillées des souillures terrestres. La pensée
est la clef de tous les trésors, elle procure les joies
de l'avare sans en donner les soucis. Aussi ai-je
plané sur le monde, où mes plaisirs ont toujours été des jouissances intellectuelles. Mes
débauches étaient la contemplation des mers,
des peuples, des forêts, des montagnes ! J'ai tout
vu, mais tranquillement, sans fatigue ; je n'ai
jamais rien désiré, j'ai tout attendu. Je me suis
promené dans l'univers comme dans le jardin
d'une habitation qui m'appartenait. Ce que les
hommes appellent chagrins, amours, ambitions,
revers, tristesse, sont pour moi des idées que je
change en rêveries ; au lieu de les sentir, je les
exprime, je les traduis ; au lieu de leur laisser
dévorer ma vie, je les dramatise, je les développe, je m'en amuse comme de romans que je
lirais par une vision intérieure. N'ayant jamais
lassé mes organes, je jouis encore d'une santé
robuste. Mon âme ayant hérité de toute la force
dont je n'abusais pas, cette tête est encore mieux
meublée que ne le sont mes magasins. Là, dit-il

en se frappant le front, là sont les vrais millions. Je passe des journées délicieuses en jetant un regard intelligent dans le passé, j'évoque des pays entiers, des sites, des vues de l'Océan, des figures historiquement belles! J'ai un sérail imaginaire où je possède toutes les femmes que je n'ai pas eues. Je revois souvent vos guerres, vos révolutions, et je les juge. Oh! comment préférer de fébriles, de légères admirations pour quelques chairs plus ou moins colorées, pour des formes plus ou moins rondes! comment préférer tous les désastres de vos volontés trompées à la faculté sublime de faire comparaître en soi l'univers, au plaisir immense de se mouvoir sans être garrotté par les liens du temps ni par les entraves de l'espace, au plaisir de tout embrasser, de tout voir, de se pencher sur le bord du monde pour interroger les autres sphères, pour écouter Dieu! Ceci, dit-il d'une voix éclatante en montrant la Peau de chagrin, est le *pouvoir* et le *vouloir* réunis. Là sont vos idées sociales, vos désirs excessifs, vos intempérances, vos joies qui tuent, vos douleurs qui font trop vivre; car le mal n'est peut-être qu'un violent plaisir. Qui pourrait déterminer le point où la volupté devient un mal et celui où le mal est encore la volupté? Les plus vives lumières du monde idéal ne caressent-elles pas la vue, tandis que les plus douces ténèbres du monde physique la blessent toujours? Le mot de Sagesse ne vient-il pas de savoir? et qu'est-ce que la folie, sinon l'excès d'un vouloir ou d'un pouvoir?

— Eh! bien, oui, je veux vivre avec excès, dit l'inconnu en saisissant la Peau de chagrin.

— Jeune homme, prenez garde, s'écria le vieillard avec une incroyable vivacité.

— J'avais résolu ma vie par l'étude et par la pensée ; mais elles ne m'ont même pas nourri, répliqua l'inconnu. Je ne veux être la dupe ni d'une prédication digne de Swedenborg [1], ni de votre amulette oriental [2], ni des charitables efforts que vous faites, monsieur, pour me retenir dans un monde où mon existence est désormais impossible. Voyons ! ajouta-t-il en serrant le talisman d'une main convulsive et regardant le vieillard. Je veux un dîner royalement splendide, quelque bacchanale digne du siècle où tout s'est, dit-on, perfectionné ! Que mes convives soient jeunes, spirituels et sans préjugés, joyeux jusqu'à la folie ! Que les vins se succèdent toujours plus incisifs, plus pétillants, et soient de force à nous enivrer pour trois jours ! Que cette nuit soit parée de femmes ardentes ! Je veux que la Débauche en délire et rugissant nous emporte dans son char à quatre chevaux, par-delà les bornes du monde, pour nous verser sur des plages inconnues : que les âmes montent dans les cieux ou se plongent dans la boue, je ne sais si alors elles s'élèvent ou s'abaissent, peu m'importe ! Donc je commande à ce pouvoir sinistre de me fondre toutes les joies dans une joie. Oui, j'ai besoin d'embrasser les plaisirs du ciel et de la terre dans une dernière étreinte pour en mourir. Aussi souhaité-je et des priapées antiques après boire, et des chants à réveiller les morts, et de triples baisers, des baisers sans fin dont la clameur passe sur Paris comme un craquement d'incendie, y réveille

les époux et leur inspire une ardeur cuisante
qui les rajeunisse tous, mène les septuagé-
naires !

Un éclat de rire, parti de la bouche du petit
vieillard, retentit dans les oreilles du jeune fou
comme un bruissement de l'enfer, et l'interdit si
despotiquement qu'il se tut.

— Croyez-vous, dit le marchand, que mes
planchers vont s'ouvrir tout à coup pour donner
passage à des tables somptueusement servies et
à des convives de l'autre monde ? Non, non,
jeune étourdi. Vous avez signé le pacte, tout est
dit. Maintenant vos volontés seront scrupuleuse-
ment satisfaites, mais aux dépens de votre vie.
Le cercle de vos jours, figuré par cette Peau,
se resserrera suivant la force et le nombre de
vos souhaits, depuis le plus léger jusqu'au
plus exorbitant. Le bramine auquel je dois
ce talisman m'a jadis expliqué qu'il s'opé-
rerait un mystérieux accord entre les destinées et les souhaits du possesseur. Votre premier désir est vulgaire, je pourrais le réaliser ;
mais j'en laisse le soin aux événements de
votre nouvelle existence. Après tout, vous vou-
liez mourir ? Hé bien, votre suicide n'est que
retardé.

L'inconnu, surpris et presque irrité de se voir
toujours plaisanté par ce singulier vieillard dont
l'intention demi-philanthropique lui parut clairement démontrée dans cette dernière raillerie,
s'écria : — Je verrai bien, monsieur, si ma
fortune changera pendant le temps que je vais
mettre à franchir la largeur du quai. Mais, si
vous ne vous moquez pas d'un malheureux, je

désire, pour me venger d'un si fatal service, que vous tombiez amoureux d'une danseuse ! Vous comprendrez alors le bonheur d'une débauche, et peut-être deviendrez-vous prodigue de tous les biens que vous avez si philosophiquement ménagés.

Il sortit sans entendre un grand soupir que poussa le vieillard, traversa les salles et descendit les escaliers de cette maison, suivi par le gros garçon joufflu qui voulut vainement l'éclairer ; il courait avec la prestesse d'un voleur pris en flagrant délit. Aveuglé par une sorte de délire, il ne s'aperçut même pas de l'incroyable ductilité de la Peau de chagrin, qui, devenue souple comme un gant, se roula sous ses doigts frénétiques et put entrer dans la poche de son habit où il la mit presque machinalement. En s'élançant de la porte du magasin sur la chaussée, il heurta trois jeunes gens qui se tenaient bras dessus bras dessous.

— Animal !

— Imbécile !

Telles furent les gracieuses interpellations qu'ils échangèrent.

— Eh ! c'est Raphaël.

— Ah ! bien, nous te cherchions.

— Quoi ! C'est vous ?

Ces trois phrases amicales succédèrent à l'injure aussitôt que la clarté d'un réverbère balancé par le vent frappa les visages de ce groupe étonné.

— Mon cher ami, dit à Raphaël le jeune homme qu'il avait failli renverser, tu vas venir avec nous.

— De quoi s'agit-il donc ?

— Avance toujours, je te conterai l'affaire en marchant.

De force ou de bonne volonté, Raphaël fut entouré de ses amis, qui, l'ayant enchaîné par les bras dans leur joyeuse bande, l'entraînèrent vers le Pont des Arts.

— Mon cher, dit l'orateur en continuant, nous sommes à ta poursuite depuis une semaine environ. A ton respectable hôtel Saint-Quentin, dont par parenthèse l'enseigne inamovible offre des lettres toujours alternativement noires et rouges comme au temps de J.-J. Rousseau[1], ta Léonarde[2] nous a dit que tu étais parti pour la campagne. Cependant nous n'avions certes pas l'air de gens d'argent, huissiers, créanciers, gardes du commerce, etc. N'importe ! Rastignac t'avait aperçu la veille aux Bouffons, nous avons repris courage, et nous avons mis de l'amour-propre à découvrir si tu te perchais sur les arbres des Champs-Élysées, si tu allais coucher pour deux sous dans ces maisons philanthropiques où les mendiants dorment appuyés sur des cordes tendues, ou si, plus heureux, ton bivouac n'était pas établi dans quelque boudoir. Nous ne t'avons rencontré nulle part, ni sur les écrous de Sainte-Pélagie, ni sur ceux de la Force ! Les ministères, l'Opéra, les maisons conventuelles, cafés, bibliothèques, listes de préfets, bureaux de journalistes, restaurants, foyers de théâtre, bref, tout ce qu'il y a dans Paris de bons et de mauvais lieux ayant été savamment explorés, nous gémissions sur la perte d'un homme doué d'assez de génie pour se faire également chercher à la cour et dans les prisons. Nous parlions de te canoniser comme un héros de Juillet ! et, ma parole d'honneur, nous te regrettions.

En ce moment, Raphaël passait avec ses amis sur le Pont des Arts, d'où, sans les écouter, il regardait la Seine dont les eaux mugissantes répétaient les lumières de Paris. Au-dessus de ce fleuve, dans lequel il voulait se précipiter naguère, les prédictions du vieillard étaient accomplies, l'heure de sa mort se trouvait déjà fatalement retardée.

— Et nous te regrettions vraiment ! dit son ami poursuivant toujours sa thèse. Il s'agit d'une combinaison dans laquelle nous te comprenions en ta qualité d'homme supérieur, c'est-à-dire d'homme qui sait se mettre au-dessus de tout. L'escamotage de la muscade constitutionnelle sous le gobelet royal se fait aujourd'hui, mon cher, plus gravement que jamais. L'infâme Monarchie renversée par l'héroïsme populaire était une femme de mauvaise vie avec laquelle on pouvait rire et banqueter ; mais la Patrie est une épouse acariâtre et vertueuse, il nous faut accepter, bon gré, mal gré, ses caresses compassées. Or donc, le pouvoir s'est transporté, comme tu sais, des Tuileries chez les journalistes, de même que le budget a changé de quartier, en passant du faubourg Saint-Germain à la Chaussée-d'Antin. Mais voici ce que tu ne sais peut-être pas ! Le gouvernement, c'est-à-dire l'aristocratie de banquiers et d'avocats qui font aujourd'hui de la patrie comme les prêtres faisaient jadis de la monarchie, a senti la nécessité de mystifier le bon peuple de France avec des mots nouveaux et

de vieilles idées, à l'instar des philosophes de
toutes les écoles et des hommes forts de tous les
temps. Il s'agit donc de nous inculquer une
opinion royalement nationale, en nous prouvant
qu'il est bien plus heureux de payer douze cents
millions trente-trois centimes à la patrie représentée par messieurs tels et tels, que onze cents
millions neuf centimes à un roi qui disait *moi* au
lieu de dire *nous*. En un mot, un journal armé de
deux ou trois cents bons mille francs vient d'être
fondé dans le but de faire une opposition qui
contente les mécontents, sans nuire au gouvernement national du roi-citoyen. Or, comme nous
nous moquons de la liberté autant que du despotisme, de la religion aussi bien que de l'incrédulité ; que pour nous la patrie est une capitale où
les idées s'échangent et se vendent à tant la
ligne, où tous les jours amènent de succulents
dîners, de nombreux spectacles ; où fourmillent
de licencieuses prostituées, où les soupers ne
finissent que le lendemain, où les amours vont à
l'heure comme les citadines ; que Paris sera
toujours la plus adorable de toutes les patries ! la
patrie de la joie, de la liberté, de l'esprit, des
jolies femmes, des mauvais sujets, du bon vin, et
où le bâton du pouvoir ne se fera jamais trop
sentir, puisque l'on est près de ceux qui le
tiennent... Nous, véritables sectateurs du lieu
Méphistophélès, avons entrepris de badigeonner
l'esprit public, de rhabiller les acteurs, de clouer
de nouvelles planches à la baraque gouverne-
mentale, de médicamenter les doctrinaires, de
recuire les vieux républicains, de réchampir les
bonapartistes et de ravitailler le centre, pourvu

qu'il nous soit permis de rire *in petto* des rois et
des peuples, de ne pas être le soir de notre
opinion du matin, et de passer une joyeuse vie à
la Panurge ou *more orientali*, couchés sur de
moelleux coussins. Nous te destinions les rênes
de cet empire macaronique et burlesque, ainsi
nous t'emmenons de ce pas au dîner donné par le
fondateur dudit journal, un banquier retiré qui,
ne sachant que faire de son or, veut le changer en
esprit. Tu y seras accueilli comme un frère, nous
t'y saluerons roi de ces esprits frondeurs que rien
n'épouvante, dont la perspicacité découvre les
intentions de l'Autriche, de l'Angleterre ou de la
Russie, avant que la Russie, l'Angleterre ou
l'Autriche n'aient des intentions ! Oui, nous t'ins-
tituerons le souverain de ces puissances intelligentes qui fournissent au monde les Mirabeau,
les Talleyrand, les Pitt, les Metternich, enfin tous
ces hardis Crispins qui jouent entre eux les
destinées d'un empire comme les hommes vulgaires jouent leur *kirchenwasser* [1] aux dominos.
Nous t'avons donné pour le plus intrépide
compagnon qui jamais ait étreint corps à corps
la Débauche, ce monstre admirable avec lequel
veulent lutter tous les esprits forts ; nous avons
même affirmé qu'il ne t'a pas encore vaincu.
J'espère que tu ne feras pas mentir nos éloges.
Taillefer, notre amphitryon, nous a promis de
surpasser les étroites saturnales de nos petits
Lucullus modernes. Il est assez riche pour mettre de la grandeur dans les petitesses, de l'élégance et de la grâce dans le vice. Entends-tu,
Raphaël ? lui demanda l'orateur en s'interrompant.

— Oui, répondit le jeune homme moins étonné de l'accomplissement de ses souhaits que surpris de la manière naturelle par laquelle les événements s'enchaînaient.

Quoiqu'il lui fût impossible de croire à une influence magique, il admirait les hasards de la destinée humaine.

— Mais tu nous dis oui, comme si tu pensais à la mort de ton grand-père, lui répliqua l'un de ses voisins.

— Ah! reprit Raphaël avec un accent de naïveté qui fit rire ces écrivains, l'espoir de la jeune France, je pensais, mes amis, que nous voilà près de devenir de bien grands coquins! Jusqu'à présent nous avons fait de l'impiété entre deux vins, nous avons pesé la vie étant ivres, nous avons prisé les hommes et les choses en digérant. Vierges du fait, nous étions hardis en parole; mais marqués maintenant par le fer chaud de la politique, nous allons entrer dans ce grand bagne et y perdre nos illusions. Quand on ne croit plus qu'au diable, il est permis de regretter le paradis de la jeunesse, le temps d'innocence où nous tendions dévotement la langue à un bon prêtre, pour recevoir le sacré corps de Notre-Seigneur Jésus-Christ! Ah! mes bons amis, si nous avons eu tant de plaisir à commettre nos premiers péchés, c'est que nous avions des remords pour les embellir et leur donner du piquant, de la saveur; tandis que maintenant...

— Oh! maintenant, reprit le premier interlocuteur, il nous reste...

— Quoi? dit un autre.

— Le crime...

— Voilà un mot qui a toute la hauteur d'une potence et toute la profondeur de la Seine, répliqua Raphaël.

— Oh! tu ne m'entends pas. Je parle des crimes politiques. Depuis ce matin je n'envie qu'une existence, celle des conspirateurs. Demain, je ne sais si ma fantaisie durera toujours; mais ce soir la vie pâle de notre civilisation, unie comme la rainure[1] d'un chemin de fer, fait bondir mon cœur de dégoût! Je suis épris de passion pour les malheurs de la déroute de Moscou, pour les émotions du *Corsaire rouge*[2] et pour l'existence des contrebandiers. Puisqu'il n'y a plus de Chartreux en France, je voudrais au moins un Botany-Bay[3], une espèce d'infirmerie destinée aux petits lords Byrons, qui, après avoir chiffonné la vie comme une serviette après dîner, n'ont plus rien à faire qu'à incendier leur pays, se brûler la cervelle, conspirer pour la république, ou demander la guerre...

— Émile, dit avec feu le voisin de Raphaël à l'interlocuteur, foi d'homme, sans la révolution de Juillet je me faisais prêtre pour aller mener une vie animale au fond de quelque campagne, et...

— Et tu aurais lu le bréviaire tous les jours?

— Oui.

— Tu es un fat.

— Nous lisons bien les journaux.

— Pas mal! pour un journaliste. Mais, tais-toi, nous marchons au milieu d'une masse d'abonnés. Le journalisme, vois-tu, c'est la religion des sociétés modernes, et il y a progrès.

— Comment ?

— Les pontifes ne sont pas tenus de croire, ni le peuple non plus...

En devisant ainsi, comme de braves gens qui savaient le *De Viris illustribus* depuis longues années, ils arrivèrent à un hôtel de la rue Joubert.

Émile était un journaliste qui avait conquis plus de gloire à ne rien faire que les autres n'en recueillent de leurs succès. Critique hardi, plein de verve et de mordant, il possédait toutes les qualités que comportaient ses défauts. Franc et rieur, il disait en face mille épigrammes à un ami qu'absent il défendait avec courage et loyauté. Il se moquait de tout, même de son avenir. Toujours dépourvu d'argent, il restait, comme tous les hommes de quelque portée, plongé dans une inexprimable paresse, jetant un livre dans un mot au nez de gens qui ne savaient pas mettre un mot dans leurs livres. Prodigue de promesses qu'il ne réalisait jamais, il s'était fait de sa fortune et de sa gloire un coussin pour dormir, courant ainsi la chance de se réveiller vieux à l'hôpital. D'ailleurs, ami jusqu'à l'échafaud, fanfaron de cynisme et simple comme un enfant, il ne travaillait que par boutade ou par nécessité.

— Nous allons faire, suivant l'expression de maître Alcofribas [1], un fameux *tronçon de chiere lie*, dit-il à Raphaël en lui montrant les caisses de fleurs qui embaumaient et verdissaient les escaliers.

— J'aime les porches bien chauffés et garnis

colonnade

de riches tapis, répondit Raphaël. Le luxe dès le
péristyle est rare en France. Ici, je me sens
renaître.

— Et là-haut nous allons boire et rire encore
une fois, mon pauvre Raphaël. Ah çà ! reprit-il,
j'espère que nous serons les vainqueurs et que
nous marcherons sur toutes ces têtes-là.

Puis, d'un geste moqueur, il montra les
convives en entrant dans un salon qui resplendissait de dorures, de lumières, et où ils furent
aussitôt accueillis par les jeunes gens les plus
remarquables de Paris. L'un venait de révéler un
talent neuf, et de rivaliser par son premier
tableau avec les gloires de la peinture impériale.
L'autre avait hasardé la veille un livre plein de
verdeur, empreint d'une sorte de dédain littéraire, et qui découvrait à l'école moderne de
nouvelles routes. Plus loin, un statuaire dont la
figure pleine de rudesse accusait quelque vigoureux génie, causait avec un de ces froids railleurs
qui, selon l'occurrence, tantôt ne veulent voir de
supériorité nulle part, et tantôt en reconnaissent
partout. Ici, le plus spirituel de nos caricatu-
ristes, à l'œil malin, à la bouche mordante,
guettait les épigrammes pour les traduire à
coups de crayon. Là, ce jeune et audacieux
écrivain, qui mieux que personne distillait la
quintessence des pensées politiques, ou conden-
sait en se jouant l'esprit d'un écrivain fécond,
s'entretenait avec ce poète dont les écrits écrase-
raient toutes les œuvres du temps présent, si son
talent avait la puissance de sa haine. Tous deux
essayaient de ne pas dire la vérité et de ne pas
mentir, en s'adressant de douces flatteries. Un

musicien célèbre consolait en *si bémol*, et d'une
voix moqueuse, un jeune homme politique
récemment tombé de la tribune sans se faire
aucun mal. De jeunes auteurs sans style étaient
auprès de jeunes auteurs sans idées, des prosa-
teurs pleins de poésie près de poètes prosaïques.
Voyant ces êtres incomplets, un pauvre saint-
simonien, assez naïf pour croire à sa doctrine, les
accouplait avec charité, voulant sans doute les
transformer en religieux de son ordre. Enfin il
s'y trouvait deux ou trois de ces savants destinés
à mettre de l'azote dans la conversation, et
plusieurs vaudevillistes prêts à y jeter de ces
lueurs éphémères qui, semblables aux étincelles
du diamant, ne donnent ni chaleur ni lumière.
Quelques hommes à paradoxes, riant sous cape
des gens qui épousent leurs admirations ou leurs
mépris pour les hommes et les choses, faisaient
déjà de cette politique à double tranchant avec
laquelle ils conspirent contre tous les systèmes,
sans prendre parti pour aucun. Le *jugeur* qui ne
s'étonne de rien, qui se mouche au milieu d'une
cavatine aux Bouffons, y crie *brava* avant tout le
monde, et contredit ceux qui préviennent son
avis, était là cherchant à s'attribuer les mots des
gens d'esprit. Parmi ces convives, cinq avaient
de l'avenir, une dizaine devaient obtenir quelque
gloire viagère ; quant aux autres, ils pouvaient
comme toutes les médiocrités se dire le fameux
mensonge de Louis XVIII : *Union et oubli*[1].
L'amphitryon avait la gaieté soucieuse d'un
homme qui dépense deux mille écus. De temps
en temps ses yeux se dirigeaient avec impatience
vers la porte du salon, en appelant celui des

convives qui se faisait attendre. Bientôt apparut un gros petit homme qui fut accueilli par une flatteuse rumeur, c'était le notaire qui, le matin même, avait achevé de créer le journal. Un valet de chambre vêtu de noir vint ouvrir les portes d'une vaste salle à manger, où chacun alla sans cérémonie reconnaître sa place autour d'une table immense. Avant de quitter les salons, Raphaël y jeta un dernier coup d'œil. Son souhait était certes bien complètement réalisé. La soie et l'or tapissaient les appartements. De riches candélabres supportant d'innombrables bougies faisaient briller les plus légers détails des frises dorées, les délicates ciselures du bronze et les somptueuses couleurs de l'ameublement. Les fleurs rares de quelques jardinières artistement construites avec des bambous, répandaient de doux parfums. Tout jusqu'aux draperies respirait une élégance sans prétention ; enfin il y avait en tout je ne sais quelle grâce poétique dont le prestige devait agir sur l'imagination d'un homme sans argent.

— Cent mille livres de rente sont un bien joli commentaire du catéchisme, et nous aident merveilleusement à mettre la *morale en actions* ! dit-il en soupirant. Oh ! oui, ma vertu ne va guère à pied. Pour moi, le vice c'est une mansarde, un habit râpé, un chapeau gris en hiver, et des dettes chez le portier. Ah ! je veux vivre au sein de ce luxe un an, six mois, n'importe ! Et puis après mourir. J'aurai du moins épuisé, connu, dévoré mille existences.

— Oh ! lui dit Émile qui l'écoutait, tu prends le coupé d'un agent de change pour le bonheur. Va, tu serais bientôt ennuyé de la fortune en t'apercevant qu'elle te ravirait la chance d'être un homme supérieur. Entre les pauvretés de la richesse et les richesses de la pauvreté, l'artiste a-t-il jamais balancé ? Ne nous faut-il pas toujours des luttes, à nous autres ? Aussi, prépare ton estomac, vois, dit-il en lui montrant par un geste héroïque le majestueux, le trois fois saint et rassurant aspect que présentait la salle à manger du benoît capitaliste. Cet homme-là, reprit-il, ne s'est vraiment donné, la peine d'amasser son argent que pour nous. N'est-ce pas une espèce d'éponge oubliée par les naturalistes dans l'ordre des polypiers, et qu'il s'agit de presser avec délicatesse, avant de la laisser sucer par des héritiers ? Ne trouves-tu pas du style aux bas-reliefs qui décorent les murs ? Et les lustres, et les tableaux, quel luxe bien entendu ! S'il faut croire les envieux et ceux qui tiennent à voir les ressorts de la vie, cet homme aurait tué, pendant la Révolution, un Allemand et quelques autres personnes qui seraient, dit-on, son meilleur ami et la mère de cet ami [1]. Peux-tu donner place à des crimes sous les cheveux grisonnants de ce vénérable Taillefer ? Il a l'air d'un bien bon homme. Vois donc comme l'argenterie étincelle, et chacun de ces rayons brillants serait pour lui un coup de poignard ?... Allons donc ! Autant vaudrait croire en Mahomet. Si le public avait raison, voici trente hommes de cœur et de talent qui s'apprêteraient à manger les entrailles, à boire le sang d'une famille. Et nous deux, jeunes

gens pleins de candeur, d'enthousiasme, nous
serions complices du forfait! J'ai envie de
demander à notre capitaliste s'il est honnête
homme.

— Non pas maintenant! s'écria Raphaël,
mais quand il sera ivre-mort, nous aurons dîné.

Les deux amis s'assirent en riant. D'abord et
par un regard plus rapide que la parole, chaque
convive paya son tribut d'admiration au somptueux coup d'œil qu'offrait une longue table,
blanche comme une couche de neige fraîche-
ment tombée, et sur laquelle s'élevaient symétri-
quement les couverts couronnés de petits pains
blonds. Les cristaux répétaient les couleurs de
l'iris dans leurs reflets étoilés, les bougies tra-
çaient des feux croisés à l'infini, les mets placés
sous les dômes d'argent aiguisaient l'appétit et
la curiosité. Les paroles furent assez rares. Les
voisins se regardèrent. Le vin de Madère circula.
Puis le premier service apparut dans toute sa
gloire, il aurait fait honneur à feu Cambacérès, et
Brillat-Savarin l'eût célébré. Les vins de Bordeaux et de Bourgogne, blancs et rouges, furent
servis avec une profusion royale. Cette première
partie du festin était comparable, en tout point,
à l'exposition d'une tragédie classique. Le
second acte devint quelque peu bavard. Chaque
convive avait bu raisonnablement en changeant
de crus suivant ses caprices, en sorte qu'au
moment où l'on emporta les restes de ce magnifique service, de tempétueuses discussions
s'étaient établies; quelques fronts pâles rougissaient, plusieurs nez commençaient à s'empour-
prer, les visages s'allumaient, les yeux pétil-

laient. Pendant cette aurore de l'ivresse, le discours ne sortit pas encore des bornes de la
civilité ; mais les railleries, les bons mots
s'échappèrent peu à peu de toutes les bouches ;
puis la calomnie éleva tout doucement sa petite
tête de serpent et parla d'une voix flûtée ; çà et
là, quelques sournois écoutèrent attentivement,
espérant garder leur raison. Le second service
trouva donc les esprits tout à fait échauffés.
Chacun mangea en parlant, parla en mangeant,
but sans prendre garde à l'affluence des liquides,
tant ils étaient lampants et parfumés, tant
l'exemple fut contagieux. Taillefer se piqua
d'animer ses convives, et fit avancer les terribles
vins du Rhône, le chaud Tokay, le vieux Roussil-
lon capiteux. Déchaînés comme les chevaux
d'une malle-poste qui part d'un relais, ces
hommes fouettés par les flammèches du vin de
Champagne impatiemment attendu, mais abondamment versé, laissèrent alors galoper leur
esprit dans le vide de ces raisonnements que
personne n'écoute, se mirent à raconter ces
histoires qui n'ont pas d'auditeur, recommencè-
rent cent fois ces interpellations qui restent sans
réponse. L'orgie seule déploya sa grande voix, sa
voix composée de cent clameurs confuses qui
grossissent comme les crescendo de Rossini. Puis
arrivèrent les toasts insidieux, les forfanteries,
les défis. Tous renonçaient à se glorifier de leur
capacité intellectuelle pour revendiquer celle
des tonneaux, des foudres, des cuves. Il semblait
que chacun eût deux voix. Il vint un moment où
les maîtres parlèrent tous à la fois, et où les
valets sourirent. Mais cette mêlée de paroles où

les paradoxes douteusement lumineux, les vérités grotesquement habillées se heurtèrent à travers les cris, les jugements interlocutoires, les
arrêts souverains et les niaiseries, comme au
milieu d'un combat se croisent les boulets, les
balles et la mitraille, eût sans doute intéressé
quelque philosophe par la singularité des pensées, ou surpris un politique par la bizarrerie des
systèmes. C'était tout à la fois un livre et un
tableau. Les philosophies, les religions, les
morales, si différentes d'une latitude à l'autre,
les gouvernements, enfin tous les grands actes de
l'intelligence humaine tombèrent sous une faux
aussi longue que celle du Temps, et peut-être
eussiez-vous pu difficilement décider si elle était
maniée par la Sagesse ivre, ou par l'Ivresse
devenue sage et clairvoyante. Emportés par une
espèce de tempête, ces esprits semblaient,
comme la mer irritée contre ses falaises, vouloir
ébranler toutes les lois entre lesquelles flottent
les civilisations, satisfaisant ainsi sans le savoir
à la volonté de Dieu, qui laisse dans la nature le
bien et le mal en gardant pour lui seul le secret
de leur lutte perpétuelle. Furieuse et burlesque,
la discussion fut en quelque sorte un sabbat des
intelligences. Entre les tristes plaisanteries dites
par ces enfants de la Révolution à la naissance
d'un journal, et les propos tenus par de joyeux
buveurs à la naissance de Gargantua, se trouvait tout l'abîme qui sépare le dix-neuvième
siècle du seizième. Celui-ci apprêtait une destruction en riant, le nôtre riait au milieu des
ruines.

— Comment appelez-vous le jeune homme

que je vois là-bas ? dit le notaire en montrant
Raphaël. J'ai cru l'entendre nommer Valentin.

— Que chantez-vous avec votre Valentin tout
court ? s'écria Émile en riant. Raphaël de Valentin, s'il vous plaît ! Nous *portons un aigle d'or en
champ de sable couronné d'argent becqué et onglé
de gueules,* avec une belle devise : NON CECIDIT
ANIMUS ! Nous ne sommes pas un enfant trouvé,
mais le descendant de l'empereur *Valens,* souche
des *Valentinois,* fondateur des villes de Valence
en Espagne et en France, héritier légitime de
l'empire d'Orient. Si nous laissons trôner Mahmoud à Constantinople, c'est par pure bonne
volonté, et faute d'argent ou de soldats.

Émile décrivit en l'air, avec sa fourchette, une
couronne au-dessus de la tête de Raphaël. Le
notaire se recueillit pendant un moment et se
remit bientôt à boire en laissant échapper un
geste authentique, par lequel il semblait avouer
qu'il lui était impossible de rattacher à sa
clientèle les villes de Valence, de Constantinople,
Mahmoud, l'empereur Valens et la famille des
Valentinois.

— La destruction de ces fourmilières nommées Babylone, Tyr, Carthage, ou Venise, toujours écrasées sous les pieds d'un géant qui
passe, ne serait-elle pas un avertissement donné
à l'homme par une puissance moqueuse ? dit
Claude Vignon, espèce d'esclave acheté pour
faire du Bossuet à dix sous la ligne.

— Moïse, Sylla, Louis XI, Richelieu, Robes-
pierre et Napoléon sont peut-être un même
homme qui reparaît à travers les civilisations

comme une comète dans le ciel! répondit un ballanchiste.

— Pourquoi sonder la Providence? dit Canalis le fabricant de ballades.

— Allons, voilà la Providence, s'écria le jugeur en l'interrompant. Je ne connais rien au monde de plus élastique.

— Mais, monsieur, Louis XIV a fait périr plus d'hommes pour creuser les aqueducs de Maintenon que la Convention pour asseoir justement l'impôt, pour mettre de l'unité dans la loi, nationaliser la France et faire également partager les héritages, disait Massol, un jeune homme devenu républicain faute d'une syllabe devant son nom.

— Monsieur, lui répondit Moreau de l'Oise, bon propriétaire, vous qui prenez le sang pour du vin, cette fois-ci laisserez-vous à chacun sa tête sur ses épaules?

— A quoi bon, monsieur? Les principes de l'ordre social ne valent-ils donc pas quelques sacrifices?

— Bixiou! Hé! Chose-le-républicain prétend que la tête de ce propriétaire serait un sacrifice, dit un jeune homme à son voisin.

— Les hommes et les événements ne sont rien, disait le républicain en continuant sa théorie à travers les hoquets, il n'y a en politique et en philosophie que des principes et des idées.

— Quelle horreur! Vous n'auriez nul chagrin de tuer vos amis pour un *si...*

— Hé! monsieur, l'homme qui a des remords est le vrai scélérat, car il a quelque idée de la vertu; tandis que Pierre le Grand, le duc d'Albe,

étaient des systèmes, et le corsaire Monbard[1],
une organisation.

— Mais la société ne peut-elle pas se priver de
vos systèmes et de vos organisations ? dit
Canalis.

— Oh! d'accord, s'écria le républicain.

— Eh! votre stupide république me donne des
nausées! nous ne saurions découper tranquillement un chapon sans y trouver la loi agraire.

— Tes principes sont excellents, mon petit
Brutus farci de truffes! Mais tu ressembles à
mon valet de chambre, le drôle est si cruellement possédé par la manie de la propreté, que si
je lui laissais brosser mes habits à sa fantaisie,
j'irais tout nu.

— Vous êtes des brutes! Vous voulez nettoyer
une nation avec des cure-dents, répliqua l'homme
à la république. Selon vous la justice serait plus
dangereuse que les voleurs.

— Hé! hé! fit l'avoué Desroches.

— Sont-ils ennuyeux avec leur politique! dit
Cardot le notaire. Fermez la porte. Il n'y a pas de
science ou de vertu qui vaille une goutte de sang.
Si nous voulions faire la liquidation de la vérité,
nous la trouverions peut-être en faillite.

— Ah! il en aurait sans doute moins coûté de
nous amuser dans le mal que de nous disputer
dans le bien. Aussi donnerais-je tous les discours
prononcés à la tribune depuis quarante ans pour
une truite, pour un conte de Perrault ou une
croquade[2] de Charlet.

— Vous avez bien raison! Passez-moi des
asperges. Car, après tout, la liberté enfante
l'anarchie, l'anarchie conduit au despotisme, et

le despotisme ramène à la liberté. Des millions d'êtres ont péri sans avoir pu faire triompher aucun de ces systèmes. N'est-ce pas le cercle vicieux dans lequel tournera toujours le monde moral ? Quand l'homme croit avoir perfectionné, il n'a fait que déplacer les choses.

— Oh ! oh ! s'écria Cursy le vaudevilliste, alors, messieurs, je porte un toast à Charles X, père de la liberté !

— Pourquoi pas ? dit Émile. Quand le despotisme est dans les lois, la liberté se trouve dans les mœurs, et *vice versa*.

— Buvons donc à l'imbécillité du pouvoir qui nous donne tant de pouvoir sur les imbéciles ! dit le banquier.

— Hé ! mon cher, au moins Napoléon nous a-t-il laissé de la gloire ! criait un officier de marine qui n'était jamais sorti de Brest.

— Ah ! la gloire, triste denrée. Elle se paye cher et ne se garde pas. Ne serait-elle point l'égoïsme des grands hommes, comme le bonheur est celui des sots ?

— Monsieur, vous êtes bien heureux.

— Le premier qui inventa les fossés était sans doute un homme faible, car la société ne profite qu'aux gens chétifs. Placés aux deux extrémités du monde moral, le sauvage et le penseur ont également horreur de la propriété.

— Joli ! s'écria Cardot. S'il n'y avait pas de propriétés, comment pourrions-nous faire des actes ?

— Voilà des petits pois délicieusement fantastiques !

— Et le curé fut trouvé mort dans son lit, le lendemain...

— Qui parle de mort ? Ne badinez pas ! J'ai un oncle.

— Vous vous résigneriez sans doute à le perdre.

— Ce n'est pas une question.

— Écoutez-moi, messieurs ! MANIÈRE DE TUER SON ONCLE. Chut ! (Écoutez ! Écoutez !) Ayez d'abord un oncle gros et gras, septuagénaire au moins, ce sont les meilleurs oncles. (Sensation.) Faites-lui manger, sous un prétexte quelconque, un pâté de foie gras...

— Hé ! mon oncle est un grand homme sec, avare et sobre.

— Ah ! ces oncles-là sont des monstres qui abusent de la vie.

— Et, dit l'homme aux oncles en continuant, annoncez-lui, pendant sa digestion, la faillite de son banquier.

— S'il résiste ?

— Lâchez-lui une jolie fille !

— S'il est... dit-il en faisant un geste négatif.

— Alors, ce n'est pas un oncle, l'oncle est essentiellement égrillard.

— La voix de la Malibran a perdu deux notes.

— Non, monsieur.

— Si, monsieur.

— Oh ! oh ! Oui et non, n'est-ce pas l'histoire de toutes les dissertations religieuses, politiques et littéraires ? L'homme est un bouffon qui danse sur des précipices !

— A vous entendre, je suis un sot.

— Au contraire, c'est parce que vous ne m'entendez pas.

— L'instruction, belle niaiserie! Monsieur Heineffettermach [1] porte le nombre des volumes imprimés à plus d'un milliard, et la vie d'un homme ne permet pas d'en lire cent cinquante mille. Alors expliquez-moi ce que signifie le mot *instruction*? pour les uns, elle consiste à savoir les noms du cheval d'Alexandre, du dogue Bérécillo, du seigneur des Accords [2], et d'ignorer celui de l'homme auquel nous devons le flottage des bois ou la porcelaine. Pour les autres, être instruit, c'est savoir brûler un testament et vivre en honnêtes gens, aimés, considérés, au lieu de voler une montre en récidive, avec les cinq circonstances aggravantes, et d'aller mourir en place de Grève, haïs et déshonorés.

— Nathan restera-t-il?

— Ah! ses collaborateurs, monsieur, ont bien de l'esprit.

— Et Canalis [3]?

— C'est un grand homme, n'en parlons plus.

— Vous êtes ivres!

— La conséquence immédiate d'une constitution est l'aplatissement des intelligences. Arts, sciences, monuments, tout est dévoré par un effroyable sentiment d'égoïsme, notre lèpre actuelle. Vos trois cents bourgeois, assis sur des banquettes, ne penseront qu'à planter des peupliers. Le despotisme fait illégalement de grandes choses, la liberté ne se donne même pas la peine d'en faire légalement de très petites.

— Votre enseignement mutuel fabrique des pièces de cent sous en chair humaine, dit un absolutiste en interrompant. Les individualités disparaissent chez un peuple nivelé par l'instruction.

— Cependant le but de la société n'est-il pas de procurer à chacun le bien-être ? demanda le saint-simonien.

— Si vous aviez cinquante mille livres de rente, vous ne penseriez guère au peuple. Êtes-vous épris de belle passion pour l'humanité, allez à Madagascar : vous y trouverez un joli petit peuple tout neuf à saint-simoniser, à classer, à mettre en bocal ; mais ici, chacun entre tout naturellement dans son alvéole, comme une cheville dans son trou. Les portiers sont portiers, et les niais sont des bêtes sans avoir besoin d'être promus par un collège de Pères. Ah ! ah !

— Vous êtes un carliste !

— Pourquoi pas ! J'aime le despotisme, il annonce un certain mépris pour la race humaine. Je ne hais pas les rois. Ils sont si amusants ! Trôner dans une chambre, à trente millions de lieues du soleil, n'est-ce donc rien ?

— Mais résumons cette large vue de la civilisation, disait le savant qui pour l'instruction du sculpteur inattentif avait entrepris une discussion sur le commencement des sociétés et sur les peuples autochtones. A l'origine des nations la force fut en quelque sorte matérielle, une, grossière ; puis avec l'accroissement des agrégations, les gouvernements ont procédé par des décompositions plus ou moins habiles du pouvoir primitif. Ainsi, dans la haute antiquité, la force était dans la théocratie ; le prêtre tenait le glaive et l'encensoir. Plus tard, il y eut deux sacer-

doces : le pontife et le roi. Aujourd'hui, notre
société, dernier terme de la civilisation, a distri-
bué la puissance suivant le nombre des combinaisons, et nous sommes arrivés aux forces
nommées industrie, pensée, argent, parole. Le
pouvoir n'ayant plus alors d'unité marche sans
cesse vers une dissolution sociale qui n'a plus
d'autre barrière que l'intérêt. Aussi ne nous
appuyons-nous ni sur la religion, ni sur la force
matérielle, mais sur l'intelligence. Le livre vaut-
il le glaive, la discussion vaut-elle l'action ? Voilà
le problème.

— L'intelligence a tout tué, s'écria le carliste.
Allez, la liberté absolue mène les nations au
suicide, elles s'ennuient dans le triomphe,
comme un Anglais millionnaire.

— Que nous direz-vous de neuf ? Aujourd'hui
vous avez ridiculisé tous les pouvoirs, et c'est
même chose vulgaire que de nier Dieu ! Vous
n'avez plus de croyance. Aussi le siècle est-il
comme un vieux sultan perdu de débauche !
Enfin, votre lord Byron, en dernier désespoir de
poésie, a chanté les passions du crime.

— Savez-vous, lui répondit Bianchon complètement ivre, qu'une dose de phosphore de plus
ou de moins fait l'homme de génie ou le scélérat,
l'homme d'esprit ou l'idiot, l'homme vertueux
ou le criminel ?

— Peut-on traiter ainsi la vertu ! s'écria de
Cursy. La vertu, sujet de toutes les pièces de
théâtre, dénoûment de tous les drames, base de
tous les tribunaux.

— Hé ! tais-toi donc, animal. Ta vertu, c'est
Achille sans talon ! dit Bixiou.

— A boire !

— Veux-tu parier que je bois une bouteille de vin de Champagne d'un seul trait ?

— Quel trait d'esprit ! s'écria Bixiou.

— Ils sont gris comme des charretiers, dit un jeune homme qui donnait sérieusement à boire à son gilet.

— Oui, monsieur, le gouvernement actuel est l'art de faire régner l'opinion publique.

— L'opinion ? Mais c'est la plus vicieuse de toutes les prostituées ! A vous entendre, hommes de morale et de politique, il faudrait sans cesse préférer vos lois à la nature, l'opinion à la conscience. Allez, tout est vrai, tout est faux ! Si la société nous a donné le duvet des oreillers, elle a certes compensé le bienfait par la goutte, comme elle a mis la procédure pour tempérer la justice, et les rhumes à la suite des châles de Cachemire.

— Monstre ! dit Émile en interrompant le misanthrope, comment peux-tu médire de la civilisation en présence de vins, de mets si délicieux, et à table jusqu'au menton ? Mords ce chevreuil aux pieds et aux cornes dorés, mais ne mords pas ta mère.

— Est-ce ma faute, à moi, si le catholicisme arrive à mettre un million de dieux dans un sac de farine, si la république aboutit toujours à quelque Napoléon, si la royauté se trouve entre l'assassinat de Henri IV et le jugement de Louis XVI, si le libéralisme devient La Fayette ?

— L'avez-vous embrassé en juillet ?

— Non.

— Alors taisez-vous, sceptique.

— Les sceptiques sont les hommes les plus consciencieux.

— Ils n'ont pas de conscience.

— Que dites-vous ? Ils en ont au moins deux.

— Escompter le ciel ! Monsieur, voilà une idée vraiment commerciale. Les religions antiques n'étaient qu'un heureux développement du plaisir physique ; mais nous autres nous avons développé l'âme et l'espérance, il y a eu progrès.

— Hé ! mes bons amis, que pouvez-vous attendre d'un siècle repu de politique ? dit Nathan. Quel a été le sort du Roi de Bohême et de ses sept châteaux [1], la plus ravissante conception...

— Ça ? cria le jugeur d'un bout de la table à l'autre. C'est des phrases tirées au hasard dans un chapeau, véritable ouvrage écrit pour Charenton.

— Vous êtes un sot !

— Vous êtes un drôle !

— Oh ! oh !

— Ah ! ah !

— Ils se battront.

— Non.

— A demain, monsieur.

— A l'instant, répondit Nathan.

— Allons ! allons ! Vous êtes deux braves.

— Vous en êtes un autre ! dit le provocateur.

— Ils ne peuvent seulement pas se mettre debout.

— Ah ! je ne me tiens pas droit, peut-être ! reprit le belliqueux Nathan en se dressant comme un cerf-volant indécis.

Il jeta sur la table un regard hébété, puis,

comme exténué par cet effort, il retomba sur sa chaise, pencha la tête et resta muet.

— Ne serait-il pas plaisant, dit le jugeur à son voisin, de me battre pour un ouvrage que je n'ai jamais vu ni lu !

— Émile, prends garde à ton habit, ton voisin pâlit, dit Bixiou.

— Kant, monsieur. Encore un ballon lancé pour amuser les niais ! Le matérialisme et le spiritualisme sont deux jolies raquettes avec lesquelles des charlatans en robe font aller le même volant. Que Dieu soit en tout selon Spinoza, ou que tout vienne de Dieu selon saint Paul... Imbéciles ! Ouvrir ou fermer une porte, n'est-il pas le même mouvement ? L'œuf vient-il de la poule ou la poule de l'œuf ? (Passez-moi du canard !) Voilà toute la science.

— Nigaud, lui cria le savant, la question que tu poses est tranchée par un fait.

— Et lequel ?

— Les chaires de professeurs n'ont pas été faites pour la philosophie, mais bien la philosophie pour les chaires ! Mets des lunettes et lis le budget.

— Voleurs !

— Imbéciles !

— Fripons !

— Dupes !

— Où trouverez-vous ailleurs qu'à Paris un échange aussi vif, aussi rapide entre les pensées, s'écria Bixiou en prenant une voix de basse-taille.

— Allons, Bixiou, fais-nous quelque farce classique ! Voyons, une charge !

— Voulez-vous que je vous fasse le dix-neuvième siècle ?

— Écoutez !

— Silence !

— Mettez des sourdines à vos mufles !

— Te tairas-tu, chinois !

— Donnez-lui du vin, et qu'il se taise, cet
enfant !

— A toi, Bixiou !

L'artiste boutonna son habit noir jusqu'au col,
mit ses gants jaunes, et se grima de manière à
singer la *Revue des Deux Mondes* en louchant [1] ;
mais le bruit couvrit sa voix, et il fut impossible
de saisir un seul mot de sa moquerie. S'il ne
représenta pas le siècle, au moins représenta-t-il
la *Revue*, car il ne s'entendit pas lui-même.

Le dessert se trouva servi comme par enchan-
tement. La table fut couverte d'un vaste surtout
en bronze doré, sorti des ateliers de Thomire. De
hautes figures douées par un célèbre artiste des
formes convenues en Europe pour la beauté
idéale, soutenaient et portaient des buissons de
fraises, des ananas, des dattes fraîches, des
raisins jaunes, de blondes pêches, des oranges
arrivées de Sétubal par un paquebot, des gre-
nades, des fruits de la Chine, enfin toutes les
surprises du luxe, les miracles du petit four, les
délicatesses les plus friandes, les friandises les
plus séductrices. Les couleurs de ces tableaux
gastronomiques étaient rehaussées par l'éclat de
la porcelaine, par des lignes étincelantes d'or,
par les découpures des vases. Gracieuse comme
les liquides frangés de l'Océan, verte et légère, la
mousse couronnait les paysages du Poussin,

copiés à Sèvres[1]. Le territoire d'un prince allemand n'aurait pas payé cette richesse insolente.
L'argent, la nacre, l'or, les cristaux furent de
nouveau prodigués sous de nouvelles formes ;
mais les yeux engourdis et la verbeuse fièvre de
l'ivresse permirent à peine aux convives d'avoir
une intuition vague de cette féerie digne d'un
conte oriental. Les vins de dessert apportèrent
leurs parfums et leurs flammes, philtres puissants, vapeurs enchanteresses qui engendrent
une espèce de mirage intellectuel et dont les
liens puissants enchaînent les pieds, alourdis-
sent les mains. Les pyramides de fruits furent
pillées, les voix grossirent, le tumulte grandit. Il
n'y eut plus alors de paroles distinctes, les verres
volèrent en éclats, et des rires atroces partirent
comme des fusées. Cursy saisit un cor et se mit à
sonner une fanfare. Ce fut comme un signal
donné par le diable. Cette assemblée en délire
hurla, siffla, chanta, cria, rugit, gronda. Vous
eussiez souri de voir des gens naturellement
gais, devenus sombres comme les dénoûments
de Crébillon, ou rêveurs comme des marins en
voiture. Les hommes fins disaient leurs secrets à
des curieux qui n'écoutaient pas. Les mélancoliques souriaient comme des danseuses qui achè-
vent leurs pirouettes. Claude Vignon se dandi-
nait à la manière des ours en cage. Des amis
intimes se battaient. Les ressemblances ani-
males inscrites sur les figures humaines, et si
curieusement démontrées par les physiologistes,
reparaissaient vaguement dans les gestes, dans
les habitudes du corps. Il y avait un livre tout
fait pour quelque Bichat qui se serait trouvé là

froid et à jeun. Le maître du logis, se sentant ivre, n'osait se lever, mais il approuvait les extravagances de ses convives par une grimace fixe, en tâchant de conserver un air décent et hospitalier. Sa large figure, devenue rouge et bleue, presque violacée, terrible à voir, s'associait au mouvement général par des efforts semblables au roulis et au tangage d'un brick.

— Les avez-vous assassinés[1] ? lui demanda Émile.

— La peine de mort va, dit-on, être abolie en faveur de la révolution de Juillet, répondit Taillefer qui haussa les sourcils d'un air tout à la fois plein de finesse et de bêtise.

— Mais ne les voyez-vous pas quelquefois en songe ? reprit Raphaël.

— Il y a prescription ! dit le meurtrier plein d'or.

— Et sur sa tombe, s'écria Émile d'un ton sardonique, l'entrepreneur du cimetière gravera : *Passants, accordez une larme à sa mémoire !* Oh ! reprit-il, je donnerais bien cent sous au mathématicien qui me démontrerait par une équation algébrique l'existence de l'enfer.

Il jeta une pièce en l'air en criant : — Face pour Dieu !

— Ne regarde pas, dit Raphaël en saisissant la pièce, que sait-on ? le hasard est si plaisant.

— Hélas ! reprit Émile d'un air tristement bouffon, je ne vois pas où poser les pieds entre la géométrie de l'incrédule et le *Pater noster* du pape. Bah ! buvons ! *Trinc* est, je crois, l'oracle de la divine bouteille et sert de conclusion au *Pantagruel*.

— Nous devons au *Pater noster*, répondit
Raphaël, nos arts, nos monuments, nos sciences
peut-être ; et, bienfait plus grand encore, nos
gouvernements modernes, dans lesquels une
société vaste et féconde est merveilleusement
représentée par cinq cents intelligences, où les
forces opposées les unes aux autres se neutrali-
sent en laissant tout pouvoir à la civilisation,
reine gigantesque qui remplace le roi, cette
ancienne et terrible figure, espèce de faux destin
créé par l'homme entre le ciel et lui. En présence
de tant d'œuvres accomplies, l'athéisme apparaît comme un squelette qui n'engendre pas.
Qu'en dis-tu ?

— Je songe aux flots de sang répandus par le
catholicisme, dit froidement Émile. Il a pris nos
veines et nos cœurs pour faire une contrefaçon
du déluge. Mais n'importe ! Tout homme qui
pense doit marcher sous la bannière du Christ.
Lui seul a consacré le triomphe de l'esprit sur la
matière, lui seul nous a poétiquement révélé le
monde intermédiaire qui nous sépare de Dieu.

— Tu crois ? reprit Raphaël en lui jetant un
indéfinissable sourire d'ivresse. Eh ! bien, pour
ne pas nous compromettre, portons le fameux
toast : *Diis ignotis* [1] !

Et ils vidèrent leurs calices de science, de gaz
carbonique, de parfums, de poésie et d'incrédulité.

— Si ces messieurs veulent passer dans le
salon, le café les y attend, dit le maître d'hôtel.

En ce moment presque tous les convives se
roulaient au sein de ces limbes délicieux où les
lumières de l'esprit s'éteignent, où le corps

délivré de son tyran s'abandonne aux joies délirantes de la liberté. Les uns, arrivés à l'apogée de
l'ivresse, restaient mornes et péniblement occupés à saisir une pensée qui leur attestât leur
propre existence, les autres, plongés dans le
marasme produit par une digestion alourdis-
sante, niaient le mouvement. D'intrépides ora-
teurs disaient encore de vagues paroles dont le
sens leur échappait à eux-mêmes. Quelques
refrains retentissaient comme le bruit d'une
mécanique obligée d'accomplir sa vie factice et
sans âme. Le silence et le tumulte s'étaient
bizarrement accouplés. Néanmoins, en entendant la voix sonore du valet qui, à défaut d'un
maître, leur annonçait des joies nouvelles, les
convives se levèrent entraînés, soutenus ou portés les uns par les autres. La troupe entière resta
pendant un moment immobile et charmée sur le
seuil de la porte. Les jouissances excessives du
festin pâlirent devant le chatouillant spectacle
que l'amphitryon offrait au plus voluptueux de
leurs sens. Sous les étincelantes bougies d'un
lustre d'or, autour d'une table chargée de ver-
meil, un groupe de femmes se présenta soudain
aux convives hébétés dont les yeux s'allumèrent
comme autant de diamants. Riches étaient les
parures, mais plus riches encore étaient ces
beautés éblouissantes devant lesquelles dispa-
raissaient toutes les merveilles de ce palais. Les
yeux passionnés de ces filles, prestigieuses
comme des fées, avaient encore plus de vivacité
que les torrents de lumière qui faisaient resplendir les reflets satinés des tentures, la blancheur
des marbres et les saillies délicates des bronzes.

Le cœur brûlait à voir les contrastes de leurs
coiffures agitées et de leurs attitudes, toutes
diverses d'attraits et de caractère. C'était une
haie de fleurs mêlées de rubis, de saphirs et de
corail ; une ceinture de colliers noirs sur des cous
de neige, des écharpes légères flottant comme les
flammes d'un phare, des turbans orgueilleux,
des tuniques modestement provocantes. Ce
sérail offrait des séductions pour tous les yeux,
des voluptés pour tous les caprices. Posée à ravir,
une danseuse semblait être sans voile sous les
plis onduleux du cachemire. Là une gaze dia-
phane, ici la soie chatoyante cachaient ou révélaient des perfections mystérieuses. De petits
pieds étroits parlaient d'amour, des bouches
fraîches et rouges se taisaient. De frêles et
décentes jeunes filles, vierges factices dont les
jolis cheveux respiraient une religieuse innocence, se présentaient aux regards comme des
apparitions qu'un souffle pouvait dissiper. Puis
des beautés aristocratiques au regard fier, mais
indolentes, mais fluettes, maigres, gracieuses,
penchaient la tête comme si elles avaient encore
de royales protections à faire acheter. Une
Anglaise, blanche et chaste figure aérienne, des-
cendue des nuages d'Ossian, ressemblait à un
ange de mélancolie, à un remords fuyant le
crime. La Parisienne dont toute la beauté gît
dans une grâce indescriptible, vaine de sa toilette et de son esprit, armée de sa toute-puissante faiblesse, souple et dure, sirène sans cœur
et sans passion, mais qui sait artificieusement
créer les trésors de la passion et contrefaire les
accents du cœur, ne manquait pas à cette péril-

leuse assemblée où brillaient encore des Italiennes tranquilles en apparence et consciencieuses dans leur félicité, de riches Normandes aux formes magnifiques, des femmes méridionales aux cheveux noirs, aux yeux bien fendus. Vous eussiez dit des beautés de Versailles convoquées par Lebel, ayant dès le matin dressé tous leurs pièges, arrivant comme une troupe d'esclaves orientales réveillées par la voix du marchand pour partir à l'aurore. Elles restaient interdites, honteuses, et s'empressaient autour de la table comme des abeilles qui bourdonnent dans l'intérieur d'une ruche. Cet embarras craintif, reproche et coquetterie tout ensemble, était ou quelque séduction calculée ou de la pudeur involontaire. Peut-être un sentiment que la femme ne dépouille jamais complètement leur ordonnait-il de s'envelopper dans le manteau de la vertu pour donner plus de charme et de piquant aux prodigalités du vice. Aussi la conspiration ourdie par le vieux Taillefer sembla-t-elle devoir échouer. Ces hommes sans frein furent subjugués tout d'abord par la puissance majestueuse dont est investie la femme. Un murmure d'admiration résonna comme la plus douce musique. L'amour n'avait pas voyagé de compagnie avec l'ivresse; au lieu d'un ouragan de passions, les convives surpris dans un moment de faiblesse s'abandonnèrent aux délices d'une voluptueuse extase. A la voix de la poésie qui les domine toujours, les artistes étudièrent avec bonheur les nuances délicates qui distinguaient ces beautés choisies. Réveillé par une pensée, due peut-être à quelque émanation d'acide carbonique dégagé du vin de Champagne, un philosophe frissonna en songeant aux malheurs qui amenaient là ces femmes, dignes peut-être jadis des plus purs hommages. Chacune d'elles avait sans doute un drame sanglant à raconter. Presque toutes apportaient d'infernales tortures, et traînaient après elles des hommes sans foi, des promesses trahies, des joies rançonnées par la misère. Les convives s'approchèrent d'elles avec politesse, et des conversations aussi diverses que les caractères s'établirent. Des groupes se formèrent. Vous eussiez dit d'un salon de bonne compagnie où les jeunes filles et les femmes vont offrant aux convives, après le dîner, les secours que le café, les liqueurs et le sucre prêtent aux gourmands embarrassés dans les travaux d'une digestion récalcitrante. Mais bientôt quelques rires éclatèrent, le murmure augmenta, les voix s'élevèrent. L'orgie, domptée pendant un moment, menaça par intervalles de se réveiller. Ces alternatives de silence et de bruit eurent une vague ressemblance avec une symphonie de Beethoven.

Assis sur un moelleux divan, les deux amis virent d'abord arriver près d'eux une grande fille bien proportionnée, superbe en son maintien, de physionomie assez irrégulière, mais perçante, mais impétueuse, et qui saisissait l'âme par de vigoureux contrastes. Sa chevelure noire, lascivement bouclée, semblait avoir déjà subi les combats de l'amour, et retombait en flocons légers sur ses larges épaules qui offraient des perspectives attrayantes à voir. De longs rouleaux bruns enveloppaient à demi un cou majestueux sur lequel la lumière glissait par intervalles en révélant la finesse des plus jolis contours. La peau, d'un blanc mat, faisait ressortir les tons chauds et animés de ses vives couleurs. L'œil, armé de longs cils, lançait des flammes hardies, étincelles d'amour. La bouche, rouge, humide, entrouverte, appelait le baiser. Cette fille avait une taille forte, mais amoureusement élastique ; son sein, ses bras étaient largement développés, comme ceux des belles figures du Carrache ; néanmoins, elle paraissait leste, souple, et sa vigueur supposait l'agilité d'une panthère, comme la mâle élégance de ses formes en promettait les voluptés dévorantes. Quoique cette fille dût savoir rire et folâtrer, ses yeux et son sourire effrayaient la pensée. Semblable à ces prophétesses agitées par un démon, elle étonnait plutôt qu'elle ne plaisait. Toutes les expressions passaient par masses et comme des éclairs sur sa figure mobile. Peut-être eût-elle ravi des gens blasés, mais un jeune homme l'eût redoutée. C'était une statue colossale tombée du haut de quelque temple grec, sublime à distance, mais grossière à voir de près. Néanmoins, sa foudroyante beauté devait réveiller les impuissants, sa voix charmer les sourds, ses regards ranimer de vieux ossements ; aussi Émile la compara-t-il vaguement à une tragédie de Shakespeare, espèce d'arabesque admirable où la joie hurle, où l'amour a je ne sais quoi de sauvage, où la magie de la grâce et le feu du bonheur succèdent aux sanglants tumultes de la colère ; monstre qui sait mordre et caresser, rire comme un démon, pleurer comme les anges, improviser dans une seule étreinte toutes les séductions de la femme, excepté les soupirs de la mélancolie et les enchanteresses modesties d'une vierge ; puis en un moment rugir, se déchirer les flancs, briser sa passion, son amant ; enfin, se détruire elle-même comme fait un peuple insurgé. Vêtue d'une robe en velours rouge, elle foulait d'un pied insouciant quelques fleurs déjà tombées de la tête de ses compagnes, et d'une main dédaigneuse tendait aux deux amis un plateau d'argent. Fière de sa beauté, fière de ses vices peut-être, elle montrait un bras blanc, qui se détachait vivement sur le velours. Elle était là comme la reine du plaisir, comme une image de la joie humaine, de cette joie qui dissipe les trésors amassés par trois générations, qui rit sur des cadavres, se moque des aïeux, dissout des perles et des trônes, transforme les jeunes gens en vieillards, et souvent les vieillards en jeunes gens ; de cette joie permise seulement aux géants fatigués du pouvoir, éprouvés par la pensée, ou pour lesquels la guerre est devenue comme un jouet.

— Comment te nommes-tu ? lui dit Raphaël.

— Aquilina.

— Oh ! oh ! tu viens de *Venise sauvée* [1], s'écria Émile.

— Oui, répondit-elle. De même que les papes se donnent de nouveaux noms en montant au-dessus des hommes, j'en ai pris un autre en m'élevant au-dessus de toutes les femmes.

— As-tu donc, comme ta patronne, un noble et terrible conspirateur qui t'aime et sache mourir pour toi ? dit vivement Émile, réveillé par cette apparence de poésie.

— Je l'ai eu, répondit-elle. Mais la guillotine a été ma rivale. Aussi metté-je toujours quelques chiffons rouges dans ma parure pour que ma joie n'aille jamais trop loin.

— Oh! si vous lui laissez raconter l'histoire des quatre jeunes gens de La Rochelle, elle n'en finira pas. Tais-toi donc, Aquilina! Les femmes n'ont-elles pas toutes un amant à pleurer; mais toutes n'ont pas, comme toi, le bonheur de l'avoir perdu sur un échafaud. Ah! j'aimerais bien mieux savoir le mien couché dans une fosse, à Clamart, que dans le lit d'une rivale.

Ces phrases furent prononcées d'une voix douce et mélodieuse par la plus innocente, la plus jolie et la plus gentille petite créature qui sous la baguette d'une fée fût jamais sortie d'un œuf enchanté. Elle était arrivée à pas muets, et montrait une figure délicate, une taille grêle, des yeux bleus ravissants de modestie, des tempes fraîches et pures. Une naïade ingénue qui s'échappe de sa source n'est pas plus timide, plus blanche ni plus naïve que cette jeune fille qui paraissait avoir seize ans, ignorer le mal, ignorer l'amour, ne pas connaître les orages de la vie, et venir d'une église où elle aurait prié les anges d'obtenir avant le temps son rappel dans les cieux. A Paris seulement se rencontrent ces créatures au visage candide qui cachent la dépravation la plus profonde, les vices les plus raffinés, sous un front aussi doux, aussi tendre que la fleur d'une marguerite. Trompés d'abord par les célestes promesses écrites dans les suaves attraits de cette jeune fille, Émile et Raphaël acceptèrent le café qu'elle leur versa dans les tasses présentées par Aquilina, et se mirent à la questionner. Elle acheva de transfigurer aux yeux des deux poètes, par une sinistre allégorie, je ne sais quelle face de la vie humaine, en opposant à l'expression rude et passionnée de son imposante compagne le portrait de cette corruption froide, voluptueusement cruelle, assez étourdie pour commettre un crime, assez forte pour en rire ; espèce de démon sans cœur, qui punit les âmes riches et tendres de ressentir les émotions dont il est privé, qui trouve toujours une grimace d'amour à vendre, des larmes pour le convoi de sa victime, et de la joie le soir pour en lire le testament. Un poète eût admiré la belle Aquilina ; le monde entier devait fuir la touchante Euphrasie : l'une était l'âme du vice, l'autre le vice sans âme.

— Je voudrais bien savoir, dit Émile à cette jolie créature, si parfois tu songes à l'avenir.

— L'avenir ? répondit-elle en riant. Qu'appelez-vous l'avenir ? Pourquoi penserais-je à ce qui n'existe pas encore ? Je ne regarde jamais ni en arrière ni en avant de moi. N'est-ce pas déjà trop que de m'occuper d'une journée à la fois ? D'ailleurs, l'avenir, nous le connaissons, c'est l'hôpital.

— Comment peux-tu voir d'ici l'hôpital et ne pas éviter d'y aller ? s'écria Raphaël.

— Qu'a donc l'hôpital de si effrayant ? demanda la terrible Aquilina. Quand nous ne sommes ni mères ni épouses, quand la vieillesse nous met des bas noirs aux jambes et des rides au front, flétrit tout ce qu'il y a de femme en nous et sèche la joie dans les regards de nos

amis, de quoi pourrions-nous avoir besoin ? Vous
ne voyez plus alors en nous, de notre parure, que
sa fange primitive qui marche sur deux pattes,
froide, sèche, décomposée, et va produisant un
bruissement de feuilles mortes. Les plus jolis
chiffons nous deviennent des haillons, l'ambre
qui réjouissait le boudoir prend une odeur de
mort et sent le squelette ; puis, s'il se trouve un
cœur dans cette boue, vous y insultez tous, vous
ne nous permettez même pas un souvenir. Ainsi,
que nous soyons, à cette époque de la vie, dans
un riche hôtel à soigner des chiens, ou dans un
hôpital à trier des guenilles, notre existence
n'est-elle pas exactement la même ? Cacher nos
cheveux blancs sous un mouchoir à carreaux
rouges et bleus ou sous des dentelles, balayer les
rues avec du bouleau ou les marches des Tuileries avec du satin, être assises à des foyers dorés
ou nous chauffer à des cendres dans un pot de
terre rouge, assister au spectacle de la Grève ou
aller à l'Opéra, y a-t-il donc tant de différence ?

— *Aquilina mia*, jamais tu n'as eu tant de
raison au milieu de tes désespoirs, reprit
Euphrasie. Oui, les cachemires, les vélins, les
parfums, l'or, la soie, le luxe, tout ce qui brille,
tout ce qui plaît ne va bien qu'à la jeunesse. Le
temps seul pourrait avoir raison contre nos
folies, mais le bonheur nous absout. Vous riez de
ce que je dis, s'écria-t-elle en lançant un sourire
venimeux aux deux amis ; n'ai-je pas raison ?
J'aime mieux mourir de plaisir que de maladie.
Je n'ai ni la manie de la perpétuité ni grand
respect pour l'espèce humaine, à voir ce que
Dieu en fait ! Donnez-moi des millions, je les

mangerai ; je ne voudrais pas garder un centime pour l'année prochaine. Vivre pour plaire et régner, tel est l'arrêt que prononce chaque battement de mon cœur. La société m'approuve ; ne fournit-elle pas sans cesse à mes dissipations ? Pourquoi le bon Dieu me fait-il tous les matins la rente de ce que je dépense tous les soirs ? Pourquoi nous bâtissez-vous des hôpitaux ? Comme il ne nous a pas mis entre le bien et le mal pour choisir ce qui nous blesse ou nous ennuie, je serais bien sotte de ne pas m'amuser.

— Et les autres ? dit Émile.

— Les autres ? Eh bien, qu'ils s'arrangent ! J'aime mieux rire de leurs souffrances que d'avoir à pleurer sur les miennes. Je défie un homme de me causer la moindre peine.

— Qu'as-tu donc souffert pour penser ainsi ? demanda Raphaël.

— J'ai été quittée pour un héritage, moi ! dit-elle en prenant une pose qui fit ressortir toutes ses séductions. Et cependant j'avais passé les nuits et les jours à travailler pour nourrir mon amant. Je ne veux plus être la dupe d'aucun sourire, d'aucune promesse, et je prétends faire de mon existence une longue partie de plaisir.

— Mais, s'écria Raphaël, le bonheur ne vient-il donc pas de l'âme ?

— Eh bien, reprit Aquilina, n'est-ce rien que de se voir admirée, flattée, de triompher de toutes les femmes, même des plus vertueuses, en les écrasant par notre beauté, par notre richesse ? D'ailleurs nous vivons plus en un jour qu'une bonne bourgeoise en dix ans, et alors tout est jugé.

— Une femme sans vertu n'est-elle pas odieu-
se ? dit Émile à Raphaël.

Euphrasie leur lança un regard de vipère, et
répondit avec un inimitable accent d'ironie :

— La vertu ! Nous la laissons aux laides et aux
bossues. Que seraient-elles sans cela, les pauvres
femmes ?

— Allons, tais-toi, s'écria Émile, ne parle
point de ce que tu ne connais pas.

— Ah ! je ne la connais pas ! reprit Euphrasie.
Se donner pendant toute la vie à un être détesté,
savoir élever des enfants qui vous abandonnent,
et leur dire : Merci ! quand ils vous frappent au
cœur ; voilà les vertus que vous ordonnez à la
femme ; et encore, pour la récompenser de son
abnégation, venez-vous lui imposer des souffrances en cherchant à la séduire ; si elle résiste,
vous la compromettez. Jolie vie ! Autant rester
libres, aimer ceux qui nous plaisent et mourir
jeunes.

— Ne crains-tu pas de payer tout cela un
jour ?

— Eh bien, répondit-elle, au lieu d'entremêler
mes plaisirs de chagrins, ma vie sera coupée en
deux parts : une jeunesse certainement joyeuse,
et je ne sais quelle vieillesse incertaine pendant
laquelle je souffrirai tout à mon aise.

— Elle n'a pas aimé, dit Aquilina d'un son de
voix profond. Elle n'a jamais fait cent lieues
pour aller dévorer avec mille délices un regard et
un refus ; elle n'a point attaché sa vie à un
cheveu, ni essayé de poignarder plusieurs
hommes pour sauver son souverain, son sei-

gneur, son dieu. Pour elle, l'amour était un joli colonel.

— Hé ! hé ! *La Rochelle*, répondit Euphrasie, l'amour est comme le vent, nous ne savons d'où il vient. D'ailleurs, si tu avais été bien aimée par une bête, tu prendrais les gens d'esprit en horreur.

— Le Code nous défend d'aimer les bêtes, répliqua la grande Aquilina d'un accent ironique.

— Je te croyais plus indulgente pour les militaires, s'écria Euphrasie en riant.

— Sont-elles heureuses de pouvoir abdiquer ainsi leur raison ! s'écria Raphaël.

— Heureuses ! dit Aquilina souriant de pitié, de terreur, en jetant aux deux amis un horrible regard. Ah ! vous ignorez ce que c'est que d'être condamnée au plaisir avec un mort dans le cœur.

Contempler en ce moment les salons, c'était avoir une vue anticipée du Pandémonium de Milton. Les flammes bleues du punch coloraient d'une teinte infernale les visages de ceux qui pouvaient boire encore. Des danses folles, animées par une sauvage énergie, excitaient des rires et des cris qui éclataient comme les détonations d'un feu d'artifice. Jonchés de morts et de mourants, le boudoir et un petit salon offraient l'image d'un champ de bataille. L'atmosphère était chaude de vin, de plaisirs et de paroles. L'ivresse, l'amour, le délire, l'oubli du monde étaient dans les cœurs, sur les visages, écrits sur les tapis, exprimés par le désordre, et jetaient sur tous les regards de légers voiles qui faisaient voir dans l'air des vapeurs enivrantes. Il s'était ému, comme dans les bandes lumineuses tracées par un rayon de soleil, une poussière brillante, à travers laquelle se jouaient les formes les plus capricieuses, les luttes les plus grotesques. Çà et là, des groupes de figures enlacées se confondaient avec les marbres blancs, nobles chefs-d'œuvre de la sculpture qui ornaient les appartements. Quoique les deux amis conservassent encore une sorte de lucidité trompeuse dans les idées et dans leurs organes, un dernier frémissement, simulacre imparfait de la vie, il leur était impossible de reconnaître ce qu'il y avait de réel dans les fantaisies bizarres, de possible dans les tableaux surnaturels qui passaient incessamment devant leurs yeux lassés. Le ciel étouffant de nos rêves, l'ardente suavité que contractent les figures dans nos visions, surtout je ne sais quelle agilité chargée de chaînes, enfin les phénomènes les plus inaccoutumés du sommeil les assaillaient si vivement qu'ils prirent les jeux de cette débauche pour un cauchemar où le mouvement est sans bruit, où les cris sont perdus pour l'oreille. En ce moment le valet de chambre de confiance réussit, non sans peine, à attirer son maître dans l'antichambre, et lui dit à l'oreille :

— Monsieur, tous les voisins sont aux fenêtres et se plaignent du tapage.

— S'ils ont peur du bruit, ne peuvent-ils pas faire mettre de la paille devant leurs portes ? s'écria Taillefer.

Raphaël laissa tout à coup échapper un éclat de rire si brusquement intempestif, que son ami lui demanda compte de cette joie brutale.

— Tu me comprendrais difficilement, répondit-il. D'abord, il faudrait t'avouer que vous m'avez arrêté sur le quai Voltaire au moment où j'allais me jeter dans la Seine, et tu voudrais sans doute connaître les motifs de ma mort. Mais quand j'ajouterais que, par un hasard presque fabuleux, les ruines les plus poétiques du monde matériel venaient alors de se résumer à mes yeux par une traduction symbolique de la sagesse humaine; tandis qu'en ce moment les débris de tous les trésors intellectuels que nous avons saccagés à table aboutissent à ces deux femmes, images vives et originales de la folie, et que notre profonde insouciance des hommes et des choses a servi de transition aux tableaux fortement colorés de deux systèmes d'existence si diamétralement opposés, en seras-tu plus instruit? Si tu n'étais pas ivre, tu y verrais peut-être un traité de philosophie.

— Si tu n'avais pas les deux pieds sur cette ravissante Aquilina dont les ronflements ont je ne sais quelle analogie avec le rugissement d'un orage près d'éclater, reprit Émile qui lui-même s'amusait à rouler et à dérouler les cheveux d'Euphrasie sans trop avoir la conscience de cette innocente occupation, tu rougirais de ton ivresse et de ton bavardage. Tes deux systèmes peuvent entrer dans une seule phrase et se réduisent à une pensée. La vie simple et mécanique conduit à quelque sagesse insensée en étouffant notre intelligence par le travail; tandis que la vie passée dans le vide des abstractions ou dans les abîmes du monde moral mène à quelque folle sagesse. En un mot, tuer les sentiments pour vivre vieux, ou mourir jeune en acceptant le martyre des passions, voilà notre arrêt. Encore cette sentence lutte-t-elle avec les tempéraments que nous a donnés le rude goguenard à qui nous devons le patron de toutes les créatures.

— Imbécile ! s'écria Raphaël en l'interrompant. Continue à t'abréger toi-même ainsi, tu feras des volumes ! Si j'avais eu la prétention de formuler proprement ces deux idées, je t'aurais dit que l'homme se corrompt par l'exercice de la raison et se purifie par l'ignorance. C'est faire le procès aux sociétés ! Mais que nous vivions avec les sages ou que nous périssions avec les fous, le résultat n'est-il pas tôt ou tard le même ? Aussi, le grand abstracteur de quintessence a-t-il jadis exprimé ces deux systèmes en deux mots : CARY-MARY, CARYMARA [1].

— Tu me fais douter de la puissance de Dieu, car tu es plus bête qu'il n'est puissant, répliqua Émile. Notre cher Rabelais a résolu cette philosophie par un mot plus bref que *Carymary, Carymara* ; c'est *peut-être*, d'où Montaigne a pris son *Que sais-je ?* Encore ces derniers mots de la science morale ne sont-ils guère que l'exclamation de Pyrrhon restant entre le bien et le mal, comme l'âne de Buridan entre deux mesures d'avoine. Mais laissons là cette éternelle discussion qui aboutit aujourd'hui à *oui et non*. Quelle expérience voulais-tu donc faire en te jetant dans la Seine ? Étais-tu jaloux de la machine hydraulique du pont Notre-Dame ?

— Ah ! si tu connaissais ma vie.

— Ah ! s'écria Émile, je ne te croyais pas si

vulgaire, la phrase est usée. Ne sais-tu pas que nous avons tous la prétention de souffrir beaucoup plus que les autres ?

— Ah ! s'écria Raphaël.

— Mais tu es bouffon avec ton *ah !* Voyons ! Une maladie d'âme ou de corps t'oblige-t-elle de ramener tous les matins, par une contraction de tes muscles, les chevaux qui le soir doivent t'écarteler, comme jadis le fit Damiens ? As-tu mangé ton chien tout cru, sans sel, dans ta mansarde ? Tes enfants t'ont-ils jamais dit : J'ai faim ? As-tu vendu les cheveux de ta maîtresse pour aller au jeu ? Es-tu jamais allé payer à un faux domicile une fausse lettre de change, tirée sur un faux oncle, avec la crainte d'arriver trop tard ? Voyons, j'écoute. Si tu te jetais à l'eau pour une femme, pour un protêt, ou par ennui, je te renie. Confesse-toi, ne mens pas ; je ne te demande point de mémoires historiques. Surtout, sois aussi bref que ton ivresse te le permettra ; je suis exigeant comme un lecteur et près de dormir comme une femme qui lit ses vêpres.

— Pauvre sot ! dit Raphaël. Depuis quand les douleurs ne sont-elles plus en raison de la sensibilité ? Lorsque nous arriverons au degré de science qui nous permettra de faire une histoire naturelle des cœurs, de les nommer, de les classer en genres, en sous-genres, en familles, en crustacés, en fossiles, en sauriens, en microscopiques, en... que sais-je ? alors, mon bon ami, ce sera chose prouvée qu'il en existe de tendres, de délicats, comme des fleurs, et qui doivent se briser comme elles par de légers froissements auxquels certains cœurs minéraux ne sont même pas sensibles.

— Oh ! de grâce, épargne-moi ta préface, dit Émile d'un air moitié riant moitié piteux, en prenant la main de Raphaël.

LA FEMME SANS CŒUR[1]

Après être resté silencieux pendant un moment, Raphaël dit en laissant échapper un geste d'insouciance :

— Je ne sais en vérité s'il ne faut pas attribuer aux fumées du vin et du punch l'espèce de lucidité qui me permet d'embrasser en cet instant toute ma vie comme un même tableau où les figures, les couleurs, les ombres, les lumières, les demi-teintes sont fidèlement rendues. Ce jeu poétique de mon imagination ne m'étonnerait pas, s'il n'était accompagné d'une sorte de dédain pour mes souffrances et pour mes joies passées. Vue à distance, ma vie est comme rétrécie par un phénomène moral. Cette longue et lente douleur qui a duré dix ans peut aujourd'hui se reproduire par quelques phrases dans lesquelles la douleur ne sera plus qu'une pensée, et le plaisir une réflexion philosophique. Je juge au lieu de sentir...

— Tu es ennuyeux comme un amendement qui se développe, s'écria Émile.

— C'est possible, reprit Raphaël sans murmurer. Aussi, pour ne pas abuser de tes oreilles, te ferai-je grâce des dix-sept premières années de ma vie. Jusque-là, j'ai vécu comme toi, comme

mille autres, de cette vie de collège ou de lycée
dont les malheurs fictifs et les joies réelles sont
les délices de notre souvenir, à laquelle notre
gastronomie blasée redemande les légumes du
vendredi, tant que nous ne les avons pas goûtés
de nouveau : belle vie dont les travaux nous
semblent méprisables et qui cependant nous ont
appris le travail...

— Arrive au drame, dit Émile d'un air moitié
comique et moitié plaintif.

— Quand je sortis du collège, reprit Raphaël
en réclamant par un geste le droit de continuer,
mon père m'astreignit à une discipline sévère, il
me logea dans une chambre contiguë à son
cabinet ; je me couchais dès neuf heures du soir
et me levais à cinq heures du matin ; il voulait
que je fisse mon Droit en conscience, j'allais en
même temps à l'École et chez un avoué ; mais les
lois du temps et de l'espace étaient si sévèrement
appliquées à mes courses, à mes travaux, et mon
père me demandait en dînant un compte si
rigoureux de...

— Qu'est-ce que cela me fait ? dit Émile.

— Eh ! que le diable t'emporte, répondit
Raphaël. Comment pourras-tu concevoir mes
sentiments si je ne te raconte les faits impercep-
tibles qui influèrent sur mon âme, la façonnèrent
à la crainte et me laissèrent longtemps dans la
naïveté primitive du jeune homme ? Ainsi, jusqu'à vingt et un ans, j'ai été courbé sous un
despotisme aussi froid que celui d'une règle
monacale. Pour te révéler les tristesses de ma
vie, il suffira peut-être de te dépeindre mon
père : un grand homme sec et mince, le visage en

lame de couteau, le teint pâle, à parole brève,
taquin comme une vieille fille, méticuleux
comme un chef de bureau. Sa paternité planait
au-dessus de mes lutines et joyeuses pensées, et
les enfermait comme sous un dôme de plomb ; si
je voulais lui manifester un sentiment doux et
tendre, il me recevait en enfant qui va dire une
sottise, je le redoutais bien plus que nous ne
craignions naguère nos maîtres d'étude, j'avais
toujours huit ans pour lui. Je crois encore le voir
devant moi. Dans sa redingote marron, où il se
tenait droit comme un cierge pascal, il avait l'air
d'un hareng saur enveloppé dans la couverture
rougeâtre d'un pamphlet. Cependant j'aimais
mon père, au fond il était juste. Peut-être ne
haïssons-nous pas la sévérité quand elle est
justifiée par un grand caractère, par des mœurs
pures, et qu'elle est adroitement entremêlée de
bonté. Si mon père ne me quitta jamais, si
jusqu'à l'âge de vingt ans, il ne laissa pas dix
francs à ma disposition, dix coquins, dix liber-
tins de francs, trésor immense dont la possession
vainement enviée me faisait rêver d'ineffables
délices, il cherchait du moins à me procurer
quelques distractions. Après m'avoir promis un
plaisir pendant des mois entiers, il me conduisait aux Bouffons, à un concert, à un bal où
j'espérais rencontrer une maîtresse. Une maîtresse ! c'était pour moi l'indépendance. Mais
honteux et timide, ne sachant point l'idiome des
salons et n'y connaissant personne, j'en revenais
le cœur toujours aussi neuf et tout aussi gonflé
de désirs. Puis le lendemain, bridé comme un
cheval d'escadron par mon père, dès le matin je

retournais chez un avoué, au Droit, au Palais.
Vouloir m'écarter de la route uniforme que mon
père m'avait tracée, c'eût été m'exposer à sa
colère ; il m'avait menacé de m'embarquer à ma
première faute, en qualité de mousse, pour les
Antilles. Aussi me prenait-il un horrible frisson
quand par hasard j'osais m'aventurer, pendant
une heure ou deux, dans quelque partie de
plaisir. Figure-toi l'imagination la plus vagabonde, le cœur le plus amoureux, l'âme la plus
tendre, l'esprit le plus poétique, sans cesse en
présence de l'homme le plus cailouteux, le plus
atrabilaire, le plus froid du monde ; enfin marie
une jeune fille à un squelette, et tu comprendras
l'existence dont les scènes curieuses ne peuvent
que t'être dites : projets de fuite évanouis à
l'aspect de mon père, désespoirs calmés par le
sommeil, désirs comprimés, sombres mélanco-
lies dissipées par la musique. J'exhalais mon
malheur en mélodies. Beethoven ou Mozart
furent souvent mes discrets confidents. Aujour-
d'hui je souris en me souvenant de tous les
préjugés qui troublaient ma conscience à cette
époque d'innocence et de vertu : si j'avais mis le
pied chez un restaurateur, je me serais cru
ruiné ; mon imagination me faisait considérer un
café comme un lieu de débauche, où les hommes
se perdaient d'honneur et engageaient leur fortune ; quant à risquer de l'argent au jeu, il aurait
fallu en avoir. Oh ! quand je devrais t'endormir,
je veux te raconter l'une des plus terribles joies
de ma vie, une de ces joies armées de griffes et
qui s'enfoncent dans notre cœur comme un fer
chaud sur l'épaule d'un forçat. J'étais au bal

chez le duc de Navarreins, cousin de mon père. Mais pour que tu puisses parfaitement comprendre ma position, apprends que j'avais un habit râpé, des souliers mal faits, une cravate de cocher et des gants déjà portés. Je me mis dans un coin afin de pouvoir tout à mon aise prendre des glaces et contempler les jolies femmes. Mon père m'aperçut. Par une raison que je n'ai jamais devinée, tant cet acte de confiance m'abasourdit, il me donna sa bourse et ses clefs à garder. A dix pas de moi quelques hommes jouaient. J'entendais frétiller l'or. J'avais vingt ans, je souhaitais passer une journée entière plongé dans les crimes de mon âge. C'était un libertinage d'esprit dont l'analogue ne se trouverait ni dans les caprices de courtisane, ni dans les songes des jeunes filles. Depuis un an je me rêvais bien mis, en voiture, ayant une belle femme à mes côtés, tranchant du seigneur, dînant chez Véry[1], allant le soir au spectacle, décidé à ne revenir que le lendemain chez mon père, mais armé contre lui d'une aventure plus intriguée que ne l'est le *Mariage de Figaro*, et de laquelle il lui aurait été impossible de se dépêtrer. J'avais estimé toute cette joie cinquante écus. N'étais-je pas encore sous le charme naïf de l'*école buissonnière* ? J'allai donc dans un boudoir où, seul, les yeux cuisants, les doigts tremblants, je comptai l'argent de mon père : cent écus ! Évoquées par cette somme, les joies de mon escapade apparurent devant moi, dansant comme les sorcières de Macbeth autour de leur chaudière, mais alléchantes, frémissantes, délicieuses ! Je devins un coquin déterminé. Sans écouter ni les tintements

de mon oreille, ni les battements précipités de
mon cœur, je pris deux pièces de vingt francs que
je vois encore ! Leurs millésimes étaient effacés
et la figure de Bonaparte y grimaçait. Après
avoir mis la bourse dans ma poche, je revins vers
une table de jeu en tenant les deux pièces d'or
dans la paume humide de ma main, et je rôdai
autour des joueurs comme un émouchet au-
dessus d'un poulailler. En proie à des angoisses
inexprimables, je jetai soudain un regard
translucide[1] autour de moi. Certain de n'être
aperçu par aucune personne de connaissance, je
pariai pour un petit homme gras et réjoui, sur la
tête duquel j'accumulai plus de prières et de
vœux qu'il ne s'en fait en mer pendant trois
tempêtes. Puis avec un instinct de scélératesse
ou de machiavélisme surprenant à mon âge,
j'allai me planter près d'une porte, regardant à
travers les salons sans y rien voir. Mon âme et
mes yeux voltigeaient autour du fatal tapis vert.
De cette soirée date la première observation
physiologique à laquelle j'ai dû cette espèce de
pénétration qui m'a permis de saisir quelques
mystères de notre double nature. Je tournais le
dos à la table où se disputait mon futur bonheur,
bonheur d'autant plus profond peut-être qu'il
était criminel ; entre les deux joueurs et moi, il se
trouvait une haie d'hommes, épaisse de quatre
ou cinq rangées de causeurs ; le bourdonnement
des voix empêchait de distinguer le son de l'or
qui se mêlait au bruit de l'orchestre ; malgré
tous ces obstacles, par un privilège accordé aux
passions qui leur donne le pouvoir d'anéantir
l'espace et le temps, j'entendais distinctement

les paroles des deux joueurs, je connaissais leurs points, je savais celui des deux qui retournait le roi comme si j'eusse vu les cartes ; enfin à dix pas du jeu, je pâlissais de ses caprices. Mon père passa devant moi tout à coup, je compris alors cette parole de l'Écriture : L'esprit de Dieu passa devant sa face ! J'avais gagné. A travers le tourbillon d'hommes qui gravitait autour des joueurs, j'accourus à la table en m'y glissant avec la dextérité d'une anguille qui s'échappe par la maille rompue d'un filet. De douloureuses, mes fibres devinrent joyeuses. J'étais comme un condamné qui, marchant au supplice, a rencontré le roi. Par hasard, un homme décoré réclama quarante francs qui manquaient. Je fus soupçonné par des yeux inquiets, je pâlis et des gouttes de sueur sillonnèrent mon front. Le crime d'avoir volé mon père me parut bien vengé. Le bon gros petit homme dit alors d'une voix certainement angélique : « Tous ces messieurs avaient mis », et paya les quarante francs. Je relevai mon front et jetai des regards triomphants sur les joueurs. Après avoir réintégré dans la bourse de mon père l'or que j'y avais pris, je laissais mon gain à ce digne et honnête monsieur qui continua de gagner. Dès que je me vis possesseur de cent soixante francs, je les enveloppai dans mon mouchoir de manière à ce qu'ils ne pussent ni remuer ni sonner pendant notre retour au logis, et ne jouai plus. — Que faisiez-vous au jeu ? me dit mon père en entrant dans le fiacre. — Je regardais, répondis-je en tremblant. — Mais, reprit mon père, il n'y aurait eu rien d'extraordinaire à ce que vous eussiez été

forcé par amour-propre à mettre quelque argent
sur le tapis. Aux yeux des gens du monde, vous
paraissez assez âgé pour avoir le droit de
commettre des sottises. Aussi vous excuserais-je,
Raphaël, si vous vous étiez servi de ma
bourse... » Je ne répondis rien. Quand nous
fûmes de retour, je rendis à mon père ses clefs et
son argent. En rentrant dans sa chambre, il vida
la bourse sur sa cheminée, compta l'or, se tourna
vers moi d'un air assez gracieux, et me dit en
séparant chaque phrase par une pause plus ou
moins longue et significative : — « Mon fils,
vous avez bientôt vingt ans. Je suis content de
vous. Il vous faut une pension, ne fût-ce que pour
vous apprendre à économiser, à connaître les
choses de la vie. Dès ce soir, je vous donnerai
cent francs par mois. Vous disposerez de votre
argent comme il vous plaira. Voici le premier
trimestre de cette année », ajouta-t-il en caressant une pile d'or, comme pour vérifier la
somme. J'avoue que je fus près de me jeter à ses
pieds, de lui déclarer que je n'étais qu'un brigand, un infâme, et... pis que cela, un menteur !
La honte me retint, j'allais l'embrasser, il me
repoussa faiblement. — « Maintenant, tu es un
homme, *mon enfant*, me dit-il. Ce que je fais est
une chose simple et juste dont tu ne dois pas me
remercier. Si j'ai droit à votre reconnaissance,
Raphaël, reprit-il d'un ton doux mais plein de
dignité, c'est pour avoir préservé votre jeunesse
des malheurs qui dévorent tous les jeunes gens, à
Paris. Désormais, nous serons deux amis. Vous
deviendrez, dans un an, docteur en droit. Vous
avez, non sans quelques déplaisirs et certaines

privations, acquis les connaissances solides et
l'amour du travail si nécessaires aux hommes
appelés à manier les affaires. Apprenez,
Raphaël, à me connaître. Je ne veux faire de
vous ni un avocat, ni un notaire, mais un homme
d'État qui puisse devenir la gloire de notre
pauvre maison. A demain ! » ajouta-t-il en me
renvoyant par un geste mystérieux. Dès ce jour,
mon père m'initia franchement à ses projets.
J'étais fils unique et j'avais perdu ma mère
depuis dix ans. Autrefois, peu flatté d'avoir le
droit de labourer la terre l'épée au côté, mon
père, chef d'une maison historique à peu près
oubliée en Auvergne, vint à Paris pour y lutter
avec le diable. Doué de cette finesse qui rend les
hommes du midi de la France si supérieurs
quand elle se trouve accompagnée d'énergie, il
était parvenu sans grand appui à prendre position au cœur même du pouvoir. La Révolution
renversa bientôt sa fortune ; mais il avait su
épouser l'héritière d'une grande maison, et
s'était vu sous l'Empire au moment de restituer
à notre famille son ancienne splendeur. La Restauration, qui rendit à ma mère des biens considérables, ruina mon père. Ayant jadis acheté
plusieurs terres données par l'empereur à ses
généraux et situées en pays étranger, il se battait
depuis dix ans avec des liquidateurs et des
diplomates, avec les tribunaux prussiens et
bavarois pour se maintenir dans la possession
contestée de ces malheureuses dotations. Mon
père me jeta dans le labyrinthe inextricable de
ce vaste procès d'où dépendait notre avenir.
Nous pouvions être condamnés à restituer les

revenus, ainsi que le prix de certaines coupes de bois faites de 1814 à 1816 ; dans ce cas, le bien de ma mère suffisait à peine pour sauver l'honneur de notre nom. Ainsi, le jour où mon père parut en quelque sorte m'avoir émancipé, je tombai sous le joug le plus odieux. Je dus combattre comme sur un champ de bataille, travailler nuit et jour, aller voir des hommes d'État, tâcher de surprendre leur religion, tenter de les intéresser à notre affaire, les séduire, eux, leurs femmes, leurs valets, leurs chiens, et déguiser cet horrible métier sous des formes élégantes, sous d'agréables plaisanteries. Je compris tous les chagrins dont l'empreinte flétrissait la figure de mon père. Pendant une année environ, je menai donc en apparence la vie d'un homme du monde, mais cette dissipation et mon empressement à me lier avec des parents en faveur ou avec des gens qui pouvaient nous être utiles, cachaient d'immenses travaux. Mes divertissements étaient encore des plaidoiries, et mes conversations des mémoires. Jusque-là, j'avais été vertueux par l'impossibilité de me livrer à mes passions de jeune homme ; mais craignant alors de causer la ruine de mon père ou la mienne par une négligence, je devins mon propre despote, et n'osai me permettre ni un plaisir, ni une dépense. Lorsque nous sommes jeunes, quand, à force de froissements, les hommes et les choses ne nous ont point encore enlevé cette délicate fleur de sentiment, cette verdeur de pensée, cette noble pureté de conscience qui ne nous laisse jamais transiger avec le mal, nous sentons vivement nos devoirs ; notre honneur parle haut et se fait

écouter ; nous sommes francs et sans détour :
ainsi étais-je alors. Je voulus justifier la
confiance de mon père ; naguère, je lui aurais
dérobé délicieusement une chétive somme ; mais
portant avec lui le fardeau de ses affaires, de son
nom, de sa maison, je lui eusse donné secrètement mes biens, mes espérances, comme je lui
sacrifiais mes plaisirs, heureux même de mon
sacrifice ! Aussi, quand monsieur de Villèle
exhuma, tout exprès pour nous, un décret impé-
rial sur les déchéances, et nous eut ruinés,
signai-je la vente de mes propriétés, n'en gardant qu'une île sans valeur, située au milieu de
la Loire, et où se trouvait le tombeau de ma
mère. Aujourd'hui, peut-être, les arguments, les
détours, les discussions philosophiques, philanthropiques et politiques ne me manqueraient
pas pour me dispenser de faire ce que mon avoué
nommait une *bêtise*. Mais à vingt et un ans, nous
sommes, je le répète, toute générosité, toute
chaleur, tout amour. Les larmes que je vis dans
les yeux de mon père furent alors pour moi la
plus belle des fortunes, et le souvenir de ces
larmes a souvent consolé ma misère. Dix mois
après avoir payé ses créanciers, mon père mourut de chagrin, il m'adorait et m'avait ruiné ;
cette idée le tua. En 1826, à l'âge de vingt-deux
ans, vers la fin de l'automne, je suivis tout seul le
convoi de mon premier ami, de mon père. Peu de
jeunes gens se sont trouvés, seuls avec leurs
pensées, derrière un corbillard, perdus dans
Paris, sans avenir, sans fortune. Les orphelins
recueillis par la charité publique ont au moins
pour avenir le champ de bataille, pour père le

gouvernement ou le procureur du roi, pour
refuge un hospice. Moi, je n'avais rien! Trois
mois après, un commissaire-priseur me remit
onze cent douze francs, produit net et liquide
de la succession paternelle. Des créanciers
m'avaient obligé à vendre notre mobilier. Accoutumé dès ma jeunesse à donner une grande
valeur aux objets de luxe dont j'étais entouré, je
ne pus m'empêcher de marquer une sorte d'étonnement à l'aspect de ce reliquat exigu. — « Oh!
me dit le commissaire-priseur, tout cela était
bien *rococo*. » Mot épouvantable qui flétrissait
toutes les religions de mon enfance et me
dépouilllait de mes premières illusions, les plus
chères de toutes. Ma fortune se résumait par un
bordereau de vente, mon avenir gisait dans un
sac de toile qui contenait onze cent douze francs,
la Société m'apparaissait en la personne d'un
huissier-priseur qui me parlait le chapeau sur la
tête. Un valet de chambre qui me chérissait, et à
qui ma mère avait jadis constitué quatre cents
francs de rente viagère, Jonathas, me dit en
quittant la maison d'où j'étais si souvent sorti
joyeusement en voiture pendant mon enfance :
— « Soyez bien économe, monsieur Raphaël! »
Il pleurait, le bon homme.

« Tels sont, mon cher Émile, les événements
qui maîtrisèrent ma destinée, modifièrent mon
âme, et me placèrent jeune encore dans la plus
fausse de toutes les situations sociales, dit
Raphaël, après avoir fait une pause. Des liens de
famille, mais faibles, m'attachaient à quelques
maisons riches dont l'accès m'eût été interdit
par ma fierté, si le mépris et l'indifférence ne

m'en eussent déjà fermé les portes. Quoique parent de personnes très influentes et prodigues de leur protection pour des étrangers, je n'avais ni parents ni protecteurs. Sans cesse arrêtée dans ses expansions, mon âme s'était repliée sur elle-même. Plein de franchise et de naturel, je devais paraître froid, dissimulé ; le despotisme de mon père m'avait ôté toute confiance en moi ; j'étais timide et gauche, je ne croyais pas que ma voix pût exercer le moindre empire, je me déplaisais, je me trouvais laid, j'avais honte de mon regard. Malgré la voix intérieure qui doit soutenir les hommes de talent dans leurs luttes, et qui me criait : Courage ! marche ! malgré les révélations soudaines de ma puissance dans la solitude, malgré l'espoir dont j'étais animé en comparant les ouvrages nouveaux admirés du public à ceux qui voltigeaient dans ma pensée, je doutais de moi comme un enfant. J'étais la proie d'une excessive ambition, je me croyais destiné à de grandes choses, et je me sentais dans le néant. J'avais besoin des hommes, et je me trouvais sans amis. Je devais me frayer une route dans le monde, et j'y restais seul, moins craintif que honteux. Pendant l'année où je fus jeté par mon père dans le tourbillon de la grande société, j'y vins avec un cœur neuf, avec une âme fraîche. Comme tous les grands enfants, j'aspirai secrètement à de belles amours. Je rencontrai parmi les jeunes gens de mon âge une secte de fanfarons qui allaient tête levée, disant des riens, s'asseyant sans trembler près des femmes qui me semblaient les plus imposantes, débitant des impertinences, mâchant le bout de leurs cannes, minaudant, se prostituant à eux-mêmes les plus jolies personnes, mettant ou prétendant avoir mis leurs têtes sur tous les oreillers, ayant l'air d'être au refus du plaisir, considérant les plus vertueuses, les plus prudes comme de prise facile et pouvant être conquises à la simple parole, au moindre geste hardi, par le premier regard insolent ! Je te le déclare, en mon âme et conscience, la conquête du pouvoir ou d'une grande renommée littéraire me paraissait un triomphe moins difficile à obtenir qu'un succès auprès d'une femme de haut rang, jeune, spirituelle et gracieuse. Je trouvai donc les troubles de mon cœur, mes sentiments, mes cultes en désaccord avec les maximes de la société. J'avais de la hardiesse, mais dans l'âme seulement, et non dans les manières. J'ai su plus tard que les femmes ne voulaient pas être mendiées ; j'en ai beaucoup vu que j'adorais de loin, auxquelles je livrais un cœur à toute épreuve, une âme à déchirer, une énergie qui ne s'effrayait ni des sacrifices, ni des tortures ; elles appartenaient à des sots de qui je n'aurais pas voulu pour portiers. Combien de fois, muet, immobile, n'ai-je pas admiré la femme de mes rêves, surgissant dans un bal ; dévouant alors en pensée mon existence à des caresses éternelles, j'imprimais toutes mes espérances en un regard, et lui offrais dans mon extase un amour de jeune homme qui courait au-devant des tromperies. En certains moments, j'aurais donné ma vie pour une seule nuit. Eh bien, n'ayant jamais trouvé d'oreilles où jeter mes propos passionnés, de regards où reposer les miens, de cœur pour mon cœur, j'ai vécu dans tous les tourments d'une impuissante énergie qui se dévorait elle-même, soit faute de hardiesse ou d'occasions, soit inexpérience. Peut-être ai-je désespéré de me faire comprendre, ou tremblé d'être trop compris. Et cependant j'avais un orage tout prêt à chaque regard poli que l'on pouvait m'adresser. Malgré ma promptitude à prendre ce regard ou des mots en apparence affectueux comme de tendres engagements, je n'ai jamais osé ni parler ni me taire à propos. A force de sentiment ma parole était insignifiante, et mon silence devenait stupide. J'avais sans doute trop de naïveté pour une société factice qui vit aux lumières, qui rend toutes ses pensées par des phrases convenues, ou par des mots que dicte la mode. Puis je ne savais point parler en me taisant, ni me taire en parlant. Enfin, gardant en moi des feux qui me brûlaient, ayant une âme semblable à celle que les femmes souhaitent de rencontrer, en proie à cette exaltation dont elles sont avides, possédant l'énergie dont se vantent les sots, toutes les femmes m'ont été traîtreusement cruelles. Aussi admirais-je naïvement les héros de coterie quand ils célébraient leurs triomphes, sans les soupçonner de mensonge. J'avais sans doute le tort de désirer un amour sur parole, de vouloir trouver grande et forte dans un cœur de femme frivole et légère, affamée de luxe, ivre de vanité, cette passion large, cet océan qui battait tempétueusement dans mon cœur. Oh! se sentir né pour aimer, pour rendre une femme bien heureuse, et n'avoir trouvé personne, pas même une courageuse et noble Marceline [1] ou quelque vieille marquise! Porter des trésors dans une besace et ne pouvoir rencontrer une enfant, quelque jeune fille curieuse pour les lui faire admirer! J'ai souvent voulu me tuer de désespoir.

— Joliment tragique ce soir! s'écria Émile.

— Eh! laisse-moi condamner ma vie, répondit Raphaël. Si ton amitié n'a pas la force d'écouter mes élégies, si tu ne peux me faire crédit d'une demi-heure d'ennui, dors! Mais ne me demande plus alors compte de mon suicide qui gronde, qui se dresse, qui m'appelle et que je salue. Pour juger un homme, au moins faut-il être dans le secret de sa pensée, de ses malheurs, de ses émotions; ne vouloir connaître de sa vie que les événements matériels, c'est faire de la chronologie, l'histoire des sots!

Le ton amer avec lequel ces paroles furent prononcées frappa si vivement Émile que, dès ce moment, il prêta toute son attention à Raphaël en le regardant d'un air hébété.

— Mais, reprit le narrateur, maintenant la lueur qui colore ces accidents leur prête un nouvel aspect. L'ordre des choses que je considérais jadis comme un malheur a peut-être engendré les belles facultés dont plus tard je me suis enorgueilli. La curiosité philosophique, les travaux excessifs, l'amour de la lecture qui, depuis l'âge de sept ans jusqu'à mon entrée dans le monde, ont constamment occupé ma vie, ne m'auraient-ils pas doué de la facile puissance avec laquelle, s'il faut vous en croire, je sais rendre mes idées et marcher en avant dans le vaste champ des connaissances humaines? L'abandon auquel j'étais condamné, l'habitude de refouler mes sentiments et de vivre dans mon cœur ne m'ont-ils pas investi du pouvoir de comparer, de méditer ? En ne se perdant pas au service des irritations mondaines qui rapetissent la plus belle âme et la réduisent à l'état de guenille, ma sensibilité ne s'est-elle pas concentrée pour devenir l'organe perfectionné d'une volonté plus haute que le vouloir de la passion ? Méconnu par les femmes, je me souviens de les avoir observées avec la sagacité de l'amour dédaigné. Maintenant, je le vois, la sincérité de mon caractère a dû déplaire ! Peut-être les femmes veulent-elles un peu d'hypocrisie ? Moi qui suis tour à tour, dans la même heure, homme et enfant, futile et penseur, sans préjugés et plein de superstitions, souvent femme comme elles, n'ont-elles pas dû prendre ma naïveté pour du cynisme, et la pureté même de ma pensée pour du libertinage ? La science leur était ennui, la langueur féminine faiblesse. Cette excessive mobilité d'imagination, le malheur des poètes, me faisait sans doute juger comme un être incapable d'amour, sans constance dans les idées, sans énergie. Idiot quand je me taisais, je les effarouchais peut-être quand j'essayais de leur plaire, et les femmes m'ont condamné. J'ai accepté, dans les larmes et le chagrin, l'arrêt porté par le monde. Cette peine a produit son fruit. Je voulus me venger de la société, je voulus posséder l'âme de toutes les femmes en me soumettant les intelligences, et voir tous les regards fixés sur moi quand mon nom serait prononcé par un valet à la porte d'un salon. Je m'instituai grand homme. Dès mon enfance, je m'étais frappé le front en me disant comme André de Chénier : « Il y a quelque chose là [1] ! » Je croyais sentir en moi une pensée à exprimer, un système à établir, une science à expliquer. Ô mon cher Émile ! Aujourd'hui que j'ai vingt-six ans à peine, que je suis sûr de mourir inconnu, sans avoir jamais été l'amant de la femme que j'ai rêvé de posséder, laisse-moi te conter mes folies ! N'avons-nous pas tous, plus ou moins, pris nos désirs pour des réalités ? Ah ! je ne voudrais point pour ami d'un jeune homme qui dans ses rêves ne se serait pas tressé des couronnes, construit quelque piédestal ou donné de complaisantes maîtresses. Moi, j'ai souvent été général, empereur ; j'ai été Byron, puis rien. Après avoir joué sur le faîte des choses humaines, je m'apercevais que toutes les montagnes, toutes les difficultés restaient à gravir. Cet immense amour-propre qui bouillonnait en moi, cette croyance sublime à une destinée, et qui devient du génie peut-être, quand un homme ne se laisse pas déchiqueter l'âme par le contact des affaires aussi facilement qu'un mouton abandonne sa laine aux épines des halliers où il passe, tout cela me sauva. Je voulus me couvrir de gloire et travailler dans le silence pour la maîtresse que j'espérais avoir un jour. Toutes les femmes se résumaient par une seule, et cette femme je croyais la rencontrer dans la première qui s'offrait à mes regards ; mais, voyant une reine dans chacune d'elles, toutes devaient, comme les reines qui sont obligées de faire des avances à leurs amants, venir au-devant de moi, souffreteux, pauvre et timide. Ah ! pour celle qui

m'eût plaint, j'avais dans le cœur tant de reconnaissance outre l'amour, que je l'eusse adorée
pendant toute sa vie. Plus tard, mes observations
m'ont appris de cruelles vérités. Ainsi, mon cher
Émile, je risquais de vivre éternellement seul.
Les femmes sont habituées, par je ne sais quelle
pente de leur esprit, à ne voir dans un homme de
talent que ses défauts, et dans un sot que ses
qualités ; elles éprouvent de grandes sympathies
pour les qualités du sot qui sont une flatterie
perpétuelle de leurs propres défauts, tandis que
l'homme supérieur ne leur offre pas assez de
jouissances pour compenser ses imperfections.
Le talent est une fièvre intermittente, nulle
femme n'est jalouse d'en partager seulement les
malaises ; toutes elles veulent trouver dans leurs
amants des motifs de satisfaire leur vanité. C'est
elles encore qu'elles aiment en nous ! Un homme
pauvre, fier, artiste, doué du pouvoir de créer,
n'est-il pas armé d'un blessant égoïsme ? Il existe
autour de lui je ne sais quel tourbillon de
pensées dans lequel il enveloppe tout, même sa
maîtresse, qui doit en suivre le mouvement. Une
femme adulée peut-elle croire à l'amour d'un tel
homme ? Ira-t-elle le chercher ? Cet amant n'a
pas le loisir de s'abandonner autour d'un divan à
ces petites singeries de sensibilité auxquelles les
femmes tiennent tant et qui sont le triomphe des
gens faux et insensibles. Le temps manque à ses
travaux, comment en dépenserait-il à se rapetis-
ser, à se chamarrer ? Prêt à donner ma vie d'un
coup, je ne l'aurais pas avilie en détail. Enfin il
existe, dans le manège d'un agent de change qui
fait les commissions d'une femme pâle et minau-

dière, je ne sais quoi de mesquin dont a horreur l'artiste. L'amour abstrait ne suffit pas à un homme pauvre et grand, il en veut tous les dévouements. Les petites créatures qui passent leur vie à essayer des cachemires ou qui se font les portemanteaux de la mode n'ont pas de dévouement, elles en exigent et voient dans l'amour le plaisir de commander, non celui d'obéir. La véritable épouse en cœur, en chair et en os, se laisse traîner là où va celui en qui résident sa vie, sa force, sa gloire, son bonheur. Aux hommes supérieurs il faut des femmes orientales dont l'unique pensée soit l'étude de leurs besoins ; car pour eux, le malheur est dans le désaccord de leurs désirs et des moyens. Moi, qui me croyais homme de génie, j'aimais précisément ces petites-maîtresses ! Nourrissant des idées si contraires aux idées reçues, ayant la prétention d'escalader le ciel sans échelle, possédant des trésors qui n'avaient pas cours, armé de connaissances étendues qui surchargeaient ma mémoire et que je n'avais pas encore classées, que je ne m'étais point assimilées ; me trouvant sans parents, sans amis, seul au milieu du plus affreux désert, un désert pavé, un désert animé, pensant, vivant, où tout vous est bien plus qu'ennemi, indifférent ! la résolution que je pris était naturelle, quoique folle ; elle comportait je ne sais quoi d'impossible qui me donna du courage. Ce fut comme un parti [1] fait avec moi-même, et où j'étais le joueur et l'enjeu. Voici mon plan. Mes onze cents francs devaient suffire à ma vie pendant trois ans, et je m'accordais ce temps pour mettre au jour un ouvrage qui pût attirer l'attention publique sur moi, me faire une fortune ou un nom. Je me réjouissais en pensant que j'allais vivre de pain et de lait, comme un solitaire de la Thébaïde, plongé dans le monde des livres et des idées, dans une sphère inaccessible au milieu de ce Paris si tumultueux, sphère de travail et de silence où, comme les chrysalides, je me bâtissais une tombe pour renaître brillant et glorieux. J'allais risquer de mourir pour vivre. En réduisant l'existence à ses vrais besoins, au strict nécessaire, je trouvais que trois cent soixante-cinq francs par an devaient suffire à ma pauvreté. En effet, cette maigre somme a satisfait à ma vie, tant que j'ai voulu subir ma propre discipline claustrale...

— C'est impossible, s'écria Émile.

— J'ai vécu près de trois ans ainsi, répondit Raphaël avec une sorte de fierté. Comptons ! reprit-il. Trois sous de pain, deux sous de lait, trois sous de charcuterie m'empêchaient de mourir de faim et tenaient mon esprit dans un état de lucidité singulière. J'ai observé, tu le sais, de merveilleux effets produits par la diète sur l'imagination. Mon logement me coûtait trois sous par jour, je brûlais pour trois sous d'huile par nuit, je faisais moi-même ma chambre, je portais des chemises de flanelle pour ne dépenser que deux sous de blanchissage par jour. Je me chauffais avec du charbon de terre, dont le prix divisé par les jours de l'année n'a jamais donné plus de deux sous pour chacun. J'avais des habits, du linge, des chaussures pour trois années, je ne voulais m'habiller que pour aller à certains cours publics et aux bibliothèques. Ces

dépenses réunies ne faisaient que dix-huit sous,
il me restait deux sous pour les choses impré-
vues. Je ne me souviens pas d'avoir, pendant
cette longue période de travail, passé le Pont des
Arts [1], ni d'avoir jamais acheté d'eau ; j'allais en
chercher le matin à la fontaine de la place Saint-
Michel, au coin de la rue des Grès. Oh ! je portais
ma pauvreté fièrement. Un homme qui pressent
un bel avenir marche dans sa vie de misère
comme un innocent conduit au supplice, il n'a
point honte. Je n'avais pas voulu prévoir la
maladie. Comme Aquilina, j'envisageais l'hôpital sans terreur. Je n'ai pas douté un moment de
ma bonne santé. D'ailleurs, le pauvre ne doit se
coucher que pour mourir. Je me coupai les
cheveux, jusqu'au moment où un ange d'amour
ou de bonté... Mais je ne veux pas anticiper sur la
situation à laquelle j'arrive. Apprends seulement, mon cher ami, qu'à défaut de maîtresse, je
vécus avec une grande pensée, avec un rêve, un
mensonge auquel nous commençons tous par
croire plus ou moins. Aujourd'hui je ris de moi,
de ce *moi* peut-être saint et sublime qui n'existe
plus. La société, le monde, nos usages, nos
mœurs, vus de près, m'ont révélé le danger de
ma croyance innocente et la superfluité de mes
fervents travaux. Ces approvisionnements sont
inutiles à l'ambitieux. Que léger soit le bagage
de qui poursuit la fortune ! La faute des hommes
supérieurs est de dépenser leurs jeunes années à
se rendre dignes de la faveur. Pendant que les
pauvres gens thésaurisent et leur force et la
science pour porter sans effort le poids d'une
puissance qui les fuit, les intrigants riches de

mots et dépourvus d'idées vont et viennent,
surprennent les sots, et se logent dans la
confiance des demi-niais ; les uns étudient, les
autres marchent, les uns sont modestes, les
autres hardis ; l'homme de génie tait son orgueil,
l'intrigant arbore le sien, il doit arriver nécessairement. Les hommes du pouvoir ont si fort
besoin de croire au mérite tout fait, au talent
effronté, qu'il y a chez le vrai savant de l'enfan-
tillage à espérer les récompenses humaines. Je
ne cherche certes pas à paraphraser les lieux
communs de la vertu, le Cantique des Cantiques
éternellement chanté par les génies méconnus ;
je veux déduire logiquement la raison des fré-
quents succès obtenus par les hommes médio-
cres. Hélas ! l'étude est si maternellement bonne
qu'il y a peut-être crime à lui demander des
récompenses autres que les pures et douces joies
dont elle nourrit ses enfants. Je me souviens
d'avoir quelquefois trempé gaiement mon pain
dans mon lait, assis auprès de ma fenêtre en y
respirant l'air, en laissant planer mes yeux sur
un paysage de toits bruns, grisâtres, rouges, en
ardoises, en tuiles, couverts de mousses jaunes
ou vertes. Si d'abord cette vue me parut monotone, j'y découvris bientôt de singulières beautés. Tantôt le soir des raies lumineuses, parties
des volets mal fermés, nuançaient et animaient
les noires profondeurs de ce pays original. Tantôt les lueurs pâles des réverbères projetaient
d'en bas des reflets jaunâtres à travers le brouillard, et accusaient faiblement dans les rues les
ondulations de ces toits pressés, océan de vagues
immobiles. Enfin parfois de rares figures appa-

raissaient au milieu de ce morne désert, parmi les fleurs de quelque jardin aérien, j'entrevoyais le profil anguleux et crochu d'une vieille femme arrosant des capucines, ou dans le cadre d'une lucarne pourrie quelque jeune fille faisant sa toilette, se croyant seule, et de qui je ne pouvais apercevoir que le beau front et les longs cheveux élevés en l'air par un joli bras blanc. J'admirais dans les gouttières quelques végétations éphémères, pauvres herbes bientôt emportées par un orage ! J'étudiais les mousses, leurs couleurs ravivées par la pluie, et qui sous le soleil se changeaient en un velours sec et brun à reflets capricieux. Enfin les poétiques et fugitifs effets du jour, les tristesses du brouillard, les soudains pétillements du soleil, le silence et les magies de la nuit, les mystères de l'aurore, les fumées de chaque cheminée, tous les accidents de cette singulière nature devenus familiers pour moi, me divertissaient. J'aimais ma prison, elle était volontaire. Ces savanes de Paris formées par des toits nivelés comme une plaine, mais qui couvraient des abîmes peuplés, allaient à mon âme et s'harmoniaient avec mes pensées. Il est fatigant de retrouver brusquement le monde quand nous descendons des hauteurs célestes où nous entraînent les méditations scientifiques ; aussi ai-je alors parfaitement conçu la nudité des monastères. Quand je fus bien résolu à suivre mon nouveau plan de vie, je cherchai mon logis dans les quartiers les plus déserts de Paris. Un soir, en revenant de l'Estrapade, je passais par la rue des Cordiers pour retourner chez moi. A l'angle de la rue de Cluny, je vis une petite fille

d'environ quatorze ans qui jouait au volant avec
une de ses camarades, et dont les rires et les
espiègleries amusaient les voisins. Il faisait
beau, la soirée était chaude, le mois de septembre durait encore. Devant chaque porte, des
femmes assises devisaient comme dans une ville
de province par un jour de fête. J'observai
d'abord la jeune fille, dont la physionomie était
d'une admirable expression, et le corps tout posé
pour un peintre. C'était une scène ravissante. Je
cherchai la cause de cette bonhomie au milieu de
Paris, je remarquai que la rue n'aboutissait à
rien, et ne devait pas être très passante. En me
rappelant le séjour de J.-J. Rousseau dans ce
lieu, je trouvai l'hôtel Saint-Quentin, le délabre-
ment dans lequel il était me fit espérer d'y
rencontrer un gîte peu coûteux, et je voulus le
visiter. En entrant dans une chambre basse, je
vis les classiques flambeaux de cuivre garnis de
leurs chandelles, méthodiquement rangés au-
dessus de chaque clef, et fus frappé de la propreté qui régnait dans cette salle ordinairement
assez mal tenue dans les autres hôtels et que je
trouvai là peignée comme un tableau de genre ;
son lit bleu, les ustensiles, les meubles avaient la
coquetterie d'une nature de convention. La maîtresse de l'hôtel, femme de quarante ans environ,
dont les traits exprimaient des malheurs, dont le
regard était comme terni par des pleurs, se leva,
vint à moi ; je lui soumis humblement le tarif de
mon loyer ; mais, sans en paraître étonnée, elle
chercha une clef parmi toutes les autres, et me
conduisit dans les mansardes où elle me montra
une chambre qui avait vue sur les toits, sur les

cours des maisons voisines, par les fenêtres desquelles passaient de longues perches chargées de linge. Rien n'était plus horrible que cette mansarde aux murs jaunes et sales, qui sentait la misère et appelait son savant. La toiture s'y abaissait régulièrement et les tuiles disjointes laissaient voir le ciel. Il y avait place pour un lit, une table, quelques chaises, et sous l'angle aigu du toit je pouvais loger mon piano. N'étant pas assez riche pour meubler cette cage digne des *plombs* de Venise[1], la pauvre femme n'avait jamais pu la louer. Ayant précisément excepté de la vente mobilière que je venais de faire les objets qui m'étaient en quelque sorte personnels, je fus bientôt d'accord avec mon hôtesse, et m'installai le lendemain chez elle. Je vécus dans ce sépulcre aérien pendant près de trois ans, travaillant nuit et jour sans relâche, avec tant de plaisir que l'étude me semblait être le plus beau thème, la plus heureuse solution de la vie humaine. Le calme et le silence nécessaires au savant ont je ne sais quoi de doux, d'enivrant comme l'amour. L'exercice de la pensée, la recherche des idées, les contemplations tranquilles de la Science nous prodiguent d'ineffables délices, indescriptibles comme tout ce qui participe de l'intelligence dont les phénomènes sont invisibles à nos sens extérieurs. Aussi sommes-nous toujours forcés d'expliquer les mystères de l'esprit par des comparaisons matérielles. Le plaisir de nager dans un lac d'eau pure, au milieu des rochers, des bois et des fleurs, seul et caressé par une brise tiède, donnerait aux ignorants une bien faible image du bonheur que j'éprouvais quand mon âme se baignait dans les lueurs de je ne sais quelle lumière, quand j'écoutais les voix terribles et confuses de l'inspiration, quand d'une source inconnue les images ruisselaient dans mon cerveau palpitant. Voir une idée qui point dans le champ des abstractions humaines comme le soleil au matin et s'élève comme lui, qui, mieux encore, grandit comme un enfant, arrive à la puberté, se fait lentement virile, est une joie supérieure aux autres joies terrestres, ou plutôt c'est un divin plaisir. L'étude prête une sorte de magie à tout ce qui nous environne. Le bureau chétif sur lequel j'écrivais, et la basane brune qui le couvrait, mon piano, mon lit, mon fauteuil, les bizarreries de mon papier de tenture, mes meubles, toutes ces choses s'animèrent et devinrent pour moi d'humbles amis, les complices silencieux de mon avenir ; combien de fois ne leur ai-je pas communiqué mon âme, en les regardant ? Souvent, en laissant voyager mes yeux sur une moulure déjetée, je rencontrais des développements nouveaux, une preuve frappante de mon système ou des mots que je croyais heureux pour rendre des pensées presque intraduisibles. A force de contempler les objets qui m'entouraient, je trouvais à chacun sa physionomie, son caractère ; souvent ils me parlaient : si, par-dessus les toits, le soleil couchant jetait à travers mon étroite fenêtre quelque lueur furtive, ils se coloraient, pâlissaient, brillaient, s'attristaient ou s'égayaient en me surprenant toujours par des effets nouveaux. Ces menus accidents de la vie solitaire, qui échappent aux préoccupations du

monde, sont la consolation des prisonniers.
N'étais-je pas captivé par une idée, emprisonné
dans un système, mais soutenu par la perspective d'une vie glorieuse ? A chaque difficulté
vaincue, je baisais les mains douces de la femme
aux beaux yeux, élégante et riche qui devait un
jour caresser mes cheveux en me disant avec
attendrissement : Tu as bien souffert, pauvre
ange ! J'avais entrepris deux grandes œuvres.
Une comédie devait en peu de jours me donner
une renommée, une fortune, et l'entrée de ce
monde, où je voulais reparaître en y exerçant les
droits régaliens de l'homme de génie. Vous avez
tous vu dans ce chef-d'œuvre la première erreur
d'un jeune homme qui sort du collège, une
véritable niaiserie d'enfant. Vos plaisanteries
ont coupé les ailes à de fécondes illusions qui
depuis ne se sont plus réveillées. Toi seul, mon
cher Émile, as calmé la plaie profonde que
d'autres firent à mon cœur ! Toi seul admiras ma
Théorie de la volonté[1], ce long ouvrage pour
lequel j'avais appris les langues orientales, l'anatomie, la physiologie, auquel j'avais consacré la
plus grande partie de mon temps. Cette œuvre, si
je ne me trompe, complétera les travaux de
Mesmer, de Lavater, de Gall, de Bichat[2], en
ouvrant une nouvelle route à la science humaine.
Là s'arrête ma belle vie, ce sacrifice de tous les
jours, ce travail de ver à soie inconnu au monde
et dont la seule récompense est peut-être dans le
travail même. Depuis l'âge de raison jusqu'au
jour où j'eus terminé ma théorie, j'ai observé,
appris, écrit, lu sans relâche, et ma vie fut
comme un long pensum. Amant efféminé de la

paresse orientale, amoureux de mes rêves, sensuel, j'ai toujours travaillé, me refusant à goûter les jouissances de la vie parisienne. Gourmand, j'ai été sobre ; aimant et la marche et les voyages maritimes, désirant visiter plusieurs pays, trouvant encore du plaisir à faire, comme un enfant, ricocher des cailloux sur l'eau, je suis resté constamment assis, une plume à la main ; bavard, j'allais écouter en silence les professeurs aux cours publics de la Bibliothèque et du Muséum ; j'ai dormi sur mon grabat solitaire comme un religieux de l'ordre de saint Benoît, et la femme était cependant ma seule chimère, une chimère que je caressais et qui me fuyait toujours ! Enfin ma vie a été une cruelle antithèse, un perpétuel mensonge. Puis jugez donc les hommes ! Parfois mes goûts naturels se réveillaient comme un incendie longtemps couvé. Par une sorte de mirage ou de calenture [1], moi, veuf de toutes les femmes que je désirais, dénué de tout et logé dans une mansarde d'artiste, je me voyais alors entouré de maîtresses ravissantes ! Je courais à travers les rues de Paris, couché sur les moelleux coussins d'un brillant équipage ! J'étais rongé de vices, plongé dans la débauche, voulant tout, ayant tout ; enfin ivre à jeun, comme saint Antoine dans sa tentation. Heureusement le sommeil finissait par éteindre ces visions dévorantes ; le lendemain la science m'appelait en souriant, et je lui étais fidèle. J'imagine que les femmes dites vertueuses doivent être souvent la proie de ces tourbillons de folie, de désirs et de passions, qui s'élèvent en nous, malgré nous. De tels rêves ne sont pas sans charmes, ne ressemblent-ils pas à ces causeries du soir, en hiver, où l'on part de son foyer pour aller en Chine ? Mais que devient la vertu, pendant ces délicieux voyages où la pensée a franchi tous les obstacles ? Pendant les dix premiers mois de ma réclusion, je menai la vie pauvre et solitaire que je t'ai dépeinte ; j'allais chercher moi-même, dès le matin et sans être vu, mes provisions pour la journée ; je faisais ma chambre, j'étais tout ensemble le maître et le serviteur, je diogénisais avec une incroyable fierté. Mais après ce temps, pendant lequel l'hôtesse et sa fille espionnèrent mes mœurs et mes habitudes, examinèrent ma personne et comprirent ma misère, peut-être parce qu'elles étaient elles-mêmes fort malheureuses, il s'établit d'inévitables liens entre elles et moi. Pauline [1], cette charmante créature dont les grâces naïves et secrètes m'avaient en quelque sorte amené là, me rendit plusieurs services qu'il me fut impossible de refuser. Toutes les infortunes sont sœurs, elles ont le même langage, la même générosité, la générosité de ceux qui, ne possédant rien, sont prodigues de sentiment, paient de leur temps et de leur personne. Insensiblement Pauline s'impatronisa chez moi, voulut me servir et sa mère ne s'y opposa point. Je vis la mère elle-même raccommodant mon linge et rougissant d'être surprise à cette charitable occupation. Devenu malgré moi leur protégé, j'acceptai leurs services. Pour comprendre cette singulière affection, il faut connaître l'emportement du travail, la tyrannie des idées et cette répugnance instinctive qu'éprouve pour les détails de la vie matérielle l'homme qui vit par la pensée. Pouvais-je résister à la délicate attention avec laquelle Pauline m'apportait à pas muets mon repas frugal, quand elle s'apercevait que, depuis sept ou huit heures, je n'avais rien pris ? Avec les grâces de la femme et l'ingénuité de l'enfance, elle me souriait en me faisant un signe pour me dire que je ne devais pas la voir. C'était Ariel se glissant comme un sylphe sous mon toit, et prévoyant mes besoins. Un soir, Pauline me raconta son histoire avec une touchante ingénuité. Son père était chef d'escadron dans les grenadiers à cheval de la garde impériale. Au passage de la Bérésina, il avait été fait prisonnier par les Cosaques ; plus tard, quand Napoléon proposa de l'échanger, les autorités russes le firent vainement chercher en Sibérie ; au dire des autres prisonniers, il s'était échappé avec le projet d'aller aux Indes. Depuis ce temps, madame Gaudin, mon hôtesse, n'avait pu obtenir aucune nouvelle de son mari, les désastres de 1814 et 1815 étaient arrivés, seule, sans ressources et sans secours, elle avait pris le parti de tenir un hôtel garni pour faire vivre sa fille. Elle espérait toujours revoir son mari. Son plus cruel chagrin était de laisser Pauline sans éducation, sa Pauline, filleule de la princesse Borghèse, et qui n'aurait pas dû mentir aux belles destinées promises par son impériale protectrice. Quand madame Gaudin me confia cette amère douleur qui la tuait, et me dit avec un accent déchirant : « Je donnerais bien et le chiffon de papier qui crée Gaudin baron de l'empire, et le droit que nous avons à la dotation de Wistchnau, pour savoir

Pauline élevée à Saint-Denis ! » tout à coup je tressaillis, et pour reconnaître les soins que me prodiguaient ces deux femmes, j'eus l'idée de m'offrir à finir l'éducation de Pauline. La candeur avec laquelle ces deux femmes acceptèrent ma proposition fut égale à la naïveté qui la dictait. J'eus ainsi des heures de récréation. La petite avait les plus heureuses dispositions, elle apprit avec tant de facilité qu'elle devint bientôt plus forte que je ne l'étais sur le piano. En s'accoutumant à penser tout haut près de moi, elle déployait les mille gentillesses d'un cœur qui s'ouvre à la vie comme le calice d'une fleur lentement dépliée par le soleil, elle m'écoutait avec recueillement et plaisir en arrêtant sur moi ses yeux noirs et veloutés qui semblaient sourire, elle répétait ses leçons d'un accent doux et caressant en témoignant une joie enfantine quand j'étais content d'elle. Sa mère, chaque jour plus inquiète d'avoir à préserver de tout danger une jeune fille qui développait en croissant toutes les promesses faites par les grâces de son enfance, la vit avec plaisir s'enfermant pendant toute la journée pour étudier. Mon piano étant le seul dont elle pût se servir, elle profitait de mes absences pour s'exercer. Quand je rentrais, je trouvais Pauline chez moi, dans la toilette la plus modeste ; mais au moindre mouvement, sa taille souple et les attraits de sa personne se révélaient sous l'étoffe grossière. Comme l'héroïne du conte de Peau d'Âne elle laissait voir un pied mignon dans d'ignobles souliers. Mais ces jolis trésors, cette richesse de jeune fille, tout ce luxe de beauté fut comme perdu pour moi. Je m'étais ordonné à moi-même de ne voir qu'une sœur en Pauline, j'aurais eu horreur de tromper la confiance de sa mère, j'admirais cette charmante fille comme un tableau, comme le portrait d'une maîtresse morte. Enfin, c'était mon enfant, ma statue. Pygmalion nouveau [1], je voulais faire d'une vierge vivante et colorée, sensible et parlante, un marbre ; j'étais très sévère avec elle, mais plus je lui faisais éprouver les effets de mon despotisme magistral, plus elle devenait douce et soumise. Si je fus encouragé dans ma retenue et dans ma continence par des sentiments nobles, néanmoins les raisons de procureur ne me manquèrent pas. Je ne comprends point la probité des écus sans la probité de la pensée. Tromper une femme ou faire faillite a toujours été même chose pour moi. Aimer une jeune fille ou se laisser aimer par elle constitue un vrai contrat dont les conditions doivent être bien entendues. Nous sommes maîtres d'abandonner la femme qui se vend, mais non pas la jeune fille qui se donne, car elle ignore l'étendue de son sacrifice. J'aurais donc épousé Pauline, et c'eût été une folie. N'était-ce pas livrer une âme douce et vierge à d'effroyables malheurs ? Mon indigence parlait son langage égoïste, et venait toujours mettre sa main de fer entre cette bonne créature et moi. Puis, je l'avoue à ma honte, je ne conçois pas l'amour dans la misère. Peut-être est-ce en moi une dépravation due à cette maladie humaine que nous nommons la civilisation ; mais une femme, fût-elle attrayante autant que la belle Hélène, la Galatée d'Homère, n'a plus

aucun pouvoir sur mes sens pour peu qu'elle soit
crottée. Ah ! vive l'amour dans la soie, sur le
cachemire, entouré des merveilles du luxe qui le
parent merveilleusement bien, parce que lui-
même est un luxe peut-être. J'aime à froisser
sous mes désirs de pimpantes toilettes, à briser
des fleurs, à porter une main dévastatrice dans
les élégants édifices d'une coiffure embaumée.
Des yeux brûlants, cachés par un voile de dentelle que les regards percent comme la flamme
déchire la fumée du canon, m'offrent de fantastiques attraits. Mon amour veut des échelles de
soie escaladées en silence, par une nuit d'hiver.
Quel plaisir d'arriver couvert de neige dans une
chambre éclairée par des parfums, tapissée de
soies peintes et d'y trouver une femme qui, elle
aussi, secoue de la neige, car quel autre nom
donner à ces voiles de voluptueuses mousselines
à travers lesquels elle se dessine vaguement
comme un ange dans son nuage, et d'où elle va
sortir ? Puis il me faut encore un craintif bonheur, une audacieuse sécurité. Enfin je veux
revoir cette mystérieuse femme, mais éclatante,
mais au milieu du monde, mais vertueuse, envi-
ronnée d'hommages, vêtue de dentelles, de diamants, donnant ses ordres à la ville, et si haut
placée et si imposante que nul n'ose lui adresser
des vœux. Au milieu de sa cour, elle me jette un
regard à la dérobée, un regard qui dément ces
artifices, un regard qui me sacrifie le monde et
les hommes ! Certes, je me suis cent fois trouvé
ridicule d'aimer quelques aunes de blonde [1], du
velours, de fines batistes, les tours de force d'un
coiffeur, des bougies, un carrosse, un titre, d'hé-

raldiques couronnes peintes par des vitriers ou
fabriquées par un orfèvre, enfin tout ce qu'il y a
de factice et de moins femme dans la femme ; je
me suis moqué de moi, je me suis raisonné, tout
a été vain. Une femme aristocratique et son
sourire fin, la distinction de ses manières et son
respect d'elle-même m'enchantent ; quand elle
met une barrière entre elle et le monde, elle
flatte en moi toutes les vanités, qui sont la moitié
de l'amour. Enviée par tous, ma félicité me
paraît avoir plus de saveur. En ne faisant rien de
ce que font les autres femmes, en ne marchant
pas, ne vivant pas comme elles, en s'enveloppant
dans un manteau qu'elles ne peuvent avoir, en
respirant des parfums à elle, ma maîtresse me
semble être bien mieux à moi ; plus elle s'éloigne
de la terre, même dans ce que l'amour a de
terrestre, plus elle s'embellit à mes yeux. En
France, heureusement pour moi, nous sommes
depuis vingt ans sans reine, j'eusse aimé la
reine ! Pour avoir les façons d'une princesse, une
femme doit être riche. En présence de mes
romanesques fantaisies, qu'était Pauline ? Pou-
vait-elle me vendre des nuits qui coûtent la vie,
un amour qui tue et met en jeu toutes les facultés
humaines ? Nous ne mourons guère pour de
pauvres filles qui se donnent ! Je n'ai jamais pu
détruire ces sentiments ni ces rêveries de poète.
J'étais né pour l'amour impossible, et le hasard a
voulu que je fusse servi par-delà mes souhaits.
Combien de fois n'ai-je pas vêtu de satin les
pieds mignons de Pauline, emprisonné sa taille
svelte comme un jeune peuplier dans une robe
de gaze, jeté sur son sein une légère écharpe en

lui faisant fouler les tapis de son hôtel et la
conduisant à une voiture élégante ? Je l'eusse
adorée ainsi, je lui donnais une fierté qu'elle
n'avait pas, je la dépouillais de toutes ses vertus,
de ses grâces naïves, de son délicieux naturel, de
son sourire ingénu pour la plonger dans le Styx
de nos vices et lui rendre le cœur invulnérable,
pour la farder de nos crimes, pour en faire la
poupée fantasque de nos salons, une femme
fluette qui se couche au matin pour renaître le
soir, à l'aurore des bougies. Pauline était tout
sentiment, tout fraîcheur, je la voulais sèche et
froide. Dans les derniers jours de ma folie, le
souvenir m'a montré Pauline, comme il nous
peint les scènes de notre enfance. Plus d'une fois,
je suis resté attendri, songeant à de délicieux
moments : soit que je revisse cette délicieuse [1]
fille assise près de ma table, occupée à coudre,
paisible, silencieuse, recueillie et faiblement
éclairée par le jour qui, descendant de ma
lucarne, dessinait de légers reflets argentés sur
sa belle chevelure noire ; soit que j'entendisse
son rire jeune, ou sa voix au timbre riche chanter
les gracieuses cantilènes qu'elle composait sans
efforts. Souvent ma Pauline s'exaltait en faisant
de la musique, sa figure ressemblait alors d'une
manière frappante à la noble tête par laquelle
Carlo Dolci a voulu représenter l'Italie [2]. Ma
cruelle mémoire me jetait cette jeune fille à
travers les excès de mon existence comme un
remords, comme une image de la vertu ! Mais
laissons la pauvre enfant à sa destinée ! Quelque
malheureuse qu'elle puisse être, au moins l'au-
rai-je mise à l'abri d'un effroyable orage en

évitant de la traîner dans mon enfer. Jusqu'à
l'hiver dernier, ma vie fut la vie tranquille et
studieuse de laquelle j'ai tâché de te donner une
faible image. Dans les premiers jours de décembre 1829, je rencontrai Rastignac qui, malgré le
misérable état de mes vêtements, me donna le
bras et s'enquit de ma fortune avec un intérêt
vraiment fraternel ; pris à la glu de ses manières,
je lui racontai brièvement ma vie et mes espérances ; il se mit à rire, me traita tout à la fois
d'homme de génie et de sot, sa voix gasconne,
son expérience du monde, l'opulence qu'il devait
à son savoir-faire, agirent sur moi d'une manière
irrésistible. Rastignac me fit mourir à l'hôpital,
méconnu comme un niais, conduisit mon propre
convoi, me jeta dans le trou des pauvres. Il me
parla de charlatanisme. Avec cette verve aimable qui le rend si séduisant, il me montra tous les
hommes de génie comme des charlatans. Il me
déclara que j'avais un sens de moins, une cause
de mort, si je restais seul, rue des Cordiers. Selon
lui, je devais aller dans le monde, habituer les
gens à prononcer mon nom et me dépouiller
moi-même de l'humble *monsieur* qui messeyait à
un grand homme de son vivant. — « Les imbéciles, s'écria-t-il, nomment ce métier-là *intriguer*,
les gens à morale le proscrivent sous le mot de
vie dissipée ; ne nous arrêtons pas aux hommes,
interrogeons les résultats. Toi, tu travailles ? Eh
bien, tu ne feras jamais rien. Moi, je suis propre à
tout et bon à rien, paresseux comme un
homard ? Eh bien, j'arriverai à tout. Je me
répands, je me pousse, l'on me fait place ; je me
vante, l'on me croit ; je fais des dettes, on les

paie ! La dissipation, mon cher, est un système politique. La vie d'un homme occupé à manger sa fortune devient souvent une spéculation ; il place ses capitaux en amis, en plaisirs, en protecteurs, en connaissances. Un négociant risque-t-il un million ? Pendant vingt ans il ne dort ni ne boit, ni ne s'amuse ; il couve son million, il le fait trotter par toute l'Europe ; il s'ennuie, se donne à tous les démons que l'homme a inventés ; puis une liquidation, comme j'en ai vu faire, le laisse souvent sans un sou, sans un nom, sans un ami. Le dissipateur, lui, s'amuse à vivre, à faire courir ses chevaux. Si par hasard il perd ses capitaux, il a la chance d'être nommé receveur général, de se bien marier, d'être attaché à un ministre, à un ambassadeur. Il a encore des amis, une réputation et toujours de l'argent. Connaissant les ressorts du monde, il les manœuvre à son profit. Ce système est-il logique, ou ne suis-je qu'un fou ? N'est-ce pas là la moralité de la comédie qui se joue tous les jours dans le monde ? Ton ouvrage est achevé, reprit-il après une pause, tu as un talent immense ! Eh bien, tu arrives à mon point de départ. Il faut maintenant faire ton succès toi-même, c'est plus sûr. Tu iras conclure des alliances avec les coteries, conquérir des prôneurs. Moi, je veux me mettre de moitié dans ta gloire, je serai le bijoutier qui aura monté les diamants de ta couronne. Pour commencer, dit-il, sois ici demain soir. Je te présenterai dans une maison où va tout Paris, notre Paris à nous, celui des beaux, des gens à millions, des célébrités, enfin des hommes qui parlent d'or comme Chrysostome. Quand ces gens ont adopté un livre, le

livre devient à la mode ; s'il est réellement bon,
ils ont donné quelque brevet de génie sans le
savoir. Si tu as de l'esprit, mon cher enfant, tu
feras toi-même la fortune de ta théorie en
comprenant mieux la théorie de la fortune.
Demain soir tu verras la belle comtesse Fœdora,
la femme à la mode. — Je n'en ai jamais entendu
parler. — Tu es un Cafre, dit Rastignac en riant.
Ne pas connaître Fœdora ! Une femme à marier
qui possède près de quatre-vingt mille livres de
rentes, qui ne veut de personne ou de qui
personne ne veut ! Espèce de problème féminin,
une Parisienne à moitié Russe, une Russe à
moitié Parisienne ! Une femme chez laquelle
s'éditent toutes les productions romantiques qui
ne paraissent pas, la plus belle femme de Paris,
la plus gracieuse ! Tu n'es même pas un Cafre, tu
es la bête intermédiaire qui joint le Cafre à
l'animal. Adieu, à demain ! » Il fit une pirouette
et disparut sans attendre ma réponse, n'admet-
tant pas qu'un homme raisonnable pût refuser
d'être présenté à Fœdora. Comment expliquer la
fascination d'un nom ? Fœdora me poursuivit
comme une mauvaise pensée avec laquelle on
cherche à transiger. Une voix me disait : Tu iras
chez Fœdora. J'avais beau me débattre avec
cette voix et lui crier qu'elle mentait, elle écra-
sait tous mes raisonnements avec ce nom :
Fœdora. Mais ce nom, cette femme n'étaient-ils
pas le symbole de tous mes désirs et le thème de
ma vie ? Le nom réveillait les poésies artificielles
du monde, faisait briller les fêtes du haut Paris et
les clinquants de la vanité. La femme m'apparaissait avec tous les problèmes de passion dont

je m'étais affolé. Ce n'était peut-être ni la femme
ni le nom, mais tous mes vices qui se dressaient
debout dans mon âme pour me tenter de nouveau. La comtesse Fœdora, riche et sans amant,
résistant à des séductions parisiennes, n'était-ce
pas l'incarnation de mes espérances, de mes
visions ? Je me créai une femme, je la dessinai
dans ma pensée, je la rêvai. Pendant la nuit je ne
dormis pas, je devins son amant, je fis tenir en
peu d'heures une vie entière, une vie d'amour, et
j'en savourai les fécondes, les brûlantes délices.
Le lendemain, incapable de soutenir le supplice
d'attendre longuement la soirée, j'allai louer un
roman, et passai la journée à le lire, me mettant
ainsi dans l'impossibilité de penser ni de mesurer le temps. Pendant ma lecture le nom de
Fœdora retentissait en moi comme un son que
l'on entend dans le lointain, qui ne vous trouble
pas, mais qui se fait écouter. Je possédais heureusement encore un habit noir et un gilet blanc
assez honorables ; puis de toute ma fortune il me
restait environ trente francs, que j'avais semés
dans mes hardes, dans mes tiroirs, afin de mettre
entre une pièce de cent sous et mes fantaisies la
barrière épineuse d'une recherche et les hasards
d'une circumnavigation dans ma chambre. Au
moment de m'habiller, je poursuivis mon trésor
à travers un océan de papier. La rareté du
numéraire peut te faire concevoir ce que mes
gants et mon fiacre emportèrent de richesses, ils
mangèrent le pain de tout un mois. Hélas ! nous
ne manquons jamais d'argent pour nos caprices,
nous ne discutons que le prix des choses utiles ou
nécessaires. Nous jetons l'or avec insouciance à

des danseuses, et nous marchandons un ouvrier
dont la famille affamée attend le payement d'un
mémoire. Combien de gens ont un habit de cent
francs, un diamant à la pomme de leur canne, et
qui dînent à vingt-cinq sous ! Il semble que nous
n'achetions jamais assez chèrement les plaisirs
de la vanité. Rastignac, fidèle au rendez-vous,
sourit de ma métamorphose et m'en plaisanta ;
mais, tout en allant chez la comtesse, il me
donna de charitables conseils sur la manière de
me conduire avec elle ; il me la peignit avare,
vaine et défiante ; mais avare avec faste, vaine
avec simplicité, défiante avec bonhomie. — « Tu
connais mes engagements, me dit-il, et tu sais
combien je perdrais à changer d'amour. En
observant Fœdora j'étais désintéressé, de sang-
froid, mes remarques doivent être justes. En
pensant à te présenter chez elle, je songeais à ta
fortune ; ainsi prends garde à tout ce que tu lui
diras, elle a une mémoire cruelle, elle a une
adresse à désespérer un diplomate, elle saurait
deviner le moment où il dit vrai ; entre nous, je
crois que son mariage n'est pas reconnu par
l'empereur, car l'ambassadeur de Russie s'est
mis à rire quand je lui ai parlé d'elle. Il ne la
reçoit pas, et la salue fort légèrement quand il la
rencontre au bois. Néanmoins elle est de la
société de madame de Sérisy, va chez mesdames
de Nucingen et de Restaud. En France sa réputation est intacte ; la duchesse de Carigliano, la
maréchale la plus *collet-monté* de toute la coterie
bonapartiste, va souvent passer avec elle la belle
saison à sa terre. Beaucoup de jeunes fats, le fils
d'un pair de France, lui ont offert un nom en

échange de sa fortune ; elle les a tous poliment
éconduits. Peut-être sa sensibilité ne commence-
t-elle qu'au titre de comte ! N'es-tu pas marquis ?
Marche en avant si elle te plaît ! Voilà ce que
j'appelle donner des instructions. » Cette plaisanterie me fit croire que Rastignac voulait rire
et piquer ma curiosité, en sorte que ma passion
improvisée était arrivée à son paroxysme quand
nous nous arrêtâmes devant un péristyle orné de
fleurs. En montant un vaste escalier à tapis, où je
remarquai toutes les recherches du *comfort*
anglais, le cœur me battit ; j'en rougissais, je
démentais mon origine, mes sentiments, ma
fierté, j'étais sottement bourgeois. Hélas ! je
sortais d'une mansarde, après trois années de
pauvreté, sans savoir encore mettre au-dessus
des bagatelles de la vie ces trésors acquis, ces
immenses capitaux intellectuels qui vous enrichissent en un moment quand le pouvoir tombe
entre vos mains sans vous écraser, parce que
l'étude vous a formé d'avance aux luttes politiques. J'aperçus une femme d'environ vingt-
deux ans, de moyenne taille, vêtue de blanc,
entourée d'un cercle d'hommes, et tenant à la
main un écran de plumes. En voyant entrer
Rastignac, elle se leva, vint à nous, sourit avec
grâce, me fit d'une voix mélodieuse un compliment sans doute apprêté ; notre ami m'avait
annoncé comme un homme de talent, et son
adresse, son emphase gasconne me procurèrent
un accueil flatteur. Je fus l'objet d'une attention
particulière qui me rendit confus ; mais Rastignac avait heureusement parlé de ma modestie.
Je rencontrai là des savants, des gens de lettres,

d'anciens ministres, des pairs de France. La conversation reprit son cours quelque temps après mon arrivée, et, sentant que j'avais une réputation à soutenir, je me rassurai ; puis, sans abuser de la parole quand elle m'était accordée, je tâchai de résumer les discussions par des mots plus ou moins incisifs, profonds ou spirituels. Je produisis quelque sensation. Pour la millième fois de sa vie Rastignac fut prophète. Quand il y eut assez de monde pour que chacun retrouvât sa liberté, mon introducteur me donna le bras, et nous nous promenâmes dans les appartements. — « N'aie pas l'air d'être trop émerveillé de la princesse, me dit-il, elle devinerait le motif de ta visite. » Les salons étaient meublés avec un goût exquis. J'y vis des tableaux de choix. Chaque pièce avait, comme chez les Anglais les plus opulents, son caractère particulier, et la tenture de soie, les agréments, la forme des meubles, le moindre décor s'harmoniaient avec une pensée première. Dans un boudoir gothique dont les portes étaient cachées par des rideaux en tapisserie, les encadrements de l'étoffe, la pendule, les dessins du tapis étaient gothiques ; le plafond formé de solives brunes sculptées présentait à l'œil des caissons pleins de grâce et d'originalité, les boiseries étaient artistement travaillées, rien ne détruisait l'ensemble de cette jolie décoration, pas même les croisées dont les vitraux étaient coloriés et précieux. Je fus surpris à l'aspect d'un petit salon moderne où je ne sais quel artiste avait épuisé la science de notre décor si léger, si frais, si suave, sans éclat, sobre de dorures. C'était amoureux et vague comme une

ballade allemande, un vrai réduit taillé pour une
passion de 1827, embaumé par des jardinières
pleines de fleurs rares. Après ce salon, j'aperçus
en enfilade une pièce dorée où revivait le goût du
siècle de Louis XIV qui, opposé à nos peintures
actuelles, produisait un bizarre mais agréable
contraste. — « Tu seras assez bien logé, me dit
Rastignac avec un sourire où perçait une légère
ironie. N'est-ce pas séduisant ? » ajouta-t-il en
s'asseyant. Tout à coup il se leva, me prit par la
main, me conduisit à la chambre à coucher, et
me montra sous un dais de mousseline et de
moire blanches un lit voluptueux doucement
éclairé, le vrai lit d'une jeune fée fiancée à un
génie. — « N'y a-t-il pas, s'écria-t-il à voix basse,
de l'impudeur, de l'insolence et de la coquetterie
outre mesure, à nous laisser contempler ce trône
de l'amour ? Ne se donner à personne, et permettre à tout le monde de mettre là sa carte ! Si
j'étais libre, je voudrais voir cette femme soumise et pleurant à ma porte. — Es-tu donc si
certain de sa vertu ? — Les plus audacieux de nos
maîtres, et même les plus habiles, avouent avoir
échoué près d'elle, l'aiment encore et sont ses
amis dévoués. Cette femme n'est-elle pas une
énigme ? » Ces paroles excitèrent en moi une
sorte d'ivresse, ma jalousie craignait déjà le
passé. Tressaillant d'aise, je revins précipitamment dans le salon où j'avais laissé la comtesse
que je rencontrai dans le boudoir gothique. Elle
m'arrêta par un sourire, me fit asseoir près
d'elle, me questionna sur mes travaux, et sembla
s'y intéresser vivement, surtout quand je lui
traduisis mon système [1] en plaisanteries au lieu

de prendre le langage d'un professeur pour le lui développer doctoralement. Elle parut s'amuser beaucoup en apprenant que la volonté humaine était une force matérielle semblable à la vapeur ; que, dans le monde moral, rien ne résistait à cette puissance quand un homme s'habituait à la concentrer, à en manier la somme, à diriger constamment sur les âmes la projection de cette masse fluide ; que cet homme pouvait à son gré tout modifier relativement à l'humanité, même les lois de la nature. Les objections de Fœdora me révélèrent en elle une certaine finesse d'esprit, je me complus à lui donner raison pendant quelques moments pour la flatter, et je détruisis ses raisonnements de femme par un mot, en attirant son attention sur un fait journalier dans la vie, le sommeil, fait vulgaire en apparence, mais au fond plein de problèmes insolubles pour le savant, et je piquai sa curiosité. La comtesse resta même un instant silencieuse quand je lui dis que nos idées étaient des êtres organisés, complets qui vivaient dans un monde invisible et influaient sur nos destinées, en lui citant pour preuves les pensées de Descartes, de Diderot, de Napoléon qui avaient conduit, qui conduisaient encore tout un siècle. J'eus l'honneur d'amuser cette femme, elle me quitta en m'invitant à la venir voir ; en style de cour, elle me donna les grandes entrées. Soit que je prisse, selon ma louable habitude, des formules polies pour des paroles de cœur, soit que Fœdora vît en moi quelque célébrité prochaine, et voulût augmenter sa ménagerie de savants, je crus lui plaire. J'évoquai toutes mes connaissances physiolo-

giques et mes études antérieures sur la femme
pour examiner minutieusement pendant cette
soirée cette singulière personne et ses manières ;
caché dans l'embrasure d'une fenêtre, j'espion-
nai ses pensées en les cherchant dans son maintien, en étudiant ce manège d'une maîtresse de
maison qui va et vient, s'assied et cause, appelle
un homme, l'interroge, et s'appuie pour l'écouter
sur un chambranle de porte ; je remarquai dans
sa démarche un mouvement brisé si doux, une
ondulation de robe si gracieuse, elle excitait si
puissamment le désir que je devins alors très
incrédule sur sa vertu. Si Fœdora méconnaissait
aujourd'hui l'amour, elle avait dû jadis être fort
passionnée ; car une volupté savante se peignait
jusque dans la manière dont elle se posait devant
son interlocuteur, elle se soutenait sur la boiserie
avec coquetterie, comme une femme près de
tomber, mais aussi près de s'enfuir si quelque
regard trop vif l'intimide. Les bras mollement
croisés, paraissant respirer les paroles, les écoutant même du regard et avec bienveillance, elle
exhalait le sentiment. Ses lèvres fraîches et
rouges tranchaient sur un teint d'une vive blancheur. Ses cheveux bruns faisaient assez bien
valoir la couleur orangée de ses yeux mêlés de
veines comme une pierre de Florence, et dont
l'expression semblait ajouter de la finesse à ses
paroles. Enfin son corsage était paré des grâces
les plus attrayantes. Une rivale aurait peut-être
accusé de dureté d'épais sourcils qui paraissaient se rejoindre, et blâmé l'imperceptible
duvet qui ornait les contours du visage. Je
trouvai la passion empreinte en tout. L'amour

était écrit sur les paupières italiennes de cette
femme, sur ses belles épaules dignes de la Vénus
de Milo, dans ses traits, sur sa lèvre inférieure un
peu forte et légèrement ombragée. C'était plus
qu'une femme, c'était un roman. Oui, ces
richesses féminines, l'ensemble harmonieux des
lignes, les promesses que cette riche structure
faisait à la passion, étaient tempérés par une
réserve constante, par une modestie extraordinaire, qui contrastaient avec l'expression de
toute la personne. Il fallait une observation aussi
sagace que la mienne pour découvrir dans cette
nature les signes d'une destinée de volupté. Pour
expliquer plus clairement ma pensée, il y avait
en Fœdora deux femmes séparées par le buste
peut-être ; l'une était froide, la tête seule semblait être amoureuse ; avant d'arrêter ses yeux
sur un homme, elle préparait son regard, comme
s'il se passait je ne sais quoi de mystérieux en
elle-même, vous eussiez dit d'une convulsion
dans ses yeux si brillants. Enfin, ou ma science
était imparfaite, et j'avais encore bien des
secrets à découvrir dans le monde moral, ou la
comtesse possédait une belle âme dont les sentiments et les émanations communiquaient à sa
physionomie ce charme qui nous subjugue et
nous fascine, ascendant tout moral et d'autant
plus puissant qu'il s'accorde avec les sympathies
du désir. Je sortis ravi, séduit par cette femme,
enivré par son luxe, chatouillé dans tout ce que
mon cœur avait de noble, de vicieux, de bon, de
mauvais. En me sentant si ému, si vivant, si
exalté, je crus comprendre l'attrait qui amenait
là ces artistes, ces diplomates, ces hommes du

pouvoir, ces agioteurs doublés de tôle comme
leurs caisses; sans doute ils venaient chercher
près d'elle l'émotion délirante qui faisait vibrer
en moi toutes les forces de mon être, fouettait
mon sang dans la moindre veine, agaçait le plus
petit nerf et tressaillait dans mon cerveau! Elle
ne s'était donnée à aucun pour les garder tous.
Une femme est coquette tant qu'elle n'aime pas.
— « Puis, dis-je à Rastignac, elle a peut-être été
mariée ou vendue à quelque vieillard, et le
souvenir de ses premières noces lui donne de
l'horreur pour l'amour. » Je revins à pied du
faubourg Saint-Honoré, où Fœdora demeure.
Entre son hôtel et la rue des Cordiers il y a
presque tout Paris; le chemin me parut court, et
cependant il faisait froid. Entreprendre la
conquête de Fœdora dans l'hiver, un rude hiver,
quand je n'avais pas trente francs en ma possession, quand la distance qui nous séparait était si
grande! Un jeune homme pauvre peut seul
savoir ce qu'une passion coûte en voitures, en
gants, en habits, linge, etc. Si l'amour reste un
peu trop de temps platonique, il devient ruineux.
Vraiment, il y a des Lauzun de l'École de Droit
auxquels il est impossible d'approcher d'une
passion logée à un premier étage. Et comment
pouvais-je lutter, moi, faible, grêle, mis simplement, pâle et hâve comme un artiste en convalescence d'un ouvrage, avec des jeunes gens bien
frisés, jolis, pimpants, cravatés à désespérer
toute la Croatie [1], riches, armés de tilburys et
vêtus d'impertinence? — « Bah! Fœdora ou la
mort! criai-je au détour d'un pont. Fœdora, c'est
la fortune! » Le beau boudoir gothique et le

salon à la Louis XIV passèrent devant mes yeux,
je revis la comtesse avec sa robe blanche, ses
grandes manches gracieuses, et sa séduisante
démarche, et son corsage tentateur. Quand j'arrivai dans ma mansarde nue, froide, aussi mal
peignée que la perruque d'un naturaliste, j'étais
encore environné par les images du luxe de
Fœdora. Ce contraste était un mauvais conseiller, les crimes doivent naître ainsi. Je maudis
alors, en frissonnant de rage, ma décente et
honnête misère, ma mansarde féconde où tant de
pensées avaient surgi. Je demandai compte à
Dieu, au diable, à l'État social, à mon père, à
l'univers entier, de ma destinée, de mon malheur ; je me couchai tout affamé, grommelant de
risibles imprécations, mais bien résolu de
séduire Fœdora. Ce cœur de femme était un
dernier billet de loterie chargé de ma fortune. Je
te ferai grâce de mes premières visites chez
Fœdora, pour arriver promptement au drame.
Tout en tâchant de m'adresser à l'âme de cette
femme, j'essayai de gagner son esprit, d'avoir sa
vanité pour moi ; afin d'être sûrement aimé, je
lui donnai mille raisons de mieux s'aimer elle-
même, jamais je ne la laissai dans un état
d'indifférence ; les femmes veulent des émotions
à tout prix, je les lui prodiguai ; je l'eusse mise en
colère plutôt que de la voir insouciante avec moi.
Si d'abord, animé d'une volonté ferme et du
désir de me faire aimer, je pris un peu d'ascendant sur elle, bientôt ma passion grandit, je ne
fus plus maître de moi, je tombai dans le vrai, je
me perdis et devins éperdument amoureux. Je ne
sais pas bien ce que nous appelons, en poésie ou

dans la conversation, *amour* ; mais le sentiment
qui se développa tout à coup dans ma double
nature, je ne l'ai trouvé peint nulle part, ni dans
les phrases rhétoriques et apprêtées de J.-J.
Rousseau de qui j'occupais peut-être le logis, ni
dans les froides conceptions de nos deux siècles
littéraires, ni dans les tableaux de l'Italie. La vue
du lac de Bienne, quelques motifs de Rossini, la
Madone de Murillo que possède le maréchal
Soult [1], les lettres de la Lescombat [2], certains
mots épars dans les recueils d'anecdotes, mais
surtout les prières des extatiques et quelques
passages de nos fabliaux, ont pu seuls me transporter dans les divines régions de mon premier
amour. Rien dans les langages humains, aucune
traduction de la pensée faite à l'aide des couleurs, des marbres, des mots ou des sons, ne
saurait rendre le nerf, la vérité, le fini, la soudaineté du sentiment dans l'âme ! Oui ! Qui dit art,
dit mensonge. L'amour passe par des transformations infinies avant de se mêler pour toujours
à notre vie et de la teindre à jamais de sa couleur
de flamme. Le secret de cette infusion imperceptible échappe à l'analyse de l'artiste. La vraie
passion s'exprime par des cris, par des soupirs
ennuyeux pour un homme froid. Il faut aimer
sincèrement pour être de moitié dans les rugisse-
ments de Lovelace, en lisant Clarisse Harlowe.
L'amour est une source naïve, partie de son lit de
cresson, de fleurs, de gravier, qui rivière, qui
fleuve, change de nature et d'aspect à chaque
flot, et se jette dans un incommensurable océan
où les esprits incomplets voient la monotonie, où
les grandes âmes s'abîment en de perpétuelles

contemplations. Comment oser décrire ces
teintes transitoires du sentiment, ces riens qui
ont tant de prix, ces mots dont l'accent épuise les
trésors du langage, ces regards plus féconds que
les plus riches poèmes ? Dans chacune des scènes
mystiques par lesquelles nous nous éprenons
insensiblement d'une femme, s'ouvre un abîme à
engloutir toutes les poésies humaines. Eh !
Comment pourrions-nous reproduire par des
gloses les vives et mystérieuses agitations de
l'âme, quand les paroles nous manquent pour
peindre les mystères visibles de la beauté ?
Quelles fascinations ! Combien d'heures ne suis-
je pas resté plongé dans une extase ineffable
occupé à *la* voir ! Heureux, de quoi ? je ne sais.
Dans ces moments, si son visage était inondé de
lumière, il s'y opérait je ne sais quel phénomène
qui le faisait resplendir ; l'imperceptible duvet
qui dore sa peau délicate et fine en dessinait
mollement les contours avec la grâce que nous
admirons dans les lignes lointaines de l'horizon
quand elles se perdent dans le soleil. Il semblait
que le jour la caressât en s'unissant à elle, ou
qu'il s'échappât de sa rayonnante figure une
lumière plus vive que la lumière même ; puis une
ombre passant sur cette douce figure y produisait une sorte de couleur qui en variait les
expressions en en changeant les teintes. Souvent
une pensée semblait se peindre sur son front de
marbre ; son œil paraissait rougir, sa paupière
vacillait, ses traits ondulaient agités par un
sourire ; le corail intelligent de ses lèvres s'animait, se dépliait, se repliait ; je ne sais quel reflet
de ses cheveux jetait des tons bruns sur ses

tempes fraîches ; à chaque accident, elle avait
parlé. Chaque nuance de beauté donnait des
fêtes nouvelles à mes yeux, révélait des grâces
inconnues à mon cœur. Je voulais lire un sentiment, un espoir, dans toutes ces phases du
visage. Ces discours muets pénétraient d'âme à
âme comme un son dans l'écho, et me prodiguaient des joies passagères qui me laissaient
des impressions profondes. Sa voix me causait
un délire que j'avais peine à comprimer. Imitant
je ne sais quel prince de Lorraine, j'aurais pu ne
pas sentir un charbon ardent au creux de ma
main pendant qu'elle aurait passé dans ma
chevelure ses doigts chatouilleux. Ce n'était plus
une admiration, un désir, mais un charme, une
fatalité. Souvent, rentré sous mon toit, je voyais
indistinctement Fœdora chez elle, et participais
vaguement à sa vie ; si elle souffrait, je souffrais,
et je lui disais le lendemain : — « Vous avez
souffert ! » Combien de fois n'est-elle pas venue
au milieu des silences de la nuit, évoquée par la
puissance de mon extase ! Tantôt, soudaine
comme une lumière qui jaillit, elle abattait ma
plume, elle effarouchait la Science et l'Étude qui
s'enfuyaient désolées ; elle me forçait à l'admirer
en reprenant la pose attrayante où je l'avais vue
naguère. Tantôt j'allais moi-même au-devant
d'elle dans le monde des apparitions, et la
saluais comme une espérance en lui demandant
de me faire entendre sa voix argentine ; puis je
me réveillais en pleurant. Un jour, après m'avoir
promis de venir au spectacle avec moi, tout à
coup elle refusa capricieusement de sortir, et me
pria de la laisser seule. Désespéré d'une contra-

diction qui me coûtait une journée de travail, et, le dirai-je ? mon dernier écu, je me rendis là où elle aurait dû être, voulant voir la pièce qu'elle avait désiré voir. A peine placé, je reçus un coup électrique dans le cœur. Une voix me dit : — Elle est là ! Je me retourne, j'aperçois la comtesse au fond de sa loge, cachée dans l'ombre, au rez-de-chaussée. Mon regard n'hésita pas, mes yeux la trouvèrent tout d'abord avec une lucidité fabuleuse, mon âme avait volé vers sa vie comme un insecte vole à sa fleur. Par quoi mes sens avaient-ils été avertis ? Il est de ces tressaillements intimes qui peuvent surprendre les gens superficiels, mais ces effets de notre nature intérieure sont aussi simples que les phénomènes habituels de notre vision extérieure ; aussi ne fus-je pas étonné, mais fâché. Mes études sur notre puissance morale, si peu connue, servaient au moins à me faire rencontrer dans ma passion quelques preuves vivantes de mon système. Cette alliance du savant et de l'amoureux, d'une véritable idolâtrie et d'un amour scientifique, avait je ne sais quoi de bizarre. La Science était souvent contente de ce qui désespérait l'amant, et, quand il croyait triompher, l'amant chassait loin de lui la Science avec bonheur. Fœdora me vit et devint sérieuse, je la gênais. Au premier entracte, j'allai lui rendre une visite ; elle était seule, je restai. Quoique nous n'eussions jamais parlé d'amour, je pressentis une explication. Je ne lui avais point encore dit mon secret, et cependant il existait entre nous une sorte d'entente : elle me confiait ses projets d'amusement, et me demandait la veille avec une sorte d'in-

quiétude amicale si je viendrais le lendemain ;
elle me consultait par un regard quand elle
disait un mot spirituel, comme si elle eût voulu
me plaire exclusivement ; si je boudais, elle
devenait caressante ; si elle faisait la fâchée,
j'avais en quelque sorte le droit de l'interroger ;
si je me rendais coupable d'une faute, elle se
laissait longtemps supplier avant de me pardon-
ner. Ces querelles auxquelles nous avions pris
goût, étaient pleines d'amour. Elle y déployait
tant de grâce et de coquetterie, et moi j'y
trouvais tant de bonheur ! En ce moment notre
intimité fut tout à fait suspendue, et nous restâmes l'un devant l'autre comme deux étrangers.
La comtesse était glaciale ; moi, j'appréhendais
un malheur. — « Vous allez m'accompagner »,
me dit-elle quand la pièce fut finie. Le temps
avait changé subitement. Lorsque nous sortîmes
il tombait une neige mêlée de pluie. La voiture
de Fœdora ne put arriver jusqu'à la porte du
théâtre. En voyant une femme bien mise obligée
de traverser le boulevard, un commissionnaire
étendit son parapluie au-dessus de nos têtes, et
réclama le prix de son service quand nous fûmes
montés. Je n'avais rien, j'eusse alors vendu dix
ans de ma vie pour avoir deux sous. Tout ce qui
fait l'homme et ses mille vanités furent écrasés
en moi par une douleur infernale. Ces mots : Je
n'ai pas de monnaie, mon cher ! furent dits d'un
ton dur qui parut venir de ma passion contra-
riée, dits par moi, frère de cet homme, moi qui
connaissais si bien le malheur ! moi qui jadis
avais donné sept cent mille francs avec tant de
facilité ! Le valet repoussa le commissionnaire,

et les chevaux fendirent l'air. En revenant à son hôtel, Fœdora, distraite, ou affectant d'être préoccupée, répondit par de dédaigneux monosyllabes à mes questions. Je gardai le silence. Ce fut un horrible moment. Arrivés chez elle, nous nous assîmes devant la cheminée. Quand le valet de chambre se fut retiré après avoir attisé le feu, la comtesse se tourna vers moi d'un air indéfinissable et me dit avec une sorte de solennité : — « Depuis mon retour en France, ma fortune a tenté quelques jeunes gens, j'ai reçu des déclarations d'amour qui auraient pu satisfaire mon orgueil, j'ai rencontré des hommes dont l'attachement était si sincère et si profond qu'ils m'eussent encore épousée, même quand ils n'auraient trouvé en moi qu'une fille pauvre comme je l'étais jadis. Enfin sachez, monsieur de Valentin, que de nouvelles richesses et des titres nouveaux m'ont été offerts ; mais apprenez aussi que je n'ai jamais revu les personnes assez mal inspirées pour me parler d'amour. Si mon affection pour vous était légère, je ne vous donnerais pas un avertissement dans lequel il entre plus d'amitié que d'orgueil. Une femme s'expose à recevoir une sorte d'affront lorsque, en se supposant aimée, elle se refuse par avance à un sentiment toujours flatteur. Je connais les scènes d'Arsinoé, d'Araminte [1], ainsi je me suis familiarisée avec les réponses que je puis entendre en pareille circonstance ; mais j'espère aujourd'hui ne pas être mal jugée par un homme supérieur pour lui avoir montré franchement mon âme. » Elle s'exprimait avec le sang-froid d'un avoué, d'un notaire, expliquant à leurs clients les moyens d'un procès ou les articles d'un contrat. Le timbre clair et séducteur de sa voix n'accusait pas la moindre émotion ; seulement sa figure et son maintien, toujours nobles et décents, me semblèrent avoir une froideur, une sécheresse diplomatiques. Elle avait sans doute médité ses paroles et fait le programme de cette scène. Oh ! mon cher ami, quand certaines femmes trouvent du plaisir à nous déchirer le cœur, quand elles se sont promis d'y enfoncer un poignard et de le retourner dans la plaie, ces femmes-là sont adorables, elles aiment ou veulent être aimées ! Un jour elles nous récompenseront de nos douleurs, comme Dieu doit, dit-on, rémunérer nos bonnes œuvres ; elles nous rendront en plaisirs le centuple du mal dont la violence est appréciée par elles : leur méchanceté n'est-elle pas pleine de passion ? Mais être torturé par une femme qui nous tue avec indifférence, n'est-ce pas un atroce supplice ? En ce moment Fœdora marchait, sans le savoir, sur toutes mes espérances, brisait ma vie et détruisait mon avenir avec la froide insouciance et l'innocente cruauté d'un enfant qui, par curiosité, déchire les ailes d'un papillon.

— « Plus tard, ajouta Fœdora, vous reconnaîtrez, je l'espère, la solidité de l'affection que j'offre à mes amis. Pour eux, vous me trouverez toujours bonne et dévouée. Je saurais leur donner ma vie, mais vous me mépriseriez si je subissais leur amour sans le partager. Je m'arrête. Vous êtes le seul homme auquel j'aie encore dit ces derniers mots. » D'abord les paroles me manquèrent, et j'eus peine à maîtriser l'ouragan qui s'élevait en moi ; mais bientôt je refoulai mes sensations au fond de mon âme, et me mis à sourire : — « Si je vous dis que je vous aime, répondis-je, vous me bannirez ; si je m'accuse d'indifférence, vous m'en punirez. Les prêtres, les magistrats et les femmes ne dépouillent jamais leur robe entièrement. Le silence ne préjuge rien ; trouvez bon, madame, que je me taise. Pour m'avoir adressé de si fraternels avertissements, il faut que vous ayez craint de me perdre, cette pensée pourrait satisfaire mon orgueil. Mais laissons la personnalité loin de nous. Vous êtes peut-être la seule femme avec laquelle je puisse discuter en philosophe une résolution si contraire aux lois de la nature. Relativement aux autres sujets de votre espèce, vous êtes un phénomène. Eh bien, cherchons ensemble, de bonne foi, la cause de cette anomalie psychologique. Existe-t-il en vous, comme chez beaucoup de femmes fières d'elles-mêmes, amoureuses de leurs perfections, un sentiment d'égoïsme raffiné qui vous fasse prendre en horreur l'idée d'appartenir à un homme, d'abdiquer votre vouloir et d'être soumise à une supériorité de convention qui vous offense ? Vous me sembleriez mille fois plus belle. Auriez-vous été maltraitée une première fois par l'amour ? Peut-être le prix que vous devez attacher à l'élégance de votre taille, à votre délicieux corsage, vous fait-il craindre les dégâts de la maternité : ne serait-ce pas une de vos meilleures raisons secrètes pour vous refuser à être trop bien aimée ? Avez-vous des imperfections qui vous rendent vertueuse malgré vous ? Ne vous fâchez pas, je discute, j'étudie, je suis à mille lieues de la passion. La nature, qui fait des

aveugles de naissance, peut bien créer des
femmes sourdes, muettes et aveugles en amour.
Vraiment vous êtes un sujet précieux pour l'observation médicale ! Vous ne savez pas tout ce
que vous valez. Vous pouvez avoir un dégoût fort
légitime pour les hommes, je vous approuve, ils
me paraissent tous laids et odieux. Mais vous
avez raison, ajoutai-je en sentant mon cœur se
gonfler, vous devez nous mépriser, il n'existe pas
d'homme qui soit digne de vous ! » Je ne te dirai
pas tous les sarcasmes que je lui débitai en riant.
Eh bien, la parole la plus acérée, l'ironie la plus
aiguë, ne lui arrachèrent ni un mouvement ni un
geste de dépit. Elle m'écoutait en gardant sur ses
lèvres, dans ses yeux, son sourire d'habitude, ce
sourire qu'elle prenait comme un vêtement, et
toujours le même pour ses amis, pour ses simples connaissances, pour les étrangers. — « Ne
suis-je pas bien bonne de me laisser mettre ainsi
sur un amphithéâtre ? dit-elle en saisissant un
moment pendant lequel je la regardais en
silence. Vous le voyez, continua-t-elle en riant, je
n'ai pas de sottes susceptibilités en amitié !
Beaucoup de femmes puniraient votre impertinence en vous faisant fermer leur porte. — Vous
pouvez me bannir de chez vous sans être tenue
de donner la raison de vos sévérités. En disant
cela je me sentais prêt à la tuer si elle m'avait
congédié. — Vous êtes fou, s'écria-t-elle en souriant. — Avez-vous jamais songé, repris-je, aux
effets d'un violent amour ? Un homme au désespoir a souvent assassiné sa maîtresse. — Il vaut
mieux être morte que malheureuse, répondit-
elle froidement. Un homme si passionné doit un

jour abandonner sa femme et la laisser sur la paille après lui avoir mangé sa fortune. » Cette arithmétique m'abasourdit. Je vis clairement un abîme entre cette femme et moi. Nous ne pouvions [1] jamais nous comprendre. — « Adieu, lui dis-je froidement. — Adieu, répondit-elle en inclinant la tête d'un air amical. A demain. » Je la regardai pendant un moment en lui dardant tout l'amour auquel je renonçais. Elle était debout, et me jetait son sourire banal, le détestable sourire d'une statue de marbre, paraissant exprimer l'amour, mais froid. Concevras-tu bien, mon cher, toutes les douleurs qui m'assaillirent en revenant chez moi par la pluie et la neige, en marchant sur le verglas des quais pendant une lieue, ayant tout perdu ? Oh ! savoir qu'elle ne pensait seulement pas à ma misère et me croyait, comme elle, riche et doucement voituré ! Combien de ruines et de déceptions ! Il ne s'agissait plus d'argent, mais de toute les fortunes de mon âme. J'allais au hasard, en discutant avec moi-même les mots de cette étrange conversation, je m'égarais si bien dans mes commentaires que je finissais par douter de la valeur nominale des paroles et des idées ! Et j'aimais toujours, j'aimais cette femme froide dont le cœur voulait être conquis à tout moment, et qui, en effaçant toujours les promesses de la veille, se produisait le lendemain comme une maîtresse nouvelle. En tournant sous les guichets de l'Institut, un mouvement fiévreux me saisit. Je me souvins alors que j'étais à jeun. Je ne possédais pas un denier. Pour comble de malheur, la pluie déformait mon chapeau. Comment pouvoir

aborder désormais une femme élégante et me
présenter dans un salon sans un chapeau metta-
ble! Grâce à des soins extrêmes, et tout en
maudissant la mode niaise et sotte qui nous
condamne à exhiber la coiffe de nos chapeaux en
les gardant constamment à la main, j'avais
maintenu le mien jusque-là dans un état dou-
teux. Sans être curieusement neuf ou sèchement
vieux, dénué de barbe ou très soyeux, il pouvait
passer pour le chapeau d'un homme soigneux;
mais son existence artificielle arrivait à son
dernier période, il était blessé, déjeté, fini, véritable haillon, digne représentant de son maître.
Faute de trente sous, je perdais mon industrieuse
élégance. Ah! combien de sacrifices ignorés
n'avais-je pas faits à Fœdora depuis trois mois!
Souvent je consacrais l'argent nécessaire au pain
d'une semaine pour aller la voir un moment.
Quitter mes travaux et jeûner, ce n'était rien!
Mais traverser les rues de Paris sans se laisser
éclabousser, courir pour éviter la pluie, arriver
chez elle aussi bien mis que les fats qui l'entouraient, ah! pour un poète amoureux et distrait,
cette tâche avait d'innombrables difficultés.
Mon bonheur, mon amour, dépendait d'une
moucheture de fange sur mon seul gilet blanc!
Renoncer à la voir si je me crottais, si je me
mouillais! Ne pas posséder cinq sous pour faire
effacer par un décrotteur la plus légère tache de
boue sur ma botte! Ma passion s'était augmentée de tous ces petits supplices inconnus,
immenses chez un homme irritable. Les malheureux ont des dévouements desquels il ne leur est
point permis de parler aux femmes qui vivent

dans une sphère de luxe et d'élégance ; elles voient le monde à travers un prisme qui teint en or les hommes et les choses. Optimistes par égoïsme, cruelles par bon ton, ces femmes s'exemptent de réfléchir au nom de leurs jouissances, et s'absolvent de leur indifférence au malheur par l'entraînement du plaisir. Pour elles un denier n'est jamais un million, c'est le million qui leur semble être un denier. Si l'amour doit plaider sa cause par de grands sacrifices, il doit aussi les couvrir délicatement d'un voile, les ensevelir dans le silence ; mais, en prodiguant leur fortune et leur vie, en se dévouant, les hommes riches profitent des préjugés mondains qui donnent toujours un certain éclat à leurs amoureuses folies ; pour eux le silence parle et le voile est une grâce, tandis que mon affreuse détresse me condamnait à d'épouvantables souffrances sans qu'il me fût permis de dire : J'aime ! ou : Je meurs ! Était-ce du dévouement, après tout ? N'étais-je pas richement récompensé par le plaisir que j'éprouvais à tout immoler pour elle ? La comtesse avait donné d'extrêmes valeurs, attaché d'excessives jouissances aux accidents les plus vulgaires de ma vie. Naguère insouciant en fait de toilette, je respectais maintenant mon habit comme un autre moi-même. Entre une blessure à recevoir et la déchirure de mon frac, je n'aurais pas hésité ! Tu dois alors épouser ma situation et comprendre les rages de pensées, la frénésie croissante qui m'agitaient en marchant, et que peut-être la marche animait encore ! J'éprouvais je ne sais quelle joie infernale à me trouver au faîte du malheur. Je voulais voir un présage de fortune dans cette dernière crise ; mais le mal a des trésors sans fond. La porte de mon hôtel était entrouverte. A travers les découpures en forme de cœur pratiquées dans le volet, j'aperçus une lumière projetée dans la rue. Pauline et sa mère causaient en m'attendant. J'entendis prononcer mon nom, j'écoutai : — « Raphaël, disait Pauline, est bien mieux que l'étudiant du numéro sept ! Ses cheveux blonds sont d'une si jolie couleur ! Ne trouves-tu pas quelque chose dans sa voix, je ne sais, mais quelque chose qui vous remue le cœur ? Et puis, quoiqu'il ait un peu l'air fier, il est si bon, il a des manières si distinguées ! Oh ! il est vraiment très bien ! Je suis sûre que toutes les femmes doivent être folles de lui. — Tu en parles comme si tu l'aimais, reprit madame Gaudin. — Oh ! je l'aime comme un frère, répondit-elle en riant. Je serais joliment ingrate si je n'avais pas de l'amitié pour lui ! Ne m'a-t-il pas appris la musique, le dessin, la grammaire, enfin tout ce que je sais ? Tu ne fais pas grande attention à mes progrès, ma bonne mère ; mais je deviens si instruite que dans quelque temps je serai assez forte pour donner des leçons, et alors nous pourrons avoir un domestique. » Je me retirai doucement ; et, après avoir fait quelque bruit, j'entrai dans la salle pour y prendre ma lampe que Pauline voulut allumer. La pauvre enfant venait de jeter un baume délicieux sur mes plaies. Ce naïf éloge de ma personne me rendit un peu de courage. J'avais besoin de croire en moi-même et de recueillir un jugement impartial sur la. véritable valeur de mes avan-

tages. Mes espérances, ainsi ranimées, se reflété-
rent peut-être sur les choses que je voyais. Peut-
être aussi n'avais-je point encore bien sérieusement examiné la scène assez souvent offerte à
mes regards par ces deux femmes au milieu de
cette salle ; mais alors j'admirai dans sa réalité
le plus délicieux tableau de cette nature modeste
si naïvement reproduite par les peintres flamands. La mère, assise au coin d'un foyer à demi
éteint, tricotait des bas, et laissait errer sur ses
lèvres un bon sourire. Pauline coloriait des
écrans, ses couleurs, ses pinceaux étalés sur une
petite table parlaient aux yeux par de piquants
effets ; mais, ayant quitté sa place et se tenant
debout pour allumer ma lampe, sa blanche
figure en recevait toute la lumière ; il fallait être
subjugué par une bien terrible passion pour ne
pas admirer ses mains transparentes et roses,
l'idéal de sa tête et sa virginale attitude ! La nuit
et le silence prêtaient leur charme à cette laborieuse veillée, à ce paisible intérieur. Ces travaux
continus et gaiement supportés attestaient une
résignation religieuse pleine de sentiments élevés. Une indéfinissable harmonie existait là
entre les choses et les personnes. Chez Fœdora le
luxe était sec, il réveillait en moi de mauvaises
pensées ; tandis que cette humble misère et ce
bon naturel me rafraîchissaient l'âme. Peut-être
étais-je humilié en présence du luxe ; près de ces
deux femmes, au milieu de cette salle brune où
la vie simplifiée semblait se réfugier dans les
émotions du cœur, peut-être me réconciliais-je
avec moi-même en trouvant à exercer la protection que l'homme est si jaloux de faire sentir.

Quand je fus près de Pauline, elle me jeta un
regard presque maternel, et s'écria, les mains
tremblantes, en posant vivement la lampe : —
« Dieu ! Comme vous êtes pâle ! Ah ! il est tout
mouillé ! Ma mère va vous essuyer. Monsieur
Raphaël, reprit-elle après une légère pause, vous
êtes friand de lait : nous avons eu ce soir de la
crème, tenez, voulez-vous y goûter ? » Elle sauta
comme un petit chat sur un bol de porcelaine
plein de lait, et me le présenta si vivement, me le
mit sous le nez d'une si gentille façon, que
j'hésitaï : — « Vous me refuseriez ? » dit-elle
d'une voix altérée. Nos deux fiertés se compre-
naient : Pauline paraissait souffrir de sa pauvreté, et me reprocher ma hauteur. Je fus attendri. Cette crème était peut-être son déjeuner du
lendemain, j'acceptai cependant. La pauvre fille
essaya de cacher sa joie, mais elle pétillait dans
ses yeux. — « J'en avais besoin, lui dis-je en
m'asseyant. (Une expression soucieuse passa sur
son front.) Vous souvenez-vous, Pauline, de ce
passage où Bossuet nous peint Dieu récompen-
sant un verre d'eau plus richement qu'une victoire ? — Oui, dit-elle. Et son sein battait comme
celui d'une jeune fauvette entre les mains d'un
enfant. — Eh bien, comme nous nous quitterons
bientôt, ajoutai-je d'une voix mal assurée, laissez-moi vous témoigner ma reconnaissance pour
tous les soins que vous et votre mère vous avez
eus de moi. — Oh ! ne comptons pas, dit-elle en
riant. Son rire cachait une émotion qui me fit
mal. — Mon piano, repris-je sans paraître avoir
entendu ses paroles, est un des meilleurs instruments d'Érard : acceptez-le. Prenez-le sans scru-

pule, je ne saurais vraiment l'emporter dans le
voyage que je compte entreprendre. » Éclairées
peut-être par l'accent de mélancolie avec lequel
je prononçai ces mots, les deux femmes semblèrent m'avoir compris et me regardèrent avec une
curiosité mêlée d'effroi. L'affection que je cherchais au milieu des froides régions du grand
monde, était donc là, vraie, sans faste, mais
onctueuse et peut-être durable. — « Il ne faut
pas prendre tant de souci, me dit la mère. Restez
ici. Mon mari est en route à cette heure, reprit-
elle. Ce soir, j'ai lu l'Évangile de saint Jean
pendant que Pauline tenait suspendue entre ses
doigts notre clef attachée dans une Bible, la clef
a tourné. Ce présage annonce que Gaudin se
porte bien et prospère. Pauline a recommencé
pour vous et pour le jeune homme du numéro
sept ; mais la clef n'a tourné que pour vous. Nous
serons tous riches, Gaudin reviendra millionnaire. Je l'ai vu en rêve sur un vaisseau plein de
serpents ; heureusement l'eau était trouble, ce
qui signifie or et pierreries d'outre-mer. » Ces
paroles amicales et vides, semblables aux vagues
chansons avec lesquelles une mère endort les
douleurs de son enfant, me rendirent une sorte
de calme. L'accent et le regard de la bonne
femme exhalaient cette douce cordialité qui
n'efface pas le chagrin, mais qui l'apaise, qui le
berce et l'émousse. Plus perspicace que sa mère,
Pauline m'examinait avec inquiétude, ses yeux
intelligents semblaient deviner ma vie et mon
avenir. Je remerciai par une inclination de tête
la mère et la fille ; puis je me sauvai, craignant
de m'attendrir. Quand je me trouvai seul sous

mon toit, je me couchai dans mon malheur. Ma fatale imagination me dessina mille projets sans base et me dicta des résolutions impossibles. Quand un homme se traîne dans les décombres de sa fortune, il y rencontre encore quelques ressources ; mais j'étais dans le néant. Ah ! mon cher, nous accusons trop facilement la misère. Soyons indulgents pour les effets du plus actif de tous les dissolvants sociaux. Là où règne la misère, il n'existe plus ni pudeur, ni crimes, ni vertus, ni esprit. J'étais alors sans idées, sans force, comme une jeune fille tombée à genoux devant un tigre. Un homme sans passion et sans argent reste maître de sa personne ; mais un malheureux qui aime ne s'appartient plus et ne peut pas se tuer. L'amour nous donne une sorte de religion pour nous-mêmes, nous respectons en nous une autre vie ; il devient alors le plus horrible des malheurs, le malheur avec une espérance, une espérance qui vous fait accepter des tortures. Je m'endormis avec l'idée d'aller le lendemain confier à Rastignac la singulière détermination de Fœdora. — « Ah ! ah ! me dit Rastignac en me voyant entrer chez lui dès neuf heures du matin, je sais ce qui t'amène, tu dois être congédié par Fœdora. Quelques bonnes âmes jalouses de ton empire sur la comtesse ont annoncé votre mariage. Dieu sait les folies que tes rivaux t'ont prêtées et les calomnies dont tu as été l'objet ! — Tout s'explique ! » m'écriai-je. Je me souvins de toutes mes impertinences et trouvai la comtesse sublime. A mon gré, j'étais un infâme qui n'avait pas encore assez souffert, et je ne vis plus dans son indulgence que la

patiente charité de l'amour. — « N'allons pas si
vite, me dit le prudent Gascon. Fœdora possède
la pénétration naturelle aux femmes profondément égoïstes, elle t'aura jugé peut-être au
moment où tu ne voyais encore en elle que sa
fortune et son luxe ; en dépit de ton adresse, elle
aura lu dans ton âme. Elle est assez dissimulée
pour qu'aucune dissimulation ne trouve grâce
devant elle. Je crois, ajouta-t-il, t'avoir mis dans
une mauvaise voie. Malgré la finesse de son
esprit et de ses manières, cette créature me
semble impérieuse comme toutes les femmes qui
ne prennent de plaisir que par la tête. Pour elle le
bonheur gît tout entier dans le bien-être de la
vie, dans les jouissances sociales ; chez elle, le
sentiment est un rôle, elle te rendrait malheureux, et ferait de toi son premier valet ! » Rastignac parlait à un sourd. Je l'interrompis, en lui
exposant avec une apparente gaieté ma situation
financière. — « Hier au soir, me répondit-il, une
veine contraire m'a emporté tout l'argent dont je
pouvais disposer. Sans cette vulgaire infortune,
j'eusse partagé volontiers ma bourse avec toi.
Mais, allons déjeuner au cabaret, les huîtres
nous donneront peut-être un bon conseil. » Il
s'habilla, fit atteler son tilbury ; puis semblables
à deux millionnaires, nous arrivâmes au Café de
Paris avec l'impertinence de ces audacieux spéculateurs qui vivent sur des capitaux imagi-
naires. Ce diable de Gascon me confondait par
l'aisance de ses manières et par son aplomb
imperturbable. Au moment où nous prenions le
café, après avoir fini un repas fort délicat et très
bien entendu, Rastignac, qui distribuait des

coups de tête à une foule de jeunes gens également recommandables par les grâces de leur personne et par l'élégance de leur mise, me dit en voyant entrer un de ces *dandys :* — « Voici ton affaire ! » Et il fit signe à un gentilhomme bien cravaté, qui semblait chercher une table à sa convenance, de venir lui parler. — « Ce gaillard-là, me dit Rastignac à l'oreille, est décoré pour avoir publié des ouvrages qu'il ne comprend pas ; il est chimiste, historien, romancier, publiciste ; il possède des quarts, des tiers, des moitiés, dans je ne sais combien de pièces de théâtre, et il est ignorant comme la mule de don Miguel. Ce n'est pas un homme, c'est un nom, une étiquette familière au public. Aussi se garderait-il bien d'entrer dans ces cabinets sur lesquels il y a cette inscription : *Ici l'on peut écrire soi-même.* Il est fin à jouer tout un congrès. En deux mots, c'est un métis en morale, ni tout à fait probe, ni complètement fripon. Mais chut ! il s'est déjà battu, le monde n'en demande pas davantage et dit de lui : C'est un homme honorable. — Eh bien, mon excellent ami, mon honorable ami, comment se porte Votre Intelligence ? lui dit Rastignac au moment où l'inconnu s'assit à la table voisine. — Mais ni bien, ni mal. Je suis accablé de travail. J'ai entre les mains tous les matériaux nécessaires pour faire des mémoires historiques très curieux, et je ne sais à qui les attribuer. Cela me tourmente, il faut se hâter, les mémoires vont passer de mode. — Sont-ce des mémoires contemporains, anciens, sur la cour, sur quoi ? — Sur l'affaire du Collier. — N'est-ce pas un miracle ? me dit Rastignac en riant. Puis

se retournant vers le spéculateur : — Monsieur
de Valentin, reprit-il en me désignant, est un de
mes amis que je vous présente comme l'une de
nos futures célébrités littéraires. Il avait jadis
une tante fort bien en cour, marquise, et depuis
deux ans il travaille à une histoire royaliste de la
révolution. Puis, se penchant à l'oreille de ce
singulier négociant, il lui dit : — C'est un
homme de talent ; mais un niais qui peut vous
faire vos mémoires, au nom de sa tante, pour
cent écus par volume. — Le marché me va,
répondit l'autre en haussant sa cravate. Garçon,
mes huîtres, donc ! — Oui, mais vous me donne-
rez vingt-cinq louis de commission et lui paierez
un volume d'avance, reprit Rastignac. — Non,
non. Je n'avancerai que cinquante écus pour être
plus sûr d'avoir promptement mon manuscrit. »
Rastignac me répéta cette conversation mercan-
tile à voix basse. Puis sans me consulter : —
« Nous sommes d'accord, lui répondit-il. Quand
pouvons-nous aller vous voir pour terminer cette
affaire ? Eh bien, venez dîner ici, demain soir, à
sept heures. » Nous nous levâmes, Rastignac
jeta de la monnaie au garçon, mit la carte à
payer dans sa poche, et nous sortîmes. J'étais
stupéfait de la légèreté, de l'insouciance avec
laquelle il avait vendu ma respectable tante, la
marquise de Montbauron. — « J'aime mieux
m'embarquer pour le Brésil, et y enseigner aux
Indiens l'algèbre, que je ne sais pas, que de salir
le nom de ma famille ! » Rastignac m'interrompit par un éclat de rire. — « Es-tu bête ! Prends
d'abord les cinquante écus et fais les mémoires.
Quand ils seront achevés, tu refuseras de les

mettre sous le nom de ta tante, imbécile !
Madame de Montbauron, morte sur l'échafaud,
ses paniers, ses considérations, sa beauté, son
fard, ses mules valent bien plus de six cents
francs. Si le libraire ne veut pas alors payer ta
tante ce qu'elle vaut, il trouvera quelque vieux
chevalier d'industrie, ou je ne sais quelle fangeuse comtesse pour signer les mémoires. — Oh !
m'écriai-je, pourquoi suis-je sorti de ma vertueuse mansarde ! Le monde a des envers bien
salement ignobles. — Bon, répondit Rastignac,
voilà de la poésie, et il s'agit d'affaires. Tu es un
enfant. Écoute : quant aux mémoires, le public
les jugera ; quant à mon proxénète littéraire, n'a-
t-il pas dépensé huit ans de sa vie, et payé ses
relations avec la librairie par de cruelles expé-
riences ? En partageant inégalement avec lui le
travail du livre, ta part d'argent n'est-elle pas
aussi la plus belle ? Vingt-cinq louis sont une
bien plus grande somme pour toi que mille
francs pour lui. Va, tu peux écrire des mémoires
historiques, œuvres d'art si jamais il en fut,
quand Diderot a fait six sermons pour cent écus.
— Enfin, lui dis-je tout ému, c'est pour moi une
nécessité : ainsi, mon pauvre ami, je te dois des
remerciements. Vingt-cinq louis me rendront
bien riche. — Et plus riche que tu ne penses,
reprit-il en riant. Si Finot me donne une
commission dans l'affaire, ne devines-tu pas
qu'elle sera pour toi ? Allons au bois de Bou-
logne, dit-il ; nous y verrons ta comtesse, et je te
montrerai la jolie petite veuve que je dois épouser, une charmante personne, Alsacienne un peu
grasse. Elle lit Kant, Schiller, Jean-Paul, et une

foule de livres hydrauliques. Elle a la manie de toujours me demander mon opinion, je suis obligé d'avoir l'air de comprendre toute cette sensiblerie allemande, de connaître un tas de ballades, toutes drogues qui me sont défendues par le médecin. Je n'ai pas encore pu la déshabituer de son enthousiasme littéraire, elle pleure des averses à la lecture de Goethe, et je suis obligé de pleurer un peu, par complaisance, car il y a cinquante mille livres de rentes, mon cher, et le plus joli petit pied, la plus jolie petite main de la terre ! Ah ! si elle ne disait pas *mon anche*, et *proulier* pour mon *ange* et *brouiller*, ce serait une femme accomplie. » Nous vîmes la comtesse, brillante dans un brillant équipage. La coquette nous salua fort affectueusement en me jetant un sourire qui me parut alors divin et plein d'amour. Ah ! j'étais bien heureux, je me croyais aimé, j'avais de l'argent et des trésors de passion, plus de misère. Léger, gai, content de tout, je trouvai la maîtresse de mon ami charmante. Les arbres, l'air, le ciel, toute la nature semblait me répéter le sourire de Fœdora. En revenant des Champs-Élysées, nous allâmes chez le chapelier et chez le tailleur de Rastignac. L'affaire du Collier me permit de quitter mon misérable pied de paix, pour passer à un formidable pied de guerre. Désormais je pouvais sans crainte lutter de grâce et d'élégance avec les jeunes gens qui tourbillonnaient autour de Fœdora. Je revins chez lui. Je m'y enfermai, restant tranquille en apparence, près de ma lucarne ; mais disant d'éternels adieux à mes toits, vivant dans l'avenir, dramatisant ma vie, escomptant l'amour et ses joies. Ah! comme une existence peut devenir orageuse entre les quatre murs d'une mansarde! L'âme humaine est une fée, elle métamorphose une paille en diamants; sous sa baguette les palais enchantés éclosent comme les fleurs des champs sous les chaudes inspirations du soleil. Le lendemain, vers midi, Pauline frappa doucement à ma porte et m'apporta, devine quoi? une lettre de Fœdora. La comtesse me priait de venir la prendre au Luxembourg pour aller, de là, voir ensemble le Muséum et le Jardin des Plantes. — « Un commissionnaire attend la réponse », me dit-elle après un moment de silence. Je griffonnai promptement une lettre de remerciement que Pauline emporta. Je m'habillai. Au moment où, assez content de moi-même, j'achevais ma toilette, un frisson glacial me saisit à cette pensée : Fœdora est-elle venue en voiture ou à pied? Pleuvra-t-il, fera-t-il beau? Mais, me dis-je, qu'elle soit à pied ou en voiture, est-on jamais certain de l'esprit fantasque d'une femme? Elle sera sans argent et voudra donner cent sous à un petit Savoyard parce qu'il aura de jolies guenilles. J'étais sans un rouge liard et ne devais avoir de l'argent que le soir. Oh! combien, dans ces crises de notre jeunesse, un poète paie cher la puissance intellectuelle dont il est investi par le régime et par le travail! En un instant, mille pensées vives et douloureuses me piquèrent comme autant de dards. Je regardai le ciel par ma lucarne, le temps était fort incertain. En cas de malheur, je pouvais bien prendre une voiture pour la journée; mais aussi ne tremblerais-je pas à tout moment, au milieu de mon bonheur, de ne

pas rencontrer Finot le soir ? Je ne me sentis pas
assez fort pour supporter tant de craintes au sein
de ma joie. Malgré la certitude de ne rien
trouver, j'entrepris une grande exploration à
travers ma chambre, je cherchai des écus imagi-
naires jusque dans la profondeur de ma pail-
lasse, je fouillai tout, je secouai même de vieilles
bottes. En proie à une fièvre nerveuse, je regardais mes meubles d'un œil hagard après les avoir
renversés tous. Comprendras-tu le délire qui
m'anima, lorsqu'en ouvrant pour la septième
fois le tiroir de ma table à écrire que je visitais
avec cette espèce d'indolence dans laquelle nous
plonge le désespoir, j'aperçus, collée contre une
planche latérale, tapie sournoisement, mais propre, brillante, lucide comme une étoile à son
lever, une belle et noble pièce de cent sous ? Ne
lui demandant compte ni de son silence ni de la
cruauté dont elle était coupable en se tenant
ainsi cachée, je la baisai comme un ami fidèle au
malheur et la saluai par un cri qui trouva de
l'écho. Je me retournai brusquement et vis Pauline devenue pâle. — « J'ai cru, dit-elle d'une
voix émue, que vous vous faisiez mal. Le
commissionnaire... Elle s'interrompit comme si
elle étouffait. Mais ma mère l'a payé », ajouta-
t-elle. Puis elle s'enfuit, enfantine et follette
comme un caprice. Pauvre petite ! je lui souhai-
tai mon bonheur. En ce moment, il me semblait
avoir dans l'âme tout le plaisir de la terre, et
j'aurais voulu restituer aux malheureux la part
que je croyais leur voler. Nous avons presque
toujours raison dans nos pressentiments d'ad-
versité, la comtesse avait renvoyé sa voiture. Par

un de ces caprices que les jolies femmes ne
s'expliquent pas toujours à elles-mêmes, elle
voulait aller au Jardin des Plantes par les boulevards et à pied. — « Mais il va pleuvoir », lui dis-
je. Elle prit plaisir à me contredire. Par hasard, il
fit beau pendant tout le temps que nous mar-
châmes dans le Luxembourg. Quand nous en
sortîmes, un gros nuage dont la marche excitait
mon inquiétude ayant laissé tomber quelques
gouttes d'eau, nous montâmes dans un fiacre.
Lorsque nous eûmes atteint les boulevards, la
pluie cessa, le ciel reprit sa sérénité. En arrivant
au Muséum, je voulus renvoyer la voiture,
Fœdora me pria de la garder. Que de tortures !
Mais causer avec elle en comprimant un secret
délire qui sans doute se formulait sur mon visage
par quelque sourire niais et arrêté, errer dans le
Jardin des Plantes, en parcourir les allées boca-
gères et sentir son bras appuyé sur le mien, il y
eut dans tout cela je ne sais quoi de fantastique :
c'était un rêve en plein jour. Cependant ses
mouvements, soit en marchant, soit en nous
arrêtant, n'avaient rien de doux ni d'amoureux,
malgré leur apparente volupté. Quand je cherchais à m'associer en quelque sorte à l'action de
sa vie, je rencontrais en elle une intime et secrète
vivacité, je ne sais quoi de saccadé, d'excentrique. Les femmes sans âme n'ont rien de moelleux dans leurs gestes. Aussi n'étions-nous unis
ni par une même volonté ni par un même pas. Il
n'existe point de mots pour rendre ce désaccord
matériel de deux êtres, car nous ne sommes pas
encore habitués à reconnaître une pensée dans le

mouvement. Ce phénomène de notre nature se sent instinctivement, il ne s'exprime pas.

« Pendant ces violents paroxysmes de ma passion, reprit Raphaël après un moment de silence, et comme s'il répondait à une objection qu'il se fût adressée à lui-même, je n'ai pas disséqué mes sensations, analysé mes plaisirs, ni supputé les battements de mon cœur, comme un avare examine et pèse ses pièces d'or. Oh ! non, l'expérience jette aujourd'hui sa triste lumière sur les événements passés, et le souvenir m'apporte ces images, comme par un beau temps les flots de la mer amènent brin à brin les débris d'un naufrage sur la grève. — « Vous pouvez me rendre un service assez important, me dit la comtesse en me regardant d'un air confus. Après vous avoir confié mon antipathie pour l'amour, je me sens plus libre en réclamant de vous un bon office au nom de l'amitié. N'aurez-vous pas, reprit-elle en riant, beaucoup plus de mérite à m'obliger aujourd'hui ? » Je la regardais avec douleur. N'éprouvant rien près de moi, elle était pateline et non pas affectueuse ; elle me paraissait jouer un rôle en actrice consommée ; puis tout à coup son accent, un regard, un mot réveillaient mes espérances ; mais si mon amour ranimé se peignait alors dans mes yeux, elle en soutenait les rayons sans que la clarté des siens s'en altérât, car ils semblaient, comme ceux des tigres, être doublés par une feuille de métal. En ces moments-là, je la détestais. — « La protection du duc de Navarreins, dit-elle en continuant avec des inflexions de voix pleines de câlinerie, me serait très utile auprès d'une personne toute-puissante en Russie, et dont l'intervention est nécessaire pour me faire rendre justice dans une affaire qui concerne à la fois ma fortune et mon état dans le monde, la reconnaissance de mon mariage par l'empereur. Le duc de Navarreins n'est-il pas votre cousin ? Une lettre de lui déciderait tout. — Je vous appartiens, lui répondis-je, ordonnez. — Vous êtes bien aimable, reprit-elle en me serrant la main. Venez dîner avec moi, je vous dirai tout comme à un confesseur. » Cette femme si méfiante, si discrète, et à laquelle personne n'avait entendu dire un mot sur ses intérêts, allait donc me consulter. — « Oh! combien j'aime maintenant le silence que vous m'avez imposé! m'écriai-je. Mais j'aurais voulu quelque épreuve plus rude encore. » En ce moment, elle accueillit l'ivresse de mes regards et ne se refusa point à mon admiration, elle m'aimait donc! Nous arrivâmes chez elle. Fort heureusement, le fond de ma bourse put satisfaire le cocher. Je passai délicieusement la journée, seul avec elle, chez elle ; c'était la première fois que je pouvais la voir ainsi. Jusqu'à ce jour, le monde, sa gênante politesse et ses façons froides nous avaient toujours séparés, même pendant ses somptueux dîners ; mais alors j'étais chez elle comme si j'eusse vécu sous son toit, je la possédais pour ainsi dire. Ma vagabonde imagination brisait les entraves, arrangeait les événements de la vie à ma guise, et me plongeait dans les délices d'un amour heureux. Me croyant son mari, je l'admirais occupée de petits détails ; j'éprouvais même du bonheur à lui voir ôter son schall [1] et son chapeau. Elle me laissa seul un

moment, et revint les cheveux arrangés, charmante. Cette jolie toilette avait été faite pour
moi ! Pendant le dîner, elle me prodigua ses
attentions et déploya des grâces infinies dans
mille choses qui semblent des riens et qui cependant sont la moitié de la vie. Quand nous fûmes
tous deux devant un feu pétillant, assis sur la
soie, environnés des plus désirables créations
d'un luxe oriental ; quand je vis si près de moi
cette femme dont la beauté célèbre faisait palpiter tant de cœurs, cette femme si difficile à
conquérir, me parlant, me rendant l'objet de
toutes ses coquetteries, ma voluptueuse félicité
devint presque de la souffrance. Pour mon malheur, je me souvins de l'importante affaire que je
devais conclure, et voulus aller au rendez-vous
qui m'avait été donné la veille. — « Quoi !
déjà ! » dit-elle en me voyant prendre mon chapeau. Elle m'aimait ! Je le crus du moins, en
l'entendant prononcer ces deux mots d'une voix
caressante. Pour prolonger mon extase, j'aurais
alors volontiers troqué deux années de ma vie
contre chacune des heures qu'elle voulait bien
m'accorder. Mon bonheur s'augmenta de tout
l'argent que je perdais ! Il était minuit quand elle
me renvoya. Néanmoins le lendemain mon
héroïsme me coûta bien des remords, je craignis
d'avoir manqué l'affaire des mémoires, devenue
si capitale pour moi ; je courus chez Rastignac,
et nous allâmes surprendre à son lever le titu-
laire de mes travaux futurs. Finot me lut un petit
acte où il n'était point question de ma tante, et
après la signature duquel il me compta cinquante écus. Nous déjeunâmes tous les trois.

Quand j'eus payé mon nouveau chapeau, soixante cachets [1] à trente sous et mes dettes, il
ne me resta plus que trente francs ; mais toutes
les difficultés de la vie s'étaient aplanies pour
quelques jours. Si j'avais voulu écouter Rastignac, je pouvais avoir des trésors en adoptant
avec franchise le *système anglais*. Il voulait absolument m'établir un crédit et me faire faire des
emprunts, en prétendant que les emprunts sou-
tiendraient le crédit. Selon lui, l'avenir était de
tous les capitaux du monde le plus considérable
et le plus solide. En hypothéquant ainsi mes
dettes sur de futurs contingents, il donna ma
pratique à son tailleur, un artiste qui comprenait *le jeune homme* et devait me laisser tranquille jusqu'à mon mariage. Dès ce jour, je
rompis avec la vie monastique et studieuse que
j'avais menée pendant trois ans. J'allai fort
assidûment chez Fœdora, où je tâchai de surpasser en apparence les impertinents ou les héros de
coterie qui s'y trouvaient. En croyant avoir
échappé pour toujours à la misère, je recouvrai
ma liberté d'esprit, j'écrasai mes rivaux, et
passai pour un homme plein de séductions,
prestigieux, irrésistible. Cependant les gens
habiles disaient en parlant de moi : « Un garçon
aussi spirituel ne doit avoir de passions que dans
la tête ! » Ils vantaient charitablement mon
esprit aux dépens de ma sensibilité. « Est-il
heureux de ne pas aimer ! s'écriaient-ils. S'il
aimait, aurait-il autant de gaieté, de verve ? »
J'étais cependant bien amoureusement stupide
en présence de Fœdora ! Seul avec elle, je ne
savais rien lui dire, ou si je parlais, je médisais

de l'amour ; j'étais tristement gai comme un
courtisan qui veut cacher un cruel dépit. Enfin,
j'essayai de me rendre indispensable à sa vie, à
son bonheur, à sa vanité : tous les jours près
d'elle, j'étais un esclave, un jouet sans cesse à ses
ordres. Après avoir ainsi dissipé ma journée, je
revenais chez moi pour y travailler pendant les
nuits, ne dormant guère que deux ou trois heures
de la matinée. Mais n'ayant pas, comme Rastignac, l'habitude du système anglais, je me vis
bientôt sans un sou. Dès lors, mon cher ami, fat
sans bonnes fortunes, élégant sans argent, amoureux anonyme, je retombai dans cette vie précaire, dans ce froid et profond malheur soigneusement caché sous les trompeuses apparences du
luxe. Je ressentis alors mes souffrances premières, mais moins aiguës ; je m'étais familiarisé sans doute avec leurs terribles crises. Souvent les gâteaux et le thé, si parcimonieusement
offerts dans les salons, étaient ma seule nourri-
ture. Quelquefois, les somptueux dîners de la
comtesse me substantaient [1] pendant deux jours.
J'employai tout mon temps, mes efforts et ma
science d'observation à pénétrer plus avant
dans l'impénétrable caractère de Fœdora. Jusqu'alors, l'espérance ou le désespoir avaient
influencé mon opinion, je voyais en elle tour à
tour la femme la plus aimante ou la plus insensible de son sexe ; mais ces alternatives de joie et
de tristesse devinrent intolérables : je voulus
chercher un dénouement à cette lutte affreuse,
en tuant mon amour. De sinistres lueurs brillaient parfois dans mon âme et me faisaient
entrevoir des abîmes entre nous. La comtesse

justifiait toutes mes craintes, je n'avais pas
encore surpris de larmes dans ses yeux ; au
théâtre une scène attendrissante la trouvait
froide et rieuse, elle réservait toute sa finesse
pour elle, et ne devinait ni le malheur ni le
bonheur d'autrui. Enfin elle m'avait joué ! Heureux de lui faire un sacrifice, je m'étais presque
avili pour elle en allant voir mon parent le duc
de Navarreins, homme égoïste qui rougissait de
ma misère et qui avait de trop grands torts
envers moi pour ne pas me haïr ; il me reçut donc
avec une froide politesse qui donne aux gestes et
aux paroles l'apparence de l'insulte, son regard
inquiet excita ma pitié. J'eus honte pour lui de sa
petitesse au milieu de tant de grandeur, de sa
pauvreté au milieu de tant de luxe. Il me parla
des pertes considérables que lui occasionnait le
trois pour cent, je lui dis alors quel était l'objet
de ma visite. Le changement de ses manières,
qui de glaciales devinrent insensiblement affec-
tueuses, me dégoûta. Eh bien, mon ami, il vint
chez la comtesse, il m'y écrasa. Fœdora trouva
pour lui des enchantements, des prestiges inconnus ; elle le séduisit, traita sans moi cette affaire
mystérieuse de laquelle je ne sus pas un mot :
j'avais été pour elle un moyen !... Elle paraissait
ne plus m'apercevoir quand mon cousin était
chez elle, elle m'acceptait alors avec moins de
plaisir peut-être que le jour où je lui fus présenté.
Un soir, elle m'humilia devant le duc par un de
ces gestes et par un de ces regards qu'aucune
parole ne saurait peindre. Je sortis pleurant,
formant mille projets de vengeance, combinant
d'épouvantables viols. Souvent je l'accompa-

gnais aux Bouffons ; là, près d'elle, tout entier à
mon amour, je la contemplais en me livrant au
charme d'écouter la musique, épuisant mon âme
dans la double jouissance d'aimer et de retrouver les mouvements de mon cœur bien rendus
par les phrases du musicien. Ma passion était
dans l'air, sur la scène ; elle triomphait partout,
excepté chez ma maîtresse. Je prenais alors la
main de Fœdora, j'étudiais ses traits et ses yeux
en sollicitant une fusion de nos sentiments, une
de ces soudaines harmonies qui, réveillées par
les notes, font vibrer les âmes à l'unisson ; mais
sa main était muette et ses yeux ne disaient rien.
Quand le feu de mon cœur émané de tous mes
traits la frappait trop fortement au visage, elle
me jetait ce sourire cherché, phrase convenue
qui se reproduit au salon sur les lèvres de tous
les portraits. Elle n'écoutait pas la musique. Les
divines pages de Rossini, de Cimarosa, de Zingarelli [1] ne lui rappelaient aucun sentiment, ne lui
traduisaient aucune poésie de sa vie, son âme
était aride. Fœdora se produisait là comme un
spectacle dans le spectacle. Sa lorgnette voya-
geait incessamment de loge en loge : inquiète,
quoique tranquille, elle était victime de la
mode ; sa loge, son bonnet, sa voiture, sa personne étaient tout pour elle. Vous rencontrez
souvent des gens de colossale apparence de qui
le cœur est tendre et délicat sous un corps de
bronze ; mais elle cachait un cœur de bronze
sous sa frêle et gracieuse enveloppe. Ma fatale
science me déchirait bien des voiles. Si le bon
ton consiste à s'oublier pour autrui, à mettre
dans sa voix et dans ses gestes une constante

douceur, à plaire aux autres en les rendant
contents d'eux-mêmes, malgré sa finesse,
Fœdora n'avait pas effacé tout vestige de sa
plébéienne origine : son oubli d'elle-même était
fausseté ; ses manières, au lieu d'être innées,
avaient été laborieusement conquises ; enfin sa
politesse sentait la servitude. Eh bien, ses
paroles emmiellées étaient pour ses favoris l'expression de la bonté, sa prétentieuse exagération
était un noble enthousiasme. Moi seul avais
étudié ses grimaces, j'avais dépouillé son être
intérieur de la mince écorce qui suffit au monde,
et n'étais plus la dupe de ses singeries ; je
connaissais à fond son âme de chatte. Quand un
niais la complimentait, la vantait, j'avais honte
pour elle. Et je l'aimais toujours ! J'espérais
fondre ses glaces sous les ailes d'un amour de
poète. Si je pouvais une fois ouvrir son cœur aux
tendresses de la femme, si je l'initiais à la
sublimité des dévouements, je la voyais alors
parfaite ; elle devenait un ange. Je l'aimais en
homme, en amant, en artiste, quand il aurait
fallu ne pas l'aimer pour l'obtenir ; un fat bien
gourmé, un froid calculateur, en aurait triomphé
peut-être. Vaine, artificieuse, elle eût sans doute
entendu le langage de la vanité, se serait laissé
entortiller dans les pièges d'une intrigue ; elle
eût été dominée par un homme sec et glacé. Des
douleurs acérées entraient jusqu'au vif dans
mon âme quand elle me révélait naïvement son
égoïsme. Je l'apercevais avec douleur seule un
jour dans la vie et ne sachant à qui tendre la
main, ne rencontrant pas de regards amis où
reposer les siens. Un soir, j'eus le courage de lui

peindre, sous des couleurs animées, sa vieillesse
déserte, vide et triste. A l'aspect de cette épouvantable vengeance de la nature trompée, elle
dit un mot atroce. — « J'aurai toujours de la
fortune, me répondit-elle. Eh bien, avec de l'or
nous pouvons toujours créer autour de nous les
sentiments qui sont nécessaires à notre bien-
être. » Je sortis foudroyé par la logique de ce
luxe, de cette femme, de ce monde, en me
blâmant d'en être si sottement idolâtre. Je n'aimais pas Pauline pauvre, Fœdora riche n'avait-
elle pas le droit de repousser Raphaël ? Notre
conscience est un juge infaillible, quand nous
ne l'avons pas encore assassinée. « Fœdora,
me criait une voix sophistique, n'aime ni ne
repousse personne ; elle est libre, mais elle s'est
autrefois donnée pour de l'or. Amant ou époux,
le comte russe l'a possédée. Elle aura bien une
tentation dans sa vie ! Attends-la. » Ni vertueuse,
ni fautive, cette femme vivait loin de l'humanité,
dans une sphère à elle, enfer ou paradis. Ce
mystère femelle vêtu de cachemire et de brode-
ries mettait en jeu dans mon cœur tous les
sentiments humains, orgueil, ambition, amour,
curiosité. Un caprice de la mode, ou cette envie
de paraître original qui nous poursuit tous, avait
amené la manie de vanter un petit spectacle du
boulevard. La comtesse témoigna le désir de voir
la figure enfarinée d'un acteur qui faisait les
délices de quelques gens d'esprit, et j'obtins
l'honneur de la conduire à la première représentation de je ne sais quelle mauvaise farce. La
loge coûtait à peine cent sous, je ne possédais pas
un traître liard. Ayant encore un demi-volume

de mémoires à écrire, je n'osais pas aller mendier un secours à Finot, et Rastignac, ma providence, était absent. Cette gêne constante maléfi-
ciait toute ma vie. Une fois, au sortir des Bouffons, par une horrible pluie, Fœdora m'avait fait
avancer une voiture sans que je pusse me soustraire à son obligeance de parade : elle n'admit
aucune de mes excuses, ni mon goût pour la
pluie, ni mon envie d'aller au jeu. Elle ne
devinait mon indigence ni dans l'embarras de
mon maintien, ni dans mes paroles tristement
plaisantes. Mes yeux rougissaient, mais compre-
nait-elle un regard ? La vie des jeunes gens est
soumise à de singuliers caprices ! Pendant le
voyage, chaque tour de roue réveilla des pensées
qui me brûlèrent le cœur ; j'essayai de détacher
une planche au fond de la voiture en espérant
glisser sur le pavé ; mais rencontrant des obstacles invincibles, je me pris à rire convulsivement
et demeurai dans un calme morne, hébété
comme un homme au carcan. A mon arrivée au
logis, aux premiers mots que je balbutiai, Pauline m'interrompit en disant : — « Si vous
n'avez pas de monnaie... » Ah ! la musique de
Rossini n'était rien auprès de ces paroles. Mais
revenons aux Funambules. Pour pouvoir y
conduire la comtesse, je pensai à mettre en gage
le cercle d'or qui entourait le portrait de ma
mère. Quoique le Mont-de-Piété se fût toujours
dessiné dans ma pensée comme une des portes
du bagne, il valait encore mieux y porter mon lit
moi-même que de solliciter une aumône. Le
regard d'un homme à qui vous demandez de
l'argent fait tant de mal ! Certains emprunts

nous coûtent notre honneur, comme certains refus prononcés par une bouche amie nous enlèvent une dernière illusion. Pauline travaillait, sa mère était couchée. Jetant un regard furtif sur le lit dont les rideaux étaient légèrement relevés, je crus madame Gaudin profondément endormie, en apercevant au milieu de l'ombre son profil calme et jaune imprimé sur l'oreiller. — « Vous avez du chagrin, me dit Pauline qui posa son pinceau sur son coloriage. — Ma pauvre enfant, vous pouvez me rendre un grand service », lui répondis-je. Elle me regarda d'un air si heureux que je tressaillis. — M'aimerait-elle ? pensai-je. — « Pauline ? » repris-je. Et je m'assis près d'elle pour la bien étudier. Elle me devina, tant mon accent était interrogateur ; elle baissa les yeux, et je l'examinai, croyant pouvoir lire dans son cœur comme dans le mien, tant sa physionomie était naïve et pure. — « Vous m'aimez ? lui dis-je. — Un peu, passionnément, pas du tout ! » s'écria-t-elle. Elle ne m'aimait pas. Son accent moqueur et la gentillesse du geste qui lui échappa peignaient seulement une folâtre reconnaissance de jeune fille. Je lui avouai donc ma détresse, l'embarras dans lequel je me trouvais, et la priai de m'aider. — « Comment, monsieur Raphaël, dit-elle, vous ne voulez pas aller au Mont-de-Piété, et vous m'y envoyez ! » Je rougis, confondu par la logique d'un enfant. Elle me prit alors la main comme si elle eût voulu compenser par une caresse la vérité de son exclamation. — « Oh ! j'irais bien, dit-elle, mais la course est inutile. Ce matin, j'ai trouvé derrière le piano deux pièces de cent sous qui s'étaient glissées à votre insu entre le mur et la barre, et je les ai mises sur votre table. — Vous devez bientôt recevoir de l'argent, monsieur Raphaël, me dit la bonne mère qui montra sa tête entre les rideaux, je puis bien vous prêter quelques écus en attendant. — Oh ! Pauline, m'écriai-je en lui serrant la main, je voudrais être riche. — Bah ! pourquoi ? » dit-elle d'un air mutin. Sa main tremblant dans la mienne répondait à tous les battements de mon cœur ; elle retira vivement ses doigts, examina les miens : — « Vous épouserez une femme riche ! dit-elle, mais elle vous donnera bien du chagrin. Ah ! Dieu ! elle vous tuera. J'en suis sûre ! » Il y avait dans son cri une sorte de croyance aux folles superstitions de sa mère. — « Vous êtes bien crédule, Pauline ! — Oh ! bien certainement ! dit-elle en me regardant avec terreur, la femme que vous aimerez vous tuera. » Elle reprit son pinceau, le trempa dans la couleur en laissant paraître une vive émotion, et ne me regarda plus. En ce moment, j'aurais bien voulu croire à des chimères. Un homme n'est pas tout à fait misérable quand il est superstitieux. Une superstition, c'est souvent une espérance. Retiré dans ma chambre, je vis en effet deux nobles écus dont la présence me parut inexplicable. Au sein des pensées confuses du premier sommeil, je tâchai de vérifier mes dépenses pour me justifier cette trouvaille inespérée, mais je m'endormis perdu dans d'inutiles calculs. Le lendemain, Pauline vint me voir au moment où je sortais pour aller louer une loge. — « Vous n'avez peut-être pas assez de dix francs, me dit en rougissant cette bonne et aimable fille, ma

mère m'a chargée de vous offrir cet argent.
Prenez, prenez ! » Elle jeta trois écus sur ma
table et voulut se sauver ; mais je la retins.
L'admiration sécha les larmes qui roulaient
dans mes yeux : — « Pauline, lui dis-je, vous êtes
un ange ! Ce prêt me touche bien moins que la
pudeur de sentiment avec laquelle vous me
l'offrez. Je désirais une femme riche, élégante,
titrée ; hélas ! maintenant je voudrais posséder
des millions et rencontrer une jeune fille pauvre
comme vous et comme vous riche de cœur, je
renoncerais à une passion fatale qui me tuera.
Vous aurez peut-être raison. — Assez ! » dit-elle.
Elle s'enfuit, et sa voix de rossignol, ses roulades
fraîches retentirent dans l'escalier. — Elle est
bien heureuse de ne pas aimer encore ! me dis-je
en pensant aux tortures que je souffrais depuis
plusieurs mois. Les quinze francs de Pauline me
furent bien précieux. Fœdora, songeant aux émanations populacières de la salle où nous devions
rester pendant quelques heures, regretta de ne
pas avoir un bouquet, j'allai lui chercher des
fleurs, je lui apportai ma vie et ma fortune. J'eus
à la fois des remords et des plaisirs en lui
donnant un bouquet dont le prix me révéla tout
ce que la galanterie superficielle en usage dans le
monde avait de dispendieux. Bientôt elle se
plaignit de l'odeur un peu trop forte d'un jasmin
du Mexique, elle éprouva un intolérable dégoût
en voyant la salle, en se trouvant assise sur de
dures banquettes, elle me reprocha de l'avoir
amenée là. Quoiqu'elle fût près de moi, elle
voulut s'en aller ; elle s'en alla. M'imposer des
nuits sans sommeil, avoir dissipé deux mois de

mon existence, et ne pas lui plaire ! Jamais ce
démon ne fut ni plus gracieux ni plus insensible.
Pendant la route, assis près d'elle dans un étroit
coupé, je respirais son souffle, je touchais son
gant parfumé, je voyais distinctement les trésors
de sa beauté, je sentais une vapeur douce comme
l'iris : toute la femme et point de femme. En ce
moment, un trait de lumière me permit de voir
les profondeurs de cette vie mystérieuse. Je
pensai tout à coup au livre récemment publié
par un poète, une vraie conception d'artiste
taillée dans la statue de Polyclès[1]. Je croyais voir
ce monstre qui, tantôt officier, dompte un cheval
fougueux, tantôt jeune fille, se met à sa toilette et
désespère ses amants, amant, désespère une
vierge douce et modeste. Ne pouvant plus résoudre autrement Fœdora, je lui racontai cette
histoire fantastique ; mais rien ne décela sa
ressemblance avec cette poésie de l'impossible,
elle s'en amusa de bonne foi, comme un enfant
d'une fable prise aux *Mille et une Nuits*. Pour
résister à l'amour d'un homme de mon âge, à la
chaleur communicative de cette belle contagion
de l'âme, Fœdora doit être gardée par quelque
mystère, me dis-je en revenant chez moi. Peut-
être, semblable à lady Delacour, est-elle dévorée
par un cancer ? Sa vie est sans doute une vie
artificielle. A cette pensée, j'eus froid. Puis je
formai le projet le plus extravagant et le plus
raisonnable en même temps auquel un amant
puisse jamais songer. Pour examiner cette
femme corporellement comme je l'avais étudiée
intellectuellement, pour la connaître enfin tout
entière, je résolus de passer une nuit chez elle,

dans sa chambre, à son insu. Voici comment
j'exécutai cette entreprise, qui me dévorait l'âme
comme un désir de vengeance mord le cœur d'un
moine corse. Aux jours de réception, Fœdora
réunissait une assemblée trop nombreuse pour
qu'il fût possible au portier d'établir une balance
exacte entre les entrées et les sorties. Sûr de
pouvoir rester dans la maison sans y causer de
scandale, j'attendis impatiemment la prochaine
soirée de la comtesse. En m'habillant, je mis
dans la poche de mon gilet un petit canif anglais,
à défaut de poignard. Trouvé sur moi, cet instrument littéraire [1] n'aurait rien de suspect, et ne
sachant jusqu'où me conduirait ma résolution
romanesque, je voulais être armé. Lorsque les
salons commencèrent à se remplir, j'allai dans la
chambre à coucher y examiner les choses, et
trouvai les persiennes et les volets fermés, ce fut
un premier bonheur ; comme la femme de chambre pourrait venir pour détacher les rideaux
drapés aux fenêtres, je lâchai leurs embrasses ; je
risquais beaucoup en me hasardant ainsi à faire
le ménage par avance, mais je m'étais soumis
aux périls de ma situation et les avais froidement calculés. Vers minuit, je vins me cacher
dans l'embrasure d'une fenêtre. Afin de ne pas
laisser voir mes pieds, j'essayai de grimper sur la
plinthe de la boiserie, le dos appuyé contre le
mur, en me cramponnant à l'espagnolette. Après
avoir étudié mon équilibre, mes points d'appui,
mesuré l'espace qui me séparait des rideaux, je
parvins à me familiariser avec les difficultés de
ma position, de manière à demeurer là sans être
découvert, si les crampes, la toux et les éternue-

ments me laissaient tranquille. Pour ne pas me fatiguer inutilement, je me tins debout en attendant le moment critique pendant lequel je devais rester suspendu comme une araignée dans sa toile. La moire blanche et la mousseline des rideaux formaient devant moi de gros plis semblables à des tuyaux d'orgue, où je pratiquai des trous avec mon canif afin de tout voir par ces espèces de meurtrières. J'entendis vaguement le murmure des salons, les rires des causeurs, leurs éclats de voix. Ce tumulte vaporeux, cette sourde agitation diminua par degrés. Quelques hommes vinrent prendre leurs chapeaux placés près de moi, sur la commode de la comtesse. Quand ils froissaient les rideaux, je frissonnais en pensant aux distractions, aux hasards de ces recherches faites pour des gens pressés de partir et qui furettent alors partout. J'augurai bien de mon entreprise en n'éprouvant aucun de ces malheurs. Le dernier chapeau fut emporté par un vieil amoureux de Fœdora, qui, se croyant seul, regarda le lit, et poussa un gros soupir suivi de je ne sais quelle exclamation assez énergique. La comtesse, qui n'avait plus autour d'elle, dans le boudoir voisin de sa chambre, que cinq ou six personnes intimes, leur proposa d'y prendre le thé. Les calomnies, pour lesquelles la société actuelle a réservé le peu de croyance qui lui reste, se mêlèrent alors à des épigrammes, à des jugements spirituels, au bruit des tasses et des cuillers. Sans pitié pour mes rivaux, Rastignac excitait un rire fou par de mordantes saillies. — « Monsieur de Rastignac est un homme avec lequel il ne faut pas se brouiller, dit la comtesse

en riant. — Je le crois, répondit-il naïvement.
J'ai toujours eu raison dans mes haines. Et dans
mes amitiés, ajouta-t-il. Mes ennemis me servent
autant que mes amis peut-être. J'ai fait une
étude assez spéciale de l'idiome moderne et des
artifices naturels dont on se sert pour tout
attaquer ou pour tout défendre. L'éloquence
ministérielle est un perfectionnement social. Un
de vos amis est-il sans esprit ? Vous parlez de sa
probité, de sa franchise. L'ouvrage d'un autre
est-il lourd ? Vous le présentez comme un travail
consciencieux. Si le livre est mal écrit, vous en
vantez les idées. Tel homme est sans foi, sans
constance, vous échappe à tout moment ? Bah ! il
est séduisant, prestigieux, il charme. S'agit-il de
vos ennemis ? Vous leur jetez à la tête les morts
et les vivants ; vous renversez pour eux les
termes de votre langage, et vous êtes aussi
perspicace à découvrir leurs défauts que vous
étiez habile à mettre en relief les vertus de vos
amis. Cette application de la lorgnette à la vue
morale est le secret de nos conversations et tout
l'art du courtisan. N'en pas user, c'est vouloir
combattre sans armes des gens bardés de fer
comme des chevaliers bannerets. Et j'en use !
J'en abuse même quelquefois. Aussi me respecte-
t-on, moi et mes amis, car, d'ailleurs, mon épée
vaut ma langue. » Un des plus fervents admirateurs de Fœdora, jeune homme dont l'impertinence était célèbre, et qui s'en faisait même un
moyen de parvenir, releva le gant si dédaigneu-
sement jeté par Rastignac. Il se mit, en parlant
de moi, à vanter outre mesure mes talents et ma
personne. Rastignac avait oublié ce genre de

médisance. Cet éloge sardonique trompa la comtesse qui m'immola sans pitié ; pour amuser ses amis, elle abusa de mes secrets, de mes prétentions et de mes espérances. — « Il a de l'avenir, dit Rastignac. Peut-être sera-t-il un jour homme à prendre de cruelles revanches, ses talents égalent au moins son courage ; aussi regardé-je comme bien hardis ceux qui s'attaquent à lui, car il a de la mémoire... — Et fait des mémoires, dit la comtesse, à qui parut déplaire le profond silence qui régna. — Des mémoires de fausse comtesse, madame, répliqua Rastignac. Pour les écrire, il faut avoir une autre sorte de courage. — Je lui crois beaucoup de courage, reprit-elle, il m'est fidèle. » Il me prit une vive tentation de me montrer soudain aux rieurs comme l'ombre de Banquo dans *Macbeth*. Je perdais une maîtresse, mais j'avais un ami ! Cependant l'amour me souffla tout à coup un de ces lâches et subtils paradoxes avec lesquels il sait endormir toutes nos douleurs. Si Fœdora m'aime, pensé-je, ne doit-elle pas dissimuler son affection sous une plaisanterie malicieuse ? Combien de fois le cœur n'a-t-il pas démenti les mensonges de la bouche ? Enfin bientôt mon impertinent rival, resté seul avec la comtesse, voulut partir. — « Eh ! quoi, déjà ? lui dit-elle avec un son de voix plein de câlineries et qui me fit palpiter. Ne me donnerez-vous pas encore un moment ? N'avez-vous donc plus rien à me dire, et ne me sacrifierez-vous point quelques-uns de vos plaisirs ? » Il s'en alla. — « Ah ! s'écria-t-elle en bâillant, ils sont tous bien ennuyeux ! » Et tirant avec force un cordon, le bruit d'une sonnette retentit dans les appartements. La comtesse rentra dans sa chambre en fredonnant une phrase du *Pria che spunti* [1]. Jamais personne ne l'avait entendue chanter, et ce mutisme donnait lieu à de bizarres interprétations. Elle avait, dit-on, promis à son premier amant, charmé de ses talents et jaloux d'elle par-delà le tombeau, de ne donner à personne un bonheur qu'il voulait avoir goûté seul. Je tendis les forces de mon âme pour aspirer les sons. De note en note la voix s'éleva, Fœdora sembla s'animer, les richesses de son gosier se déployèrent, et cette mélodie prit alors quelque chose de divin. La comtesse avait dans l'organe une clarté vive, une justesse de ton, je ne sais quoi d'harmonique et de vibrant qui pénétrait, remuait et chatouillait le cœur. Les musiciennes sont presque toujours amoureuses. Celle qui chantait ainsi devait savoir bien aimer. La beauté de cette voix fut donc un mystère de plus dans une femme déjà si mystérieuse. Je la voyais alors comme je te vois, elle paraissait s'écouter elle-même et ressentir une volupté qui lui fût particulière ; elle éprouvait comme une jouissance d'amour. Elle vint devant la cheminée en achevant le principal motif de ce rondo ; mais quand elle se tut, sa physionomie changea, ses traits se décomposèrent, et sa figure exprima la fatigue. Elle venait d'ôter un masque ; actrice, son rôle était fini. Cependant l'espèce de flétrissure imprimée à sa beauté par son travail d'artiste, ou par la lassitude de la soirée, n'était pas sans charme. La voilà vraie, me dis-je. Elle mit, comme pour se chauffer, un pied sur la barre de bronze qui surmontait le garde-

cendre, ôta ses gants, détacha ses bracelets, et
enleva par-dessus sa tête une chaîne d'or au bout
de laquelle était suspendue sa cassolette ornée
de pierres précieuses. J'éprouvais un plaisir
indicible à voir ses mouvements empreints de la
gentillesse dont les chattes font preuve en se
toilettant au soleil. Elle se regarda dans la glace,
et dit tout haut d'un air de mauvaise humeur :
« Je n'étais pas jolie ce soir, mon teint se fane
avec une effrayante rapidité. Je devrais peut-être
me coucher plus tôt, renoncer à cette vie dissipée. Mais Justine se moque-t-elle de moi ? » Elle
sonna de nouveau, la femme de chambre accou-
rut. Où logeait-elle ? Je ne sais. Elle arriva par un
escalier dérobé. J'étais curieux de l'examiner.
Mon imagination de poète avait souvent incri-
miné cette invisible servante, grande fille brune,
bien faite. — « Madame a sonné ? — Deux fois,
répondit Fœdora. Vas-tu donc maintenant devenir sourde ? — J'étais à faire le lait d'amandes
de madame. » Justine s'agenouilla, défit les
cothurnes des souliers, déchaussa sa maîtresse,
qui nonchalamment étendue sur un fauteuil à
ressorts, au coin du feu, bâillait en se grattant la
tête. Il n'y avait rien que de très naturel dans
tous ses mouvements, et nul symptôme ne me
révéla ni les souffrances secrètes, ni les passions
que j'avais supposées. — « Georges est amoureux, dit-elle, je le renverrai. N'a-t-il pas encore
défait les rideaux ce soir ? A quoi pense-t-il ? » A
cette observation, tout mon sang reflua vers mon
cœur, mais il ne fut plus question des rideaux. —
« L'existence est bien vide, reprit la comtesse.
Ah çà ! prends garde de m'égratigner comme

hier. Tiens, vois-tu, dit-elle en lui montrant un
petit genou satiné, je porte encore la marque de
tes griffes. » Elle mit ses pieds nus dans des
pantoufles de velours fourrées de cygne, et détacha sa robe pendant que Justine prit un peigne
pour lui arranger les cheveux. — « Il faut vous
marier, madame, avoir des enfants. — Des
enfants ! Il ne me manquerait plus que cela pour
m'achever, s'écria-t-elle. Un mari ? Quel est
l'homme auquel je pourrais me... Étais-je bien
coiffée ce soir ? — Mais, pas très bien. — Tu es
une sotte. — Rien ne vous va plus mal que de
trop crêper vos cheveux, reprit Justine. Les
grosses boucles bien lisses vous sont plus avanta-
geuses. — Vraiment ? — Mais oui, madame, les
cheveux crêpés clair ne vont bien qu'aux
blondes. — Me marier ? non, non. Le mariage est
un trafic pour lequel je ne suis pas née. » Quelle
épouvantable scène pour un amant ! Cette
femme solitaire, sans parents, sans amis, athée
en amour, ne croyant à aucun sentiment ; et
quelque faible que fût en elle ce besoin d'épan-
chement cordial, naturel à toute créature humaine, réduite pour le satisfaire à causer avec
sa femme de chambre, à dire des phrases sèches
ou des riens ! J'en eus pitié. Justine la délaça. Je
la contemplai curieusement au moment où le
dernier voile s'enleva. Elle avait un corsage de
vierge qui m'éblouit ; à travers sa chemise et à la
lueur des bougies, son corps blanc et rose étin-
cela comme une statue d'argent qui brille sous
son enveloppe de gaze. Non, nulle imperfection
ne devait lui faire redouter les yeux furtifs de
l'amour. Hélas ! un beau corps triomphera tou-

jours des résolutions les plus martiales. La maîtresse s'assit devant le feu, muette et pensive,
pendant que la femme de chambre allumait la
bougie de la lampe d'albâtre suspendue devant
le lit. Justine alla chercher une bassinoire, pré-
para le lit, aida sa maîtresse à se coucher ; puis,
après un temps assez long employé par de
minutieux services qui accusaient la profonde
vénération de Fœdora pour elle-même, cette fille
partit. La comtesse se retourna plusieurs fois,
elle était agitée, elle soupirait ; ses lèvres laissaient échapper un léger bruit perceptible à
l'ouïe et qui indiquait des mouvements d'impatience ; elle avança la main vers la table, y prit
une fiole, versa dans son lait avant de le boire
quelques gouttes d'une liqueur brune ; enfin,
après quelques soupirs pénibles, elle s'écria : —
« Mon Dieu ! » Cette exclamation, et surtout
l'accent qu'elle y mit, me brisa le cœur. Insensiblement elle resta sans mouvement. J'eus peur,
mais bientôt j'entendis retentir la respiration
égale et forte d'une personne endormie ; j'écartai
la soie criarde des rideaux, quittai ma position et
vins me placer au pied de son lit, en la regardant
avec un sentiment indéfinissable. Elle était
ravissante ainsi. Elle avait la tête sous le bras
comme un enfant ; son tranquille et joli visage
enveloppé de dentelles exprimait une suavité qui
m'enflamma. Présumant trop de moi-même, je
n'avais pas compris mon supplice : être si près et
si loin d'elle. Je fus obligé de subir toutes les
tortures que je m'étais préparées. *Mon Dieu !* ce
lambeau d'une pensée inconnue, que je devais
remporter pour toute lumière, avait tout à coup

changé mes idées sur Fœdora. Ce mot insigni-
fiant ou profond, sans substance ou plein de
réalités, pouvait s'interpréter également par le
bonheur ou par la souffrance, par une douleur de
corps ou par des peines. Était-ce imprécation ou
prière, souvenir ou avenir, regret ou crainte ? Il y
avait toute une vie dans cette parole, vie d'indigence ou de richesse ; il y tenait même un crime !
L'énigme cachée dans ce beau semblant de
femme renaissait, Fœdora pouvait être expli-
quée de tant de manières qu'elle devenait inexplicable. Les fantaisies du souffle qui passait
entre ses dents, tantôt faible, tantôt accentué,
grave ou léger, formaient une sorte de langage
auquel j'attachais des pensées et des sentiments.
Je rêvais avec elle, j'espérais m'initier à ses
secrets en pénétrant dans son sommeil, je flot-
tais entre mille partis contraires, entre mille
jugements. A voir ce beau visage, calme et pur, il
me fut impossible de refuser un cœur à cette
femme. Je résolus de faire encore une tentative.
En lui racontant ma vie, mon amour, mes
sacrifices, peut-être pourrais-je réveiller en elle
la pitié, lui arracher une larme, à elle qui ne
pleurait jamais. J'avais placé toutes mes espérances dans cette dernière épreuve, quand le
tapage de la rue m'annonça le jour. Il y eut un
moment où je me représentai Fœdora se réveillant dans mes bras. Je pouvais me mettre tout
doucement à ses côtés, m'y glisser, et l'étreindre.
Cette idée me tyrannisa si cruellement, que,
voulant y résister, je me sauvai dans le salon
sans prendre aucune précaution pour éviter le
bruit ; mais j'arrivai heureusement à une porte

dérobée qui donnait sur un petit escalier. Ainsi
que je le présumai, la clef se trouvait à la
serrure ; je tirai la porte avec force, je descendis
hardiment dans la cour, et sans regarder si
j'étais vu, je sautai vers la rue en trois bonds.
Deux jours après, un auteur devait lire une
comédie chez la comtesse, j'y allai dans l'intention de rester le dernier pour lui présenter une
requête assez singulière ; je voulais la prier de
m'accorder la soirée du lendemain, et de me la
consacrer tout entière, en faisant fermer sa
porte. Quand je me trouvai seul avec elle, le
cœur me faillit. Chaque battement de la pendule
m'épouvantait. Il était minuit moins un quart.
— « Si je ne lui parle pas, me dis-je, il faut me
briser le crâne sur l'angle de la cheminée. » Je
m'accordai trois minutes de délai, les trois
minutes se passèrent, je ne me brisai pas le crâne
sur le marbre, mon cœur s'était alourdi comme
une éponge dans l'eau. — « Vous êtes extrêmement aimable, me dit-elle. — Ah ! madame,
répondis-je, si vous pouviez me comprendre ! —
Qu'avez-vous ? reprit-elle, vous pâlissez. — J'hésite à réclamer de vous une grâce. Elle m'encou-
ragea par un geste, et je lui demandai le rendez-
vous. — Volontiers, dit-elle. Mais pourquoi ne
me parleriez-vous pas en ce moment ? — Pour ne
pas vous tromper, je dois vous montrer l'étendue
de votre engagement, je désire passer cette
soirée près de vous, comme si nous étions frère et
sœur. Soyez sans crainte, je connais vos anti-
pathies ; vous avez pu m'apprécier assez pour
être certaine que je ne veux rien de vous qui
puisse vous déplaire ; d'ailleurs, les audacieux ne

procèdent pas ainsi. Vous m'avez témoigné de l'amitié, vous êtes bonne, pleine d'indulgence. Eh bien, sachez que je dois vous dire adieu demain. Ne vous rétractez pas! » m'écriai-je en la voyant près de parler, et je disparus. En mai dernier, vers huit heures du soir, je me trouvai seul avec Fœdora, dans son boudoir gothique. Je ne tremblai pas alors, j'étais sûr d'être heureux. Ma maîtresse devait m'appartenir, ou je me réfugiais dans les bras de la mort. J'avais condamné mon lâche amour. Un homme est bien fort quand il s'avoue sa faiblesse. Vêtue d'une robe de cachemire bleu, la comtesse était étendue sur un divan, les pieds sur un coussin. Un béret oriental, coiffure que les peintres attribuent aux premiers Hébreux, avait ajouté je ne sais quel piquant attrait d'étrangeté à ses séductions. Sa figure était empreinte d'un charme fugitif, qui semblait prouver que nous sommes à chaque instant des êtres nouveaux, uniques, sans aucune similitude avec le *nous* de l'avenir et le *nous* du passé. Je ne l'avais jamais vue aussi éclatante. — « Savez-vous, dit-elle en riant, que vous avez piqué ma curiosité? — Je ne la tromperai pas, répondis-je froidement, en m'asseyant près d'elle et lui prenant une main qu'elle m'abandonna. Vous avez une bien belle voix! — Vous ne m'avez jamais entendue, s'écria-t-elle en laissant échapper un mouvement de surprise. — Je vous prouverai le contraire quand cela sera nécessaire. Votre chant délicieux serait-il donc encore un mystère? Rassurez-vous, je ne veux pas le pénétrer. » Nous restâmes environ une heure à causer familièrement. Si je pris le ton,

les manières et les gestes d'un homme auquel
Fœdora ne devait rien refuser, j'eus aussi tout le
respect d'un amant. En jouant ainsi, j'obtins la
faveur de lui baiser la main ; elle se déganta par
un mouvement mignon, et j'étais alors si voluptueusement enfoncé dans l'illusion à laquelle
j'essayais de croire, que mon âme se fondit et
s'épancha dans ce baiser. Fœdora se laissa flatter, caresser avec un incroyable abandon. Mais
ne m'accuse pas de niaiserie ; si j'avais voulu
faire un pas de plus au-delà de cette câlinerie
fraternelle, j'eusse senti les griffes de la chatte.
Nous restâmes dix minutes environ, plongés
dans un profond silence. Je l'admirais, lui prêtant des charmes auxquels elle mentait. En ce
moment, elle était à moi, à moi seul. Je possédais
cette ravissante créature, comme il était permis
de la posséder, intuitivement ; je l'enveloppai
dans mon désir, la tins, la serrai, mon imagination l'épousa. Je vainquis alors la comtesse de la
puissance d'une fascination magnétique. Aussi
ai-je toujours regretté de ne pas m'être entièrement soumis cette femme ; mais, en ce moment,
je n'en voulais pas à son corps, je souhaitais une
âme, une vie, ce bonheur idéal et complet, beau
rêve auquel nous ne croyons pas longtemps. —
« Madame, lui dis-je enfin, sentant que la dernière heure de mon ivresse était arrivée, écoutez-
moi. Je vous aime, vous le savez, je vous l'ai dit
mille fois, vous auriez dû m'entendre. Ne voulant devoir votre amour ni à des grâces de fat, ni
à des flatteries ou à des importunités de niais, je
n'ai pas été compris. Combien de maux n'ai-je
pas soufferts pour vous, et dont cependant vous

êtes innocente ! Mais dans quelques moments vous me jugerez. Il y a deux misères, madame : celle qui va par les rues effrontément en haillons, qui, sans le savoir, recommence Diogène, se nourrissant de peu, réduisant la vie au simple ; heureuse plus que la richesse peut-être, insouciante du moins, elle prend le monde là où les puissants n'en veulent plus. Puis la misère du luxe, une misère espagnole, qui cache la mendicité sous un titre ; fière, emplumée, cette misère en gilet blanc, en gants jaunes, a des carrosses, et perd une fortune faute d'un centime. L'une est la misère du peuple ; l'autre, celle des escrocs, des rois et des gens de talent. Je ne suis ni peuple, ni roi, ni escroc ; peut-être n'ai-je pas de talent : je suis une exception. Mon nom m'ordonne de mourir plutôt que de mendier. Rassurez-vous, madame, je suis riche aujourd'hui, je possède de la terre tout ce qu'il m'en faut, lui dis-je en voyant sa physionomie prendre la froide expression qui se peint dans nos traits quand nous sommes surpris par des quêteuses de bonne compagnie. Vous souvenez-vous du jour où vous avez voulu venir au Gymnase sans moi, croyant que je ne m'y trouverais point ? » Elle fit un signe de tête affirmatif. — « J'avais employé mon dernier écu pour aller vous y voir. Vous rappelez-vous la promenade que nous fîmes au Jardin des Plantes ? Votre voiture me coûta toute ma fortune. » Je lui racontai mes sacrifices, je lui peignis ma vie, non pas comme je te la raconte aujourd'hui, dans l'ivresse du vin, mais dans la noble ivresse du cœur. Ma passion déborda par des mots flamboyants, par des traits de sentiment oubliés depuis, et que ni l'art, ni le souvenir ne sauraient reproduire. Ce ne fut pas la narration sans chaleur d'un amour détesté, mon amour dans sa force et dans la beauté de son espérance m'inspira ces paroles qui projettent toute une vie en répétant les cris d'une âme déchirée. Mon accent fut celui des dernières prières faites par un mourant sur le champ de bataille. Elle pleura. Je m'arrêtai. Grand Dieu ! Ses larmes étaient le fruit de cette émotion factice achetée cent sous à la porte d'un théâtre, j'avais eu le succès d'un bon acteur. — « Si j'avais su, dit-elle. — N'achevez pas, m'écriai-je. Je vous aime encore assez en ce moment pour vous tuer... » Elle voulut saisir le cordon de la sonnette. J'éclatai de rire. « N'appelez pas, repris-je. Je vous laisserai paisiblement achever votre vie. Ce serait mal entendre la haine que de vous tuer ! Ne craignez aucune violence ; j'ai passé toute une nuit au pied de votre lit, sans...

— Monsieur, dit-elle en rougissant ; mais après ce premier mouvement donné à la pudeur que doit posséder toute femme, même la plus insensible, elle me jeta un regard méprisant et me dit : Vous avez dû avoir bien froid ! — Croyez-vous, madame, que votre beauté me soit si précieuse ? lui répondis-je en devinant les pensées qui l'agitaient. Votre figure est pour moi la promesse d'une âme plus belle encore que vous n'êtes belle. Eh ! madame, les hommes qui ne voient que la femme dans une femme peuvent acheter tous les soirs des odalisques dignes du sérail et se rendre heureux à bas prix ! Mais j'étais ambitieux, je voulais vivre cœur à cœur

avec vous, avec vous qui n'avez pas de cœur. Je
le sais maintenant. Si vous deviez être à un
homme, je l'assassinerais. Mais non, vous l'aime-
riez, et sa mort vous ferait peut-être de la peine.
Combien je souffre! m'écriai-je. — Si cette promesse peut vous consoler, dit-elle en riant, je
puis vous assurer que je n'appartiendrai à personne. — Eh bien, repris-je en l'interrompant,
vous insultez à Dieu même, et vous en serez
punie! Un jour, couchée sur un divan, ne pouvant supporter ni le bruit ni la lumière, condamnée à vivre dans une sorte de tombe, vous
souffrirez des maux inouïs. Quand vous cherche-
rez la cause de ces lentes et vengeresses douleurs, souvenez-vous alors des malheurs que
vous avez si largement jetés sur votre passage!
Ayant semé partout des imprécations, vous trouverez la haine au retour. Nous sommes les
propres juges, les bourreaux d'une justice qui
règne ici-bas, et marche au-dessus de celle des
hommes, au-dessous de celle de Dieu. — Ah! dit-
elle en riant, je suis sans doute bien criminelle de
ne pas vous aimer? Est-ce ma faute? Non, je ne
vous aime pas; vous êtes un homme, cela suffit.
Je me trouve heureuse d'être seule, pourquoi
changerais-je ma vie, égoïste si vous voulez,
contre les caprices d'un maître? Le mariage est
un sacrement en vertu duquel nous ne nous
communiquons que des chagrins. D'ailleurs, les
enfants m'ennuient. Ne vous ai-je pas loyale-
ment prévenu de mon caractère? Pourquoi ne
vous êtes-vous pas contenté de mon amitié? Je
voudrais pouvoir consoler les peines que je vous
ai causées en ne devinant pas le compte de vos

petits écus, j'apprécie l'étendue de vos sacrifices ; mais l'amour peut seul payer votre
dévouement, vos délicatesses, et je vous aime si
peu, que cette scène m'affecte désagréablement.
— Je sens combien je suis ridicule, pardonnez-
moi, lui dis-je avec douceur sans pouvoir retenir
mes larmes. Je vous aime assez, repris-je, pour
écouter avec délices les cruelles paroles que vous
prononcez. Oh ! je voudrais pouvoir signer mon
amour de tout mon sang. — Tous les hommes
nous disent plus ou moins bien ces phrases
classiques, reprit-elle en riant. Mais il paraît
qu'il est très difficile de mourir à nos pieds, car
je rencontre de ces morts-là partout. Il est
minuit, permettez-moi de me coucher. — Et
dans deux heures vous vous écrierez : *Mon Dieu !*
lui dis-je. — Avant-hier ! Oui, dit-elle en riant, je
pensais à mon agent de change, j'avais oublié de
lui faire convertir mes rentes de *cinq* en *trois*, et
dans la journée le *trois* avait baissé. » Je la
contemplais d'un œil étincelant de rage. Ah !
quelquefois un crime doit être tout un poème, je
l'ai compris. Familiarisée sans doute avec les
déclarations les plus passionnées, elle avait déjà
oublié mes larmes et mes paroles. — « Épouse-
riez-vous un pair de France ? lui demandais-je
froidement. — Peut-être, s'il était duc. » Je pris
mon chapeau, je la saluai. — « Permettez-moi de
vous accompagner jusqu'à la porte de mon
appartement, dit-elle en mettant une ironie perçante dans son geste, dans la pose de sa tête
et dans son accent. — Madame. — Monsieur. —
Je ne vous verrai plus. — Je l'espère, répondit-
elle en inclinant la tête avec une impertinente

expression. — Vous voulez être duchesse ?
repris-je animé par une sorte de frénésie que son
geste alluma dans mon cœur. Vous êtes folle de
titres et d'honneurs ? Eh bien, laissez-vous seulement aimer par moi, dites à ma plume de ne
parler, à ma voix de ne retentir que pour vous,
soyez le principe secret de ma vie, soyez mon
étoile ! Puis ne m'acceptez pour époux que
ministre, pair de France, duc. Je me ferai tout ce
que vous voudrez que je sois ! — Vous avez, dit-
elle en souriant, assez bien employé votre temps
chez l'avoué, vos plaidoyers ont de la chaleur. —
Tu as le présent, m'écriai-je, et moi l'avenir. Je
ne perds qu'une femme, et tu perds un nom, une
famille. Le temps est gros de ma vengeance, il
t'apportera la laideur et une mort solitaire, à
moi la gloire ! — Merci de la péroraison ! » dit-
elle en retenant un bâillement et témoignant par
son attitude le désir de ne plus me voir. Ce mot
m'imposa silence. Je lui jetai ma haine dans un
regard et je m'enfuis. Il fallait oublier Fœdora,
me guérir de ma folie, reprendre ma studieuse
solitude ou mourir. Je m'imposai donc des travaux exorbitants, je voulus achever mes ouvrages. Pendant quinze jours, je ne sortis pas
de ma mansarde, et consumai toutes mes nuits
en de pâles études. Malgré mon courage et les
inspirations de mon désespoir, je travaillais
difficilement et par saccades. La muse avait fui.
Je ne pouvais chasser le fantôme brillant et
moqueur de Fœdora. Chacune de mes pensées
couvait une autre pensée maladive, je ne sais
quel désir, terrible comme un remords. J'imitai
les anachorètes de la Thébaïde. Sans prier

comme eux, comme eux je vivais dans un désert, creusant mon âme au lieu de creuser des rochers. Je me serais au besoin serré les reins avec une ceinture armée de pointes, pour dompter la douleur morale par la douleur physique. Un soir, Pauline pénétra dans ma chambre. — « Vous vous tuez, me dit-elle d'une voix suppliante ; vous devriez sortir, allez voir vos amis. — Ah ! Pauline ! votre prédiction était vraie. Fœdora me tue, je veux mourir. La vie m'est insupportable. — Il n'y a donc qu'une femme dans le monde ? dit-elle en souriant. Pourquoi mettez-vous des peines infinies dans une vie si courte ? » Je regardai Pauline avec stupeur. Elle me laissa seul. Je ne m'étais pas aperçu de sa retraite, j'avais entendu sa voix, sans comprendre le sens de ses paroles. Bientôt je fus obligé de porter le manuscrit de mes mémoires à mon entrepreneur de littérature. Préoccupé par ma passion, j'ignorais comment j'avais pu vivre sans argent, je savais seulement que les quatre cent cinquante francs qui m'étaient dus suffiraient à payer mes dettes ; j'allai donc chercher mon salaire, et je rencontrai Rastignac, qui me trouva changé, maigri. — « De quel hôpital sors-tu ? me dit-il. — Cette femme me tue, répondis-je. Je ne puis ni la mépriser ni l'oublier. — Il vaut mieux la tuer, tu n'y songeras peut-être plus, s'écria-t-il en riant. — J'y ai bien pensé, répondis-je. Mais si parfois je rafraîchis mon âme par l'idée d'un crime, viol ou assassinat, et les deux ensemble, je me trouve incapable de le commettre en réalité. La comtesse est un admirable monstre qui demanderait grâce, et n'est pas Othello qui veut ! —

Elle est comme toutes les femmes que nous ne pouvons avoir, dit Rastignac en m'interrompant. — Je suis fou, m'écriai-je. Je sens la folie rugir par moments dans mon cerveau. Mes idées sont comme des fantômes, elles dansent devant moi sans que je puisse les saisir. Je préfère la mort à cette vie. Aussi cherché-je avec conscience le meilleur moyen de terminer cette lutte. Il ne s'agit plus de la Fœdora vivante, de la Fœdora du faubourg Saint-Honoré, mais de ma Fœdora, de celle qui est là, dis-je en me frappant le front. Que penses-tu de l'opium ? — Bah ! des souffrances atroces, répondit Rastignac. — L'asphyxie ? — Canaille ! — La Seine ? — Les filets et la Morgue sont bien sales. — Un coup de pistolet ? — Et si tu te manques, tu restes défiguré. Écoute, reprit-il, j'ai comme tous les jeunes gens médité sur les suicides. Qui de nous, à trente ans, ne s'est pas tué deux ou trois fois ? Je n'ai rien trouvé de mieux que d'user l'existence par le plaisir. Plonge-toi dans une dissolution profonde, ta passion ou toi, vous y périrez. L'intempérance, mon cher, est la reine de toutes les morts. Ne commande-t-elle pas à l'apoplexie foudroyante ? L'apoplexie est un coup de pistolet qui ne nous manque point. Les orgies nous prodiguent tous les plaisirs physiques, n'est-ce pas l'opium en petite monnaie ? En nous forçant de boire à outrance, la débauche porte de mortels défis au vin. Le tonneau de malvoisie du duc de Clarence[1] n'a-t-il pas meilleur goût que les bourbes de la Seine ? Quand nous tombons noblement sous la table, n'est-ce pas une petite asphyxie périodique ? Si la patrouille nous ra-

masse, en restant étendus sur les lits froids des
corps de garde, ne jouissons-nous pas des plaisirs de la Morgue, moins les ventres enflés,
turgides, bleus, verts, plus l'intelligence de la
crise ? Ah ! reprit-il, ce long suicide n'est pas une
mort d'épicier en faillite. Les négociants ont
déshonoré la rivière, ils se jettent à l'eau pour
attendrir leurs créanciers. A ta place, je tâche-
rais de mourir avec élégance. Si tu veux créer un
nouveau genre de mort en te débattant ainsi
contre la vie, je suis ton second. Je m'ennuie, je
suis désappointé. L'Alsacienne qu'on m'a propo-
sée pour femme a six doigts au pied gauche, je ne
puis pas vivre avec une femme qui a six doigts !
Cela se saurait, je deviendrais ridicule. Elle n'a
que dix-huit mille francs de rente, sa fortune
diminue et ses doigts augmentent. Au diable ! En
menant une vie enragée, peut-être trouverons-
nous le bonheur par hasard ! » Rastignac m'en-
traîna. Ce projet faisait briller de trop fortes
séductions, il rallumait trop d'espérances, enfin
il avait une couleur trop poétique pour ne pas
plaire à un poète. — « Et de l'argent ? lui dis-je.
— N'as-tu pas quatre cent cinquante francs ? —
Oui, mais je dois à mon tailleur, à mon hôtesse.
— Tu paies ton tailleur ? Tu ne seras jamais rien,
pas même ministre. — Mais que pouvons-nous
avec vingt louis ? — Aller au jeu. Je frissonnai. —
Ah ! reprit-il en s'apercevant de ma pruderie, tu
veux te lancer dans ce que je nomme le *Système
dissipationnel*, et tu as peur d'un tapis vert ! —
Écoute, lui répondis-je, j'ai promis à mon père
de ne jamais mettre le pied dans une maison de
jeu. Non seulement cette promesse est sacrée,

mais encore j'éprouve une horreur invincible en passant devant un tripot ; prends mes cents écus, et vas-y seul. Pendant que tu risqueras notre fortune j'irai mettre mes affaires en ordre, et reviendrai t'attendre chez toi. » Voilà, mon cher, comment je me perdis. Il suffit à un jeune homme de rencontrer une femme qui ne l'aime pas, ou une femme qui l'aime trop, pour que toute sa vie soit dérangée. Le bonheur engloutit nos forces, comme le malheur éteint nos vertus. Revenu à mon hôtel Saint-Quentin, je contemplai longtemps la mansarde où j'avais mené la chaste vie d'un savant, une vie qui peut-être aurait été honorable, longue, et que je n'aurais pas dû quitter pour la vie passionnée qui m'entraînait dans un gouffre. Pauline me surprit dans une attitude mélancolique. — « Eh bien, qu'avez-vous ? » dit-elle. Je me levai froidement et comptai l'argent que je devais à sa mère en y ajoutant le prix de mon loyer pour six mois. Elle m'examina avec une sorte de terreur. — « Je vous quitte, ma chère Pauline. — Je l'ai deviné, s'écria-t-elle. — Écoutez, mon enfant, je ne renonce pas à venir ici. Gardez-moi ma cellule pendant une demi-année. Si je ne suis pas de retour vers le quinze novembre, vous hériterez de moi. Ce manuscrit cacheté, dis-je en lui montrant un paquet de papiers, est la copie de mon grand ouvrage sur *la Volonté*, vous le déposerez à la Bibliothèque du Roi. Quant à tout ce que je laisse ici, vous en ferez ce que vous voudrez. Elle me jetait des regards qui pesaient sur mon cœur. Pauline était là comme une conscience vivante. — Je n'aurai plus de leçons, dit-elle en me montrant le piano. Je ne répondis pas. — M'écrirez-vous ? — Adieu, Pauline. » Je l'attirai doucement à moi, puis sur son front d'amour, vierge comme la neige qui n'a pas touché terre, je mis un baiser de frère, un baiser de vieillard. Elle se sauva. Je ne voulus pas voir madame Gaudin. Je mis ma clef à sa place habituelle et partis. En quittant la rue de Cluny, j'entendis derrière moi le pas léger d'une femme. — « Je vous avais brodé cette bourse, la refuserez-vous aussi ? » me dit Pauline. Je crus apercevoir à la lueur du réverbère une larme dans les yeux de Pauline, et je soupirai. Poussés tous deux par la même pensée peut-être, nous nous séparâmes avec l'empressement de gens qui auraient voulu fuir la peste. La vie de dissipation à laquelle je me vouais apparut devant moi bizarrement exprimée par la chambre où j'attendais avec une noble insouciance le retour de Rastignac. Au milieu de la cheminée s'élevait une pendule surmontée d'une Vénus accroupie sur sa tortue, et qui tenait entre ses bras un cigare à demi consumé. Des meubles élégants, présents de l'amour, étaient épars. Des vieilles chaussettes traînaient sur un voluptueux divan. Le confortable fauteuil à ressorts dans lequel j'étais plongé portait des cicatrices comme un vieux soldat, il offrait au regard ses bras déchirés, et montrait incrustées sur son dossier la pommade et l'huile antique apportées par toutes les têtes d'amis. L'opulence et la misère s'accouplaient naïvement dans le lit, sur les murs, partout. Vous eussiez dit les palais de Naples bordés de lazzaroni. C'était une chambre de joueur ou de mau-

vais sujet dont le luxe est tout personnel, qui vit
de sensations, et des incohérences ne se soucie
guère. Ce tableau ne manquait pas d'ailleurs de
poésie. La vie s'y dressait avec ses paillettes et
ses haillons, soudaine, incomplète comme elle
est réellement, mais vive, mais fantasque
comme dans une halte où le maraudeur a pillé
tout ce qui fait sa joie. Un Byron auquel manquaient des pages avait allumé la falourde du
jeune homme qui risque au jeu mille francs et
n'a pas une bûche, qui court en tilbury sans
posséder une chemise saine et valide. Le lendemain, une comtesse, une actrice ou l'écarté lui
donnent un trousseau de roi. Ici la bougie était
fichée dans le fourreau vert d'un briquet phosphorique ; là gisait un portrait de femme
dépouillé de sa monture d'or ciselé. Comment un
jeune homme naturellement avide d'émotions
renoncerait-il aux attraits d'une vie aussi riche
d'oppositions et qui lui donne les plaisirs de la
guerre en temps de paix ? J'étais presque assoupi
quand, d'un coup de pied, Rastignac enfonça la
porte de sa chambre, et s'écria : — « Victoire !
nous pourrons mourir à notre aise ! » Il me
montra son chapeau plein d'or, le mit sur la
table, et nous dansâmes autour comme deux
cannibales ayant une proie à manger, hurlant,
trépignant, sautant, nous donnant des coups de
poing à tuer un rhinocéros, et chantant à l'aspect
de tous les plaisirs du monde contenus pour nous
dans ce chapeau. — « Vingt-sept mille francs,
répétait Rastignac en ajoutant quelques billets
de banque au tas d'or. A d'autres cet argent
suffirait pour vivre, mais nous suffira-t-il pour

mourir ? Oh ! oui, nous expirerons dans un bain d'or. Hourra ! » Et nous cabriolâmes derechef. Nous partageâmes en héritiers, pièce à pièce, commençant par les doubles napoléons, allant des grosses pièces aux petites, et distillant notre joie en disant longtemps : A toi. A moi. — « Nous ne dormirons pas, s'écria Rastignac. Joseph, du punch ! » Il jeta de l'or à son fidèle domestique. — « Voilà ta part, dit-il, enterre-toi si tu peux. » Le lendemain, j'achetai des meubles chez Lesage, je louai l'appartement où tu m'as connu, rue Taitbout, et chargeai le meilleur tapissier de le décorer. J'eus des chevaux. Je me lançai dans un tourbillon de plaisirs creux et réels tout à la fois. Je jouais, gagnais et perdais tour à tour d'énormes sommes, mais au bal, chez nos amis ; jamais dans les maisons de jeu pour lesquelles je conservai ma sainte et primitive horreur. Insensiblement je me fis des amis. Je dus leur attachement à des querelles ou à cette facilité confiante avec laquelle nous nous livrons nos secrets en nous avilissant de compagnie ; mais peut-être aussi ne nous accrochons-nous bien que par nos vices ? Je hasardai quelques compositions littéraires qui me valurent des compliments. Les grands hommes de la littérature marchande, ne voyant point en moi de rival à craindre, me vantèrent, moins sans doute pour mon mérite personnel que pour chagriner celui de leurs camarades. Je devins un *viveur*, pour me servir de l'expression pittoresque consacrée par votre langage d'orgie. Je mettais de l'amour-propre à me tuer promptement, à écraser les plus gais compagnons par ma verve et par ma puissance.

J'étais toujours frais, élégant. Je passais pour spirituel. Rien ne trahissait en moi cette épouvantable existence qui fait d'un homme un entonnoir, un appareil à chyle, un cheval de luxe. Bientôt la Débauche m'apparut dans toute la majesté de son horreur, et je la compris! Certes les hommes sages et rangés qui étiquètent des bouteilles pour leurs héritiers ne peuvent guère concevoir ni la théorie de cette large vie, ni son état normal; en inculquerez-vous la poésie aux gens de province pour qui l'opium et le thé, si prodigues de délices, ne sont encore que deux médicaments? A Paris même, dans cette capitale de la pensée, ne se rencontre-t-il pas des sybarites incomplets? Inhabiles à supporter l'excès du plaisir, ne s'en vont-ils pas fatigués après une orgie, comme le sont ces bons bourgeois qui, après avoir entendu quelque nouvel opéra de Rossini, condamnent la musique? Ne renoncent-ils pas à cette vie, comme un homme sobre ne veut plus manger de pâtés de Ruffec, parce que le premier lui a donné une indigestion? La débauche est certainement un art comme la poésie, et veut des âmes fortes. Pour en saisir les mystères, pour en savourer les beautés, un homme doit en quelque sorte s'adonner à de consciencieuses études. Comme toutes les sciences, elle est d'abord repoussante, épineuse. D'immenses obstacles environnent les grands plaisirs de l'homme, non ses jouissances de détail, mais les systèmes qui érigent en habitude ses sensations les plus rares, les résument, les lui fertilisent en lui créant une vie dramatique dans sa vie, en nécessitant une exorbitante, une prompte dissipation de ses forces. La Guerre, le Pouvoir, les Arts sont des corruptions mises aussi loin de la portée humaine, aussi profondes que l'est la débauche, et toutes sont de difficile accès. Mais quand une fois l'homme est monté à l'assaut de ces grands mystères, ne marche-t-il pas dans un monde nouveau ? Les généraux, les ministres, les artistes sont tous plus ou moins portés vers la dissolution par le besoin d'opposer de violentes distractions à leur existence si fort en dehors de la vie commune. Après tout, la guerre est la débauche du sang, comme la politique est celle des intérêts. Tous les excès sont frères. Ces monstruosités sociales possèdent la puissance des abîmes, elles nous attirent comme Sainte-Hélène appelait Napoléon ; elles donnent des vertiges, elles fascinent, et nous voulons en voir le fond sans savoir pourquoi. La pensée de l'infini existe peut-être dans ces précipices, peut-être renferment-ils quelque grande flatterie pour l'homme ; n'intéresse-t-il pas alors tout à lui-même ? Pour contraster avec le paradis de ses heures studieuses, avec les délices de la conception, l'artiste fatigué demande, soit comme Dieu le repos du dimanche, soit comme le diable les voluptés de l'enfer, afin d'opposer le travail des sens au travail de ses facultés. Le délassement de lord Byron ne pouvait pas être le boston babillard qui charme un rentier ; poète, il voulait la Grèce à jouer contre Mahmoud [1]. En guerre, l'homme ne devient-il pas un ange exterminateur, une espèce de bourreau, mais gigantesque ? Ne faut-il pas des enchantements bien extraordinaires pour nous faire accepter ces

atroces douleurs, ennemies de notre frêle enveloppe, qui entourent les passions comme d'une
enceinte épineuse ? S'il se roule convulsivement
et souffre une sorte d'agonie après avoir abusé
du tabac, le fumeur n'a-t-il pas assisté je ne sais
en quelles régions à de délicieuses fêtes ? Sans se
donner le temps d'essuyer ses pieds qui trem-
pent dans le sang jusqu'à la cheville, l'Europe
n'a-t-elle pas sans cesse recommencé la guerre ?
L'homme en masse a-t-il donc aussi son ivresse,
comme la nature à ses accès d'amour ? Pour
l'homme privé, pour le Mirabeau qui végète sous
un règne paisible et rêve des tempêtes, la
débauche comprend tout ; elle est une perpétuelle étreinte de toute la vie, ou mieux, un duel
avec une puissance inconnue, avec un monstre :
d'abord le monstre épouvante, il faut l'attaquer
par les cornes, c'est des fatigues inouïes ; la
nature vous a donné je ne sais quel estomac
étroit ou paresseux ? vous le domptez, vous
l'élargissez, vous apprenez à porter le vin, vous
apprivoisez l'ivresse, vous passez les nuits sans
sommeil, vous vous faites enfin un tempérament
de colonel de cuirassiers, en vous créant vous-
même une seconde fois, comme pour fronder
Dieu ! Quand l'homme s'est ainsi métamor-
phosé, quand, vieux soldat, le néophyte a
façonné son âme à l'artillerie, ses jambes à la
marche, sans encore appartenir au monstre,
mais sans savoir entre eux quel est le maître, ils
se roulent l'un sur l'autre, tantôt vainqueurs,
tantôt vaincus, dans une sphère où tout est
merveilleux, où s'endorment les douleurs de
l'âme, où revivent seulement des fantômes

d'idées. Déjà cette lutte atroce est devenue nécessaire. Réalisant ces fabuleux personnages qui, selon les légendes, ont vendu leur âme au diable pour en obtenir la puissance de mal faire, le dissipateur a troqué sa mort contre toutes les jouissances de la vie, mais abondantes, mais fécondes ! Au lieu de couler longtemps entre deux rives monotones, au fond d'un Comptoir ou d'une Étude, l'existence bouillonne et fuit comme un torrent. Enfin la débauche est sans doute au corps ce que sont à l'âme les plaisirs mystiques. L'ivresse vous plonge en des rêves dont les fantasmagories sont aussi curieuses que peuvent l'être celles de l'extase. Vous avez des heures ravissantes comme les caprices d'une jeune fille, des causeries délicieuses avec des amis, des mots qui peignent toute une vie, des joies franches et sans arrière-pensée, des voyages sans fatigue, des poèmes déroulés en quelques phrases. La brutale satisfaction de la bête au fond de laquelle la science a été chercher une âme, est suivie de torpeurs enchanteresses après lesquelles soupirent les hommes ennuyés de leur intelligence. Ne sentent-ils pas tous la nécessité d'un repos complet, et la débauche n'est-elle pas une sorte d'impôt que le génie paie au mal ? Vois tous les grands hommes : s'ils ne sont pas volup-tueux, la nature les crée chétifs. Moqueuse ou jalouse, une puissance leur vicie l'âme ou le corps pour neutraliser les efforts de leurs talents. Pendant ces heures avinées, les hommes et les choses comparaissent devant vous, vêtus de vos livrées. Roi de la création, vous la transformez à vos souhaits. A travers ce délire perpétuel, le jeu

vous verse, à votre gré, son plomb fondu dans les
veines. Un jour, vous appartenez au monstre,
vous avez alors, comme je l'eus, un réveil
enragé : l'impuissance est assise à votre chevet.
Vieux guerrier, une phtisie vous dévore ; diplomate, un anévrisme suspend dans votre cœur la
mort à un fil ; moi, peut-être une pulmonie va me
dire : « Partons ! » comme elle a dit jadis à
Raphaël d'Urbin, tué par un excès d'amour.
Voilà comment j'ai vécu ! J'arrivais ou trop tôt
ou trop tard dans la vie du monde ; sans doute
ma force y eût été dangereuse si je ne l'avais
amortie ainsi ; l'univers n'a-t-il pas été guéri
d'Alexandre par la coupe d'Hercule[1], à la fin
d'une orgie ! Enfin à certaines destinées trompées il faut le ciel ou l'enfer, la débauche ou
l'hospice du mont Saint-Bernard. Tout à l'heure
je n'avais pas le courage de moraliser ces deux
créatures, dit-il en montrant Euphrasie et Aquilina. N'étaient-elles pas mon histoire personni-
fiée, une image de ma vie ! Je ne pouvais guère
les accuser, elles m'apparaissaient comme des
juges. Au milieu de ce poème vivant, au sein de
cette étourdissante maladie, j'eus cependant
deux crises bien fertiles en âcres douleurs.
D'abord quelques jours après m'être jeté comme
Sardanapale dans mon bûcher, je rencontrai
Fœdora sous le péristyle des Bouffons. Nous
attendions nos voitures. — Ah ! je vous retrouve
encore en vie. Ce mot était la traduction de son
sourire, des malicieuses et sourdes paroles
qu'elle dit à son sigisbée en lui racontant sans
doute mon histoire, et jugeant mon amour
comme un amour vulgaire. Elle applaudissait à

sa fausse perspicacité. Oh! mourir pour elle,
l'adorer encore, la voir dans mes excès, dans mes
ivresses, dans le lit des courtisanes, et me sentir
victime de sa plaisanterie! Ne pouvoir déchirer
ma poitrine et y fouiller mon amour pour le jeter
à ses pieds! Enfin, j'épuisai facilement mon
trésor; mais trois années de régime m'avaient
constitué la plus robuste de toutes les santés, et
le jour où je me trouvai sans argent, je me
portais à merveille. Pour continuer de mourir, je
signai des lettres de change à courte échéance, et
le jour du payement arriva. Cruelles émotions!
et comme elles font vivre de jeunes cœurs! Je
n'étais pas fait pour vieillir encore; mon âme
était toujours jeune, vivace et verte. Ma première dette ranima toutes mes vertus qui vinrent à pas lents et m'apparurent désolées. Je sus
transiger avec elles comme avec ces vieilles
tantes qui commencent par nous gronder et
finissent en nous donnant des larmes et de
l'argent. Plus sévère, mon imagination me montrait mon nom voyageant, de ville en ville, dans
les places de l'Europe. *Notre nom, c'est nous-
mêmes*, a dit Eusèbe Salverte [1]. Après des courses
vagabondes, j'allais, comme le double d'un Allemand, revenir à mon logis d'où je n'étais pas
sorti, pour me réveiller moi-même en sursaut.
Ces hommes de la banque, ces remords commer-
ciaux, vêtus de gris, portant la livrée de leur
maître, une plaque d'argent, jadis je les voyais
avec indifférence quand ils allaient par les rues
de Paris; mais aujourd'hui, je les haïssais par
avance. Un matin, l'un d'eux ne viendrait-il pas
me demander raison des onze lettres de change

que j'avais griffonnées ? Ma signature valait trois mille francs, je ne les valais pas moi-même ! Les huissiers aux faces insouciantes à tous les désespoirs, même à la mort, se levaient devant moi, comme les bourreaux qui disent à un condamné : — Voici trois heures et demie qui sonnent. Leurs clercs avaient le droit de s'emparer de moi, de griffonner mon nom, de le salir, de s'en moquer. JE DEVAIS ! Devoir, est-ce donc s'appartenir ? D'autres hommes ne pouvaient-ils pas me demander compte de ma vie ? pourquoi j'avais mangé des puddings à la *chipolata*[1], pourquoi je buvais à la glace ? pourquoi je dormais, marchais, pensais, m'amusais sans les payer ? Au milieu d'une poésie, au sein d'une idée, ou à déjeuner, entouré d'amis, de joie, de douces railleries, je pouvais voir entrer un monsieur en habit marron, tenant à la main un chapeau râpé. Ce monsieur sera ma dette, ce sera ma lettre de change, un spectre qui flétrira ma joie, me forcera de quitter la table pour lui parler ; il m'enlèvera ma gaieté, ma maîtresse, tout jusqu'à mon lit. Le remords est plus tolérable ; il ne nous met ni dans la rue ni à Sainte-Pélagie, il ne nous plonge pas dans cette exécrable sentine du vice, il ne nous jette qu'à l'échafaud où le bourreau anoblit : au moment de notre supplice, tout le monde croit à notre innocence ; tandis que la société ne laisse pas une vertu au débauché sans argent. Puis ces dettes à deux pattes, habillées de drap vert, portant des lunettes bleues ou des parapluies multicolores ; ces dettes incarnées avec lesquelles nous nous trouvons face à face au coin d'une rue, au moment où nous sourions, ces gens allaient avoir l'horrible privilège de dire : — « Monsieur de Valentin me doit et ne me paie pas. Je le tiens. Ah ! qu'il n'ait pas l'air de me faire mauvaise mine ! » Il faut saluer nos créanciers, les saluer avec grâce. « Quand me paierez-vous ? » disent-ils. Et nous sommes dans l'obligation de mentir, d'implorer un autre homme pour de l'argent, de nous courber devant un sot assis sur sa caisse, de recevoir son froid regard, son regard de sangsue plus odieux qu'un soufflet, de subir sa morale de Barême et sa crasse ignorance. Une dette est une œuvre d'imagination qu'ils ne comprennent pas. Des élans de l'âme entraînent, subjuguent souvent un emprunteur, tandis que rien de grand ne subjugue, rien de généreux ne guide ceux qui vivent dans l'argent et ne connaissent que l'argent. J'avais horreur de l'argent. Enfin la lettre de change peut se métamorphoser en vieillard chargé de famille, flanqué de vertus. Je devrais peut-être à un vivant tableau de Greuze, à un paralytique environné d'enfants, à la veuve d'un soldat, qui tous me tendront des mains suppliantes. Terribles créanciers avec lesquels il faut pleurer, et quand nous les avons payés, nous leur devons encore des secours. La veille de l'échéance, je m'étais couché dans ce calme faux des gens qui dorment avant leur exécution, avant un duel, ils se laissent toujours bercer par une menteuse espérance. Mais en me réveillant, quand je fus de sang-froid, quand je sentis mon âme emprisonnée dans le portefeuille d'un banquier, couchée sur des états, écrite à l'encre

rouge, mes dettes jaillirent partout comme des
sauterelles ; elles étaient dans ma pendule, sur
mes fauteuils, ou incrustées dans les meubles
desquels je me servais avec le plus de plaisir.
Devenus la proie des harpies du Châtelet, ces
doux esclaves matériels allaient donc être enle-
vés par des recors, et brutalement jetés sur la
place. Ah ! ma dépouille était encore moi-même.
La sonnette de mon appartement retentissait
dans mon cœur, elle me frappait où l'on doit
frapper les rois, à la tête. C'était un martyre,
sans le ciel pour récompense. Oui, pour un
homme généreux, une dette est l'enfer, mais
l'enfer avec des huissiers et des agents d'affaires.
Une dette impayée est la bassesse, un commencement de friponnerie, et pis que tout cela, un
mensonge ! Elle ébauche des crimes, elle assem-
ble les madriers de l'échafaud. Mes lettres de
change furent protestées. Trois jours après je les
payai ; voici comment. Un spéculateur vint me
proposer de lui vendre l'île que je possédais dans
la Loire et où était le tombeau de ma mère.
J'acceptai. En signant le contrat chez le notaire
de mon acquéreur, je sentis au fond de l'étude
obscure une fraîcheur semblable à celle d'une
cave. Je frissonnai en reconnaissant le même
froid humide qui m'avait saisi sur le bord de la
fosse où gisait mon père. J'accueillis ce hasard
comme un funeste présage. Il me semblait entendre la voix de ma mère et voir son ombre ; je ne
sais quelle puissance faisait retentir vaguement
mon propre nom dans mon oreille, au milieu
d'un bruit de cloches ! Le prix de mon île me
laissa, toutes dettes payées, deux mille francs.

Certes, j'eusse pu revenir à la paisible existence du savant, retourner à ma mansarde après avoir expérimenté la vie, y revenir la tête pleine d'observations immenses et jouissant déjà d'une espèce de réputation. Mais Fœdora n'avait pas lâché sa proie. Nous nous étions souvent trouvés en présence. Je lui faisais corner mon nom aux oreilles par ses amants étonnés de mon esprit, de mes chevaux, de mes succès, de mes équipages. Elle restait froide et insensible à tout, même à cette horrible phrase : Il se tue pour vous ! dite par Rastignac. Je chargeais le monde entier de ma vengeance, mais je n'étais pas heureux ! En creusant ainsi la vie jusqu'à la fange, j'avais toujours senti davantage les délices d'un amour partagé, j'en poursuivais le fantôme à travers les hasards de mes dissipations, au sein des orgies. Pour mon malheur, j'étais trompé dans mes belles croyances, j'étais puni de mes bienfaits par l'ingratitude, récompensé de mes fautes par mille plaisirs. Sinistre philosophie, mais vraie pour la débauche ! Enfin Fœdora m'avait communiqué la lèpre de sa vanité. En sondant mon âme, je la trouvais gangrenée, pourrie. Le démon m'avait imprimé son ergot au front. Il m'était désormais impossible de me passer des tressaillements continuels d'une vie à tout moment risquée, et des exécrables raffinements de la richesse. Riche à millions, j'aurais toujours joué, mangé, couru. Je ne voulais plus rester seul avec moi-même. J'avais besoin de courtisanes, de faux amis, de vin, de bonne chère pour m'étourdir. Les liens qui attachent un homme à la famille étaient brisés en moi pour toujours.

Galérien du plaisir, je devais accomplir ma destinée de suicide. Pendant les derniers jours de ma fortune, je fis chaque jour des excès incroyables ; mais, chaque matin, la mort me rejetait dans la vie. Semblable à un rentier viager, j'aurais pu passer tranquillement dans un incendie. Enfin je me trouvai seul avec une pièce de vingt francs, je me souvins alors du bonheur de Rastignac... » — Hé ! hé ! s'écria-t-il en pensant tout à coup à son talisman qu'il tira de sa poche.

Soit que, fatigué des luttes de cette longue journée, il n'eût plus la force de gouverner son intelligence dans les flots de vin et de punch, soit qu'exaspéré par l'image de sa vie, il se fût insensiblement enivré par le torrent de ses paroles, Raphaël s'anima, s'exalta comme un homme complètement privé de raison. — « Au diable la mort ! s'écria-t-il en brandissant la Peau. Je veux vivre maintenant ! Je suis riche, j'ai toutes les vertus. Rien ne me résistera. Qui ne serait pas bon quand il peut tout ? Hé ! hé ! Ohé ! J'ai souhaité deux cent mille livres de rentes, je les aurai. Saluez-moi, pourceaux qui vous vautrez sur ces tapis comme sur du fumier ! Vous m'appartenez, fameuse propriété ! Je suis riche, je peux vous acheter tous, même le député qui ronfle là. Allons, canaille de la haute société, bénissez-moi ! Je suis pape. »

En ce moment les exclamations de Raphaël, jusque-là couvertes par la basse continue des ronflements, furent entendues soudain. La plupart des dormeurs se réveillèrent en criant, ils virent l'interrupteur mal assuré sur ses jambes,

et maudirent sa bruyante ivresse par un concert
de juremens.

— Taisez-vous ! reprit Raphaël. Chiens, à vos
niches ! Émile, j'ai des trésors, je te donnerai des
cigares de La Havane.

— Je t'entends, répondit le poète, *Fœdora ou
la mort !* Va ton train ! Cette sucrée de Fœdora t'a
trompé. Toutes les femmes sont filles d'Ève. Ton
histoire n'est pas du tout dramatique.

— Ah ! tu dormais, sournois ?

— Non ! Fœdora ou la mort, j'y suis.

— Réveille-toi, s'écria Raphaël en frappant
Émile avec la Peau de chagrin comme s'il voulait
en tirer du fluide électrique.

— Tonnerre ! dit Émile en se levant et en
saisissant Raphaël à bras-le-corps, mon ami,
songe donc que tu es avec des femmes de
mauvaise vie.

— Je suis millionnaire.

— Si tu n'es pas millionnaire, tu es bien
certainement ivre.

— Ivre du pouvoir. Je peux te tuer ! Silence, je
suis Néron ! je suis Nabuchodonosor.

— Mais, Raphaël, nous sommes en méchante
compagnie, tu devrais rester silencieux, par
dignité.

— Ma vie a été un trop long silence. Maintenant, je vais me venger du monde entier. Je ne
m'amuserai pas à dissiper de vils écus, j'imite-
rai, je résumerai mon époque en consommant
des vies humaines, et des intelligences, des âmes.
Voilà un luxe qui n'est pas mesquin, n'est-ce pas
l'opulence de la peste ! Je lutterai avec la fièvre
jaune, bleue, verte, avec les armées, avec les

échafauds. Je puis avoir Fœdora. Mais non, je ne veux pas de Fœdora, c'est ma maladie, je meurs de Fœdora ! Je veux oublier Fœdora.

— Si tu continues à crier, je t'emporte dans la salle à manger.

— Vois-tu cette Peau ? c'est le testament de Salomon. Il est à moi, Salomon, ce petit cuistre de roi ! J'ai l'Arabie, Pétrée encore. L'univers à moi. Tu es à moi, si je veux. Ah ! si je veux, prends garde ! Je peux acheter toute ta boutique de journaliste, tu seras mon valet. Tu me feras des couplets, tu régleras mon papier. Valet ! *Valet*, cela veut dire : Il se porte bien, parce qu'il ne pense à rien.

A ce mot, Émile emporta Raphaël dans la salle à manger.

— Eh bien, oui, mon ami, lui dit-il, je suis ton valet. Mais tu vas être rédacteur en chef d'un journal, tais-toi ! Sois décent, par considération pour moi ! M'aimes-tu ?

— Si je t'aime ! Tu auras des cigares de la Havane, avec cette Peau. Toujours la Peau, mon ami, la Peau souveraine ! Excellent topique, je peux guérir les cors. As-tu des cors ? Je te les ôte.

— Jamais je ne l'ai vu si stupide.

— Stupide, mon ami ? Non. Cette peau se rétrécit quand j'ai un désir... c'est une antiphrase. Le brachmane [1], il se trouve un brachmane là-dessous ! le brachmane donc était un goguenard, parce que les désirs, vois-tu, doivent étendre....

— Eh bien, oui.

— Je te dis...

— Oui, cela est très vrai, je pense comme toi. Le désir étend...

— Je te dis, la Peau...

— Oui.

— Tu ne me crois pas. Je te connais, mon ami, tu es menteur comme un nouveau roi [1].

— Comment veux-tu que j'adopte les divagations de ton ivresse ?

— Je te parie, je peux te le prouver. Prenons la mesure.

— Allons, il ne s'endormira pas, s'écria Émile en voyant Raphaël occupé à fureter dans la salle à manger.

Valentin animé d'une adresse de singe, grâce à cette singulière lucidité dont les phénomènes contrastent parfois chez les ivrognes avec les obtuses visions de l'ivresse, sut trouver une écritoire et une serviette, en répétant toujours : Prenons la mesure ! Prenons la mesure !

— Eh bien, oui, reprit Émile, prenons la mesure !

Les deux amis étendirent la serviette et y superposèrent la Peau de chagrin. Émile, dont la main semblait être plus assurée que celle de Raphaël, décrivit à la plume, par une ligne d'encre, les contours du talisman, pendant que son ami lui disait : — J'ai souhaité deux cent mille livres de rentes, n'est-il pas vrai ? Eh bien quand je les aurai, tu verras la diminution de tout mon chagrin.

— Oui, maintenant dors. Veux-tu que je t'arrange sur ce canapé ? Allons, es-tu bien ?

— Oui, mon nourrisson de la Presse. Tu m'amuseras, tu chasseras mes mouches. L'ami

du malheur a droit d'être l'ami du pouvoir.
Aussi, te donnerai-je des ci... ga... res... de la
Hav...

— Allons, cuve ton or, millionnaire.

— Toi, cuve tes articles. Bonsoir. Dis donc
bonsoir à Nabuchodonosor ! Amour ! A boire !
France... gloire et riche... Riche...

Bientôt les deux amis unirent leurs ronflements à la musique qui retentissait dans les
salons. Concert inutile ! Les bougies s'éteignirent
une à une faisant éclater leurs bobèches de
cristal. La nuit enveloppa d'un crêpe cette longue orgie dans laquelle le récit de Raphaël avait
été comme une orgie de paroles, de mots sans
idées, et d'idées auxquelles les expressions
avaient souvent manqué.

Le lendemain, vers midi, la belle Aquilina se
leva, bâillant, fatiguée, et les joues marbrées par
les empreintes du tabouret en velours peint sur
lequel sa tête avait reposé. Euphrasie, réveillée
par le mouvement de sa compagne, se dressa
tout à coup en jetant un cri rauque ; sa jolie
figure, si blanche, si fraîche la veille, était jaune
et pâle comme celle d'une fille allant à l'hôpital.
Insensiblement les convives se remuèrent en
poussant des gémissements sinistres, ils se senti-
rent les bras et les jambes raidis, mille fatigues
diverses les accablèrent à leur réveil. Un valet
vint ouvrir les persiennes et les fenêtres des
salons. L'assemblée se trouva sur pied, rappelée
à la vie par les chauds rayons du soleil qui pétilla
sur les têtes des dormeurs. Les mouvements du
sommeil ayant brisé l'élégant édifice de leurs
coiffures et fané leurs toilettes, les femmes frap-

pées par l'éclat du jour présentèrent un hideux
spectacle : leurs cheveux pendaient sans grâce,
leurs physionomies avaient changé d'expression,
leurs yeux si brillants étaient ternis par la
lassitude. Les teints bilieux qui jettent tant
d'éclat aux lumières faisaient horreur, les figures
lymphatiques, si blanches, si molles quand elles
sont réposées, étaient devenues vertes ; les
bouches naguère délicieuses et rouges, maintenant sèches et blanches, portaient les honteux
stigmates de l'ivresse. Les hommes reniaient
leurs maîtresses nocturnes à les voir ainsi décolorées, cadavéreuses comme des fleurs écrasées
dans une rue après le passage des processions.
Ces hommes dédaigneux étaient plus horribles
encore. Vous eussiez frémi de voir ces faces
humaines, aux yeux caves et cernés qui semblaient ne rien voir, engourdies par le vin,
hébétées par un sommeil gêné, plus fatigant que
réparateur. Ces visages hâves où paraissaient à
nu les appétits physiques sans la poésie dont les
décore notre âme, avaient je ne sais quoi de
féroce et de froidement bestial. Ce réveil du vice
sans vêtements ni fard, ce squelette du mal
déguenillé, froid, vide et privé des sophismes de
l'esprit ou des enchantements du luxe, épou-
vanta ces intrépides athlètes, quelque habitués
qu'ils fussent à lutter avec la débauche. Artistes
et courtisanes gardèrent le silence en examinant
d'un œil hagard le désordre de l'appartement où
tout avait été dévasté, ravagé par le feu des
passions. Un rire satanique s'éleva tout à coup
lorsque Taillefer, entendant le râle sourd de ses
hôtes, essaya de les saluer par une grimace ; son

visage en sueur et sanguinolent fit planer sur cette scène infernale l'image du crime sans remords. (Voir *l'Auberge rouge* [1].) Le tableau fut complet. C'était la vie fangeuse au sein du luxe, un horrible mélange des pompes et des misères humaines, le réveil de la débauche, quand de ses mains fortes, elle a pressé tous les fruits de la vie, pour ne laisser autour d'elle que d'ignobles débris ou des mensonges auxquels elle ne croit plus. Vous eussiez dit la Mort souriant au milieu d'une famille pestiférée : plus de parfums ni de lumières étourdissantes, plus de gaieté ni de désirs ; mais le dégoût avec ses odeurs nauséabondes et sa poignante philosophie, mais le soleil éclatant comme la vérité, mais un air pur comme la vertu, qui contrastaient avec une atmosphère chaude, chargée de miasmes, les miasmes d'une orgie ! Malgré leur habitude du vice, plusieurs de ces jeunes filles pensèrent à leur réveil d'autrefois, quand, innocentes et pures, elles entrevoyaient par leurs croisées champêtres ornées de chèvrefeuilles et de roses un frais paysage enchanté par les joyeuses roulades de l'alouette, vaporeusement illuminé par les lueurs de l'aurore et paré des fantaisies de la rosée. D'autres se peignirent le déjeuner de la famille, la table autour de laquelle riaient innocemment les enfants et le père, où tout respirait un charme indéfinissable, où les mets étaient simples comme les cœurs. Un artiste songeait à la paix de son atelier, à sa chaste statue, au gracieux modèle qui l'attendait. Un jeune homme, se souvenant du procès d'où dépendait le sort d'une famille, pensait à la transaction importante qui réclamait sa présence. Le savant regrettait son cabinet où l'appelait un noble ouvrage. Presque tous se plaignaient d'eux-mêmes. En ce moment, Émile, frais et rose comme le plus joli des commis-marchands d'une boutique en vogue, apparut en riant.

— Vous êtes plus laids que des recors, s'écriat-il. Vous ne pourrez rien faire aujourd'hui ; la journée est perdue, m'est avis de déjeuner.

A ces mots, Taillefer sortit pour donner des ordres. Les femmes allèrent languissamment rétablir le désordre de leurs toilettes devant les glaces. Chacun se secoua. Les plus vicieux prê-·chèrent les plus sages. Les courtisanes se moquèrent de ceux qui paraissaient ne pas se trouver de force à continuer ce rude festin. En un moment, ces spectres s'animèrent, formèrent des groupes, s'interrogèrent et sourirent. Quelques valets habiles et lestes remirent promptement les meubles et chaque chose à sa place. Un déjeuner splendide fut servi. Les convives se ruèrent alors dans la salle à manger. Là, si tout porta l'empreinte ineffaçable des excès de la veille, au moins y eut-il trace d'existence et de pensée comme dans les dernières convulsions d'un mourant. Semblable au convoi du mardi-gras, la saturnale était enterrée par des masques fatigués de leurs danses, ivres de l'ivresse, et voulant convaincre le plaisir d'impuissance pour ne pas s'avouer la leur. Au moment où cette intrépide assemblée borda la table du capitaliste, Cardot, qui, la veille, avait disparu prudemment après le dîner, pour finir son orgie dans le lit conjugal, montra sa figure officieuse sur laquelle errait un doux sourire. Il semblait avoir deviné quelque succession, à déguster, à partager, à inventorier, à grossoyer, une succession pleine d'actes à faire, grosse d'honoraires, aussi juteuse que le filet tremblant dans lequel l'amphitryon plongeait alors son couteau.

— Oh! oh! nous allons déjeuner par-devant notaire, s'écria de Cursy.

— Vous arrivez à propos pour coter et parapher toutes ces pièces, lui dit le banquier en lui montrant le festin.

— Il n'y a pas de testament à faire, mais pour des contrats de mariage, peut-être! dit le savant qui pour la première fois depuis un an s'était supérieurement marié.

— Oh! oh!

— Ah! ah!

— Un instant, répliqua Cardot assourdi par un chœur de mauvaises plaisanteries, je viens ici pour affaire sérieuse. J'apporte six millions à l'un de vous. (Silence profond.) Monsieur, dit-il en s'adressant à Raphaël qui, dans ce moment, s'occupait sans cérémonie à s'essuyer les yeux avec un coin de sa serviette, madame votre mère n'était-elle pas une demoiselle O'Flaharty?

— Oui, répondit Raphaël assez machinalement, *Barbe-Marie.*

— Avez-vous ici, reprit Cardot, votre acte de naissance et celui de madame de Valentin?

— Je le crois.

— Eh bien, monsieur, vous êtes seul et unique héritier du major O'Flaharty, décédé en août 1828, à Calcutta.

— C'est une fortune *incalcuttable !* s'écria le jugeur.

— Le major ayant disposé par son testament de plusieurs sommes en faveur de quelques établissements publics, sa succession a été réclamée à la Compagnie des Indes par le gouvernement français, reprit le notaire. Elle est en ce moment liquide et palpable. Depuis quinze jours je cherchais infructueusement les ayants cause de la demoiselle Barbe-Marie O'Flaharty, lorsque hier à table...

En ce moment, Raphaël se leva soudain en laissant échapper le mouvement brusque d'un homme qui reçoit une blessure. Il se fit comme une acclamation silencieuse, le premier sentiment des convives fut dicté par une sourde envie, tous les yeux se tournèrent vers lui comme autant de flammes. Puis un murmure, semblable à celui d'un parterre qui se courrouce, une rumeur d'émeute commença, grossit, et chacun dit un mot pour saluer cette fortune immense apportée par le notaire. Rendu à toute sa raison par la brusque obéissance du sort, Raphaël étendit promptement sur la table la serviette avec laquelle il avait mesuré naguère la Peau de chagrin. Sans rien écouter, il y superposa le talisman, et frissonna violemment en voyant une petite distance entre le contour tracé sur le linge et celui de la Peau.

— Hé bien ! qu'a-t-il donc ? s'écria Taillefer, il a sa fortune à bon compte.

— *Soutiens-le, Châtillon* [1], dit Bixiou à Émile, la joie va le tuer.

Une horrible pâleur dessina tous les muscles

de la figure flétrie de cet héritier, ses traits se contractèrent, les saillies de son visage blanchirent, les creux devinrent sombres, le masque fut livide, et les yeux se fixèrent. Il voyait la MORT. Ce banquier splendide entouré de courtisanes fanées, de visages rassasiés, cette agonie de la joie, était une vivante image de sa vie. Raphaël regarda trois fois le talisman qui jouait à l'aise dans les impitoyables lignes imprimées sur la serviette, il essayait de douter ; mais un clair pressentiment anéantissait son incrédulité. Le monde lui appartenait, il pouvait tout et ne voulait plus rien. Comme un voyageur au milieu du désert, il avait un peu d'eau pour la soif et devait mesurer sa vie au nombre des gorgées. Il voyait ce que chaque désir devait lui coûter de jours. Puis il croyait à la Peau de chagrin, il s'écoutait respirer, il se sentait déjà malade, il se demandait : Ne suis-je pas pulmonique ? Ma mère n'est-elle pas morte de la poitrine ?

— Ah ! ah ! Raphaël, vous allez bien vous amuser ! Que me donnerez-vous ? disait Aquilina.

— Buvons à la mort de son oncle, le major Martin O'Flaharty ! Voilà un homme.

— Il sera pair de France.

— Bah ! qu'est-ce qu'un pair de France après Juillet ? dit le jugeur.

— Auras-tu loge aux Bouffons ?

— J'espère que vous nous régalerez tous, dit Bixiou.

— Un homme comme lui sait faire grandement les choses, dit Émile.

Le hourra de cette assemblée rieuse résonnait

aux oreilles de Valentin sans qu'il pût saisir le
sens d'un seul mot ; il pensait vaguement à
l'existence mécanique et sans désirs d'un paysan
de Bretagne, chargé d'enfants, labourant son
champ, mangeant du sarrasin, buvant du cidre à
même son *piché*, croyant à la Vierge et au roi,
communiant à Pâques, dansant le dimanche sur
une pelouse verte et ne comprenant pas le
sermon de son *recteur*. Le spectacle offert en ce
moment à ses regards, ces lambris dorés, ces
courtisanes, ce repas, ce luxe, le prenaient à la
gorge et le faisaient tousser.

— Désirez-vous des asperges ? lui cria le banquier.

— *Je ne désire rien*, lui répondit Raphaël d'une
voix tonnante.

— Bravo ! répliqua Taillefer. Vous comprenez
la fortune, elle est un brevet d'impertinence.
Vous êtes des nôtres ! Messieurs, buvons à la
puissance de l'or. Monsieur de Valentin devenu
six fois millionnaire arrive au pouvoir. Il est roi,
il peut tout, il est au-dessus de tout, comme sont
tous les riches. Pour lui désormais, LES FRAN-
ÇAIS SONT ÉGAUX DEVANT LA LOI est un mensonge inscrit en tête de la Charte. Il n'obéira pas
aux lois, les lois lui obéiront. Il n'y a pas
d'échafaud, pas de bourreaux pour les millionnaires !

— Oui, répliqua Raphaël, ils sont eux-mêmes
leurs bourreaux !

— Encore un préjugé ! cria le banquier.

— Buvons, dit Raphaël en mettant le talisman dans sa poche.

— Que fais-tu là ? dit Émile en lui arrêtant la

main. Messieurs, ajouta-t-il en s'adressant à
l'assemblée assez surprise des manières de
Raphaël, apprenez que notre ami de Valentin,
que dis-je ? Monsieur le marquis de Valentin, possède un secret pour faire fortune. Ses
souhaits sont accomplis au moment même où il
les forme. A moins de passer pour un laquais,
pour un homme sans cœur, il va nous enrichir
tous.

— Ah ! mon petit Raphaël, je veux une parure
de perles, s'écria Euphrasie.

— S'il est reconnaissant, il me donnera deux
voitures attelées de beaux chevaux et qui aillent
vite ! dit Aquilina.

— Souhaitez cent mille livres de rente pour
moi.

— Des cachemires !

— Payez mes dettes !

— Envoie une apoplexie à mon oncle, le grand
sec !

— Raphaël, je te tiens quitte à dix mille livres
de rente.

— Voilà bien des donations ! s'écria le notaire.

— Il devrait bien me guérir de la goutte.

— Faites baisser les rentes, s'écria le banquier.

Toutes ces phrases partirent comme les gerbes
du bouquet qui termine un feu d'artifice. Ces
furieux désirs étaient peut-être plus sérieux que
plaisants.

— Mon cher ami, dit Émile d'un air grave, je
me contenterai de deux cent mille livres de
rente, exécute-toi de bonne grâce, allons !

— Émile, dit Raphaël, tu ne sais donc pas à quel prix ?

— Belle excuse ! s'écria le poète. Ne devons-nous pas nous sacrifier pour nos amis ?

— J'ai presque envie de souhaiter votre mort à tous, répondit Valentin en jetant un regard sombre et profond sur les convives.

— Les mourants sont furieusement cruels, dit Émile en riant. Te voilà riche, ajouta-t-il sérieusement, eh bien, je ne te donne pas deux mois pour devenir fangeusement égoïste. Tu es déjà stupide, tu ne comprends pas une plaisanterie. Il ne te manque plus que de croire à ta Peau de chagrin.

Raphaël, qui craignit les moqueries de cette assemblée, garda le silence, but outre mesure et s'enivra pour oublier un moment sa funeste puissance.

L'AGONIE[1]

Dans les premiers jours du mois de décembre, un vieillard septuagénaire allait, malgré la pluie, par la rue de Varenne en levant le nez à la porte de chaque hôtel, et cherchant l'adresse de monsieur le marquis de Valentin, avec la naïveté d'un enfant et l'air absorbé des philosophes. L'empreinte d'un violent chagrin aux prises avec un caractère despotique éclatait sur cette figure accompagnée de longs cheveux gris en désordre, desséchée comme un vieux parchemin qui se tord dans le feu. Si quelque peintre eût rencontré ce singulier personnage, vêtu de noir, maigre et ossu, sans doute il l'aurait, de retour à l'atelier, transfiguré sur son album, en inscrivant au-dessous du portrait : *Poète classique en quête d'une rime.* Après avoir vérifié le numéro qui lui avait été indiqué, cette vivante palingénésie de Rollin frappa doucement à la porte d'un magnifique hôtel.

— Monsieur Raphaël y est-il ? demanda le bonhomme à un suisse en livrée.

— Monsieur le marquis ne reçoit personne, répondit le valet en avalant une énorme mouillette qu'il retirait d'un large bol de café.

— Sa voiture est là, répondit le vieil inconnu en montrant un brillant équipage arrêté sous le dais de bois qui représentait une tente de coutil et par lequel les marches du perron étaient abritées. Il va sortir, je l'attendrai.

— Ah! mon ancien, vous pourriez bien rester ici jusqu'à demain matin, reprit le suisse. Il y a toujours une voiture prête pour monsieur. Mais sortez, je vous prie, je perdrais six cents francs de rente viagère si je laissais une seule fois entrer sans ordre une personne étrangère à l'hôtel.

En ce moment, un grand vieillard dont le costume ressemblait assez à celui d'un huissier ministériel sortit du vestibule et descendit précipitamment quelques marches en examinant le vieux solliciteur ébahi.

— Au surplus, voici monsieur Jonathas, dit le suisse. Parlez-lui.

Les deux vieillards, attirés l'un vers l'autre par une sympathie ou par une curiosité mutuelle, se rencontrèrent au milieu de la vaste cour d'honneur, à un rond-point où croissaient quelques touffes d'herbes entre les pavés. Un silence effrayant régnait dans cet hôtel. En voyant Jonathas, vous eussiez voulu pénétrer le mystère qui planait sur sa figure, et dont parlaient les moindres choses dans cette maison morne. Le premier soin de Raphaël, en recueillant l'immense succession de son oncle, avait été de découvrir où vivait le vieux serviteur dévoué sur l'affection duquel il pouvait compter. Jonathas pleura de joie en revoyant son jeune maître auquel il croyait avoir dit un éternel adieu ; mais rien n'égala son bonheur quand le marquis le promut aux éminentes fonctions d'intendant. Le vieux Jonathas devint une puissance intermédiaire placée entre Raphaël et le monde entier. Ordonnateur suprême de la fortune de son maître, exécuteur aveugle d'une pensée inconnue, il était comme un sixième sens à travers lequel les émotions de la vie arrivaient à Raphaël.

— Monsieur, je désirerais parler à monsieur Raphaël, dit le vieillard à Jonathas en montant quelques marches du perron pour se mettre à l'abri de la pluie.

— Parler à monsieur le marquis ! s'écria l'intendant. A peine m'adresse-t-il la parole, à moi son père nourricier.

— Mais je suis aussi son père nourricier, s'écria le vieil homme. Si votre femme l'a jadis allaité, je lui ai fait sucer moi-même le sein des muses. Il est mon nourrisson, mon enfant, *carus alumnus !* J'ai façonné sa cervelle, cultivé son entendement, développé son génie, et, j'ose le dire, à mon honneur et gloire. N'est-il pas un des hommes les plus remarquables de notre époque ? Je l'ai eu, sous moi, en sixième, en troisième et en rhétorique. Je suis son professeur.

— Ah ! monsieur est monsieur Porriquet.

— Précisément. Mais monsieur...

— Chut, chut ! fit Jonathas à deux marmitons dont les voix rompaient le silence claustral dans lequel la maison était ensevelie.

— Mais, monsieur, reprit le professeur, monsieur le marquis serait-il malade ?

— Mon cher monsieur, répondit Jonathas, Dieu sait ce qui tient mon maître. Voyez-vous, il n'existe pas à Paris deux maisons semblables à

la nôtre. Entendez-vous ? deux maisons. Ma foi,
non. Monsieur le marquis a fait acheter cet hôtel
qui appartenait précédemment à un duc et pair.
Il a dépensé trois cent mille francs pour le
meubler. Voyez-vous ? c'est une somme, trois
cent mille francs. Mais chaque pièce de notre
maison est un vrai miracle. Bon ! me suis-je dit
en voyant cette magnificence, c'est comme chez
défunt monsieur son grand-père ! Le jeune marquis va recevoir la ville et la cour ! Point.
Monsieur n'a voulu voir personne. Il mène une
drôle de vie, monsieur Porriquet, entendez-
vous ? une vie inconciliable. Monsieur se lève
tous les jours à la même heure. Il n'y a que moi,
moi seul, voyez-vous ? qui puisse entrer dans sa
chambre. J'ouvre à sept heures, été comme
hiver. Cela est convenu singulièrement. Étant
entré, je lui dis : Monsieur le marquis, il faut
vous réveiller et vous habiller. Il se réveille et
s'habille. Je dois lui donner sa robe de chambre,
toujours faite de la même façon et de la même
étoffe. Je suis obligé de la remplacer quand elle
ne pourra plus servir, rien que pour lui éviter la
peine d'en demander une neuve. C'te imagination ! Au fait, il a mille francs à manger par jour,
il fait ce qu'il veut, ce cher enfant. D'ailleurs, je
l'aime tant, qu'il me donnerait un soufflet sur la
joue droite, je lui tendrais la gauche ! Il me dirait
de faire des choses plus difficiles, je les ferais
encore, entendez-vous ? Au reste, il m'a chargé
de tant de vétilles, que j'ai de quoi m'occuper. Il
lit les journaux, pas vrai ? Ordre de les mettre au
même endroit, sur la même table. Je viens aussi,
à la même heure, lui faire moi-même la barbe et

je ne tremble pas. Le cuisinier perdrait mille écus de rente viagère qui l'attendent après la mort de monsieur, si le déjeuner ne se trouvait pas inconciliablement servi devant monsieur, à dix heures, tous les matins, et le dîner à cinq heures précises. Le menu est dressé pour l'année entière, jour par jour. Monsieur le marquis n'a rien à souhaiter. Il a des fraises quand il y a des fraises, et le premier maquereau qui arrive à Paris, il le mange. Le programme est imprimé, il sait le matin son dîner par cœur. Pour lors, il s'habille à la même heure avec les mêmes habits, le même linge, posés toujours par moi, entendez-vous ? sur le même fauteuil. Je dois encore veiller à ce qu'il ait toujours le même drap ; en cas de besoin, si sa redingote s'abîme, une supposition, la remplacer par une autre, sans lui en dire un mot. S'il fait beau, j'entre et je dis à mon maître :- Vous devriez sortir, monsieur ! Il me répond oui, ou non. S'il a idée de se promener, il n'attend pas ses chevaux, ils sont toujours attelés ; le cocher reste inconciliablement, fouet en main, comme vous le voyez là. Le soir, après le dîner, monsieur va un jour à l'Opéra et l'autre aux Ital... mais non, il n'est pas encore allé aux Italiens, je n'ai pu me procurer une loge qu'hier. Puis, il rentre à onze heures précises pour se coucher. Pendant les intervalles de la journée où il ne fait rien, il lit, il lit toujours, voyez-vous ? une idée qu'il a. J'ai ordre de lire avant lui le *Journal de la librairie*, afin d'acheter des livres nouveaux, afin qu'il les trouve le jour même de leur vente sur sa cheminée. J'ai la consigne d'entrer d'heure en heure chez lui, pour veiller

au feu, à tout, pour voir à ce que rien ne lui
manque ; il m'a donné, monsieur, un petit livre à
apprendre par cœur, et où sont écrits tous mes
devoirs, un vrai catéchisme. En été, je dois,
avec des tas de glace, maintenir la température
au même degré de fraîcheur, et mettre en tout
temps des fleurs nouvelles partout. Il est riche !
Il a mille francs à manger par jour, il peut faire
ses fantaisies. Il a été privé assez longtemps du
nécessaire, le pauvre enfant ! Il ne tourmente
personne, il est bon comme le bon pain, jamais il
ne dit mot, mais, par exemple, silence complet à
l'hôtel et dans le jardin ! Enfin, mon maître n'a
pas un seul désir à former, tout marche au doigt
et à l'œil, et *recta !* Et il a raison, si l'on ne tient
pas les domestiques, tout va à la débandade. Je
lui dis tout ce qu'il doit faire, et il m'écoute. Vous
ne sauriez croire à quel point il a poussé la chose.
Ses appartements sont... en... en comment donc ?
ah ! en enfilade. Eh bien, il ouvre, une supposition, la porte de sa chambre ou de son cabinet,
crac ! toutes les portes s'ouvrent d'elles-mêmes
par un mécanisme. Pour lors, il peut aller d'un
bout à l'autre de sa maison sans trouver une
seule porte fermée. C'est gentil et commode et
agréable pour nous autres ! Ça nous a coûté gros
par exemple ! Enfin, finalement, monsieur Porriquet, il m'a dit : « Jonathas, tu auras soin de moi
comme d'un enfant au maillot. Au maillot, oui,
monsieur, au maillot qu'il a dit. Tu penseras à
mes besoins, pour moi. » Je suis le maître,
entendez-vous ? et il est quasiment le domestique. Le pourquoi ? Ah ! par exemple, voilà ce que

personne au monde ne sait que lui et le bon Dieu. C'est inconciliable !

— Il fait un poème, s'écria le vieux professeur.

— Vous croyez, monsieur, qu'il fait un poème ? C'est donc bien assujettissant, ça ! Mais, voyez-vous, je ne crois pas. Il me répète souvent qu'il veut vivre comme une vergétation, en vergétant. Et pas plus tard qu'hier, monsieur Porriquet, il regardait une tulipe, et il disait en s'habillant : « Voilà ma vie. Je vergète, mon pauvre Jonathas. » A cette heure, d'autres prétendent qu'il est *monomane*. C'est inconciliable !

— Tout me prouve, Jonathas, reprit le professeur avec une gravité magistrale qui imprima un profond respect au vieux valet de chambre, que votre maître s'occupe d'un grand ouvrage. Il est plongé dans de vastes méditations, et ne veut pas en être distrait par les préoccupations de la vie vulgaire. Au milieu de ses travaux intellectuels, un homme de génie oublie tout. Un jour le célèbre Newton...

— Ah ! Newton, bien, dit Jonathas. Je ne le connais pas.

— Newton, un grand géomètre, reprit Porriquet, passa vingt-quatre heures, le coude appuyé sur une table ; quand il sortit de sa rêverie, il croyait le lendemain être encore à la veille, comme s'il eût dormi. Je vais aller le voir, ce cher enfant, je peux lui être utile.

— Minute, s'écria Jonathas. Vous seriez le roi de France, l'ancien, s'entend ! que vous n'entreriez pas à moins de forcer les portes et de me marcher sur le corps. Mais, monsieur Porriquet, je cours lui dire que vous êtes là, et je lui

demanderai comme ça : Faut-il le faire monter ?
Il répondra *oui* ou *non*. Jamais je ne lui dis :
Souhaitez-vous ? voulez-vous ? désirez-vous ? Ces
mots-là sont rayés de la conversation. Une fois il
m'en est échappé un. — Veux-tu me faire mourir ? m'a-t-il dit, tout en colère.

Jonathas laissa le vieux professeur dans le
vestibule, en lui faisant signe de ne pas avancer ;
mais il revint promptement avec une réponse
favorable, et conduisit le vieil émérite [1] à travers
de somptueux appartements dont toutes les
portes étaient ouvertes. Porriquet aperçut de
loin son élève au coin d'une cheminée. Enveloppé d'une robe de chambre à grands dessins, et
plongé dans un fauteuil à ressorts, Raphaël lisait
le journal. L'extrême mélancolie à laquelle il
paraissait être en proie était exprimée par l'attitude maladive de son corps affaissé ; elle était
peinte sur son front, sur son visage pâle comme
une fleur étiolée. Une sorte de grâce efféminée et
les bizarreries particulières aux malades riches
distinguaient sa personne. Ses mains, semblables à celles d'une jolie femme, avaient une
blancheur molle et délicate. Ses cheveux blonds,
devenus rares, se bouclaient autour de ses
tempes par une coquetterie recherchée. Une
calotte grecque, entraînée par un gland trop
lourd pour le léger cachemire dont elle était
faite, pendait sur un côté de sa tête. Il avait laissé
tomber à ses pieds le couteau de malachite
enrichi d'or dont il s'était servi pour couper les
feuillets d'un livre. Sur ses genoux était le bec
d'ambre d'un magnifique houka de l'Inde dont
les spirales émaillées gisaient comme un serpent

dans sa chambre, et il oubliait d'en sucer les
frais parfums. Cependant la faiblesse générale de
son jeune corps était démentie par des yeux
bleus où toute la vie semblait s'être retirée, où
brillait un sentiment extraordinaire qui saisissait tout d'abord. Ce regard faisait mal à voir.
Les uns pouvaient y lire du désespoir ; d'autres y
deviner un combat intérieur, aussi terrible qu'un
remords. C'était le coup d'œil profond de l'im-
puissant qui refoule ses désirs au fond de son
cœur, ou celui de l'avare jouissant par la pensée
de tous les plaisirs que son argent pourrait lui
procurer, et s'y refusant pour ne pas amoindrir
son trésor ; ou le regard du Prométhée enchaîné,
de Napoléon déchu qui apprend à l'Élysée, en
1815, la faute stratégique commise par ses ennemis, qui demande le commandement pour vingt-
quatre heures et ne l'obtient pas. Véritable
regard de conquérant et de damné ! et, mieux
encore, le regard que plusieurs mois auparavant
Raphaël avait jeté sur la Seine ou sur sa dernière
pièce d'or mise au jeu. Il soumettait sa volonté,
son intelligence, au grossier bon sens d'un vieux
paysan à peine civilisé par une domesticité de
cinquante années. Presque joyeux de devenir une
sorte d'automate, il abdiquait la vie pour vivre,
et dépouillait son âme de toutes les poésies du
désir. Pour mieux lutter avec la cruelle puissance dont il avait accepté le défi, il s'était fait
chaste à la manière d'Origène, en châtrant son
imagination. Le lendemain du jour où, soudainement enrichi par un testament, il avait vu
décroître la Peau de chagrin, il s'était trouvé
chez son notaire. Là, un médecin assez en vogue

avait raconté sérieusement, au dessert, la manière dont un Suisse attaqué de pulmonie s'en était guéri. Cet homme n'avait pas dit un mot pendant dix ans, et s'était soumis à ne respirer que six fois par minute dans l'air épais d'une vacherie, en suivant un régime alimentaire extrêmement doux. Je serai cet homme ! se dit en lui-même Raphaël, qui voulait vivre à tout prix. Au sein du luxe, il mena la vie d'une machine à vapeur. Quand le vieux professeur envisagea ce jeune cadavre, il tressaillit ; tout lui semblait artificiel dans ce corps fluet et débile. En apercevant le marquis à l'œil dévorant, au front chargé de pensées, il ne put reconnaître l'élève au teint frais et rose, aux membres juvéniles, dont il avait gardé le souvenir. Si le classique bonhomme, critique sagace et conservateur du bon goût, avait lu lord Byron, il aurait cru voir Manfred là où il eût voulu voir Childe Harold.

— Bonjour, père Porriquet, dit Raphaël à son professeur en pressant les doigts glacés du vieillard dans une main brûlante et moite. Comment vous portez-vous ?

— Mais moi je vais bien, répondit le vieillard effrayé par le contact de cette main fiévreuse. Et vous ?

— Oh ! j'espère me maintenir en bonne santé.

— Vous travaillez sans doute à quelque bel ouvrage ?

— Non, répondit Raphaël. *Exegi monumentum* [1], père Porriquet, j'ai achevé une grande page, et j'ai dit adieu pour toujours à la Science. A peine sais-je où se trouve mon manuscrit.

— Le style en est pur, sans doute ? demanda le professeur. Vous n'aurez pas, j'espère, adopté le langage barbare de cette nouvelle école qui croit faire merveille en inventant Ronsard.

— Mon ouvrage est une œuvre purement physiologique.

— Oh ! tout est dit, reprit le professeur. Dans les sciences, la grammaire doit se prêter aux exigences des découvertes. Néanmoins, mon enfant, un style clair, harmonieux, la langue de Massillon, de M. de Buffon, du grand Racine, un style classique, enfin, ne gâte jamais rien. Mais, mon ami, reprit le professeur en s'interrompant, j'oubliais l'objet de ma visite. C'est une visite intéressée.

Se rappelant trop tard la verbeuse élégance et les éloquentes périphrases auxquelles un long professorat avait habitué son maître, Raphaël se repentit presque de l'avoir reçu ; mais au moment où il allait souhaiter de le voir dehors, il comprima promptement son secret désir en jetant un furtif coup d'œil à la Peau de chagrin, suspendue devant lui et appliquée sur une étoffe blanche où ses contours fatidiques étaient soigneusement dessinés par une ligne rouge qui l'encadrait exactement. Depuis la fatale orgie, Raphaël étouffait le plus léger de ses caprices, et vivait de manière à ne pas causer le moindre tressaillement à ce terrible talisman. La Peau de chagrin était comme un tigre avec qui il lui fallait vivre, sans en réveiller la férocité. Il écouta donc patiemment les amplifications du vieux professeur, le père Porriquet mit une heure à lui raconter les persécutions dont il était devenu l'objet depuis la révolution de Juillet. Le bonhomme, voulant un gouvernement fort, avait émis le vœu patriotique de laisser les épiciers à leurs comptoirs, les hommes d'État au maniement des affaires publiques, les avocats au Palais, les pairs de France au Luxembourg ; mais un des ministres populaires du roi-citoyen l'avait banni de sa chaire en l'accusant de carlisme. Le vieillard se trouvait sans place, sans retraite et sans pain. Étant la providence d'un pauvre neveu dont il payait la pension au séminaire de Saint-Sulpice, il venait, moins pour lui-même que pour son enfant adoptif, prier son ancien élève de réclamer auprès du nouveau ministre, non sa réintégration, mais l'emploi de proviseur dans quelque collège de province. Raphaël était en proie à une somnolence invincible, lorsque la voix monotone du bonhomme cessa de retentir à ses oreilles. Obligé par politesse de regarder les yeux blancs et presque immobiles de ce vieillard au débit lent et lourd, il avait été stupéfié, magnétisé par une inexplicable force d'inertie.

— Eh bien, mon bon père Porriquet, répliqua-t-il sans savoir précisément à quelle interrogation il répondait, je n'y puis rien du tout. *Je souhaite bien vivement* que vous réussissiez...

En ce moment, sans apercevoir l'effet que produisirent sur le front jaune et ridé du vieillard ces banales paroles, pleines d'égoïsme et d'insouciance, Raphaël se dressa comme un jeune chevreuil effrayé. Il vit une légère ligne blanche entre le bord de la peau noire et le

dessin rouge ; il poussa un cri si terrible que le
pauvre professeur en fut épouvanté.

— Allez, vieille bête ! s'écria-t-il, vous serez
nommé proviseur ! Ne pouviez-vous pas me
demander une rente viagère de mille écus plutôt
qu'un souhait homicide ? Votre visite ne m'aurait rien coûté. Il y a cent mille emplois en
France, et je n'ai qu'une vie ! Une vie d'homme
vaut plus que tous les emplois du monde.
Jonathas !

Jonathas parut.

— Voilà de tes œuvres, triple sot, pourquoi
m'as-tu proposé de recevoir monsieur ? dit-il en
lui montrant le vieillard pétrifié. T'ai-je remis
mon âme entre les mains pour la déchirer ? Tu
m'arraches en ce moment dix années d'existence ! Encore une faute comme celle-ci, et tu me
conduiras à la demeure où j'ai conduit mon père.
N'aurais-je pas mieux aimé posséder la belle
Fœdora que d'obliger cette vieille carcasse,
espèce de haillon humain ? J'ai de l'or pour lui.
D'ailleurs quand tous les Porriquet du monde
mourraient de faim, qu'est-ce que cela me
ferait ?

La colère avait blanchi le visage de Raphaël ;
une légère écume sillonnait ses lèvres tremblantes, et l'expression de ses yeux était sangui-
naire. A cet aspect, les deux vieillards furent
saisis d'un tressaillement convulsif, comme deux
enfants en présence d'un serpent. Le jeune
homme tomba sur son fauteuil ; il se fit une sorte
de réaction dans son âme, des larmes coulèrent
abondamment de ses yeux flamboyants.

— Oh ! ma vie ! ma belle vie ! dit-il. Plus de

bienfaisantes pensées ! plus d'amour ! plus rien !
Il se tourna vers le professeur. Le mal est fait,
mon vieil ami, reprit-il d'une voix douce. Je vous
aurai largement récompensé de vos soins. Et
mon malheur aura, du moins, produit le bien
d'un bon et digne homme.

Il y avait tant d'âme dans l'accent qui nuança
ces paroles presque inintelligibles, que les deux
vieillards pleurèrent comme on pleure en entendant un air attendrissant chanté dans une langue étrangère.

— Il est épileptique, dit Porriquet à voix
basse.

— Je reconnais votre bonté, mon ami, reprit
doucement Raphaël, vous voulez m'excuser. La
maladie est un accident, l'inhumanité serait un
vice. Laissez-moi maintenant, ajouta-t-il. Vous
recevrez demain ou après-demain, peut-être
même ce soir, votre nomination, car la *résistance*
a triomphé du *mouvement*. Adieu.

Le vieillard se retira, pénétré d'horreur et en
proie à de vives inquiétudes sur la santé morale
de Valentin. Cette scène avait eu pour lui quelque chose de surnaturel. Il doutait de lui-même
et s'interrogeait comme s'il se fût réveillé, après
un songe pénible.

— Écoute, Jonathas, reprit le jeune homme en
s'adressant à son vieux serviteur. Tâche de
comprendre la mission que je t'ai confiée !

— Oui, monsieur le marquis.

— Je suis comme un homme mis hors la loi
commune.

— Oui, monsieur le marquis.

— Toutes les jouissances de la vie se jouent

autour de mon lit de mort et dansent comme de belles femmes devant moi ; si je les appelle, je meurs. Toujours la mort ! Tu dois être une barrière entre le monde et moi.

— Oui, monsieur le marquis, dit le vieux valet en essuyant les gouttes de sueur qui chargeaient son front ridé. Mais, si vous ne voulez pas voir de belles femmes, comment ferez-vous ce soir aux Italiens ? Une famille anglaise qui repart pour Londres m'a cédé le reste de son abonnement, et vous avez une belle loge. Oh ! une loge superbe, aux premières.

Tombé dans une profonde rêverie, Raphaël n'écoutait plus.

Voyez-vous cette fastueuse voiture, ce coupé simple en dehors, de couleur brune, mais sur les panneaux duquel brille l'écusson d'une antique et noble famille ? Quand ce coupé passe rapidement, les grisettes l'admirent, en convoitent le satin jaune, le tapis de la Savonnerie, la passementerie fraîche comme une paille de riz, les moelleux coussins, et les glaces muettes. Deux laquais en livrée se tiennent derrière cette voiture aristocratique ; mais au fond, sur la soie, gît une tête brûlante aux yeux cernés, la tête de Raphaël, triste et pensif. Fatale image de la richesse ! Il court à travers Paris comme une fusée, arrive au péristyle du théâtre Favart, le marchepied se déploie, ses deux valets le soutiennent, une foule envieuse le regarde. — Qu'a-t-il fait, celui-là, pour être si riche ? dit un pauvre étudiant en droit, qui, faute d'un écu, ne pouvait entendre les magiques accords de Rossini. Raphaël marchait lentement dans les corridors

de la salle, il ne se promettait aucune jouissance
de ces plaisirs si fort enviés jadis. En attendant
le second acte de la *Semiramide*[1], il se promenait
au foyer, errait à travers les galeries, insouciant
de sa loge dans laquelle il n'était pas encore
entré. Le sentiment de la propriété n'existait
déjà plus au fond de son cœur. Semblable à tous
les malades, il ne songeait qu'à son mal. Appuyé
sur le manteau de la cheminée, autour de
laquelle abondaient, au milieu du foyer, les
jeunes et vieux élégants, d'anciens et de nouveaux ministres, des pairs sans pairie, et des
pairies sans pair, telles que les a faites la révolution de Juillet, enfin tout un monde de spéculateurs et de journalistes, Raphaël vit à quelques
pas de lui, parmi toutes les têtes, une figure
étrange et surnaturelle. Il s'avança en clignant
les yeux fort insolemment vers cet être bizarre,
afin de le contempler de plus près. Quelle admirable peinture ! se dit-il. Les sourcils, les cheveux, la virgule à la Mazarin que montrait
vaniteusement l'inconnu, étaient teints en noir ;
mais, appliqué sur une chevelure sans doute trop
blanche, le cosmétique avait produit une couleur
violâtre et fausse dont les teintes changeaient
suivant les reflets plus ou moins vifs des
lumières. Son visage étroit et plat, dont les rides
étaient comblées par d'épaisses couches de
rouge et de blanc, exprimait à la fois la ruse et
l'inquiétude. Cette enluminure manquait à quelques endroits de la face et faisait singulièrement
ressortir sa décrépitude et son teint plombé ;
aussi était-il impossible de ne pas rire en voyant
cette tête au menton pointu, au front proémi-

nent, assez semblable à ces grotesques figures de bois sculptées en Allemagne par les bergers pendant leurs loisirs. En examinant tour à tour ce vieil Adonis et Raphaël, un observateur aurait cru reconnaître dans le marquis les yeux d'un jeune homme sous le masque d'un vieillard, et dans l'inconnu les yeux ternes d'un vieillard sous le masque d'un jeune homme. Valentin cherchait à se rappeler en quelle circonstance il avait vu ce petit vieux sec, bien cravaté, botté en adulte, qui faisait sonner ses éperons et se croisait les bras comme s'il avait toutes les forces d'une pétulante jeunesse à dépenser. Sa démarche n'accusait rien de gêné, ni d'artificiel. Son élégant habit, soigneusement boutonné, déguisait une antique et forte charpente, en lui donnant la tournure d'un vieux fat qui suit encore les modes. Cette espèce de poupée pleine de vie avait pour Raphaël tous les charmes d'une apparition, et il le contemplait comme un vieux Rembrandt enfumé, récemment restauré, verni, mis dans un cadre neuf. Cette comparaison lui fit retrouver la trace de la vérité dans ses confus souvenirs : il reconnut le marchand de curiosités, l'homme auquel il devait son malheur. En ce moment, un rire muet échappait à ce fantastique personnage, et se dessinait sur ses lèvres froides, tendues par un faux râtelier. A ce rire la vive imagination de Raphaël lui montra dans cet homme de frappantes ressemblances avec la tête idéale que les peintres ont donnée au Méphisto-phélès de Goethe. Mille superstitions s'emparè-rent de l'âme forte de Raphaël, il crut alors à la puissance du démon, à tous les sortilèges rappor-

tés dans les légendes du Moyen Âge et mises en
œuvre par les poètes. Se refusant avec horreur
au rôle de Faust, il invoqua soudain le ciel,
ayant, comme les mourants, une foi fervente en
Dieu, en la vierge Marie. Une radieuse et fraîche
lumière lui permit d'apercevoir le ciel de Michel-
Ange et de Sanzio d'Urbin : des nuages, un
vieillard à la barbe blanche, des têtes ailées, une
belle femme assise dans une auréole. Maintenant
il comprenait, il adoptait ces admirables créations dont les fantaisies presque humaines lui
expliquaient son aventure et lui permettaient
encore un espoir. Mais quand ses yeux retombè-
rent sur le foyer des Italiens, au lieu de la Vierge
il vit une ravissante fille, la détestable Euphrasie, cette danseuse au corps souple et léger, qui,
vêtue d'une robe éclatante, couverte de perles
orientales, arrivait impatiente de son vieillard
impatient, et venait se montrer, insolente, le
front hardi, les yeux pétillants, à ce monde
envieux et spéculateur pour témoigner de la
richesse sans bornes du marchand dont elle
dissipait les trésors. Raphaël se souvint du souhait goguenard par lequel il avait accueilli le
fatal présent du vieux homme, et savoura tous
les plaisirs de la vengeance en contemplant
l'humiliation profonde de cette sagesse sublime,
dont naguère la chute semblait impossible. Le
funèbre sourire du centenaire s'adressait à
Euphrasie qui répondit par un mot d'amour ; il
lui offrit son bras desséché, fit deux ou trois fois
le tour du foyer, recueillit avec délices les
regards de passion et les compliments jetés par
la foule à sa maîtresse, sans voir les rires dédai-

gneux, sans entendre les railleries mordantes
dont il était l'objet.

— Dans quel cimetière cette jeune goule a-
t-elle déterré ce cadavre ? s'écria le plus élégant
de tous les romantiques.

Euphrasie se prit à sourire. Le railleur était un
jeune homme aux cheveux blonds, aux yeux
bleus et brillants, svelte, portant moustache,
ayant un frac écourté, le chapeau sur l'oreille, la
repartie vive, tout le langage du genre.

— Combien de vieillards, se dit Raphaël en
lui-même, couronnent une vie de probité, de
travail, de vertu, par une folie. Celui-ci a les
pieds froids et fait l'amour.

— Hé bien, monsieur, s'écria Valentin en arrêtant le marchand et lançant une œillade à
Euphrasie, ne vous souvenez-vous plus des
sévères maximes de votre philosophie ?

— Ah ! répondit le marchand d'une voix déjà
cassée, je suis maintenant heureux comme un
jeune homme. J'avais pris l'existence au rebours.
Il y a toute une vie dans une heure d'amour.

En ce moment, les spectateurs entendirent la
sonnette de rappel et quittèrent le foyer pour se
rendre à leurs places. Le vieillard et Raphaël se
séparèrent. En entrant dans sa loge, le marquis
aperçut Fœdora, placée à l'autre côté de la salle
précisément en face de lui. Sans doute arrivée
depuis peu, la comtesse rejetait son écharpe en
arrière, se découvrait le cou, faisait les petits
mouvements indescriptibles d'une coquette
occupée à se poser : tous les regards étaient
concentrés sur elle. Un jeune pair de France
l'accompagnait, elle lui demanda la lorgnette

qu'elle lui avait donnée à porter. A son geste, à la
manière dont elle regarda ce nouveau parte-
naire, Raphaël devina la tyrannie à laquelle son
successeur était soumis. Fasciné sans doute
comme il l'avait été jadis, dupé comme lui,
comme lui luttant avec toute la puissance d'un
amour vrai contre les froids calculs de cette
femme, ce jeune homme devait souffrir les tourments auxquels Valentin avait heureusement
renoncé. Une joie inexprimable anima la figure
de Fœdora, quand, après avoir braqué sa lorgnette sur toutes les loges, et rapidement examiné les toilettes, elle eut la conscience d'écraser
par sa parure et par sa beauté les plus jolies, les
plus élégantes femmes de Paris ; elle se mit à rire
pour montrer ses dents blanches, agita sa tête
ornée de fleurs pour se faire admirer, son regard
alla de loge en loge, se moquant d'un béret
gauchement posé sur le front d'une princesse
russe ou d'un chapeau manqué qui coiffait horri-
blement mal la fille d'un banquier. Tout à coup
elle pâlit en rencontrant les yeux fixes de
Raphaël, son amant dédaigné la foudroya par un
intolérable coup d'œil de mépris. Quand aucun
de ses amants bannis ne méconnaissait sa puissance, Valentin, seul dans le monde, était à l'abri
de ses séductions. Un pouvoir impunément
bravé touche à sa ruine. Cette maxime est gravée
plus profondément au cœur d'une femme qu'à la
tête des rois. Aussi Fœdora voyait-elle en
Raphaël la mort de ses prestiges et de sa coquetterie. Un mot, dit par lui la veille à l'Opéra, était
déjà devenu célèbre dans les salons de Paris. Le
tranchant de cette terrible épigramme avait fait

à la comtesse une blessure incurable. En France, nous savons cautériser une plaie, mais nous n'y connaissons pas encore de remède au mal que produit une phrase. Au moment où toutes les femmes regardèrent alternativement le marquis et la comtesse, Fœdora aurait voulu l'abîmer dans les oubliettes de quelque Bastille, car malgré son talent pour la dissimulation, ses rivales devinèrent sa souffrance. Enfin sa dernière consolation lui échappa. Ces mots délicieux : Je suis la plus belle ! cette phrase éternelle qui calmait tous les chagrins de sa vanité, devint un mensonge. A l'ouverture du second acte, une femme vint se placer près de Raphaël, dans une loge qui jusqu'alors était restée vide. Le parterre entier laissa échapper un murmure d'admiration. Cette mer de faces humaines agita ses lames intelligentes et tous les yeux regardèrent l'inconnue. Jeunes et vieux firent un tumulte si prolongé que, pendant le lever du rideau, les musiciens de l'orchestre se tournèrent d'abord pour réclamer le silence ; mais ils s'unirent aux applaudissements et en accrurent les confuses rumeurs. Des conversations animées s'établirent dans chaque loge. Les femmes s'étaient toutes armées de leurs jumelles, les vieillards rajeunis nettoyaient avec la peau de leurs gants le verre de leurs lorgnettes. L'enthousiasme se calma par degrés, les chants retentirent sur la scène, tout rentra dans l'ordre. La bonne compagnie, honteuse d'avoir cédé à un mouvement naturel, reprit la froideur aristocratique de ses manières polies. Les riches veulent ne s'étonner de rien, ils doivent reconnaître au premier aspect d'une

belle œuvre le défaut qui les dispensera de
l'admiration, sentiment vulgaire. Cependant
quelques hommes restèrent immobiles sans
écouter la musique, perdus dans un ravissement
naïf, occupés à contempler la voisine de
Raphaël. Valentin aperçut dans une baignoire,
et près d'Aquilina, l'ignoble et sanglante figure
de Taillefer, qui lui adressait une grimace appro-
bative. Puis il vit Émile, qui, debout à l'orchestre, semblait lui dire : — Mais regarde donc la
belle créature qui est près de toi ! Enfin Rastignac, assis près de madame de Nucingen et de sa
fille, tortillait ses gants comme un homme au
désespoir d'être enchaîné là, sans pouvoir aller
près de la divine inconnue. La vie de Raphaël
dépendait d'un pacte encore inviolé qu'il avait
fait lui-même, il s'était promis de ne jamais
regarder attentivement aucune femme et pour se
mettre à l'abri d'une tentation, il portait un
lorgnon dont le verre microscopique, artistement disposé, détruisait l'harmonie des plus
beaux traits, en leur donnant un hideux aspect.
Encore en proie à la terreur qui l'avait saisi le
matin, quand pour un simple vœu de politesse
le talisman s'était si promptement resserré,
Raphaël résolut fermement de ne pas se retourner vers sa voisine. Assis comme une duchesse, il
présentait le dos au coin de sa loge, et dérobait
avec impertinence la moitié de la scène à l'inconnue, ayant l'air de la mépriser, d'ignorer même
qu'une jolie femme se trouvât derrière lui. La
voisine copiait avec exactitude la posture de
Valentin. Elle avait appuyé son coude sur le bord
de la loge, et se mettait la tête de trois quarts, en

regardant les chanteurs, comme si elle se fût
posée devant un peintre. Ces deux personnes
ressemblaient à deux amants brouillés qui se
boudent, se tournent le dos et vont s'embrasser
au premier mot d'amour. Par moments, les
légers marabouts ou les cheveux de l'inconnue
effleuraient la tête de Raphaël et lui causaient
une sensation voluptueuse contre laquelle il
luttait courageusement ; bientôt il sentit le doux
contact des ruches de blonde qui garnissaient le
tour de la robe, la robe elle-même fit entendre le
murmure efféminé de ses plis, frissonnement
plein de molles sorcelleries ; enfin le mouvement
imperceptible imprimé par la respiration à la
poitrine, au dos, aux vêtements de cette jolie
femme, toute sa vie suave se communiqua soudain à Raphaël comme une étincelle électrique ;
le tulle et la dentelle transmirent fidèlement à
son épaule chatouillée la délicieuse chaleur de ce
dos blanc et nu. Par un caprice de la nature, ces
deux êtres, désunis par le bon ton, séparés par
les abîmes de la mort, respirèrent ensemble et
pensèrent peut-être l'un à l'autre. Les péné-
parfums de l'aloès [1] achevèrent d'enivrer
Raphaël. Son imagination irritée par un obsta-
cle, et que les entraves rendaient encore plus
fantasque, lui dessina rapidement une femme en
traits de feu. Il se retourna brusquement. Cho-
quée sans doute de se trouver en contact avec un
étranger, l'inconnue fit un mouvement semblable ; leurs visages, animés par la même pensée,
restèrent en présence.

— Pauline !
— Monsieur Raphaël !

Pétrifiés l'un et l'autre, ils se regardèrent un instant en silence. Raphaël voyait Pauline dans une toilette simple et de bon goût. A travers la gaze qui couvrait chastement son corsage, des yeux habiles pouvaient apercevoir une blancheur de lis et deviner des formes qu'une femme eût admirées. Puis c'était toujours sa modestie virginale, sa céleste candeur, sa gracieuse attitude. L'étoffe de sa manche accusait le tremblement qui faisait palpiter le corps comme palpitait le cœur.

— Oh! venez demain, dit-elle, venez à l'hôtel Saint-Quentin, y reprendre vos papiers. J'y serai à midi. Soyez exact.

Elle se leva précipitamment et disparut. Raphaël voulut suivre Pauline, il craignit de la compromettre, resta, regarda Fœdora, la trouva laide; mais ne pouvant comprendre une seule phrase de musique, étouffant dans cette salle, le cœur plein, il sortit et revint chez lui.

— Jonathas, dit-il à son vieux domestique au moment où il fut dans son lit, donne-moi une demi-goutte de laudanum sur un morceau de sucre, et demain ne me réveille qu'à midi moins vingt minutes.

— Je veux être aimé de Pauline, s'écria-t-il le lendemain en regardant le talisman avec une indéfinissable angoisse.

La Peau ne fit aucun mouvement, elle semblait avoir perdu sa force contractile, elle ne pouvait sans doute pas réaliser un désir accompli déjà.

— Ah! s'écria Raphaël en se sentant délivré comme d'un manteau de plomb qu'il avait porté depuis le jour où le talisman lui avait été donné, tu mens, tu ne m'obéis donc pas, le pacte est rompu ! Je suis libre, je vivrai. C'était donc une mauvaise plaisanterie.

En disant ces paroles, il n'osait pas croire à sa propre pensée. Il se mit aussi simplement qu'il l'était jadis, et voulut aller à pied à son ancienne demeure, en essayant de se reporter en idée à ces jours heureux où il se livrait sans danger à la furie de ses désirs, où il n'avait point encore jugé toutes les jouissances humaines. Il marchait, voyant, non plus la Pauline de l'hôtel Saint-Quentin, mais la Pauline de la veille, cette maîtresse accomplie, si souvent rêvée, jeune fille spirituelle, aimante, artiste, comprenant les poètes, comprenant la poésie et vivant au sein du luxe ; en un mot Fœdora douée d'une belle âme, ou Pauline comtesse et deux fois millionnaire comme l'était Fœdora. Quand il se trouva sur le seuil usé, sur la dalle cassée de cette porte, où tant de fois il avait eu des pensées de désespoir, une vieille femme sortit de la salle et lui dit :

— N'êtes-vous pas monsieur Raphaël de Valentin ?

— Oui, ma bonne mère, répondit-il.

— Vous connaissez votre ancien logement, reprit-elle, vous y êtes attendu.

— Cet hôtel est-il toujours tenu par madame Gaudin ? demanda-t-il.

— Oh ! non, monsieur. Maintenant madame Gaudin est baronne. Elle est dans une belle maison à elle, de l'autre côté de l'eau. Son mari est revenu. Dame ! Il a rapporté des mille et des cents. L'on dit qu'elle pourrait acheter tout le quartier Saint-Jacques, si elle le voulait. Elle m'a

donné *gratis* son fonds et son restant de bail. Ah!
c'est une bonne femme tout de même! Elle n'est
pas plus fière aujourd'hui qu'elle ne l'était hier.

Raphaël monta lestement à sa mansarde, et
quand il atteignit les dernières marches de
l'escalier, il entendit les sons du piano. Pauline
était là, modestement vêtue d'une robe de perca-
line; mais la façon de la robe, les gants, le
chapeau, le châle, négligemment jetés sur le lit,
révélaient toute une fortune.

— Ah! vous voilà donc! s'écria Pauline en
tournant la tête et se levant par un naïf mouvement de joie.

Raphaël vint s'asseoir près d'elle, rougissant,
honteux, heureux; il la regarda sans rien dire.

— Pourquoi nous avez-vous quittées? reprit-
elle en baissant les yeux au moment où son
visage s'empourpra. Qu'êtes-vous devenu?

— Ah! Pauline, j'ai été, je suis bien malheureux encore!

— Là! s'écria-t-elle tout attendrie. J'ai deviné
votre sort hier en vous voyant bien mis, riche en
apparence, mais en réalité, hein! monsieur
Raphaël, est-ce toujours comme autrefois?

Valentin ne put retenir quelques larmes, elles
roulèrent dans ses yeux, il s'écria : — Pauline!...
Je... Il n'acheva pas, ses yeux étincelèrent
d'amour, et son cœur déborda dans son regard.

— Oh! il m'aime, il m'aime, s'écria Pauline.

Raphaël fit un signe de tête, car il se sentit
hors d'état de prononcer une seule parole. A ce
geste, la jeune fille lui prit la main, la serra, et lui
dit tantôt riant, tantôt sanglotant : — Riches,
riches, heureux, riches, ta Pauline est riche. Mais

moi, je devrais être bien pauvre aujourd'hui. J'ai
mille fois dit que je paierais ce mot : *Il m'aime*,
de tous les trésors de la terre. Ô mon Raphaël !
J'ai des millions. Tu aimes le luxe, tu seras
content ; mais tu dois aimer mon cœur aussi, il y
a tant d'amour pour toi dans ce cœur ! Tu ne sais
pas ? Mon père est revenu. Je suis une riche
héritière. Ma mère et lui me laissent entièrement
maîtresse de mon sort ; je suis libre, comprends-
tu ?

En proie à une sorte de délire, Raphaël tenait
les mains de Pauline, et les baisait si ardem-
ment, si avidement, que son baiser semblait être
une sorte de convulsion. Pauline se dégagea les
mains, les jeta sur les épaules de Raphaël et le
saisit ; ils se comprirent, se serrèrent et s'em-
brassèrent avec cette sainte et délicieuse ferveur,
dégagée de toute arrière-pensée, dont se trouve
empreint un seul baiser, le premier baiser par
lequel deux âmes prennent possession d'elles-
mêmes.

— Ah ! s'écria Pauline en retombant sur la
chaise, je ne veux plus te quitter. Je ne sais d'où
me vient tant de hardiesse ! reprit-elle en rougissant.

— De la hardiesse, ma Pauline ? Oh ! ne crains
rien, c'est de l'amour, de l'amour vrai, profond,
éternel comme le mien, n'est-ce pas ?

— Oh ! parle, parle, dit-elle. Ta bouche a été si
longtemps muette pour moi !

— Tu m'aimais donc ?

— Oh ! Dieu, si je t'aimais ! Combien de fois
j'ai pleuré, là, tiens, en faisant ta chambre,
déplorant ta misère et la mienne. Je me serais

vendue au démon pour t'éviter un chagrin !
Aujourd'hui, *mon* Raphaël, car tu es bien à moi :
à moi cette belle tête, à moi ton cœur ! Oh ! oui,
ton cœur, surtout, éternelle richesse ! Eh bien, où
en suis-je ? reprit-elle après une pause. Ah ! m'y
voici : nous avons trois, quatre, cinq millions, je
crois. Si j'étais pauvre, je tiendrais peut-être à
porter ton nom, à être nommée ta femme, mais,
en ce moment, je voudrais te sacrifier le monde
entier, je voudrais être encore et toujours ta
servante. Va, Raphaël, en t'offrant mon cœur,
ma personne, ma fortune, je ne te donnerai rien
de plus aujourd'hui que le jour où j'ai mis là, dit-
elle en montrant le tiroir de la table, certaine
pièce de cent sous. Oh ! comme alors ta joie m'a
fait mal.

— Pourquoi es-tu riche, s'écria Raphaël, pourquoi n'as-tu pas de vanité ? Je ne puis rien pour
toi.

Il se tordit les mains de bonheur, de désespoir,
d'amour.

— Quand tu seras madame la marquise de
Valentin, je te connais, âme céleste, ce titre et
ma fortune ne vaudront pas...

— Un seul de tes cheveux, s'écria-t-elle.

— Moi aussi, j'ai des millions ; mais que sont
maintenant les richesses pour nous ? Ah ! j'ai ma
vie, je puis te l'offrir, prends-la.

— Oh ! ton amour, Raphaël, ton amour vaut le
monde. Comment, ta pensée est à moi ? Mais je
suis la plus heureuse des heureuses.

— L'on va nous entendre, dit Raphaël.

— Hé ! il n'y a personne, répondit-elle en
laissant échapper un geste mutin.

— Hé bien, viens, s'écria Valentin en lui tendant les bras.

Elle sauta sur ses genoux et joignit ses mains autour du cou de Raphaël : — Embrassez-moi, dit-elle, pour tous les chagrins que vous m'avez donnés, pour effacer la peine que vos joies m'ont faite, pour toutes les nuits que j'ai passées à peindre mes écrans.

— Tes écrans !

— Puisque nous sommes riches, mon trésor, je puis te dire tout. Pauvre enfant ! Combien il est facile de tromper les hommes d'esprit ! Est-ce que tu pouvais avoir des gilets blancs et des chemises propres deux fois par semaine, pour trois francs de blanchissage par mois ? Mais tu buvais deux fois plus de lait qu'il ne t'en revenait pour ton argent. Je t'attrapais sur tout : le feu, l'huile, et l'argent donc ! Oh ! mon Raphaël, ne me prends pas pour femme, dit-elle en riant, je suis une personne trop astucieuse.

— Mais comment faisais-tu donc ?

— Je travaillais jusqu'à deux heures du matin, répondit-elle, et je donnais à ma mère une moitié du prix de mes écrans, à toi l'autre.

Ils se regardèrent pendant un moment, tous deux hébétés de joie et d'amour.

— Oh ! s'écria Raphaël, nous paierons sans doute, un jour, ce bonheur par quelque effroyable chagrin.

— Serais-tu marié ? cria Pauline. Ah ! je ne veux te céder à aucune femme.

— Je suis libre, ma chérie.

— Libre, répéta-t-elle. Libre, et à moi !

Elle se laissa glisser sur ses genoux, joignit les

mains, et regarda Raphaël avec une dévotieuse
ardeur.

— J'ai peur de devenir folle. Comme tu es
gentil! reprit-elle en passant une main dans la
blonde chevelure de son amant. Est-elle bête, ta
comtesse Fœdora! Quel plaisir j'ai ressenti hier
en me voyant saluée par tous ces hommes. Elle
n'a jamais été applaudie, elle! Dis, cher, quand
mon dos a touché ton bras, j'ai entendu en moi je
ne sais quelle voix qui m'a crié : Il est là. Je me
suis retournée, et je t'ai vu. Oh! je me suis
sauvée, je me sentais l'envie de te sauter au cou
devant tout le monde.

— Tu es bien heureuse de pouvoir parler,
s'écria Raphaël. Moi, j'ai le cœur serré. Je voudrais pleurer, je ne puis. Ne me retire pas ta
main. Il me semble que je resterais, pendant
toute ma vie, à te regarder ainsi, heureux,
content.

— Oh! répète-moi cela, mon amour!

— Et que sont les paroles [1], reprit Valentin en
laissant tomber une larme chaude sur les mains
de Pauline. Plus tard, j'essaierai de te dire mon
amour, en ce moment je ne puis que le sentir...

— Oh! s'écria-t-elle, cette belle âme, ce beau
génie, ce cœur que je connais si bien, tout est à
moi, comme je suis à toi.

— Pour toujours, ma douce créature, dit
Raphaël d'une voix émue. Tu seras ma femme,
mon bon génie. Ta présence a toujours dissipé
mes chagrins et rafraîchi mon âme; en ce
moment, ton sourire angélique m'a pour ainsi
dire purifié. Je crois commencer une nouvelle
vie. Le passé cruel et mes tristes folies me

semblent n'être plus que de mauvais songes. Je suis pur, près de toi. Je sens l'air du bonheur. Oh! sois là toujours, ajouta-t-il en la pressant saintement sur son cœur palpitant.

— Vienne la mort quand elle voudra, s'écria Pauline en extase, j'ai vécu.

Heureux qui devinera leurs joies, il les aura connues!

— Oh! mon Raphaël, dit Pauline après quelques heures de silence [1], je voudrais qu'à l'avenir personne n'entrât dans cette chère mansarde.

— Il faut murer la porte, mettre une grille à la lucarne et acheter la maison, répondit le marquis.

— C'est cela, dit-elle. Puis, après un moment de silence : — Nous avons un peu oublié de chercher tes manuscrits!

Ils se prirent à rire avec une douce innocence.

— Bah! je me moque de toutes les sciences, dit Raphaël.

— Ah! monsieur, et la gloire?

— Tu es ma seule gloire.

— Tu étais bien malheureux en faisant ces petits pieds de mouche, dit-elle en feuilletant les papiers.

— Ma Pauline...

— Oh! oui, je suis ta Pauline. Eh bien?

— Où demeures-tu donc?

— Rue Saint-Lazare. Et toi?

— Rue de Varenne.

— Comme nous serons loin l'un de l'autre, jusqu'à ce que... Elle s'arrêta en regardant son ami d'un air coquet et malicieux.

— Mais, répondit Raphaël, nous avons tout au
plus une quinzaine de jours à rester séparés.

— Vrai! Dans quinze jours nous serons
mariés! Elle sauta comme un enfant. Oh! je suis
une fille dénaturée, reprit-elle, je ne pense plus
ni à père, ni à mère, ni à rien dans le monde! Tu
ne sais pas, pauvre chéri? Mon père est bien
malade. Il est revenu des Indes, bien souffrant. Il
a manqué mourir au Havre, où nous sommes
allées le chercher. Ah! Dieu, s'écria-t-elle en
regardant l'heure à sa montre, déjà trois heures.
Je dois me trouver à son réveil, à quatre heures.
Je suis la maîtresse au logis : ma mère fait toutes
mes volontés, mon père m'adore, mais je ne veux
pas abuser de leur bonté, ce serait mal! Le
pauvre père, c'est lui qui m'a envoyée aux
Italiens hier, tu viendras le voir demain, n'est-ce
pas?

— Madame la marquise de Valentin veut-elle
me faire l'honneur d'accepter mon bras?

— Ah! je vais emporter la clef de cette chambre, reprit-elle. N'est-ce pas un palais, notre
trésor?

— Pauline, encore un baiser?

— Mille! Mon Dieu, dit-elle en regardant
Raphaël, ce sera toujours ainsi, je crois rêver.

Ils descendirent lentement l'escalier; puis,
bien unis, marchant du même pas, tressaillant
ensemble sous le poids du même bonheur, se
serrant comme deux colombes, ils arrivèrent sur
la place de la Sorbonne, où la voiture de Pauline
attendait.

— Je veux aller chez toi, s'écria-t-elle. Je veux
voir ta chambre, ton cabinet, et m'asseoir à la

table sur laquelle tu travailles. Ce sera comme autrefois, ajouta-t-elle en rougissant. — Joseph, dit-elle à un valet, je vais rue de Varenne avant de retourner à la maison. Il est trois heures un quart, et je dois être revenue à quatre. Georges pressera les chevaux.

Et les deux amants furent en peu d'instants menés à l'hôtel de Valentin.

— Oh! je suis contente d'avoir examiné tout cela, s'écria Pauline en chiffonnant la soie des rideaux qui drapaient le lit de Raphaël. Quand je m'endormirai, je serai là, en pensée. Je me figurerai ta chère tête sur cet oreiller. Dis-moi, Raphaël, tu n'as pris conseil de personne pour meubler ton hôtel?

— De personne.

— Bien vrai? Ce n'est pas une femme qui...

— Pauline!

— Oh! je me sens une affreuse jalousie. Tu as bon goût. Je veux avoir demain un lit pareil au tien.

Raphaël, ivre de bonheur, saisit Pauline.

— Oh! mon père, mon père, dit-elle.

— Je vais donc te reconduire, car je veux te quitter le moins possible, s'écria Valentin.

— Combien tu es aimant! Je n'osais pas te le proposer...

— N'es-tu donc pas ma vie?

Il serait fastidieux de consigner fidèlement ces adorables bavardages de l'amour auxquels l'accent, le regard, un geste intraduisible donnent seuls du prix. Valentin reconduisit Pauline jusque chez elle, et revint ayant au cœur autant de plaisir que l'homme peut en ressentir et en porter ici-bas. Quand il fut assis dans son fauteuil, près de son feu, pensant à la soudaine et complète réalisation de toutes ses espérances, une idée froide lui traversa l'âme comme l'acier d'un poignard perce une poitrine, il regarda la Peau de chagrin, elle s'était légèrement rétrécie. Il prononça le grand juron français, sans y mettre les jésuitiques réticences de l'abbesse des Andouillettes [1], pencha la tête sur son fauteuil et resta sans mouvement les yeux arrêtés sur une patère, sans la voir.

— Grand Dieu ! s'écria-t-il. Quoi ! Tous mes désirs, tous ! Pauvre Pauline !

Il prit un compas, mesura ce que la matinée lui avait coûté d'existence : — Je n'en ai pas pour deux mois, dit-il.

Une sueur glacée sortit de ses pores, tout à coup il obéit à un inexprimable mouvement de rage, et saisit la Peau de chagrin en s'écriant : — Je suis bien bête ! Il sortit, courut, traversa les jardins et jeta le talisman au fond d'un puits : Vogue la galère, dit-il. Au diable toutes ces sottises !

Raphaël se laissa donc aller au bonheur d'aimer, et vécut cœur à cœur avec Pauline [2]. Leur mariage, retardé par des difficultés peu intéressantes à raconter, devait se célébrer dans les premiers jours de mars. Ils s'étaient éprouvés, ne doutaient point d'eux-mêmes, et le bonheur leur ayant révélé toute la puissance de leur affection, jamais deux âmes, deux caractères ne s'étaient aussi parfaitement unis qu'ils le furent par la passion ; en s'étudiant ils s'aimèrent devantage : de part et d'autre même délicatesse, même

pudeur, même volupté, la plus douce de toutes
les voluptés, celle des anges ; point de nuages
dans leur ciel ; tour à tour les désirs de l'un
faisaient la loi de l'autre. Riches tous deux, ils ne
connaissaient point de caprices qu'ils ne pussent
satisfaire, et partant n'avaient point de caprices.
Un goût exquis, le sentiment du beau, une vraie
poésie animait l'âme de l'épouse ; dédaignant les
colifichets de la finance, un sourire de son ami
lui semblait plus beau que toutes les perles
d'Ormus [1], la mousseline ou les fleurs formaient
ses plus riches parures. Pauline et Raphaël
fuyaient d'ailleurs le monde, la solitude leur
était si belle, si féconde ! Les oisifs voyaient
exactement tous les soirs ce joli ménage de
contrebande aux Italiens ou à l'Opéra. Si
d'abord quelques médisances égayèrent les
salons, bientôt le torrent d'événements qui passa
sur Paris fit oublier deux amants inoffensifs ;
enfin, espèce d'excuse auprès des prudes, leur
mariage était annoncé, et par hasard leurs gens
se trouvaient discrets ; aucune méchanceté trop
vive ne les punit de leur bonheur.

Vers la fin du mois de février, époque à
laquelle d'assez beaux jours firent croire aux
joies du printemps, un matin, Pauline et Raphaël déjeunaient ensemble dans une petite
serre, espèce de salon rempli de fleurs, et de
plain-pied avec le jardin. Le doux et pâle soleil
de l'hiver, dont les rayons se brisaient à travers
des arbustes rares, tiédissait alors la température. Les yeux étaient égayés par les vigoureux
contrastes des divers feuillages, par les couleurs
des touffes fleuries et par toutes les fantaisies de

la lumière et de l'ombre. Quand tout Paris se
chauffait encore devant les tristes foyers, les
deux jeunes époux riaient sous un berceau de
camélias, de lilas, de bruyères. Leurs têtes
joyeuses s'élevaient au-dessus des narcisses, des
muguets et des roses du Bengale. Dans cette
serre voluptueuse et riche, les pieds foulaient
une natte africaine colorée comme un tapis. Les
parois tendues en coutil vert n'offraient pas la
moindre trace d'humidité. L'ameublement était
de bois en apparence grossier, mais dont l'écorce
polie brillait de propreté. Un jeune chat accroupi
sur la table où l'avait attiré l'odeur du lait se
laissait barbouiller de café par Pauline ; elle
folâtrait avec lui, défendait la crème qu'elle lui
permettait à peine de flairer afin d'exercer sa
patience et d'entretenir le combat ; elle éclatait
de rire à chacune de ses grimaces, et débitait
mille plaisanteries pour empêcher Raphaël de
lire le journal, qui, dix fois déjà, lui était tombé
des mains. Il abondait dans cette scène matinale
un bonheur inexprimable comme tout ce qui est
naturel et vrai. Raphaël feignait toujours de lire
sa feuille, et contemplait à la dérobée Pauline
aux prises avec le chat, sa Pauline enveloppée
d'un long peignoir qui la lui voilait imparfaite-
ment, sa Pauline les cheveux en désordre et
montrant un petit pied blanc veiné de bleu dans
une pantoufle de velours noir. Charmante à voir
en déshabillé, délicieuse comme les fantastiques
figures de Westhall [1], elle semblait être tout à la
fois jeune fille et femme ; peut-être plus jeune
fille que femme, elle jouissait d'une félicité sans
mélange, et ne connaissait de l'amour que ses

premières joies. Au moment où, tout à fait absorbé par sa douce rêverie, Raphaël avait oublié son journal, Pauline le saisit, le chiffonna, en fit une boule, le lança dans le jardin, et le chat courut après la politique qui tournait comme toujours sur elle-même. Quand Raphaël, distrait par cette scène enfantine, voulut continuer à lire et fit le geste de lever la feuille qu'il n'avait plus, éclatèrent des rires francs, joyeux, renaissant d'eux-mêmes comme les chants d'un oiseau.

— Je suis jalouse du journal, dit-elle en s'essuyant les larmes que son rire d'enfant avait fait couler. N'est-ce pas une félonie, reprit-elle redevenant femme tout à coup, que de lire des proclamations russes en ma présence, et de préférer la prose de l'empereur Nicolas[1] à des paroles, à des regards d'amour ?

— Je ne lisais pas, mon ange aimé, je te regardais.

En ce moment le pas lourd du jardinier dont les souliers ferrés faisaient crier le sable des allées retentit près de la serre.

— Excusez, monsieur le marquis, si je vous interromps ainsi que madame, mais je vous apporte une curiosité comme je n'en ai jamais vu. En tirant tout à l'heure, sous[2] votre respect, un seau d'eau, j'ai amené cette singulière plante marine ! La voilà ! Faut, tout de même, que ce soit bien accoutumé à l'eau, car ce n'était point mouillé, ni humide. C'était sec comme du bois, et point gras du tout. Comme monsieur le marquis est plus savant que moi certainement, j'ai pensé qu'il fallait la lui apporter, et que ça l'intéresserait.

Et le jardinier montrait à Raphaël l'inexorable Peau de chagrin qui n'avait pas six pouces carrés de superficie.

— Merci, Vanière, dit Raphaël. Cette chose est très curieuse.

— Qu'as-tu, mon ange ? Tu pâlis ! s'écria Pauline.

— Laissez-nous, Vanière.

— Ta voix m'effraie, reprit la jeune fille, elle est singulièrement altérée. Qu'as-tu ? Que te sens-tu ? Où as-tu mal ? Tu as mal ! Un médecin, cria-t-elle. Jonathas, au secours !

— Ma Pauline, tais-toi, répondit Raphaël qui recouvra son sang-froid. Sortons. Il y a près de moi une fleur dont le parfum m'incommode. Peut-être est-ce cette verveine.

Pauline s'élança sur l'innocent arbuste, le saisit par la tige et le jeta dans le jardin.

— Oh ! ange, s'écria-t-elle en serrant Raphaël par une étreinte aussi forte que leur amour et en lui apportant avec une langoureuse coquetterie ses lèvres vermeilles à baiser, en te voyant pâlir, j'ai compris que je ne te survivrais pas : ta vie est ma vie. Mon Raphaël, passe-moi ta main sur le dos ! J'y sens encore *la petite mort*, j'y ai froid. Tes lèvres sont brûlantes. Et ta main ?... Elle est glacée, ajouta-t-elle.

— Folle ! s'écria Raphaël.

— Pourquoi cette larme ? dit-elle. Laisse-la-moi boire.

— Oh ! Pauline, Pauline, tu m'aimes trop.

— Il se passe en toi quelque chose d'extraordinaire, Raphaël. Sois vrai, je saurai bientôt ton

secret. Donne-moi cela, dit-elle en prenant la
Peau de chagrin.

— Tu es mon bourreau, cria le jeune homme
en jetant un regard d'horreur sur le talisman.

— Quel changement de voix ! répondit Pauline qui laissa tomber le fatal symbole du destin.

— M'aimes-tu ? reprit-il.

— Si je t'aime, est-ce une question ?

— Eh bien, laisse-moi, va-t'en !

La pauvre petite sortit.

— Quoi ! s'écria Raphaël quand il fut seul,
dans un siècle de lumières où nous avons appris
que les diamants sont les cristaux du carbone, à
une époque où tout s'explique, où la police
traduirait un nouveau Messie devant les tribunaux et soumettrait ses miracles à l'Académie
des Sciences, dans un temps où nous ne croyons
plus qu'aux paraphes des notaires, je croirais,
moi ! à une espèce de *Mané, Thekel, Pharès ?* Non,
de par Dieu ! je ne penserai pas que l'Être
Suprême puisse trouver du plaisir à tourmenter
une honnête créature. Allons voir les savants.

Il arriva bientôt, entre la Halle aux vins,
immense recueil de tonneaux, et la Salpêtrière,
immense séminaire d'ivrognerie, devant une
petite mare où s'ébaudissaient des canards
remarquables par la rareté des espèces et dont
les ondoyantes couleurs, semblables aux vitraux
d'une cathédrale, pétillaient sous les rayons du
soleil. Tous les canards du monde étaient là,
criant, barbotant, grouillant, et formant une
espèce de chambre canarde rassemblée contre
son gré, mais heureusement sans charte ni principes politiques, et vivant sans rencontrer de

chasseurs, sous l'œil des naturalistes qui les
regardaient par hasard.

— Voilà monsieur Lavrille, dit un porte-clefs
à Raphaël qui avait demandé ce grand pontife de
la zoologie [1].

Le marquis vit un petit homme profondément
enfoncé dans quelques sages méditations à l'aspect de deux canards. Ce savant, entre deux âges,
avait une physionomie douce, encore adoucie
par un air obligeant ; mais il régnait dans toute
sa personne une préoccupation scientifique : sa
perruque incessamment grattée et fantasque-
ment retroussée laissait voir une ligne de cheveux blancs et accusait la fureur des découvertes
qui, semblable à toutes les passions, nous
arrache si puissamment aux choses de ce monde
que nous perdons la conscience du *moi*. Raphaël,
homme de science et d'étude, admira ce naturaliste dont les veilles étaient consacrées à l'agran-
dissement des connaissances humaines, dont les
erreurs servaient encore la gloire de la France ;
mais une petite maîtresse aurait ri sans doute de
la solution de continuité qui se trouvait entre la
culotte et le gilet rayé du savant, interstice
d'ailleurs chastement rempli par une chemise
qu'il avait copieusement froncée en se baissant
et se levant tour à tour au gré de ses observations
zoogénésiques.

Après quelques premières phrases de politesse, Raphaël crut nécessaire d'adresser à monsieur Lavrille un compliment banal sur ses
canards.

— Oh ! nous sommes riches en canards,
répondit le naturaliste. Ce genre est d'ailleurs,

comme vous le savez sans doute, le plus fécond
de l'ordre des palmipèdes. Il commence au
cygne, et finit au *canard zinzin*, en comprenant
cent trente-sept variétés d'individus bien dis-
tincts, ayant leurs noms, leurs mœurs, leur
patrie, leur physionomie, et qui ne se . ssem-
blent pas plus entre eux qu'un blanc ne ressemble à un nègre. En vérité, monsieur, quand nous
mangeons un canard, la plupart du temps nous
ne nous doutons guère de l'étendue... Il s'interrompit à l'aspect d'un joli petit canard qui
remontait le talus de la mare. — Vous voyez là le
cygne à cravate, pauvre enfant du Canada, venu
de bien loin pour nous montrer son plumage
brun et gris, sa petite cravate noire ! Tenez, il se
gratte. Voici la fameuse oie à duvet ou canard
Eider, sous l'édredon de laquelle dorment nos
petites maîtresses ; est-elle jolie ! Qui n'admire-
rait ce petit ventre d'un blanc rougeâtre, ce bec
vert ? Je viens, monsieur, reprit-il, d'être témoin
d'un accouplement dont j'avais jusqu'alors
désespéré. Le mariage s'est fait assez heureusement, et j'en attendrai fort impatiemment le
résultat. Je me flatte d'obtenir une cent trente-
huitième espèce à laquelle peut-être mon nom
sera donné ! Voici les nouveaux époux, dit-il en
montrant deux canards. C'est d'une part une oie
rieuse (*anas albifrons*), de l'autre le grand canard
siffleur (*anas ruffina* de Buffon). J'avais longtemps hésité entre le canard siffleur, le canard à
sourcils blancs et le canard souchet (*anas cly-
peata*) : tenez, voici le souchet, ce gros scélérat
brun-noir dont le col est verdâtre et si coquette-
ment irisé. Mais, monsieur, le canard siffleur

était huppé, vous comprenez alors que je n'ai plus balancé. Il ne nous manque ici que le canard varié à calotte noire. Ces messieurs prétendent unanimement que ce canard fait double emploi avec le canard sarcelle à bec recourbé, quant à moi... Il fit un geste admirable qui peignit à la fois la modestie et l'orgueil des savants, orgueil plein d'entêtement, modestie pleine de suffisance. Je ne le pense pas, ajouta-t-il. Vous voyez, mon cher monsieur, que nous ne nous amusons pas ici. Je m'occupe en ce moment de la monographie du genre canard. Mais je suis à vos ordres.

En se dirigeant vers une assez jolie maison de la rue de Buffon, Raphaël soumit la Peau de chagrin aux investigations de monsieur Lavrille.

— Je connais ce produit, répondit le savant après avoir braqué sa loupe sur le talisman ; il a servi à quelque dessus de boîte. Le chagrin est fort ancien ! Aujourd'hui les gainiers préfèrent se servir de galuchat. Le galuchat est, comme vous le savez sans doute, la dépouille du *raja sephen*, un poisson de la mer Rouge...

— Mais ceci, monsieur, puisque vous avez l'extrême bonté...

— Ceci, reprit le savant en interrompant, est autre chose : entre le galuchat et le chagrin, il y a, monsieur, toute la différence de l'océan à la terre, du poisson à un quadrupède. Cependant la peau du poisson est plus dure que la peau de l'animal terrestre. Ceci, dit-il en montrant le talisman, est, comme vous le savez sans doute, un des produits les plus curieux de la zoologie.

— Voyons, s'écria Raphaël.

— Monsieur, répondit le savant en s'enfon-
çant dans son fauteuil, ceci est une peau d'âne.

— Je le sais, dit le jeune homme.

— Il existe en Perse, reprit le naturaliste, un
âne extrêmement rare, l'onagre des anciens,
equus asinus, le *koulan* des Tatars, Pallas est allé
l'observer, et l'a rendu à la science. En effet, cet
animal avait longtemps passé pour fantastique.
Il est, comme vous le savez, célèbre dans l'Écriture sainte ; Moïse avait défendu de l'accoupler
avec ses congénères. Mais l'onagre est encore
plus fameux par les prostitutions dont il a été
l'objet, et dont parlent souvent les prophètes
bibliques. Pallas, comme vous le savez sans
doute, déclare, dans ses *Act. Pétrop.*, tome II, que
ces excès bizarres sont encore religieusement
accrédités chez les Persans et les Nogaïs comme
un remède souverain contre les maux de reins et
la goutte sciatique. Nous ne nous doutons guère
de cela, nous autres pauvres Parisiens. Le
Muséum ne possède pas d'onagre. Quel superbe
animal ! reprit le savant. Il est plein de mystères ; son œil est muni d'une espèce de tapis
réflecteur auquel les Orientaux attribuent le
pouvoir de la fascination, sa robe est plus élégante et plus polie que ne l'est celle de nos plus
beaux chevaux ; elle est sillonnée de bandes plus
ou moins fauves, et ressemble beaucoup à la
peau du zèbre. Son lainage a quelque chose de
moelleux, d'ondoyant, de gras au toucher ; sa
vue égale en justesse et en précision la vue de
l'homme ; un peu plus grand que nos plus beaux
ânes domestiques, il est doué d'un courage
extraordinaire. Si, par hasard, il est surpris, il se

défend avec une supériorité remarquable contre les bêtes les plus féroces ; quant à la rapidité de sa marche, elle ne peut se comparer qu'au vol des oiseaux ; un onagre, monsieur, tuerait à la course les meilleurs chevaux arabes ou persans. D'après le père du consciencieux docteur Niebuhr[1], de qui, comme vous le savez sans doute, nous déplorons la perte récente, le terme moyen du pas ordinaire de ces admirables créatures est de sept mille pas géométriques[2] par heure. Nos ânes dégénérés ne sauraient donner une idée de cet âne indépendant et fier. Il a le port leste, animé, l'air spirituel, fin, une physionomie gracieuse, des mouvements pleins de coquetterie ! C'est le roi zoologique de l'Orient. Les superstitions turques et persanes lui donnent même une mystérieuse origine, et le nom de Salomon se mêle aux récits que les conteurs du Thibet et de la Tartarie font sur les prouesses attribuées à ces nobles animaux. Enfin un onagre apprivoisé vaut des sommes immenses ; il est presque impossible de le saisir dans les montagnes, où il bondit comme un chevreuil, et semble voler comme un oiseau. La fable des chevaux ailés, notre Pégase, a sans doute pris naissance dans ces pays, où les bergers ont pu voir souvent un onagre sautant d'un rocher à un autre. Les ânes de selle, obtenus en Perse par l'accouplement d'une ânesse avec un onagre apprivoisé, sont peints en rouge, suivant une immémoriale tradition. Cet usage a donné lieu peut-être à notre proverbe : Méchant comme un âne rouge. A une époque où l'histoire naturelle était très négligée en France, un voyageur aura, je pense, amené un de ces animaux curieux qui supportent fort impatiemment l'esclavage. De là, le dicton ! La peau que vous me présentez, reprit le savant, est la peau d'un onagre. Nous varions sur l'origine du nom. Les uns prétendent que *Chagri* est un mot turc, d'autres veulent que *Chagri* soit la ville où cette dépouille zoologique subit une préparation chimique assez bien décrite par Pallas, et qui lui donne le grain particulier que nous admirons ; monsieur Martellens m'a écrit que *Châagri* est un ruisseau.

— Monsieur, je vous remercie de m'avoir donné des renseignements qui fourniraient une admirable note à quelque Dom Calmet, si les bénédictins existaient encore ; mais j'ai eu l'honneur de vous faire observer que ce fragment était primitivement d'un volume égal... à cette carte géographique, dit Raphaël en montrant à Lavrille un atlas ouvert : or depuis trois mois elle s'est sensiblement contractée...

— Bien, reprit le savant, je comprends. Monsieur, toutes les dépouilles d'êtres primitivement organisés sont sujettes à un dépérissement naturel, facile à concevoir, et dont les progrès sont soumis aux influences atmosphériques. Les métaux eux-mêmes se dilatent ou se resserrent d'une manière sensible, car les ingénieurs ont observé des espaces assez considérables entre de grandes pierres primitivement maintenues par des barres de fer. La science est vaste, la vie humaine est bien courte. Aussi n'avons-nous pas la prétention de connaître tous les phénomènes de la nature.

— Monsieur, reprit Raphaël presque confus,

excusez la demande que je vais vous faire. Êtes-vous bien sûr que cette Peau soit soumise aux lois ordinaires de la zoologie, qu'elle puisse s'étendre ?

— Oh ! certes. Ah ! peste, dit monsieur Lavrille en essayant de tirer le talisman. Mais, monsieur, reprit-il, si vous voulez aller voir Planchette, le célèbre professeur de mécanique, il trouvera certainement un moyen d'agir sur cette Peau, de l'amollir, de la distendre.

— Oh ! monsieur, vous me sauvez la vie.

Raphaël salua le savant naturaliste, et courut chez Planchette, en laissant le bon Lavrille au milieu de son cabinet rempli de bocaux et de plantes séchées. Il remportait de cette visite, sans le savoir, toute la science humaine : une nomenclature ! Ce bonhomme ressemblait à Sancho Pança racontant à Don Quichotte l'histoire des chèvres, il s'amusait à compter des animaux et à les numéroter. Arrivé sur le bord de la tombe, il connaissait à peine une petite fraction des incommensurables nombres du grand troupeau jeté par Dieu à travers l'océan des mondes, dans un but ignoré. Raphaël était content. — Je vais tenir mon âne en bride, s'écriait-il. Sterne avait dit avant lui : « Ménageons notre âne, si nous voulons vivre vieux. » Mais la bête est fantasque !

Planchette était un grand homme sec, véritable poète perdu dans une perpétuelle contemplation, occupé à regarder toujours un abîme sans fond, LE MOUVEMENT. Le vulgaire taxe de folie ces esprits sublimes, gens incompris qui vivent dans une admirable insouciance du luxe et du monde, restant des journées entières à fumer un cigare éteint, ou venant dans un salon sans avoir toujours bien exactement marié les boutons de leurs vêtements avec les boutonnières. Un jour, après avoir longtemps mesuré le vide, ou entassé des X sous des Aa — gG, ils ont analysé quelque loi naturelle et décomposé le plus simple des principes ; tout à coup la foule admire une nouvelle machine ou quelque haquet dont la facile structure nous étonne et nous confond ! Le savant modeste sourit en disant à ses admirateurs : — Qu'ai-je donc créé ? Rien. L'homme n'invente pas une force, il la dirige, et la science consiste à imiter la nature.

Raphaël surprit le mécanicien [1] planté sur ses deux jambes, comme un pendu tombé droit sous sa potence. Planchette examinait une bille d'agate qui roulait sur un cadran solaire, en attendant qu'elle s'y arrêtât. Le pauvre homme n'était ni décoré, ni pensionné, car il ne savait pas enluminer ses calculs. Heureux de vivre à l'affût d'une découverte, il ne pensait ni à la gloire, ni au monde, ni à lui-même, et vivait dans la science, pour la science.

— Cela est indéfinissable, s'écria-t-il. — Ah ! monsieur, reprit-il en apercevant Raphaël, je suis votre serviteur. Comment va la maman ? Allez voir ma femme.

— J'aurais cependant pu vivre ainsi ! pensa Raphaël qui tira le savant de sa rêverie en lui demandant le moyen d'agir sur le talisman, qu'il lui présenta. — Dussiez-vous rire de ma crédulité, monsieur, dit le marquis en terminant, je ne vous cacherai rien. Cette Peau me semble posséder une force de résistance contre laquelle rien ne peut prévaloir.

— Monsieur, dit-il, les gens du monde traitent toujours la Science assez cavalièrement, tous nous disent à peu près ce qu'un incroyable disait à Lalande en lui amenant des dames après l'éclipse : « Ayez la bonté de recommencer. » Quel effet voulez-vous produire ? La Mécanique a pour but d'appliquer les lois du mouvement ou de les neutraliser. Quant au mouvement en lui-même, je vous le déclare avec humilité, nous sommes impuissants à le définir. Cela posé, nous avons remarqué quelques phénomènes constants qui régissent l'action des solides et des fluides. En reproduisant les causes génératrices de ces phénomènes, nous pouvons transporter les corps, leur transmettre une force locomotive dans des rapports de vitesse déterminée, les lancer, les diviser simplement ou à l'infini, soit que nous les cassions ou les pulvérisions ; puis les tordre, leur imprimer une rotation, les modifier, les comprimer, les dilater, les étendre. Cette science, monsieur, repose sur un seul fait. Vous voyez cette bille, reprit-il. Elle est ici sur cette pierre. La voici maintenant là. De quel nom appellerons-nous cet acte si physiquement naturel et si moralement extraordinaire ? Mouvement, locomotion, changement de lieu ? Quelle immense vanité cachée sous les mots ! Un nom, est-ce donc une solution ? Voilà pourtant toute la science. Nos machines emploient ou décomposent cet acte, ce fait. Ce léger phénomène adapté à des masses va faire sauter Paris. Nous pouvons augmenter la vitesse aux dépens de la force, et la force aux dépens de la vitesse. Qu'est-ce que la force et la vitesse ? Notre science est inhabile à le dire, comme elle l'est à créer un mouvement. Un mouvement, quel qu'il soit, est un immense pouvoir, et l'homme n'invente pas de pouvoirs. Le pouvoir est un, comme le mouvement, l'essence même du pouvoir. Tout est mouvement. La pensée est un mouvement. La nature est établie sur le mouvement. La mort est un mouvement dont les fins nous sont peu connues. Si Dieu est éternel, croyez qu'il est toujours en mouvement ! Dieu est le mouvement, peut-être. Voilà pourquoi le mouvement est inexplicable comme lui ; comme lui profond, sans bornes, incompréhensible, intangible. Qui jamais a touché, compris, mesuré le mouvement ? Nous en sentons les effets sans les voir. Nous pouvons même le nier comme nous nions Dieu. Où est-il ? Où n'est-il pas ? D'où part-il ? Où en est le principe ? Où en est la fin ? Il nous enveloppe, nous presse et nous échappe. Il est évident comme un fait, obscur comme une abstraction, tout à la fois effet et cause. Il lui faut comme à nous l'espace, et qu'est-ce que l'espace ? Le mouvement seul nous le révèle ; sans le mouvement, il n'est plus qu'un mot vide de sens. Problème insoluble, semblable au vide, semblable à la création, à l'infini, le mouvement confond la pensée humaine, et tout ce qu'il est permis à l'homme de concevoir, c'est qu'il ne le concevra jamais. Entre chacun des points successivement occupés par cette bille dans l'espace, reprit le savant, il se rencontre un abîme pour la raison humaine, un abîme où est tombé

Pascal. Pour agir sur la substance inconnue que vous voulez soumettre à une force inconnue, nous devons d'abord étudier cette substance ; d'après sa nature, ou elle se brisera sous un choc, ou elle y résistera ; si elle se divise et que votre intention ne soit pas de la partager, nous n'atteindrons pas le but proposé. Voulez-vous la comprimer ? Il faut transmettre un mouvement égal à toutes les parties de la substance de manière à diminuer uniformément l'intervalle qui les sépare. Désirez-vous l'étendre ? nous devrons tâcher d'imprimer à chaque molécule une force excentrique égale ; car sans l'observation exacte de cette loi, nous y produirions des solutions de continuité. Il existe, monsieur, des modes infinis, des combinaisons sans bornes dans le mouvement. A quel effet vous arrêtez-vous ?

— Monsieur, dit Raphaël impatienté, je désire une pression quelconque assez forte pour étendre indéfiniment cette Peau...

— La substance étant finie, répondit le mathématicien, ne saurait être indéfiniment distendue, mais la compression multipliera nécessairement l'étendue de sa surface aux dépens de l'épaisseur ; elle s'amincira jusqu'à ce que la matière manque...

— Obtenez ce résultat, monsieur, s'écria Raphaël, et vous aurez gagné des millions.

— Je vous volerais votre argent, répondit le professeur avec le flegme d'un Hollandais. Je vais vous démontrer en deux mots l'existence d'une machine sous laquelle Dieu lui-même serait écrasé comme une mouche. Elle réduirait un homme à l'état de papier brouillard[1], un homme botté, éperonné, cravaté, chapeau, or, bijoux, tout...

— Quelle horrible machine !

— Au lieu de jeter leurs enfants à l'eau, les Chinois devraient les utiliser ainsi, reprit le savant sans penser au respect de l'homme pour sa progéniture.

Tout entier à son idée, Planchette prit un pot de fleurs vide, troué dans le fond, et l'apporta sur la dalle du gnomon ; puis il alla chercher un peu de terre glaise dans un coin du jardin. Raphaël resta charmé comme un enfant auquel sa nourrice conte une histoire merveilleuse. Après avoir posé sa terre glaise sur la dalle, Planchette tira de sa poche une serpette, coupa deux branches de sureau, et se mit à les vider en sifflant comme si Raphaël n'eût pas été là.

— Voilà les éléments de la machine, dit-il.

Il attacha par un coude en terre glaise l'un de ses tuyaux de bois au fond du pot, de manière à ce que le trou du sureau correspondît à celui du vase. Vous eussiez dit d'une énorme pipe. Il étala sur la dalle un lit de glaise en lui donnant la forme d'une pelle, assit le pot de fleurs dans la partie la plus large, et fixa la branche de sureau sur la portion qui représentait le manche. Enfin il mit un pâté de terre glaise à l'extrémité du tube en sureau, il y planta l'autre branche creuse, tout droit, en pratiquant un autre coude pour la joindre à la branche horizontale, en sorte que l'air, ou tel fluide ambiant donné, pût circuler dans cette machine improvisée, et courir depuis l'embouchure du tube vertical, à travers le canal intermédiaire, jusque dans le grand pot de fleurs vide.

— Monsieur, cet appareil, dit-il à Raphaël avec le sérieux d'un académicien prononçant son discours de réception, est un des plus beaux titres du grand Pascal à notre admiration.

— Je ne comprends pas.

Le savant sourit. Il alla détacher d'un arbre fruitier une petite bouteille dans laquelle son pharmacien lui avait envoyé une liqueur où se prenaient les fourmis ; il en cassa le fond, se fit un entonnoir, l'adapta soigneusement au trou de la branche creuse qu'il avait fixée verticalement dans l'argile, en opposition au grand réservoir figuré par le pot de fleurs ; puis, au moyen d'un arrosoir, il y versa la quantité d'eau nécessaire pour qu'elle se trouvât égale bord à bord et dans le grand vase et dans la petite embouchure circulaire du sureau. Raphaël pensait à sa Peau de chagrin.

— Monsieur, dit le mécanicien, l'eau passe encore aujourd'hui pour un corps incompressible, n'oubliez pas ce principe fondamental, néanmoins elle se comprime, mais si légèrement que nous devons compter sa faculté contractile comme zéro. Vous voyez la surface que présente l'eau arrivée à la superficie du pot de fleurs.

— Oui, monsieur.

— Hé bien, supposez cette surface mille fois plus étendue que ne l'est l'orifice du bâton de sureau par lequel j'ai versé le liquide. Tenez, j'ôte l'entonnoir.

— D'accord.

— Hé bien, monsieur, si par un moyen quel-

conque j'augmente le volume de cette masse en
introduisant encore de l'eau par l'orifice du petit
tuyau, le fluide, contraint d'y descendre, mon-
tera dans le réservoir figuré par le pot de fleurs
jusqu'à ce que le liquide arrive à un même
niveau dans l'un et dans l'autre...

— Cela est évident, s'écria Raphaël.

— Mais il y a cette différence, reprit le savant,
que si la mince colonne d'eau ajoutée dans le
petit tube vertical y présente une force égale au
poids d'une livre par exemple, comme son action
se transmettra fidèlement à la masse liquide et
viendra réagir sur tous les points de la surface
qu'elle présente dans le pot de fleurs, il s'y
trouvera mille colonnes d'eau qui, tendant
toutes à s'élever comme si elles étaient poussées
par une force égale à celle qui fait descendre le
liquide dans le bâton de sureau vertical, produi-
ront nécessairement ici, dit Planchette en montrant à Raphaël l'ouverture du pot de fleurs, une
puissance mille fois plus considérable que la
puissance introduite là.

Et le savant indiquait du doigt au marquis le
tuyau de bois planté droit dans la glaise.

— Cela est tout simple, dit Raphaël.

Planchette sourit.

— En d'autres termes, reprit-il avec cette
ténacité de logique naturelle aux mathématiciens, il faudrait, pour repousser l'irruption de
l'eau, déployer, sur chaque partie de la grande
surface, une force égale à la force agissant dans
le conduit vertical ; mais à cette différence près,
que si la colonne liquide y est haute d'un pied,
les mille petites colonnes de la grande surface

n'y auront qu'une très faible élévation. Maintenant, dit Planchette en donnant une chiquenaude à ses bâtons, remplaçons ce petit appareil grotesque par des tubes métalliques d'une force et d'une dimension convenables, si vous couvrez d'une forte platine mobile la surface fluide du grand réservoir, et qu'à cette platine vous en opposiez une autre dont la résistance et la solidité soient à toute épreuve, si de plus vous m'accordez la puissance d'ajouter sans cesse de l'eau par le petit tube vertical à la masse liquide, l'objet, pris entre les deux plans solides, doit nécessairement céder à l'immense action qui le comprime indéfiniment. Le moyen d'introduire constamment de l'eau par le petit tube est une niaiserie en mécanique, ainsi que le mode de transmettre la puissance de la masse liquide à une platine. Deux pistons et quelques soupapes suffisent. Concevez-vous alors, mon cher monsieur, dit-il en prenant le bras de Valentin, qu'il n'existe guère de substance qui, mise entre ces deux résistances indéfinies, ne soit contrainte à s'étaler ?

— Quoi ! l'auteur des *Lettres provinciales* a inventé... s'écria Raphaël.

— Lui seul, monsieur. La Mécanique ne connaît rien de plus simple ni de plus beau. Le principe contraire, l'expansibilité de l'eau, a créé la vapeur. Mais l'eau n'est expansible qu'à un certain degré, tandis que son incompressibilité, étant une force en quelque sorte négative, se trouve nécessairement infinie.

— Si cette Peau s'étend, dit Raphaël, je vous promets d'élever une statue colossale à Blaise

Pascal, de fonder un prix de cent mille francs pour le plus beau problème de mécanique résolu dans chaque période de dix ans, de doter vos cousines, arrière-cousines, enfin de bâtir un hôpital destiné aux mathématiciens devenus fous ou pauvres.

— Ce serait fort utile, dit Planchette. Monsieur, reprit-il avec le calme d'un homme vivant dans une sphère tout intellectuelle, nous irons demain chez Spieghalter. Ce mécanicien distingué vient de fabriquer, d'après mes plans, une machine perfectionnée avec laquelle un enfant pourrait faire tenir mille bottes de foin dans son chapeau.

— A demain, monsieur.

— A demain.

— Parlez-moi de la Mécanique ! s'écria Raphaël. N'est-ce pas la plus belle des sciences ? L'autre avec ses onagres, ses classements, ses canards, ses genres et ses bocaux pleins de monstres, est tout au plus bon à marquer les points dans un billard public.

Le lendemain, Raphaël tout joyeux vint chercher Planchette, et ils allèrent ensemble dans la rue de la Santé, nom de favorable augure. Chez Spieghalter, le jeune homme se trouva dans un établissement immense, ses regards tombèrent sur une multitude de forges rouges et rugissantes. C'était une pluie de feu, un déluge de clous, un océan de pistons, de vis, de leviers, de traverses, de limes, d'écrous, une mer de fontes, de bois, de soupapes et d'aciers en barres. La limaille prenait à la gorge. Il y avait du fer dans la température, les hommes étaient couverts de fer, tout puait le fer, le fer avait une vie, il était organisé, il se fluidifiait, marchait, pensait en prenant toutes les formes, en obéissant à tous les caprices. A travers les hurlements des soufflets, les *crescendo* des marteaux, les sifflements des tours qui faisaient grogner le fer, Raphaël arriva dans une grande pièce, propre et bien aérée, où il put contempler à son aise la presse immense dont lui avait parlé Planchette. Il admira des espèces de madriers en fonte, et des jumelles en fer unies par un indestructible noyau.

— Si vous tourniez sept fois cette manivelle avec promptitude, lui dit Spieghalter en lui montrant un balancier de fer poli, vous feriez jaillir une planche d'acier en milliers de jets qui vous entreraient dans les jambes comme des aiguilles.

— Peste ! s'écria Raphaël.

Planchette glissa lui-même la Peau de chagrin entre les deux platines de la presse souveraine, et, plein de cette sécurité que donnent les convictions scientifiques, il manœuvra vivement le balancier.

— Couchez-vous tous, nous sommes morts, cria Spieghalter d'une voix tonnante en se laissant tomber lui-même à terre.

Un sifflement horrible retentit dans les ateliers. L'eau contenue dans la machine brisa la fonte, produisit un jet d'une puissance incommensurable, et se dirigea heureusement sur une vieille forge qu'elle renversa, bouleversa, tordit comme une trombe entortille une maison et l'emporte avec elle.

— Oh ! dit tranquillement Planchette, le Cha-

grin est sain comme mon œil ! Maître Spieghalter, il y avait une paille dans votre fonte, ou
quelque interstice dans le grand tube.

— Non, non, je connais ma fonte. Monsieur
peut remporter son outil, le diable est logé
dedans.

L'Allemand saisit un marteau de forgeron, jeta
la Peau sur une enclume, et, de toute la force que
donne la colère, déchargea sur le talisman le
plus terrible coup qui jamais eût mugi dans ses
ateliers.

— Il n'y paraît seulement pas, s'écria Planchette en caressant le chagrin rebelle.

Les ouvriers accoururent. Le contremaître prit
la Peau et la plongea dans le charbon de terre
d'une forge. Tous rangés en demi-cercle autour
du feu, attendirent avec impatience le jeu d'un
énorme soufflet. Raphaël, Spieghalter, le professeur Planchette occupaient le centre de cette
foule noire et attentive. En voyant tous ces yeux
blancs, ces têtes poudrées de fer, ces vêtements
noirs et luisants, ces poitrines poilues, Raphaël
se crut transporté dans le monde nocturne et
fantastique des ballades allemandes. Le contremaître saisit la Peau avec des pinces après
l'avoir laissée dans le foyer pendant dix minutes.

— Rendez-la-moi, dit Raphaël.

Le contremaître la présenta par plaisanterie à
Raphaël. Le marquis mania facilement la Peau
froide et souple sous ses doigts. Un cri d'horreur
s'éleva, les ouvriers s'enfuirent, Valentin resta
seul avec Planchette dans l'atelier désert.

— Il y a décidément quelque chose de diaboli-
que là-dedans, s'écria Raphaël au désespoir.

Aucune puissance humaine ne saurait donc me
donner un jour de plus !

— Monsieur, j'ai tort, répondit le mathématicien d'un air contrit, nous devions soumettre
cette Peau singulière à l'action d'un laminoir.
Où avais-je les yeux en vous proposant une
pression ?

— C'est moi qui l'ai demandée, répliqua
Raphaël.

Le savant respira comme un coupable acquitté
par douze jurés. Cependant, intéressé par le
problème étrange que lui offrait cette peau, il
réfléchit un moment et dit : — Il faut traiter
cette substance inconnue par des réactifs. Allons
voir Japhet, la Chimie sera peut-être plus heureuse que la Mécanique.

Valentin mit son cheval au grand trot, dans
l'espoir de rencontrer le fameux chimiste Japhet
à son laboratoire.

— Hé bien, mon vieil ami, dit Planchette en
apercevant Japhet assis dans un fauteuil et
contemplant un précipité, comment va la
Chimie ?

— Elle s'endort. Rien de neuf. L'Académie a
cependant reconnu l'existence de la salicine.
Mais la salicine, l'asparagine, la vauqueline [1], la
digitaline ne sont pas des découvertes.

— Faute de pouvoir inventer des choses, dit
Raphaël, il paraît que vous en êtes réduits à
inventer des noms.

— Cela est pardieu vrai, jeune homme !

— Tiens, dit le professeur Planchette au chimiste, essaie de nous décomposer cette substance, si tu en extrais un principe quelconque, je

le nomme d'avance la *diaboline*, car en voulant la comprimer, nous venons de briser une presse hydraulique.

— Voyons, voyons cela, s'écria joyeusement le chimiste, ce sera peut-être un nouveau corps simple.

— Monsieur, dit Raphaël, c'est tout simplement un morceau de peau d'âne.

— Monsieur ? reprit gravement le célèbre chimiste.

— Je ne plaisante pas, répliqua le marquis en lui présentant la Peau de chagrin.

La baron Japhet appliqua sur la Peau les houppes nerveuses de sa langue si habile à déguster les sels, les alcalis, les gaz, et dit après quelques essais : — Point de goût ! Voyons, nous allons lui faire boire un peu d'acide phthorique [1].

Soumise à l'action de ce principe, si prompt à désorganiser les tissus animaux, la Peau ne subit aucune altération.

— Ce n'est pas du chagrin, s'écria le chimiste. Nous allons traiter ce mystérieux inconnu comme un minéral et lui donner sur le nez en le mettant dans un creuset infusible où j'ai précisément de la potasse rouge.

Japhet sortit et revint bientôt.

— Monsieur, dit-il à Raphaël, laissez-moi prendre un morceau de cette singulière substance, elle est si extraordinaire...

— Un morceau ! s'écria Raphaël, pas seulement la valeur d'un cheveu. D'ailleurs essayez, dit-il d'un air tout à la fois triste et goguenard.

Le savant cassa un rasoir en voulant entamer la Peau, il tenta de la briser par une forte décharge d'électricité, puis il la soumit à l'action de la pile voltaïque, enfin les foudres de sa science échouèrent sur le terrible talisman. Il était sept heures du soir. Planchette, Japhet et Raphaël, ne s'apercevant pas de la fuite du temps, attendaient le résultat d'une dernière expérience. Le chagrin sortit victorieux d'un épouvantable choc auquel il avait été soumis, grâce à une quantité raisonnable de chlorure d'azote.

— Je suis perdu ! s'écria Raphaël. Dieu est là. Je vais mourir. Il laissa les deux savants stupéfaits.

— Gardons-nous bien de raconter cette aventure à l'Académie, nos collègues s'y moqueraient de nous, dit Planchette au chimiste après une longue pause pendant laquelle ils se regardèrent sans oser se communiquer leurs pensées.

Les deux savants étaient comme des chrétiens sortant de leurs tombes sans trouver un Dieu dans le ciel. La science ? Impuissante ! Les acides ? Eau claire ! La potasse rouge ? Déshonorée ! La pile voltaïque et la foudre ? Deux bilboquets !

— Une presse hydraulique fendue comme une mouillette ! ajouta Planchette.

— Je crois au diable, dit le baron Japhet après un moment de silence.

— Et moi à Dieu, répondit Planchette.

Tous deux étaient dans leur rôle. Pour un mécanicien, l'univers est une machine qui veut un ouvrier ; pour la chimie, cette œuvre d'un démon qui va décomposant tout, le monde est un gaz doué de mouvement.

— Nous ne pouvons pas nier le fait, reprit le chimiste.

— Bah ! pour nous consoler, messieurs les doctrinaires ont créé ce nébuleux axiome : Bête comme un fait.

— Ton axiome, répliqua le chimiste, me semble, à moi, fait comme une bête.

Ils se prirent à rire, et dînèrent en gens qui ne voyaient plus qu'un phénomène dans un miracle.

En rentrant chez lui, Valentin était en proie à une rage froide ; il ne croyait plus à rien, ses idées se brouillaient dans sa cervelle, tournoyaient et vacillaient comme celles de tout homme en présence d'un fait impossible. Il avait cru volontiers à quelque défaut secret dans la machine de Spieghalter, l'impuissance de la science et du feu ne l'étonnait pas ; mais la souplesse de la Peau quand il la maniait, mais sa dureté lorsque les moyens de destruction mis à la disposition de l'homme étaient dirigés sur elle, l'épouvantaient. Ce fait incontestable lui donnait le vertige.

— Je suis fou, se dit-il. Quoique depuis ce matin je sois à jeun, je n'ai ni faim ni soif, et je sens dans ma poitrine un foyer qui me brûle.

Il remit la Peau de chagrin dans le cadre où elle avait été naguère enfermée ; et, après avoir décrit par une ligne d'encre rouge le contour actuel du talisman, il s'assit dans son fauteuil.

— Déjà huit heures, s'écria-t-il. Cette journée a passé comme un songe.

Il s'accouda sur le bras du fauteuil, s'appuya la tête dans sa main gauche, et resta perdu dans une de ces méditations funèbres, dans ces pensées dévorantes dont le secret est emporté par les condamnés à mort.

— Ah! Pauline, s'écria-t-il, pauvre enfant! Il y a des abîmes que l'amour ne saurait franchir, malgré la force de ses ailes. En ce moment il entendit très distinctement un soupir étouffé, et reconnut par un des plus touchants privilèges de la passion le souffle de sa Pauline. — Oh! se dit-il, voilà mon arrêt. Si elle était là, je voudrais mourir dans ses bras.

Un éclat de rire bien franc, bien joyeux, lui fit tourner la tête vers son lit, il vit à travers les rideaux diaphanes la figure de Pauline souriant comme un enfant heureux d'une malice qui réussit; ses beaux cheveux formaient des milliers de boucles sur ses épaules; elle était là semblable à une rose du Bengale sur un monceau de roses blanches.

— J'ai séduit Jonathas, dit-elle. Ce lit ne m'appartient-il pas, à moi qui suis ta femme? Ne me gronde pas, chéri, je ne voulais que dormir près de toi, te surprendre. Pardonne-moi cette folie. Elle sauta hors du lit par un mouvement de chatte, se montra radieuse dans ses mousselines, et s'assit sur les genoux de Raphaël : De quel abîme parlais-tu donc, mon amour? dit-elle en laissant voir sur son front une expression soucieuse.

— De la mort.

— Tu me fais mal, répondit-elle. Il y a certaines idées auxquelles, nous autres, pauvres femmes, nous ne pouvons nous arrêter, elles nous tuent. Est-ce force d'amour ou manque de courage ? Je ne sais. La mort ne m'effraie pas, reprit-elle en riant. Mourir avec toi, demain matin, ensemble, dans un dernier baiser, ce serait un bonheur. Il me semble que j'aurais encore vécu plus de cent ans. Qu'importe le nombre de jours, si, dans une nuit, dans une heure, nous avons épuisé toute une vie de paix et d'amour ?

— Tu as raison, le ciel parle par ta jolie bouche. Donne que je la baise, et mourons, dit Raphaël.

— Mourons donc, répondit-elle en riant.

Vers les neuf heures du matin, le jour passait à travers les fentes des persiennes ; amoindri par la mousseline des rideaux, il permettait encore de voir les riches couleurs du tapis et les meubles soyeux de la chambre où reposaient les deux amants. Quelques dorures étincelaient. Un rayon de soleil venait mourir sur le mol édredon que les jeux de l'amour avaient jeté par terre. Suspendue à une grande psyché, la robe de Pauline se dessinait comme une vaporeuse apparition. Les souliers mignons avaient été laissés loin du lit. Un rossignol vint se poser sur l'appui de la fenêtre, ses gazouillements répétés, le bruit de ses ailes soudainement déployées quand il s'envola, réveillèrent Raphaël.

— Pour mourir, dit-il en achevant une pensée commencée dans son rêve, il faut que mon organisation, ce mécanisme de chair et d'os animé par ma volonté, et qui fait de moi un individu *homme*, présente une lésion sensible. Les médecins doivent connaître les symptômes de la vitalité attaquée, et pouvoir me dire si je suis en santé ou malade.

Il contempla sa femme endormie qui lui tenait la tête, exprimant ainsi pendant le sommeil les tendres sollicitudes de l'amour. Gracieusement étendue comme un jeune enfant et le visage tourné vers lui, Pauline semblait le regarder encore en lui tendant une jolie bouche entrouverte par un souffle égal et pur. Ses petites dents de porcelaine relevaient la rougeur de ses lèvres fraîches sur lesquelles errait un sourire; l'incarnat de son teint était vif, et la blancheur en était pour ainsi dire plus blanche en ce moment qu'aux heures les plus amoureuses de la journée. Son gracieux abandon si plein de confiance mêlait au charme de l'amour les adorables attraits de l'enfance endormie. Les femmes, même les plus naturelles, obéissent encore pendant le jour à certaines conventions sociales qui enchaînent les naïves expansions de leur âme; mais le sommeil semble les rendre à la soudaineté de vie qui décore le premier âge : Pauline ne rougissait de rien, comme une de ces chères et célestes créatures chez qui la raison n'a encore jeté ni pensées dans les gestes, ni secrets dans le regard. Son profil se détachait vivement sur la fine batiste des oreillers, de grosses ruches de dentelle mêlées à ses cheveux en désordre lui donnaient un petit air mutin; mais elle s'était endormie dans le plaisir, ses longs cils étaient appliqués sur sa joue comme pour garantir sa vue d'une lueur trop forte ou pour aider à ce recueillement de l'âme quand elle essaie de retenir une volupté parfaite, mais fugitive; son

oreille mignonne, blanche et rouge, encadrée par
une touffe de cheveux et dessinée dans une coque
de malines, eût rendu fou d'amour un artiste, un
peintre, un vieillard, eût peut-être restitué la
raison à quelque insensé. Voir sa maîtresse
endormie, rieuse dans un songe, paisible sous
votre protection, vous aimant même en rêve, au
moment où la créature semble cesser d'être, et
vous offrant encore une bouche muette qui dans
le sommeil vous parle du dernier baiser ! voir
une femme confiante, demi-nue, mais enveloppée dans son amour comme dans un manteau, et
chaste au sein du désordre ; admirer ses vêtements épars, un bas de soie rapidement quitté la
veille pour vous plaire, une ceinture dénouée qui
vous accuse une foi infinie, n'est-ce pas une joie
sans nom ? Cette ceinture est un poème entier ; la
femme qu'elle protégeait n'existe plus, elle vous
appartient, elle est devenue *vous*; désormais la
trahir, c'est se blesser soi-même. Raphaël attendri contempla cette chambre chargée d'amour,
pleine de souvenirs, où le jour prenait des teintes
voluptueuses, et revint à cette femme aux formes
pures, jeunes, aimante encore, dont surtout les
sentiments étaient à lui sans partage. Il désira
vivre toujours. Quand son regard tomba sur
Pauline, elle ouvrit aussitôt les yeux comme si
un rayon de soleil l'eût frappée.

— Bonjour, ami, dit-elle en souriant. Es-tu
beau, méchant !

Ces deux têtes empreintes d'une grâce due à
l'amour, à la jeunesse, au demi-jour et au silence
formaient une de ces divines scènes dont la
magie passagère n'appartient qu'aux premiers

jours de la passion, comme la naïveté, la candeur
sont les attributs de l'enfance. Hélas ! ces joies
printanières de l'amour, de même que les rires
de notre jeune âge, doivent s'enfuir et ne plus
vivre que dans notre souvenir pour nous désespérer ou nous jeter quelque parfum consolateur,
selon les caprices de nos méditations secrètes.

— Pourquoi t'es-tu réveillée ? dit Raphaël.
J'avais tant de plaisir à te voir endormie, j'en
pleurais.

— Et moi aussi, répondit-elle, j'ai pleuré cette
nuit en te contemplant dans ton repos, mais non
pas de joie. Écoute, mon Raphaël, écoute-moi !
Lorsque tu dors, ta respiration n'est pas franche,
il y a dans ta poitrine quelque chose qui résonne,
et qui m'a fait peur. Tu as pendant ton sommeil
une petite toux sèche, absolument semblable à
celle de mon père qui meurt d'une phtisie. J'ai
reconnu dans le bruit de tes poumons quelques-
uns des effets bizarres de cette maladie. Puis tu
avais la fièvre, j'en suis sûre, ta main était moite
et brûlante. Chéri ! Tu es jeune, dit-elle en
frissonnant, tu pourrais te guérir encore si, par
malheur... Mais non, s'écria-t-elle joyeusement,
il n'y a pas de malheur, la maladie se gagne,
disent les médecins. De ses deux bras, elle enlaça
Raphaël, saisit sa respiration par un de ces
baisers dans lesquels l'âme arrive : — Je ne
désire pas vivre vieille, dit-elle. Mourons jeunes
tous les deux, et allons dans le ciel les mains
pleines de fleurs.

— Ces projets-là se font toujours quand nous
sommes en bonne santé, répondit Raphaël en
plongeant ses mains dans la chevelure de Pau-

line ; mais il eut alors un horrible accès de toux,
de ces toux graves et sonores qui semblent sortir
d'un cercueil, qui font pâlir le front des malades
et les laissent tremblants, tout en sueur, après
avoir remué leurs nerfs, ébranlé leurs côtes,
fatigué leur moelle épinière, et imprimé je ne
sais quelle lourdeur à leurs veines. Raphaël
abattu, pâle, se coucha lentement, affaissé
comme un homme dont toute la force s'est
dissipée dans un dernier effort. Pauline le
regarda d'un œil fixe, agrandi par la peur, et
resta immobile, blanche, silencieuse.

— Ne faisons plus de folies, mon ange, dit-elle
en voulant cacher à Raphaël les horribles pressentiments qui l'agitaient.

Elle se voila la figure de ses mains, car elle
apercevait le hideux squelette de la MORT. La
tête de Raphaël était devenue livide et creuse
comme un crâne arraché aux profondeurs d'un
cimetière pour servir aux études de quelque
savant. Pauline se souvenait de l'exclamation
échappée la veille à Valentin, et se dit à elle-
même : — Oui, il y a des abîmes que l'amour ne
peut pas traverser, mais il doit s'y ensevelir.

Quelques jours après cette scène de désolation,
Raphaël se trouva par une matinée du mois de
mars assis dans un fauteuil, entouré de quatre
médecins qui l'avaient fait placer au jour devant
la fenêtre de sa chambre, et tour à tour lui
tâtaient le pouls, le palpaient, l'interrogeaient
avec une apparence d'intérêt. Le malade épiait
leurs pensées en interprétant et leurs gestes et
les moindres plis qui se formaient sur leurs
fronts. Cette consultation était sa dernière espé-

rance. Ces juges suprêmes allaient lui prononcer
un arrêt de vie ou de mort. Aussi, pour arracher à
la science humaine son dernier mot, Valentin
avait-il convoqué les oracles de la médecine
moderne. Grâce à sa fortune et à son nom, les
trois systèmes entre lesquels flottent les connaissances humaines étaient là devant lui. Trois de
ces docteurs portaient avec eux toute la philosophie médicale, en représentant le combat que se
livrent la Spiritualité, l'analyse et je ne sais quel
Éclectisme railleur. Le quatrième médecin était
Horace Bianchon, homme plein d'avenir et de
science, le plus distingué peut-être des nouveaux
médecins, sage et modeste député de la studieuse jeunesse qui s'apprête à recueillir l'héritage des trésors amassés depuis cinquante ans
par l'École de Paris, et qui bâtira peut-être le
monument pour lequel les siècles précédents ont
apporté tant de matériaux divers. Ami du marquis et de Rastignac, il lui avait donné des soins
depuis quelques jours, et l'aidait à répondre aux
interrogations des trois professeurs auxquels il
expliquait parfois, avec une sorte d'insistance,
les diagnostics qui lui semblaient révéler une
phtisie pulmonaire.

— Vous avez sans doute fait beaucoup
d'excès, menée une vie dissipée, vous vous êtes
livré à de grands travaux d'intelligence ? dit à
Raphaël celui des trois célèbres docteurs dont la
tête carrée, la figure large, l'énergique organisation, paraissaient annoncer un génie supérieur à
celui de ses deux antagonistes.

— J'ai voulu me tuer par la débauche après
avoir travaillé pendant trois ans à un vaste

ouvrage dont vous vous occuperez peut-être un jour, lui répondit Raphaël.

Le grand docteur hocha la tête en signe de contentement, et comme s'il se fût dit en lui-même :

— J'en étais sûr !

Ce docteur était l'illustre Brisset, le chef des organistes, le successeur des Cabanis et des Bichat, le médecin des esprits positifs et maté-rialistes, qui voit en l'homme un être fini, uni-quement sujet aux lois de sa propre organisa-tion, et dont l'état normal ou les anomalies délétères s'expliquent par des causes évidentes.

A cette réponse, Brisset regarda silencieuse-ment un homme de moyenne taille dont le visage empourpré, l'œil ardent semblaient appartenir à quelque satyre antique, et qui, le dos appuyé sur le coin de l'embrasure, contemplait attentive-ment Raphaël sans mot dire. Homme d'exalta-tion et de croyance, le docteur Caméristus, chef des vitalistes, poétique défenseur des doctrines abstraites de Van Helmont, voyait dans la vie humaine un principe élevé, un phénomène inex-plicable qui se joue des bistouris, trompe la chirurgie, échappe aux médicaments de la phar-maceutique, aux x de l'algèbre, aux démonstra-tions de l'anatomie, et se rit de nos efforts ; une espèce de flamme intangible, invisible, soumise à quelque loi divine, et qui reste souvent au milieu d'un corps condamné par nos arrêts, comme elle déserte aussi les organisations les plus viables.

Un sourire sardonique errait sur les lèvres du troisième, le docteur Maugredie, esprit distingué, mais pyrrhonien et moqueur, qui ne croyait qu'au scalpel, concédait à Brisset la mort d'un homme qui se portait à merveille, et reconnaissait avec Caméristus qu'un homme pouvait vivre encore après sa mort. Il trouvait du bon dans toutes les théories, n'en adoptait aucune, prétendait que le meilleur système médical était de n'en point avoir, et de s'en tenir aux faits. Panurge de l'école, roi de l'observation, ce grand explorateur, ce grand railleur, l'homme des tentatives désespérées, examinait la Peau de chagrin.

— Je voudrais bien être témoin de la coïncidence qui existe entre vos désirs et son rétrécissement, dit-il au marquis.

— A quoi bon ? s'écria Brisset.

— A quoi bon ? répéta Caméristus.

— Ah ! vous êtes d'accord, répondit Maugredie.

— Cette contraction est toute simple, ajouta Brisset.

— Elle est surnaturelle, dit Caméristus.

— En effet, répliqua Maugredie en affectant un air grave et rendant à Raphaël sa Peau de chagrin, le racornissement du cuir est un fait inexplicable et cependant naturel, qui, depuis l'origine du monde, fait le désespoir de la médecine et des jolies femmes.

A force d'examiner les trois docteurs, Valentin ne découvrit en eux aucune sympathie pour ses maux. Tous trois, silencieux à chaque réponse, le toisaient avec indifférence et le questionnaient sans le plaindre. La nonchalance perçait à travers leur politesse. Soit certitude, soit réflexion, leurs paroles étaient si rares, si indolentes, que par moments Raphaël les crut distraits. De temps à autre, Brisset seul répondait : « Bon ! bien ! » à tous les symptômes désespérants dont l'existence était démontrée par Bianchon. Camé- ristus demeurait plongé dans une profonde rêve- rie, Maugredie ressemblait à un auteur comique étudiant deux originaux pour les transporter fidèlement sur la scène. La figure d'Horace trahissait une peine profonde, un attendrisse- ment plein de tristesse. Il était médecin depuis trop peu de temps pour être insensible devant la douleur et impassible près d'un lit funèbre ; il ne savait pas éteindre dans ses yeux les larmes amies qui empêchent un homme de voir clair et de saisir, comme un général d'armée, le moment propice à la victoire, sans écouter les cris des moribonds. Après être restés pendant une demi- heure environ à prendre en quelque sorte la mesure de la maladie et du malade, comme un tailleur prend la mesure d'un habit à un jeune homme qui lui commande ses vêtements de noces, ils dirent quelques lieux communs, parlè- rent même des affaires publiques ; puis ils voulu- rent passer dans le cabinet de Raphaël pour se communiquer leurs idées et rédiger la sentence.

— Messieurs, leur dit Valentin, ne puis-je donc assister au débat ?

A ces mots, Brisset et Maugredie se récrièrent vivement, et, malgré les instances de leur malade, ils se refusèrent à délibérer en sa pré- sence. Raphaël se soumit à l'usage en pensant qu'il pouvait se glisser dans un couloir d'où il entendrait facilement les discussions médicales auxquelles les trois professeurs allaient se livrer.

— Messieurs, dit Brisset en entrant, permettez-moi de vous donner promptement mon avis. Je ne veux ni vous l'imposer, ni le voir controversé : d'abord il est net, précis, et résulte d'une similitude complète entre un de mes malades et le sujet que nous avons été appelés à examiner ; puis je suis attendu à mon hospice. L'importance du fait qui y réclame ma présence m'excusera de prendre le premier la parole. *Le sujet* qui nous occupe est également fatigué par des travaux intellectuels... Qu'a-t-il donc fait, Horace ? dit-il en s'adressant au jeune médecin.

— Une théorie de la volonté.

— Ah ! diable, mais c'est un vaste sujet. Il est fatigué, dis-je, par des excès de pensée, par des écarts de régime, par l'emploi répété de stimulants trop énergiques. L'action violente du corps et du cerveau a donc vicié le jeu de tout l'organisme. Il est facile, messieurs, de reconnaître, dans les symptômes de la face et du corps, une irritation prodigieuse à l'estomac, la névrose du grand sympathique, la vive sensibilité de l'épigastre, et le resserrement des hypocondres. Vous avez remarqué la grosseur et la saillie du foie. Enfin monsieur Bianchon a constamment observé les digestions de son malade, et nous a dit qu'elles étaient difficiles, laborieuses. A proprement parler, il n'existe plus d'estomac ; l'homme a disparu. L'intellect est atrophié parce que l'homme ne digère plus. L'altération progressive de l'épigastre, centre de la vie, a vicié tout le système. De là partent des irradiations constantes et flagrantes, le désordre a gagné le cerveau par le plexus nerveux, d'où l'irritation excessive de cet organe. Il y a monomanie. Le malade est sous le poids d'une idée fixe. Pour lui cette Peau de chagrin se rétrécit réellement, peut-être a-t-elle toujours été comme nous l'avons vue ; mais, qu'il se contracte ou non, ce *chagrin* est pour lui la mouche que certain grand vizir avait sur le nez. Mettez promptement des sangsues à l'épigastre, calmez l'irritation de cet organe où l'homme tout entier réside, tenez le malade au régime, la monomanie cessera. Je n'en dirai pas davantage au docteur Bianchon ; il doit saisir l'ensemble et les détails du traitement. Peut-être y a-t-il complication de maladie, peut-être les voies respiratoires sont-elles également irritées ; mais je crois le traitement de l'appareil intestinal beaucoup plus important, plus nécessaire, plus urgent que n'est celui des poumons. L'étude tenace de matières abstraites et quelques passions violentes ont produit de graves perturbations dans ce mécanisme vital ; cependant il est temps encore d'en redresser les ressorts, rien n'y est trop fortement adultéré. Vous pouvez donc facilement sauver votre ami, dit-il à Bianchon.

— Notre savant collègue prend l'effet pour la cause, répondit Camériste. Oui, les altérations si bien observées par lui existent chez le malade, mais l'estomac n'a pas graduellement établi des irritations dans l'organisme et vers le cerveau, comme une fêlure étend autour d'elle des rayons dans une vitre. Il a fallu un coup pour trouer le vitrail : ce coup, qui l'a porté ? Le savons-nous ?

Avons-nous suffisamment observé le malade ?
Connaissons-nous tous les accidents de sa vie ?
Messieurs, le principe vital, l'*archée* de Van
Helmont, est atteint en lui, la vitalité même est
attaquée dans son essence, l'étincelle divine,
l'intelligence transitoire qui sert comme de lien
à la machine et qui produit la volonté, la science
de la vie, a cessé de régulariser les phénomènes
journaliers du mécanisme et les fonctions de
chaque organe ; de là proviennent les désordres
si bien appréciés par mon docte confrère. Le
mouvement n'est pas venu de l'épigastre au
cerveau, mais du cerveau vers l'épigastre. Non,
dit-il en se frappant avec force la poitrine, non, je
ne suis pas un estomac fait homme ! Non, tout
n'est pas là. Je ne me sens pas le courage de dire
que si j'ai un bon épigastre, le reste est de forme.
Nous ne pouvons pas, reprit-il plus doucement,
soumettre à une même cause physique et à un
traitement uniforme les troubles graves qui sur-
viennent chez les différents sujets plus ou moins
sérieusement atteints. Aucun homme ne se ressemble. Nous avons tous des organes particuliers, diversement affectés, diversement nourris,
propres à remplir des missions différentes, et à
développer des thèmes nécessaires à l'accomplissement d'un ordre de choses qui nous est
inconnu. La portion du grand tout, qui par une
haute volonté vient opérer, entretenir en nous le
phénomène de l'animation, se formule d'une
manière distincte dans chaque homme, et fait de
lui un être en apparence fini, mais qui par un
point coexiste à une cause infinie. Aussi devons-
nous étudier chaque sujet séparément, le péné-

trer, reconnaître en quoi consiste sa vie, quelle en est la puissance. Depuis la mollesse d'une éponge mouillée jusqu'à la dureté d'une pierre ponce, il y a des nuances infinies. Voilà l'homme. Entre les organisations spongieuses des lymphatiques et la vigueur métallique des muscles de quelques hommes destinés à une longue vie, que d'erreurs ne commettra pas le système unique, implacable, de la guérison par l'abattement, par la prostration des forces humaines que vous supposez toujours irritées ! Ici donc, je voudrais un traitement tout moral, un examen approfondi de l'être intime. Allons chercher la cause du mal dans les entrailles de l'âme et non dans les entrailles du corps ! Un médecin est un être inspiré, doué d'un génie particulier, à qui Dieu concède le pouvoir de lire dans la vitalité, comme il donne aux prophètes des yeux pour contempler l'avenir, au poète la faculté d'évoquer la nature, au musicien celle d'arranger les sons dans un ordre harmonieux dont le type est en haut, peut-être !...

— Toujours sa médecine absolutiste, monarchique et religieuse, dit Brisset en murmurant.

— Messieurs, reprit promptement Maugredie en couvrant avec promptitude l'exclamation de Brisset, ne perdons pas de vue le malade...

— Voilà donc où en est la science ! s'écria tristement Raphaël. Ma guérison flotte entre un rosaire et un chapelet de sangsues, entre le bistouri de Dupuytren et la prière du prince de Hohenlohe ! Sur la ligne qui sépare le fait de la parole, la matière de l'esprit, Maugredie est là, doutant. Le *oui* et *non* humain me poursuit

partout! Toujours le *Carymary, Carymara* de
Rabelais [1] : je suis spirituellement malade, cary-
mary! ou matériellement malade, carymara!
Dois-je vivre? Ils l'ignorent. Au moins Planchette était-il plus franc, en me disant : Je ne
sais pas.

En ce moment, Valentin entendit la voix du
docteur Maugredie.

— Le malade est monomane, eh bien, d'accord, s'écria-t-il, mais il a deux cent mille livres
de rente, ces monomanes-là sont fort rares, et
nous leur devons au moins un avis. Quant à
savoir si son épigastre a réagi sur le cerveau, ou
le cerveau sur son épigastre, nous pourrons peut-
être vérifier le fait : quand il sera mort. Résu-
mons-nous donc. Il est malade, le fait est incontestable. Il lui faut un traitement quelconque.
Laissons les doctrines. Mettons-lui des sangsues
pour calmer l'irritation intestinale et la névrose
sur l'existence desquelles nous sommes d'accord, puis envoyons-le aux eaux : nous agirons à
la fois d'après les deux systèmes. S'il est pulmonique, nous ne pouvons guère le sauver, ainsi...

Raphaël quitta promptement le couloir et vint
se remettre dans son fauteuil. Bientôt les quatre
médecins sortirent du cabinet. Horace porta la
parole et lui dit : — Ces messieurs ont unanimement reconnu la nécessité d'une application
immédiate de sangsues à l'estomac, et l'urgence
d'un traitement à la fois physique et moral.
D'abord un régime diététique, afin de calmer
l'irritation de votre organisme.

Ici Brisset fit un signe d'approbation.

— Puis, un régime hygiénique pour régir

votre moral. Ainsi nous vous conseillons unanimement d'aller aux eaux d'Aix en Savoie, ou à celles du Mont-Dore en Auvergne, si vous les préférez ; l'air et les sites de la Savoie sont plus agréables que ceux du Cantal, mais vous suivrez votre goût.

Là, le docteur Caméristus laissa échapper un geste d'assentiment.

— Ces messieurs, reprit Bianchon, ayant reconnu de légères altérations dans l'appareil respiratoire, sont tombés d'accord sur l'utilité de mes prescriptions antérieures. Ils pensent que votre guérison est facile et dépendra de l'emploi sagement alternatif de ces divers moyens... Et...

— Et voilà pourquoi votre fille est muette, dit Raphaël en souriant et en attirant Horace dans son cabinet pour lui remettre le prix de cette inutile consultation.

— Ils sont logiques, lui répondit le jeune médecin. Caméristus ment, Brisset examine, Maugredie doute. L'homme n'a-t-il pas une âme, un corps et une raison ? L'une de ces trois causes premières agit en nous d'une manière plus ou moins forte, et il y aura toujours de l'homme dans la science humaine. Crois-moi, Raphaël, nous ne guérissons pas, nous aidons à guérir. Entre la médecine de Brisset et celle de Caméristus, se trouve encore la médecine expectante ; mais pour pratiquer celle-ci avec succès, il faudrait connaître son malade depuis dix ans. Il y a au fond de la médecine négation comme dans toutes les sciences. Tâche donc de vivre sagement, essaie d'un voyage en Savoie ; le mieux est et sera toujours de se confier à la nature.

Un mois après, au retour de la promenade et par une belle soirée d'été, quelques-unes des personnes venues aux eaux d'Aix se trouvèrent réunies dans les salons du Cercle. Assis près d'une fenêtre et tournant le dos à l'assemblée, Raphaël resta longtemps seul, plongé dans une de ces rêveries machinales durant lesquelles nos pensées naissent, s'enchaînent, s'évanouissent sans revêtir de formes, et passent en nous comme de légers nuages à peine colorés. La tristesse est alors douce, la joie est vaporeuse, et l'âme est presque endormie. Se laissant aller à cette vie sensuelle, Valentin se baignait dans la tiède atmosphère du soir en savourant l'air pur et parfumé des montagnes, heureux de ne sentir aucune douleur et d'avoir enfin réduit au silence sa menaçante Peau de chagrin. Au moment où les teintes rouges du couchant s'éteignirent sur les cimes, la température fraîchit, il quitta sa place en poussant la fenêtre.

— Monsieur, lui dit une vieille dame, auriez-vous la complaisance de ne pas fermer la croisée ? Nous étouffons.

Cette phrase déchira le tympan de Raphaël par ces dissonances d'une aigreur singulière ; elle fut comme le mot que lâche imprudemment un homme à l'amitié duquel nous voulions croire, et qui détruit quelque douce illusion de sentiment en trahissant un abîme d'égoïsme. Le marquis jeta sur la vieille dame le froid regard d'un diplomate impassible, il appela un valet et lui dit sèchement quand il arriva : — Ouvrez cette fenêtre !

A ces mots, une surprise insolite éclata sur

tous les visages. L'assemblée se mit à chuchoter, en regardant le malade d'un air plus ou moins expressif, comme s'il eût commis quelque grave impertinence. Raphaël, qui n'avait pas entièrement dépouillé sa primitive timidité de jeune homme, eut un mouvement de honte ; mais il secoua sa torpeur, reprit son énergie et se demanda compte à lui-même de cette scène étrange. Soudain un rapide mouvement anima son cerveau, le passé lui apparut dans une vision distincte où les causes du sentiment qu'il inspirait saillirent en relief comme les veines d'un cadavre chez lequel, par quelque savante injection, les naturalistes colorent les moindres ramifications ; il se reconnut lui-même dans ce tableau fugitif, y suivit son existence, jour par jour, pensée à pensée ; il s'y vit, non sans surprise, sombre et distrait au sein de ce monde rieur, toujours songeant à sa destinée, préoccupé de son mal, paraissant dédaigner la causerie la plus insignifiante, fuyant ces intimités éphémères qui s'établissent promptement entre les voyageurs parce qu'ils comptent sans doute ne plus se rencontrer ; peu soucieux des autres, et semblable enfin à ces rochers insensibles aux caresses comme à la furie des vagues. Puis, par un rare privilège d'intuition, il lut dans toutes les âmes : en découvrant sous la lueur d'un flambeau le crâne jaune, le profil sardonique d'un vieillard, il se rappela de lui avoir gagné son argent sans lui avoir proposé de prendre sa revanche ; plus loin il aperçut une jolie femme dont les agaceries l'avaient trouvé froid ; chaque visage lui reprochait un de ces torts inexplicables en apparence, mais dont le crime gît toujours dans une invisible blessure faite à l'amour-propre. Il avait involontairement froissé toutes les petites vanités qui gravitaient autour de lui. Les convives de ses fêtes ou ceux auxquels il avait offert ses chevaux s'étaient irrités de son luxe ; surpris de leur ingratitude, il leur avait épargné ces espèces d'humiliations : dès lors ils s'étaient crus méprisés et l'accusaient d'aristocratie. En sondant ainsi les cœurs, il put en déchiffrer les pensées les plus secrètes ; il eut horreur de la société, de sa politesse, de son vernis. Riche et d'un esprit supérieur, il était envié, haï ; son silence trompait la curiosité, sa modestie semblait de la hauteur à ces gens mesquins et superficiels. Il devina le crime latent, irrémissible, dont il était coupable envers eux : il échappait à la juridiction de leur médiocrité. Rebelle à leur despotisme inquisiteur, il savait se passer d'eux ; pour se venger de cette royauté clandestine, tous s'étaient instinctivement ligués pour lui faire sentir leur pouvoir, le soumettre à quelque ostracisme, et lui apprendre qu'eux aussi pouvaient se passer de lui. Pris de pitié d'abord à cette vue du monde, il frémit bientôt en pensant à la souple puissance qui lui soulevait ainsi le voile de chair sous lequel est ensevelie la nature morale, et ferma les yeux comme pour ne plus rien voir. Tout à coup un rideau noir fut tiré sur cette sinistre fantasmagorie de vérité, mais il se trouva dans l'horrible isolement qui attend les puissances et les dominations. En ce moment, il eut un violent accès de toux. Loin de recueillir une seule de ces paroles

indifférentes en apparence, mais qui du moins
simulent une espèce de compassion polie chez
les personnes de bonne compagnie rassemblées
par hasard, il entendit des interjections hostiles
et des plaintes murmurées à voix basse. La
Société ne daignait même plus se grimer pour
lui, parce qu'il la devinait peut-être. — Sa
maladie est contagieuse. — Le président du
Cercle devrait lui interdire l'entrée du salon. —
En bonne police, il est vraiment défendu de
tousser ainsi. — Quand un homme est aussi
malade, il ne doit pas venir aux eaux. — Il me
chassera d'ici. Raphaël se leva pour se dérober à
la malédiction générale, et se promena dans
l'appartement. Il voulut trouver une protection,
et revint près d'une jeune femme inoccupée à
laquelle il médita d'adresser quelques flatteries ;
mais, à son approche, elle lui tourna le dos, et
feignit de regarder les danseurs. Raphaël craignit d'avoir déjà pendant cette soirée usé de son
talisman ; il ne se sentit ni la volonté, ni le
courage d'entamer la conversation, quitta le
salon et se réfugia dans la salle de billard. Là,
personne ne lui parla, ne le salua, ne lui jeta le
plus léger regard de bienveillance. Son esprit
naturellement méditatif lui révéla, par une
intussusception, la cause générale et rationnelle
de l'aversion qu'il avait excitée. Ce petit monde
obéissait, sans le savoir peut-être, à la grande loi
qui régit la haute société, dont la morale implacable se développa tout entière aux yeux de
Raphaël. Un regard rétrograde lui en montra le
type complet en Fœdora. Il ne devait pas rencontrer plus de sympathie pour ses maux chez celle-

ci, que pour ses misères de cœur chez celle-là. Le beau monde bannit de son sein les malheureux, comme un homme de santé vigoureuse expulse de son corps un principe morbifique. Le monde abhorre les douleurs et les infortunes, il les redoute à l'égal des contagions, il n'hésite jamais entre elles et les vices : le vice est un luxe. Quelque majestueux que soit un malheur, la société sait l'amoindrir, le ridiculiser par une épigramme ; elle dessine des caricatures pour jeter à la tête des rois déchus les affronts qu'elle croit avoir reçus d'eux ; semblable aux jeunes Romaines du cirque, elle ne fait jamais grâce au gladiateur qui tombe ; elle vit d'or et de moquerie ; *Mort aux faibles !* est le vœu de cette espèce d'ordre équestre institué chez toutes les nations de la terre, car il s'élève partout des riches, et cette sentence est écrite au fond des cœurs pétris par l'opulence ou nourris par l'aristocratie. Rassemblez-vous des enfants dans un collège ? Cette image en raccourci de la société, mais image d'autant plus vraie qu'elle est plus naïve et plus franche, vous offre toujours de pauvres ilotes, créatures de souffrance et de douleur, incessamment placées entre le mépris et la pitié : l'Évangile leur promet le ciel. Descendez-vous plus bas sur l'échelle des êtres organisés ? Si quelque volatile est endolori parmi ceux d'une basse-cour, les autres le poursuivent à coups de bec, le plument et l'assassinent. Fidèle à cette charte de l'égoïsme, le monde prodigue ses rigueurs aux misères assez hardies pour venir affronter ses fêtes, pour chagriner ses plaisirs. Quiconque souffre de corps ou d'âme, manque d'argent ou de pouvoir, est un Paria. Qu'il reste dans son désert ; s'il en franchit les limites, il trouve partout l'hiver : froideur de regards, froideur de manières, de paroles, de cœur ; heureux s'il ne récolte pas l'insulte là où pour lui devait éclore une consolation. Mourants, restez sur vos lits désertés. Vieillards, soyez seuls à vos froids foyers. Pauvres filles sans dot, gelez et brûlez dans vos greniers solitaires. Si le monde tolère un malheur, n'est-ce pas pour le façonner à son usage, en tirer profit, le bâter, lui mettre un mors, une housse, le monter, en faire une joie ? Quinteuses demoiselles de compagnie, composez-vous de gais visages ! Endurez les vapeurs de votre prétendue bienfaitrice ; portez ses chiens ; rivales de ses griffons anglais, amusez-la, devinez-la, puis taisez-vous ! Et toi, roi des valets sans livrée, parasite effronté, laisse ton caractère à la maison ; digère comme digère ton amphitryon, pleure de ses pleurs, ris de son rire, tiens ses épigrammes pour agréables ; si tu veux en médire, attends sa chute. Ainsi le monde honore-t-il le malheur : il le tue ou le chasse, l'avilit ou le châtre.

Ces réflexions sourdirent au cœur de Raphaël avec la promptitude d'une inspiration poétique ; il regarda autour de lui, et sentit ce froid sinistre que la société distille pour éloigner les misères, et qui saisit l'âme encore plus vivement que la bise de décembre ne glace le corps. Il se croisa les bras sur la poitrine, s'appuya le dos à la muraille, et tomba dans une mélancolie profonde. Il songeait au peu de bonheur que cette épouvantable police [1] procure au monde. Qu'était-ce ? Des amusements sans plaisir, de la gaieté sans joie, des fêtes sans jouissance, du délire sans volupté, enfin le bois ou les cendres d'un foyer, mais sans une étincelle de flamme. Quand il releva la tête, il se vit seul, les joueurs avaient fui. — Pour leur faire adorer ma toux, il me suffirait de leur révéler mon pouvoir ! se dit-il. A cette pensée, il jeta le mépris comme un manteau entre le monde et lui.

Le lendemain, le médecin des eaux vint le voir d'un air affectueux et s'inquiéta de sa santé. Raphaël éprouva un mouvement de joie en entendant les paroles amies qui lui furent adressées. Il trouva la physionomie du docteur empreinte de douceur et de bonté, les boucles de sa perruque blonde respiraient la philanthropie, la coupe de son habit carré, les plis de son pantalon, ses souliers larges comme ceux d'un *quaker*, tout, jusqu'à la poudre circulairement semée par sa petite queue sur son dos légèrement voûté, trahissait un caractère apostolique, exprimait la charité chrétienne et le dévouement d'un homme qui, par zèle pour ses malades, s'était astreint à jouer le whist et le trictrac assez bien pour toujours gagner leur argent.

— Monsieur le marquis, dit-il, après avoir causé longtemps avec Raphaël, je vais sans doute dissiper votre tristesse. Maintenant, je connais assez votre constitution pour affirmer que les médecins de Paris, dont les grands talents me sont connus, se sont trompés sur la nature de votre maladie. A moins d'accident, monsieur le marquis, vous pouvez vivre la vie de Mathusalem. Vos poumons sont aussi forts que des soufflets de forge, et votre estomac ferait honte à celui d'une autruche ; mais si vous restez dans une température élevée, vous risquez d'être très proprement et promptement mis en terre sainte. Monsieur le marquis va me comprendre en deux mots. La chimie a démontré que la respiration constitue chez l'homme une véritable combustion dont le plus ou moins d'intensité dépend de l'affluence ou de la rareté des principes phlogistiques amassés par l'organisme particulier à chaque individu. Chez vous, le phlogistique abonde ; vous êtes, s'il m'est permis de m'exprimer ainsi, suroxygéné par la complexion ardente des hommes destinés aux grandes passions. En respirant l'air vif et pur qui accélère la vie chez les hommes à fibre molle, vous aidez encore à une combustion déjà trop rapide. Une des conditions de votre existence est donc l'atmosphère épaisse des étables, des vallées. Oui, l'air vital de l'homme dévoré par le génie se trouve dans les gras pâturages de l'Allemagne, à Baden-Baden, à Tœplitz. Si vous n'avez pas d'horreur de l'Angleterre, sa sphère brumeuse calmera votre incandescence ; mais nos eaux situées à mille pieds au-dessus du niveau de la Méditerranée vous sont funestes. Tel est mon avis, dit-il en laissant échapper un geste de modestie ; je le donne contre nos intérêts, puisque, si vous le suivez, nous aurons le malheur de vous perdre.

Sans ces derniers mots, Raphaël eût été séduit par la fausse bonhomie du mielleux médecin, mais il était trop profond observateur pour ne pas deviner à l'accent, au geste et au regard qui

accompagnèrent cette phrase doucement railleuse, la mission dont le petit homme avait sans
doute été chargé par l'assemblée de ses joyeux
malades. Ces oisifs au teint fleuri, ces vieilles
femmes ennuyées, ces Anglais nomades, ces
petites-maîtresses échappées à leurs maris et
conduites aux eaux par leurs amants, entrepre-
naient donc d'en chasser un pauvre moribond
débile, chétif, en apparence incapable de résister
à une persécution journalière. Raphaël accepta
le combat en voyant un amusement dans cette
intrigue.

— Puisque vous seriez désolé de mon départ,
répondit-il au docteur, je vais essayer de mettre
à profit votre bon conseil tout en restant ici. Dès
demain, j'y ferai construire une maison où nous
modifierons l'air suivant votre ordonnance.

Interprétant le sourire amèrement goguenard
qui vint errer sur les lèvres de Raphaël, le
médecin se contenta de le saluer, sans trouver
mot à lui dire.

Le lac du Bourget est une vaste coupe de
montagnes tout ébréchée où brille, à sept ou huit
cents pieds au-dessus de la Méditerranée, une
goutte d'eau bleue comme ne l'est aucune eau
dans le monde. Vu du haut de la Dent-du-Chat,
ce lac est là comme une turquoise égarée. Cette
jolie goutte d'eau a neuf lieues de contour, et
dans certains endroits près de cinq pieds de
profondeur. Être là dans une barque au milieu
de cette nappe par un beau ciel, n'entendre que
le bruit des rames, ne voir à l'horizon que des
montagnes nuageuses, admirer les neiges étincelantes de la Maurienne française, passer tour à

tour des blocs de granit vêtus de velours par des fougères ou par des arbustes nains, à de riantes collines ; d'un côté le désert, de l'autre une riche nature ; un pauvre assistant au dîner d'un riche ; ces harmonies et ces discordances composent un spectacle où tout est grand, où tout est petit. L'aspect des montagnes change les conditions de l'optique et de la perspective : un sapin de cent pieds vous semble un roseau, de larges vallées vous apparaissent étroites autant que des sentiers. Ce lac est le seul où l'on puisse faire une confidence de cœur à cœur. On y pense et on y aime. En aucun endroit vous ne rencontreriez une plus belle entente entre l'eau, le ciel, les montagnes et la terre. Il s'y trouve des baumes pour toutes les crises de la vie. Ce lieu garde le secret des douleurs, il les console, les amoindrit, et jette dans l'amour je ne sais quoi de grave, de recueilli, qui rend la passion plus profonde, plus pure. Un baiser s'y agrandit. Mais c'est surtout le lac des souvenirs ; il les favorise en leur donnant la teinte de ses ondes, miroir où tout vient se réfléchir. Raphaël ne supportait son fardeau qu'au milieu de ce beau paysage ; il y pouvait rester indolent, songeur et sans désirs. Après la visite du docteur, il alla se promener et se fit débarquer à la pointe déserte d'une jolie colline sur laquelle est situé le village de Saint-Innocent. De cette espèce de promontoire, la vue embrasse les monts de Bugey, au pied desquels coule le Rhône, et le fond du lac ; mais de là Raphaël aimait à contempler, sur la rive opposée, l'abbaye mélancolique de Haute-Combe, sépulture des rois de Sardaigne prosternés

devant les montagnes comme des pèlerins arrivés au terme de leur voyage [1]. Un frissonnement
égal et cadencé de rames troubla le silence de ce
paysage et lui prêta une voix monotone, semblable aux psalmodies des moines. Étonné de rencontrer des promeneurs dans cette partie du lac
ordinairement solitaire, le marquis examina,
sans sortir de sa rêverie, les personnes assises
dans la barque, et reconnut à l'arrière la vieille
dame qui l'avait si durement interpellé la veille.
Quand le bateau passa devant Raphaël, il ne fut
salué que par la demoiselle de compagnie de
cette dame, pauvre fille noble qu'il lui semblait
voir pour la première fois. Déjà, depuis quelques
instants, il avait oublié les promeneurs, promptement disparus derrière le promontoire, lorsqu'il entendit près de lui le frôlement d'une robe
et le bruit de pas légers. En se retournant, il
aperçut la demoiselle de compagnie ; à son air
contraint, il devina qu'elle voulait lui parler, et
s'avança vers elle. Âgée d'environ trente-six ans,
grande et mince, sèche et froide, elle était,
comme toutes les vieilles filles, assez embarras-
sée de son regard, qui ne s'accordait plus avec
une démarche indécise, gênée, sans élasticité.
Tout à la fois vieille et jeune, elle exprimait par
une certaine dignité de maintien le haut prix
qu'elle attachait à ses trésors et à ses perfections.
Elle avait d'ailleurs les gestes discrets et monas-
tiques des femmes habituées à se chérir elles-
mêmes, sans doute pour ne pas faillir à leur
destinée d'amour.

— Monsieur, votre vie est en danger, ne venez
plus au Cercle, dit-elle à Raphaël en faisant

quelques pas en arrière, comme si déjà sa vertu se trouvait compromise.

— Mais, mademoiselle, répondit Valentin en souriant, de grâce expliquez-vous plus clairement, puisque vous avez daigné venir jusqu'ici.

— Ah! reprit-elle, sans le puissant motif qui m'amène, je n'aurais pas risqué d'encourir la disgrâce de madame la comtesse, car si elle savait jamais que je vous ai prévenu...

— Et qui le lui dirait, mademoiselle? s'écria Raphaël.

— C'est vrai, répondit la vieille fille en lui jetant le regard tremblotant d'une chouette mise au soleil. Mais pensez à vous, reprit-elle, plusieurs jeunes gens qui veulent vous chasser des eaux se sont promis de vous provoquer, de vous forcer à vous battre en duel.

La voix de la vieille dame retentit dans le lointain.

— Mademoiselle, dit le marquis, ma reconnaissance...

Sa protectrice s'était déjà sauvée en entendant la voix de sa maîtresse qui, derechef, glapissait dans les rochers.

— Pauvre fille! Les misères s'entendent et se secourent toujours, pensa Raphaël en s'asseyant au pied de son arbre.

La clef de toutes les sciences est sans contredit le point d'interrogation, nous devons la plupart des grandes découvertes au : Comment? et la sagesse dans la vie consiste peut-être à se demander à tout propos : Pourquoi? Mais aussi cette factice prescience détruit-elle nos illusions. Ainsi Valentin, ayant pris, sans préméditation de philosophie, la bonne action de la vieille fille pour texte de ses pensées vagabondes, la trouva pleine de fiel.

— Que je sois aimé d'une demoiselle de compagnie, se dit-il, il n'y a rien là d'extraordinaire : j'ai vingt-sept ans, un titre et deux cent mille livres de rente ! Mais que sa maîtresse, qui dispute aux chattes la palme de l'hydrophobie, l'ait menée en bateau, près de moi, n'est-ce pas une chose étrange et merveilleuse ? Ces deux femmes venues en Savoie pour y dormir comme des marmottes, et qui demandent à midi s'il est jour, se seraient levées avant huit heures aujourd'hui pour faire du hasard en se mettant à ma poursuite ?

Bientôt cette vieille fille et son ingénuité quadragénaire fut à ses yeux une nouvelle transformation de ce monde artificieux et taquin, une ruse mesquine, un complot maladroit, une pointillerie de prêtre ou de femme. Le duel était-il une fable, ou voulait-on seulement lui faire peur ? Insolentes et tracassières comme des mouches, ces âmes étroites avaient réussi à piquer sa vanité, à réveiller son orgueil, à exciter sa curiosité. Ne voulant ni devenir leur dupe, ni passer pour un lâche, et amusé peut-être par ce petit drame, il vint au Cercle le soir même. Il se tint debout, accoudé sur le marbre de la cheminée, et resta tranquille au milieu du salon principal, en s'étudiant à ne donner aucune prise sur lui ; mais il examinait les visages, et défiait en quelque sorte l'assemblée par sa circonspection. Comme un dogue sûr de sa force, il attendait le combat chez lui, sans aboyer inutilement.

Vers la fin de la soirée, il se promena dans le
salon de jeu, en allant de la porte d'entrée à celle
du billard, où il jetait de temps à autre un coup
d'œil aux jeunes gens qui y faisaient une partie.
Après quelques tours, il s'entendit nommer par
eux. Quoiqu'ils parlassent à voix basse, Raphaël
devina facilement qu'il était devenu l'objet d'un
débat, et finit par saisir quelques phrases dites à
haute voix. — Toi ? — Oui, moi ! — Je t'en défie !
— Parions ! — Oh ! il ira. Au moment où Valentin, curieux de connaître le sujet du pari, s'arrêta
pour écouter attentivement la conversation, un
jeune homme grand et fort, de bonne mine, mais
ayant le regard fixe et impertinent des gens
appuyés sur quelque pouvoir matériel, sortit du
billard.

— Monsieur, dit-il d'un ton calme, en s'adressant à Raphaël, je me suis chargé de vous
apprendre une chose que vous semblez ignorer :
votre figure et votre personne déplaisent ici à
tout le monde, et à moi en particulier ; vous êtes
trop poli pour ne pas vous sacrifier au bien
général, et je vous prie de ne plus vous présenter
au Cercle.

— Monsieur, cette plaisanterie, déjà faite sous
l'Empire dans plusieurs garnisons, est devenue
aujourd'hui de fort mauvais ton, répondit froidement Raphaël.

— Je ne plaisante pas, reprit le jeune homme,
je vous le répète : Votre santé souffrirait beaucoup de votre séjour ici : la chaleur, les lumières,
l'air du salon, la compagnie nuisent à votre
maladie.

— Où avez-vous étudié la médecine ? demanda Raphaël.

— Monsieur, j'ai été reçu bachelier au tir de Lepage à Paris et docteur chez Cérisier, le roi du fleuret.

— Il vous reste un dernier grade à prendre, répliqua Valentin, étudiez le Code de la politesse, vous serez un parfait gentilhomme.

En ce moment les jeunes gens, souriant ou silencieux, sortirent du billard. Les autres joueurs, devenus attentifs, quittèrent leurs cartes pour écouter une querelle qui réjouissait leurs passions. Seul au milieu de ce monde ennemi, Raphaël tâcha de conserver son sang-froid et de ne pas se donner le moindre tort ; mais son antagoniste s'étant permis un sarcasme où l'outrage s'enveloppait dans une forme éminemment incisive et spirituelle, il lui répondit gravement : — Monsieur, il n'est plus permis aujourd'hui de donner un soufflet à un homme, mais je ne sais de quel mot flétrir une conduite aussi lâche que la vôtre.

— Assez ! assez ! Vous vous expliquerez demain, dirent plusieurs jeunes gens qui se jetèrent entre les deux champions.

Raphaël sortit du salon, passant pour l'offenseur, ayant accepté un rendez-vous près du château de Bordeau, dans une petite prairie en pente, non loin d'une route nouvellement percée par où le vainqueur pouvait gagner Lyon. Raphaël devait nécessairement ou garder le lit ou quitter les eaux d'Aix. La société triomphait. Le lendemain, sur les huit heures du matin,

l'adversaire de Raphaël, suivi de deux témoins et
d'un chirurgien, arriva le premier sur le terrain.

— Nous serons très bien ici, et il fait un
temps superbe pour se battre, s'écria-t-il gaiement en regardant la voûte bleue du ciel, les
eaux du lac et les rochers sans la moindre
arrière-pensée de doute ni de deuil. Si je le
touche à l'épaule, dit-il en continuant, le met-
trai-je bien au lit pour un mois, hein ! docteur ?

— Au moins, répondit le chirurgien. Mais
laissez ce petit saule tranquille ; autrement vous
vous fatigueriez la main, et ne seriez plus maître
de votre coup. Vous pourriez tuer votre homme
au lieu de le blesser.

Le bruit d'une voiture se fit entendre.

— Le voici, dirent les témoins qui bientôt
aperçurent dans la route une calèche de voyage
attelée de quatre chevaux et menée par deux
postillons.

— Quel singulier genre ! s'écria l'adversaire
de Valentin, il vient se faire tuer en poste.

A un duel comme au jeu, les plus légers
incidents influent sur l'imagination des acteurs
fortement intéressés au succès d'un coup ; aussi
le jeune homme attendit-il avec une sorte d'inquiétude l'arrivée de cette voiture qui resta sur
la route. Le vieux Jonathas en descendit lourde-
ment le premier pour aider Raphaël à sortir ; il
le soutint de ses bras débiles, en déployant pour
lui les soins minutieux qu'un amant prodigue à
sa maîtresse. Tous deux se perdirent dans les
sentiers qui séparaient la grande route de l'endroit désigné pour le combat, et ne reparurent
que longtemps après : ils allaient lentement. Les

quatre spectateurs de cette scène singulière éprouvèrent une émotion profonde à l'aspect de Valentin appuyé sur le bras de son serviteur : pâle et défait, il marchait en goutteux, baissait la tête et ne disait mot. Vous eussiez dit de deux vieillards également détruits, l'un par le temps, l'autre par la pensée ; le premier avait son âge écrit sur ses cheveux blancs, le jeune n'avait plus d'âge.

— Monsieur, je n'ai pas dormi, dit Raphaël à son adversaire.

Cette parole glaciale et le regard terrible qui l'accompagna firent tressaillir le véritable provocateur, il eut la conscience de son tort et une honte secrète de sa conduite. Il y avait dans l'attitude, dans le son de voix et le geste de Raphaël quelque chose d'étrange. Le marquis fit une pause, et chacun imita son silence. L'inquiétude et l'attention étaient au comble.

— Il est encore temps, reprit-il, de me donner une légère satisfaction ; mais donnez-la-moi, monsieur, sinon vous allez mourir. Vous comptez encore en ce moment sur votre habileté, sans reculer à l'idée d'un combat où vous croyez avoir tout l'avantage. Eh bien, monsieur, je suis généreux, je vous préviens de ma supériorité. Je possède une terrible puissance. Pour anéantir votre adresse, pour voiler vos regards, faire trembler vos mains et palpiter votre cœur, pour vous tuer même, il me suffit de le désirer. Je ne veux pas être obligé d'exercer mon pouvoir, il me coûte trop cher d'en user. Vous ne serez pas le seul à mourir. Si donc vous vous refusez à me présenter des excuses, votre balle ira dans l'eau

de cette cascade malgré votre habitude de l'assassinat, et la mienne droit à votre cœur sans
que je le vise.

En ce moment des voix confuses interrompi-
rent Raphaël. En prononçant ces paroles, le
marquis avait constamment dirigé sur son
adversaire l'insupportable clarté de son regard
fixe, il s'était redressé en montrant un visage
impassible, semblable à celui d'un fou méchant.

— Fais-le taire, avait dit le jeune homme à son
témoin, sa voix me tord les entrailles !

— Monsieur, cessez. Vos discours sont inutiles, crièrent à Raphaël le chirurgien et les
témoins.

— Messieurs, je remplis un devoir. Ce jeune
homme a-t-il des dispositions à prendre ?

— Assez, assez !

Le marquis resta debout, immobile, sans perdre un instant de vue son adversaire qui, dominé
par une puissance presque magique, était
comme un oiseau devant un serpent : contraint
de subir ce regard homicide, il le fuyait, il
revenait sans cesse.

— Donne-moi de l'eau, j'ai soif, dit-il à son
témoin.

— As-tu peur ?

— Oui, répondit-il. L'œil de cet homme est
brûlant et me fascine.

— Veux-tu lui faire des excuses ?

— Il n'est plus temps.

Les deux adversaires furent placés à quinze
pas l'un de l'autre. Ils avaient chacun près d'eux
une paire de pistolets, et, suivant le programme
de cette cérémonie, ils devaient tirer deux coups

à volonté, mais après le signal donné par les témoins.

— Que fais-tu, Charles, cria le jeune homme qui servait de second à l'adversaire de Raphaël, tu prends la balle avant la poudre.

— Je suis mort, répondit-il en murmurant, vous m'avez mis en face du soleil.

— Il est derrière vous, lui dit Valentin d'une voix grave et solennelle en chargeant son pistolet lentement sans s'inquiéter ni du signal déjà donné, ni du soin avec lequel l'ajustait son adversaire.

Cette sécurité surnaturelle avait quelque chose de terrible qui saisit même les deux postillons amenés là par une curiosité cruelle. Jouant avec son pouvoir, ou voulant l'éprouver, Raphaël parlait à Jonathas et le regardait au moment où il essuya le feu de son ennemi. La balle de Charles alla briser une branche de saule, et ricocha sur l'eau. En tirant au hasard, Raphaël atteignit son adversaire au cœur, et, sans faire attention à la chute de ce jeune homme, il chercha promptement la Peau de chagrin pour voir ce que lui coûtait une vie humaine. Le talisman n'était plus grand que comme une petite feuille de chêne.

— Eh bien, que regardez-vous donc là, postillons ? En route, dit le marquis.

Arrivé le soir même en France[1], il prit aussitôt la route d'Auvergne, et se rendit aux eaux du Mont-Dore. Pendant ce voyage, il lui surgit au cœur une de ces pensées soudaines qui tombent dans notre âme comme un rayon de soleil à travers d'épais nuages sur quelque obscure vallée. Tristes lueurs, sagesses implacables ! Elles illuminent les événements accomplis, nous dévoilent nos fautes et nous laissent sans pardon devant nous-mêmes. Il pensa tout à coup que la possession du pouvoir, quelque immense qu'il pût être, ne donnait pas la science de s'en servir. Le sceptre est un jouet pour un enfant, une hache pour Richelieu, et pour Napoléon un levier à faire pencher le monde. Le pouvoir nous laisse tels que nous sommes et ne grandit que les grands. Raphaël avait pu tout faire, il n'avait rien fait.

Aux eaux du Mont-Dore, il retrouva ce monde qui toujours s'éloignait de lui avec l'empressement que les animaux mettent à fuir un des leurs, étendu mort, après l'avoir flairé de loin. Cette haine était réciproque. Sa dernière aventure lui avait donné une aversion profonde pour la société. Aussi son premier soin fut-il de chercher un asile écarté aux environs des eaux. Il sentait instinctivement le besoin de se rapprocher de la nature, des émotions vraies et de cette vie végétative à laquelle nous nous laissons si complaisamment aller au milieu des champs. Le lendemain de son arrivée, il gravit, non sans peine, le pic de Sancy, et visita les vallées supérieures, les sites aériens, les lacs ignorés, les rustiques chaumières des Monts-Dore, dont les âpres et sauvages attraits commencent à tenter les pinceaux de nos artistes. Parfois, il se rencontre là d'admirables paysages pleins de grâce et de fraîcheur qui contrastent vigoureusement avec l'aspect sinistre de ces montagnes désolées. A peu près à une demi-lieue du village, Raphaël se trouva dans un endroit où, coquette et joyeuse comme un enfant, la nature semblait avoir pris plaisir à cacher des trésors ; en voyant cette retraite pittoresque et naïve, il résolut d'y vivre. La vie devait y être tranquille, spontanée, frugiforme comme celle d'une plante.

Figurez-vous un cône renversé, mais un cône de granit largement évasé, espèce de cuvette dont les bords étaient morcelés par des anfractuosités bizarres : ici des tables droites sans végétation, unies, bleuâtres, et sur lesquelles les rayons solaires glissaient comme sur un miroir ; là des rochers entamés par des cassures, ridés par des ravins, d'où pendaient des quartiers de lave dont la chute était lentement préparée par les eaux pluviales, et souvent couronnés de quelques arbres rabougris que torturaient les vents ; puis çà et là, des redans obscurs et frais d'où s'élevait un bouquet de châtaigniers hauts comme des cèdres, ou des grottes jaunâtres qui ouvraient une bouche noire et profonde, palissée de ronces, de fleurs, et garnie d'une langue de verdure. Au fond de cette coupe, peut-être l'ancien cratère d'un volcan, se trouvait un étang dont l'eau pure avait l'éclat du diamant. Autour de ce bassin profond, bordé de granit, de saules, de glaïeuls, de frênes, et de mille plantes aromatiques alors en fleurs, régnait une prairie verte comme un boulingrin anglais ; son herbe fine et jolie était arrosée par des infiltrations qui ruisselaient entre les fentes des rochers, et engraissée par les dépouilles végétales que les orages entraînaient sans cesse des hautes cimes vers le fond. Irrégulièrement taillé en dents de loup

comme le bas d'une robe, l'étang pouvait avoir
trois arpents d'étendue ; selon les rapproche-
ments des rochers et de l'eau, la prairie avait un
arpent ou deux de largeur ; en quelques endroits,
à peine restait-il assez de place pour le passage
des vaches. A une certaine hauteur, la végétation
cessait. Le granit affectait dans les airs les
formes les plus bizarres, et contractait ces
teintes vaporeuses qui donnent aux montagnes
élevées de vagues ressemblances avec les nuages
du ciel. Au doux aspect du vallon ces rochers nus
et pelés opposaient les sauvages et stériles
images de la désolation, des éboulements à
craindre, des formes si capricieuses que l'une de
ces roches est nommée *le Capucin* tant elle
ressemble à un moine. Parfois ces aiguilles
pointues, ces piles audacieuses, ces cavernes
aériennes s'illuminaient tour à tour, suivant le
cours du soleil ou les fantaisies de l'atmosphère,
et prenaient les nuances de l'or, se teignaient de
pourpre, devenaient d'un rose vif, ou ternes ou
grises. Ces hauteurs offraient un spectacle conti-
nuel et changeant comme les reflets irisés de la
gorge des pigeons. Souvent, entre deux lames de
lave que vous eussiez dit séparées par un coup de
hache, un beau rayon de lumière pénétrait, à
l'aurore ou au coucher du soleil, jusqu'au fond
de cette riante corbeille où il se jouait dans les
eaux du bassin, semblable à la raie d'or qui
perce la fente d'un volet et traverse une chambre
espagnole, soigneusement close pour la sieste.
Quand le soleil planait au-dessus du vieux cratère, rempli d'eau par quelque révolution antédi-
luvienne, les flancs rocailleux s'échauffaient,

l'ancien volcan s'allumait, et sa rapide chaleur
réveillait les germes, fécondait la végétation,
colorait les fleurs, et mûrissait les fruits de ce
petit coin de terre ignoré. Lorsque Raphaël y
parvint, il aperçut quelques vaches paissant
dans la prairie ; après avoir fait quelques pas
vers l'étang, il vit, à l'endroit où le terrain avait
le plus de largeur, une modeste maison bâtie en
granit et couverte en bois. Le toit de cette espèce
de chaumière, en harmonie avec le site, était
orné de mousses, de lierres et de fleurs qui
trahissaient une haute antiquité. Une fumée
grêle, dont les oiseaux ne s'effrayaient plus,
s'échappait de la cheminée en ruine. A la porte,
un grand banc était placé entre deux chèvrefeuilles énormes, rouges de fleurs et qui embaumaient. A peine voyait-on les murs sous les
pampres de la vigne et sous les guirlandes de
roses et de jasmin qui croissaient à l'aventure et
sans gêne. Insouciants de cette parure champê-
tre, les habitants n'en avaient nul soin, et laissaient à la nature sa grâce vierge et lutine. Des
langes accrochés à un groseillier séchaient au
soleil. Il y avait un chat accroupi sur une
machine à teiller le chanvre, et dessous, un
chaudron jaune, récemment récuré, gisait au
milieu de quelques pelures de pommes de terre.
De l'autre côté de la maison, Raphaël aperçut
une clôture d'épines sèches, destinée sans doute
à empêcher les poules de dévaster les fruits et le
potager. Le monde paraissait finir là. Cette
habitation ressemblait à ces nids d'oiseaux ingé-
nieusement fixés au creux d'un rocher, pleins
d'art et de négligence tout ensemble. C'était une

nature naïve et bonne, une rusticité vraie, mais poétique, parce qu'elle florissait à mille lieues de nos poésies peignées, n'avait d'analogie avec aucune idée, ne procédait que d'elle-même, vrai triomphe du hasard. Au moment où Raphaël arriva, le soleil jetait ses rayons de droite à gauche, et faisait resplendir les couleurs de la végétation, mettait en relief ou décorait des prestiges de la lumière, des oppositions de l'ombre, les fonds jaunes et grisâtres des rochers, les différents verts des feuillages, les masses bleues, rouges ou blanches des fleurs, les plantes grimpantes et leurs cloches, le velours chatoyant des mousses, les grappes purpurines de la bruyère, mais surtout la nappe d'eau claire où se réfléchissaient fidèlement les cimes granitiques, les arbres, la maison et le ciel. Dans ce tableau délicieux, tout avait son lustre, depuis le mica brillant jusqu'à la touffe d'herbes blondes cachée dans un doux clair-obscur ; tout y était harmonieux à voir : et la vache tachetée au poil luisant, et les fragiles fleurs aquatiques étendues comme des franges qui pendaient au-dessus de l'eau dans un enfoncement où bourdonnaient des insectes vêtus d'azur ou d'émeraude, et les racines d'arbres, espèces de chevelures sablonneuses qui couronnaient une informe figure en cailloux. Les tièdes senteurs des eaux, des fleurs et des grottes qui parfumaient ce réduit solitaire, causèrent à Raphaël une sensation presque voluptueuse. Le silence majestueux qui régnait dans ce bocage, oublié peut-être sur les rôles du percepteur, fut interrompu tout à coup par les aboiements de deux chiens. Les vaches tournè-

rent la tête vers l'entrée du vallon, montrèrent à
Raphaël leurs mufles humides, et se mirent à
brouter après l'avoir stupidement contemplé.
Suspendus dans les rochers comme par magie,
une chèvre et son chevreau cabriolèrent et vinrent se poser sur une table de granit près de
Raphaël, en paraissant l'interroger. Les jappe-
ments des chiens attirèrent au-dehors un gros
enfant qui resta béant, puis un vieillard en
cheveux blancs et de moyenne taille. Ces deux
êtres étaient en rapport avec le paysage, avec
l'air, les fleurs, la maison. La santé débordait
dans cette nature plantureuse, la vieillesse et
l'enfance y étaient belles ; enfin il y avait dans
tous ces types d'existence un laisser-aller pri-
mordial, une routine de bonheur qui donnait un
démenti à nos capucinades philosophiques, et
guérissait le cœur de ses passions boursouflées.
Le vieillard appartenait aux modèles affectionnés par les mâles pinceaux de Schnetz ; c'était
un visage brun dont les rides nombreuses paraissaient rudes au toucher, un nez droit, des pom-
mettes saillantes et veinées de rouge comme une
vieille feuille de vigne, des contours anguleux,
tous les caractères de la force, même là où la
force avait disparu ; ses mains calleuses, quoiqu'elles ne travaillassent plus, conservaient un
poil blanc et rare ; son attitude d'homme vraiment libre faisait pressentir qu'en Italie il serait
peut-être devenu brigand par amour pour sa
précieuse liberté. L'enfant, véritable monta-
gnard, avait des yeux noirs qui pouvaient envisa-
ger le soleil sans cligner, un teint de bistre, des
cheveux bruns en désordre. Il était leste et

décidé, naturel dans ses mouvements comme un
oiseau ; mal vêtu, il laissait voir une peau
blanche et fraîche à travers les déchirures de ses
habits. Tous deux restèrent debout en silence,
l'un près de l'autre, mus par le même sentiment,
offrant sur leur physionomie la preuve d'une
identité parfaite dans leur vie également oisive.
Le vieillard avait épousé les jeux de l'enfant et
l'enfant l'humeur du vieillard, par une espèce de
pacte entre deux faiblesses, entre une force près
de finir et une force près de se déployer. Bientôt
une femme âgée d'environ trente ans apparut
sur le seuil de la porte. Elle filait en marchant.
C'était une Auvergnate, haute en couleur, l'air
réjoui, franche, à dents blanches, figure de l'Auvergne, taille d'Auvergne, coiffure, robe de l'Auvergne, seins rebondis de l'Auvergne, et son
parler ; une idéalisation complète du pays,
mœurs laborieuses, ignorance, économie, cordialité, tout y était.

Elle salua Raphaël, ils entrèrent en conversation ; les chiens s'apaisèrent, le vieillard s'assit
sur un banc au soleil, et l'enfant suivit sa mère
partout où elle alla, silencieux, mais écoutant,
examinant l'étranger.

— Vous n'avez pas peur ici, ma bonne
femme ?

— Et d'où que nous aurions peur, monsieur ?
Quand nous barrons l'entrée, qui donc pourrait
venir ici ? Oh ! nous n'avons point peur ! D'ailleurs, dit-elle en faisant entrer le marquis dans
la grande chambre de la maison, qu'est-ce que
les voleurs viendraient donc prendre chez nous ?

Elle montrait des murs noircis par la fumée,

sur lesquels étaient pour tout ornement ces
images enluminées de bleu, de rouge et de vert,
qui représentent la *Mort de Crédit*, la *Passion de
Jésus-Christ* et les *Grenadiers de la Garde impériale* ; puis, çà et là, dans la chambre, un vieux lit
de noyer à colonnes, une table à pieds tordus, des
escabeaux, la huche au pain, du lard pendu au
plancher, du sel dans un pot, une poêle ; et sur la
cheminée, des plâtres jaunis et colorés. En sortant de la maison, Raphaël aperçut, au milieu
des rochers, un homme qui tenait une houe à la
main, et qui, penché, curieux, regardait la
maison.

— Monsieur, c'est l'homme, dit l'Auvergnate,
en laissant échapper ce sourire familier aux
paysannes ; il laboure là-haut.

— Et ce vieillard est votre père ?

— Faites excuse, monsieur, c'est le grand-père
de notre homme. Tel que vous le voyez, il a cent
deux ans. Eh ben, dernièrement il a mené, à
pied, notre petit gars à Clermont ! Ç'a été un
homme fort ; maintenant, il ne fait plus que
dormir, boire et manger. Il s'amuse toujours
avec le petit gars. Quelquefois le petit l'emmène
dans les hauts, il y va tout de même.

Aussitôt Valentin se résolut à vivre entre ce
vieillard et cet enfant, à respirer dans leur
atmosphère, à manger de leur pain, à boire de
leur eau, à dormir de leur sommeil, à se faire de
leur sang dans les veines. Caprice de mourant !
Devenir une des huîtres de ce rocher [1], sauver
son écaille pour quelques jours de plus en
engourdissant la mort, fut pour lui l'archétype
de la morale individuelle, la véritable formule de

l'existence humaine, le beau idéal de la vie, la seule vie, la vraie vie. Il lui vint au cœur une profonde pensée d'égoïsme où s'engloutit l'univers. A ses yeux, il n'y eut plus d'univers, l'univers passa tout en lui. Pour les malades, le monde commence au chevet et finit au pied de leur lit. Ce paysage fut le lit de Raphaël.

Qui n'a pas, une fois dans sa vie, espionné les pas et démarches d'une fourmi, glissé des pailles dans l'unique orifice par lequel respire une limace blonde, étudié les fantaisies d'une demoiselle fluette, admiré les mille veines, coloriées comme une rose de cathédrale gothique, qui se détachent sur le fond rougeâtre des feuilles d'un jeune chêne ? Qui n'a délicieusement regardé pendant longtemps l'effet de la pluie et du soleil sur un toit de tuiles brunes, ou contemplé les gouttes de la rosée, les pétales des fleurs, les découpures variées de leurs calices ? Qui ne s'est plongé dans ces rêveries matérielles, indolentes et occupées, sans but et conduisant néanmoins à quelque pensée ? Qui n'a pas enfin mené la vie de l'enfance, la vie paresseuse, la vie du sauvage, moins ses travaux ? Ainsi vécut Raphaël pendant plusieurs jours, sans soins, sans désirs, éprouvant un mieux sensible, un bien-être extraordinaire, qui calma ses inquiétudes, apaisa ses souffrances. Il gravissait les rochers, et allait s'asseoir sur un pic d'où ses yeux embrassaient quelque paysage d'immense étendue. Là, il restait des journées entières comme une plante au soleil, comme un lièvre au gîte. Ou bien, se familiarisant avec des phénomènes de la végétation, avec les vicissitudes du ciel, il épiait le progrès de toutes les œuvres, sur la terre, dans les eaux ou dans l'air. Il tenta de s'associer au mouvement intime de cette nature, et de s'identifier assez complètement à sa passive obéissance, pour tomber sous la loi despotique et conservatrice qui régit les existences instinctives. Il ne voulait plus être chargé de lui-même. Semblable à ces criminels d'autrefois qui, poursuivis par la justice, étaient sauvés s'ils atteignaient l'ombre d'un autel, il essayait de se glisser dans le sanctuaire de la vie. Il réussit à devenir partie intégrante de cette large et puissante fructification : il avait épousé les intempéries de l'air, habité tous les creux de rochers, appris les mœurs et les habitudes de toutes les plantes, étudié le régime des eaux, leurs gisements, et fait connaissance avec les animaux ; enfin, il s'était si parfaitement uni à cette terre animée qu'il en avait en quelque sorte saisi l'âme et pénétré les secrets. Pour lui, les formes infinies de tous les règnes étaient les développements d'une même substance, les combinaisons d'un même mouvement, vaste respiration d'un être immense qui agissait, pensait, marchait, grandissait, et avec lequel il voulait grandir, marcher, penser, agir. Il avait fantastiquement mêlé sa vie à la vie de ce rocher, il s'y était implanté. Grâce à ce mystérieux illuminisme, convalescence factice, semblable à ces bienfaisants délires accordés par la nature comme autant de haltes dans la douleur, Valentin goûta les plaisirs d'une seconde enfance durant les premiers moments de son séjour au milieu de ce riant paysage. Il y allait dénichant des riens, entreprenant mille choses sans en achever aucune, oubliant le lendemain les projets de la veille, insouciant ; il fut heureux, il se crut sauvé. Un matin, il était resté par hasard au lit jusqu'à midi, plongé dans cette rêverie mêlée de veille et de sommeil, qui prête aux réalités les apparences de la fantaisie et donne aux chimères le relief de l'existence, quand tout à coup, sans savoir d'abord s'il ne continuait pas un rêve, il entendit, pour la première fois, le bulletin de sa santé donné par son hôtesse à Jonathas, venu, comme chaque jour, le lui demander. L'Auvergnate croyait sans doute Valentin encore endormi, et n'avait pas baissé le diapason de sa voix montagnarde.

— Ça ne va pas mieux, ça ne va pas pis, disait-elle. Il a encore toussé pendant toute cette nuit à rendre l'âme. Il tousse, il crache, ce cher monsieur, que c'est une pitié. Je me demandons, moi et mon homme, où il prend la force de tousser comme ça. Ça fend le cœur. Quelle damnée maladie qu'il a ! C'est qu'il n'est point bien du tout ! J'avons toujours peur de le trouver crevé dans son lit, un matin. Il est vraiment pâle comme un Jésus de cire ! Dame, je le vois quand il se lève, eh ben, son pauvre corps est maigre comme un cent de clous. Et il ne sent déjà pas bon tout de même ! Ça lui est égal, il se consume à courir comme s'il avait de la santé à vendre. Il a bien du courage tout de même de ne pas se plaindre. Mais, vraiment, il serait mieux en terre qu'en pré, car il souffre la passion de Dieu ! Je ne le désirons pas, monsieur, ce n'est point notre intérêt. Mais il ne nous donnerait pas ce qu'il nous donne que je l'aimerions tout de même : ce n'est point l'intérêt qui nous pousse. Ah! mon Dieu! reprit-elle, il n'y a que les Parisiens pour avoir de ces chiennes de maladies-là! Où qui prennent ça, donc? Pauvre jeune homme, il est sûr qu'il ne peut guère ben finir. C'te fièvre, voyez-vous, ça vous le mine, ça le creuse, ça le ruine! Il ne s'en doute point. Il ne le sait point, monsieur. Il ne s'aperçoit de rien. Faut pas pleurer pour ça, monsieur Jonathas! Il faut se dire qu'il sera heureux de ne plus souffrir. Vous devriez faire une neuvaine pour lui. J'avons vu de belles guérisons par les neuvaines, et je paierions bien un cierge pour sauver une si douce créature, si bonne, un agneau pascal.

La voix de Raphaël était devenue trop faible pour qu'il pût se faire entendre, il fut donc obligé de subir cet épouvantable bavardage. Cependant l'impatience le chassa de son lit, il se montra sur le seuil de la porte : — Vieux scélérat, cria-t-il à Jonathas, tu veux donc être mon bourreau? La paysanne crut voir un spectre et s'enfuit.

— Je te défends, dit Raphaël en continuant, d'avoir la moindre inquiétude sur ma santé.

— Oui, monsieur le marquis, répondit le vieux serviteur en essuyant ses larmes.

— Et tu feras même fort bien, dorénavant, de ne pas venir ici, sans mon ordre.

Jonathas voulut obéir; mais, avant de se retirer, il jeta sur le marquis un regard fidèle et compatissant où Raphaël lut son arrêt de mort. Découragé, rendu tout à coup au sentiment vrai de sa situation, Valentin s'assit sur le seuil de la porte, se croisa les bras sur la poitrine et baissa la tête. Jonathas, effrayé, s'approcha de son maître.

— Monsieur ?

— Va-t'en ! Va-t'en ! lui cria le malade.

Pendant la matinée du lendemain, Raphaël, ayant gravi les rochers, s'était assis dans une crevasse pleine de mousse d'où il pouvait voir le chemin étroit par lequel on venait des eaux à son habitation. Au bas du pic, il aperçut Jonathas conversant derechef avec l'Auvergnate. Une malicieuse puissance lui interpréta les hochements de tête, les gestes désespérants, la sinistre naïveté de cette femme, et lui en jeta même les fatales paroles dans le vent et dans le silence. Pénétré d'horreur, il se réfugia sur les plus hautes cimes des montagnes et y resta jusqu'au soir, sans avoir pu chasser les sinistres pensées si malheureusement réveillées dans son cœur par le cruel intérêt dont il était devenu l'objet. Tout à coup l'Auvergnate elle-même se dressa devant lui comme une ombre dans l'ombre du soir ; par une bizarrerie de poète, il voulut trouver, dans son jupon rayé de noir et de blanc, une vague ressemblance avec les côtes desséchées d'un spectre.

— Voilà le serein qui tombe, mon cher monsieur, lui dit-elle. Si vous restiez là, vous vous avanceriez ni plus ni moins qu'un fruit patrouillé. Faut rentrer. Ça n'est pas sain de humer la rosée, avec ça que vous n'avez rien pris depuis ce matin.

— Par le tonnerre de Dieu, s'écria-t-il, vieille sorcière, je vous ordonne de me laisser vivre à ma guise, ou je décampe d'ici. C'est bien assez de me creuser ma fosse tous les matins, au moins ne la fouillez pas le soir.

— Votre fosse ! Monsieur ! Creuser votre fosse ! Où qu'elle est donc, votre fosse ? Je voudrions vous voir bastant [1] comme notre père, et point dans la fosse ! La fosse ! Nous y sommes toujours assez tôt, dans la fosse.

— Assez, dit Raphaël.

— Prenez mon bras, monsieur.

— Non.

Le sentiment que l'homme supporte le plus difficilement est la pitié, surtout quand il la mérite. La haine est un tonique, elle fait vivre, elle inspire la vengeance ; mais la pitié tue, elle affaiblit encore notre faiblesse. C'est le mal devenu patelin, c'est le mépris dans la tendresse, ou la tendresse dans l'offense. Raphaël trouva chez le centenaire une pitié triomphante, chez l'enfant une pitié curieuse, chez la femme une pitié tracassière, chez le mari une pitié intéressée ; mais, sous quelque forme que ce sentiment se montrât, il était toujours gros de mort. Un poète fait de tout un poème, terrible ou joyeux, suivant les images qui le frappent ; son âme exaltée rejette les nuances douces et choisit toujours les couleurs vives et tranchées. Cette pitié produisit au cœur de Raphaël un horrible poème de deuil et de mélancolie. Il n'avait pas songé sans doute à la franchise des sentiments naturels, quand il désira se rapprocher de la nature. Lorsqu'il se croyait seul sous un arbre, aux prises avec une quinte opiniâtre dont il ne triomphait jamais sans sortir abattu par cette terrible lutte, il voyait les yeux brillants et fluides du petit garçon, placé en vedette sous une touffe d'herbes, comme un sauvage, et qui l'examinait avec cette enfantine curiosité dans laquelle il y a autant de raillerie que de plaisir, et je ne sais quel intérêt mêlé d'insensibilité. Le terrible : *Frère, il faut mourir*, des trappistes, semblait constamment écrit dans les yeux des paysans avec lesquels vivait Raphaël ; il ne savait ce qu'il craignait le plus de leurs paroles naïves ou de leur silence ; tout en eux le gênait. Un matin, il vit deux hommes vêtus de noir qui rôdèrent autour de lui, le flairèrent, et l'étudièrent à la dérobée ; puis, feignant d'être venus là pour se promener, ils lui adressèrent des questions banales auxquelles il répondit brièvement. Il reconnut en eux le médecin et le curé des eaux, sans doute envoyés par Jonathas, consultés par ses hôtes ou attirés par l'odeur d'une mort prochaine. Il entrevit alors son propre convoi, il entendit le chant des prêtres, il compta les cierges, et ne vit plus qu'à travers un crêpe les beautés de cette riche nature, au sein de laquelle il croyait avoir rencontré la vie. Tout ce qui naguère lui annonçait une longue existence lui prophétisait maintenant une fin prochaine. Le lendemain, il partit pour Paris, après avoir été abreuvé des souhaits mélancoliques et cordialement plaintifs que ses hôtes lui adressèrent.

Après avoir voyagé durant toute la nuit, il s'éveilla dans l'une des plus riantes vallées du Bourbonnais, dont les sites et les points de vue tourbillonnaient devant lui, rapidement emportés comme les images vaporeuses d'un songe. La nature s'étalait à ses yeux avec une cruelle

coquetterie. Tantôt l'Allier déroulait sur une
riche perspective son ruban liquide et brillant,
puis des hameaux modestement cachés au fond
d'une gorge de rochers jaunâtres montraient la
pointe de leurs clochers ; tantôt les moulins d'un
petit vallon se découvraient soudain après des
vignobles monotones, et toujours apparaissaient
de riants châteaux, des villages suspendus, ou
quelques routes bordées de peupliers majestueux ; enfin la Loire et ses longues nappes
diamantées reluisirent au milieu de ses sables
dorés. Séductions sans fin ! La nature agitée,
vivace comme un enfant, contenant à peine
l'amour et la sève du mois de juin, attirait
fatalement les regards éteints du malade. Il leva
les persiennes de sa voiture, et se remit à dormir.
Vers le soir, après avoir passé Cosne, il fut
réveillé par une joyeuse musique et se trouva
devant une fête de village. La poste était située
près de la place. Pendant le temps que les
postillons mirent à relayer sa voiture, il vit les
danses de cette population joyeuse, les filles
parées de fleurs, jolies, agaçantes, les jeunes gens
animés, puis les trognes des vieux paysans gail-
lardement rougies par le vin. Les petits enfants
se rigolaient [1], les vieilles femmes parlaient en
riant, tout avait une voix, et le plaisir enjolivait
même les habits et les tables dressées. La place
et l'église offraient une physionomie de bonheur ; les toits, les fenêtres, les portes mêmes du
village semblaient s'être endimanchés aussi.
Semblable aux moribonds impatients du moindre bruit, Raphaël ne put réprimer une sinistre
interjection, ni le désir d'imposer silence à ces

violons, d'anéantir ce mouvement, d'assourdir
ces clameurs, de dissiper cette fête insolente. Il
monta tout chagrin dans sa voiture. Quand il
regarda sur la place, il vit la joie effarouchée, les
paysannes en fuite et les bancs déserts. Sur
l'échafaud de l'orchestre, un ménétrier aveugle
continuait à jouer sur sa clarinette une ronde
criarde. Cette musique sans danseurs, ce vieillard solitaire au profil grimaud [1], en haillons, les
cheveux épars, et caché dans l'ombre d'un til-
leul, était comme une image fantastique du
souhait de Raphaël. Il tombait à torrents une de
ces fortes pluies que les nuages électriques du
mois de juin versent brusquement et qui finissent de même. C'était chose si naturelle que
Raphaël, après avoir regardé dans le ciel quelques nuages blanchâtres emportés par un grain
de vent, ne songea pas à regarder sa Peau de
chagrin. Il se remit dans le coin de sa voiture, qui
bientôt roula sur la route.

Le lendemain il se trouva chez lui, dans sa
chambre, au coin de sa cheminée. Il s'était fait
allumer un grand feu, il avait froid ; Jonathas lui
apporta des lettres, elles étaient toutes de Pauline. Il ouvrit la première sans empressement, et
la déplia comme si c'eût été le papier grisâtre
d'une sommation sans frais, envoyée par le
percepteur. Il lut la première phrase : « Parti,
mais c'est une fuite, mon Raphaël. Comment !
Personne ne peut me dire où tu es ? Et si je ne le
sais pas, qui donc le saurait ? » Sans vouloir en
apprendre davantage, il prit froidement les lettres et les jeta dans le foyer en regardant d'un œil
terne et sans chaleur les jeux de la flamme qui

tordait le papier parfumé, le racornissait, le retournait, le morcelait.

Des fragments roulèrent sur les cendres en lui laissant voir des commencements de phrase, des mots, des pensées à demi brûlées, et qu'il se plut à saisir dans la flamme par un divertissement machinal.

« ... Assise à ta porte... attendu... Caprice... j'obéis... Des rivales... moi, non !... ta Pauline... aime... plus de Pauline donc ?... Si tu avais voulu me quitter, tu ne m'aurais pas abandonnée... Amour éternel... Mourir... »

Ces mots lui donnèrent une sorte de remords : il saisit les pincettes et sauva des flammes un dernier lambeau de lettre.

« ... J'ai murmuré, disait Pauline, mais je ne me suis pas plainte, Raphaël ! En me laissant loin de toi, tu as sans doute voulu me dérober le poids de quelques chagrins. Un jour, tu me tueras peut-être, mais tu es trop bon pour me faire souffrir. Eh bien, ne pars plus ainsi. Va, je puis affronter les plus grands supplices, mais près de toi. Le chagrin que tu m'imposerais ne serait plus un chagrin : j'ai dans le cœur encore bien plus d'amour que je ne t'en ai montré. Je puis tout supporter, hors de pleurer loin de toi, et de ne pas savoir ce que tu... »

Raphaël posa sur la cheminée ce débris de lettre noirci par le feu, il le rejeta tout à coup

dans le foyer. Ce papier était une image trop vive
de son amour et de sa fatale vie.

— Va chercher monsieur Bianchon, dit-il à
Jonathas.

Horace vint et trouva Raphaël au lit.

— Mon ami, peux-tu me composer une bois-
son légèrement opiacée qui m'entretienne dans
une somnolence continuelle, sans que l'emploi
constant de ce breuvage me fasse mal ?

— Rien n'est plus aisé, répondit le jeune
docteur ; mais il faudra cependant rester debout
quelques heures de la journée, pour manger.

— Quelques heures, dit Raphaël en l'interrompant, non, non, je ne veux être levé que
durant une heure au plus.

— Quel est donc ton dessein ? demanda Bianchon.

— Dormir, c'est encore vivre, répondit le
malade.

— Ne laisse entrer personne, fût-ce même
mademoiselle Pauline de Witschnau, dit Valentin à Jonathas pendant que le médecin écrivait
son ordonnance.

— Hé bien, monsieur Horace, y a-t-il de la
ressource ? demanda le vieux domestique au
jeune docteur qu'il avait reconduit jusqu'au
perron.

— Il peut aller encore longtemps, ou mourir
ce soir. Chez lui, les chances de vie et de mort
sont égales. Je n'y comprends rien, répondit le
médecin en laissant échapper un geste de doute.
Il faut le distraire.

— Le distraire ! monsieur, vous ne le connaissez pas. Il a tué l'autre jour un homme sans dire ouf ! Rien ne le distrait.

Raphaël demeura pendant quelques jours plongé dans le néant de son sommeil factice. Grâce à la puissance matérielle exercée par l'opium sur notre âme immatérielle, cet homme d'imagination si puissamment active s'abaissa jusqu'à la hauteur de ces animaux paresseux qui croupissent au sein des forêts, sous la forme d'une dépouille végétale, sans faire un pas pour saisir une proie facile. Il avait même éteint la lumière du ciel, le jour n'entrait plus chez lui. Vers les huit heures du soir, il sortait de son lit : sans avoir une conscience lucide de son existence, il satisfaisait sa faim, puis se recouchait aussitôt. Ses heures froides et ridées ne lui apportaient que de confuses images, des apparences, des clairs-obscurs sur un fond noir. Il s'était enseveli dans un profond silence, dans une négation de mouvement et d'intelligence. Un soir, il se réveilla beaucoup plus tard que de coutume, et ne trouva pas son dîner servi. Il sonna Jonathas.

— Tu peux partir, lui dit-il. Je t'ai fait riche, tu seras heureux dans tes vieux jours ; mais je ne veux plus te laisser jouer ma vie. Comment, misérable, je sens la faim ! Où est mon dîner ? Réponds.

Jonathas laissa échapper un sourire de contentement, prit une bougie dont la lumière tremblotait dans l'obscurité profonde des immenses appartements de l'hôtel ; il conduisit son maître redevenu machine à une vaste galerie et en ouvrit brusquement la porte. Aussitôt Raphaël,

inondé de lumière, fut ébloui, surpris par un
spectacle inouï. C'était ses lustres chargés de
bougies, les fleurs les plus rares de sa serre
artistement disposées, une table étincelante
d'argenterie, d'or, de nacre, de porcelaines ; un
repas royal, fumant, et dont les mets appétis-
sants irritaient les houppes nerveuses du palais.
Il vit ses amis convoqués, mêlés à des femmes
parées et ravissantes, la gorge nue, les épaules
découvertes, les chevelures pleines de fleurs, les
yeux brillants, toutes de beautés diverses, agaçantes sous de voluptueux travestissements :
l'une avait dessiné ses formes attrayantes par
une jaquette irlandaise, l'autre portait la bas-
quina lascive des Andalouses ; celle-ci demi-nue
en Diane chasseresse, celle-là modeste et amoureuse sous le costume de mademoiselle de La
Vallière, étaient également vouées à l'ivresse.
Dans les regards de tous les convives brillaient la
joie, l'amour, le plaisir. Au moment où la morte
figure de Raphaël se montra dans l'ouverture de
la porte, une acclamation soudaine éclata,
rapide, rutilante comme les rayons de cette fête
improvisée. Les voix, les parfums, la lumière, ces
femmes d'une pénétrante beauté frappèrent tous
ses sens, réveillèrent son appétit. Une délicieuse
musique, cachée dans un salon voisin, couvrit
par un torrent d'harmonie ce tumulte enivrant,
et compléta cette étrange vision. Raphaël se
sentit la main pressée par une main chatouil-
leuse, une main de femme dont les bras frais et
blancs se levaient pour le serrer, la main d'Aquilina. Il comprit que ce tableau n'était pas vague
et fantastique comme les fugitives images de ses

rêves décolorés, il poussa un cri sinistre, ferma
brusquement la porte, et flétrit son vieux serviteur en le frappant au visage.

— Monstre, tu as donc juré de me faire mourir ? s'écria-t-il. Puis, tout palpitant du danger
qu'il venait de courir, il trouva des forces pour
regagner sa chambre, but une forte dose de
sommeil, et se coucha.

— Que diable ! dit Jonathas en se relevant,
monsieur Bianchon m'avait cependant bien
ordonné de le distraire.

Il était environ minuit. A cette heure, Raphaël,
par un de ces caprices physiologiques, l'étonnement et le désespoir des sciences médicales,
resplendissait de beauté pendant son sommeil.
Un rose vif colorait ses joues blanches. Son front
gracieux comme celui d'une jeune fille exprimait
le génie. La vie était en fleurs sur ce visage
tranquille et reposé. Vous eussiez dit d'un jeune
enfant endormi sous la protection de sa mère.
Son sommeil était un bon sommeil, sa bouche
vermeille laissait passer un souffle égal et pur, il
souriait transporté sans doute par un rêve dans
une belle vie. Peut-être était-il centenaire, peut-
être ses petits-enfants lui souhaitaient-ils de
longs jours ; peut-être de son banc rustique, sous
le soleil, assis sous le feuillage, apercevait-il,
comme le prophète, en haut de la montagne, la
terre promise, dans un bienfaisant lointain.

— Te voilà donc !

Ces mots, prononcés d'une voix argentine,
dissipèrent les figures nuageuses de son sommeil. A la lueur de la lampe, il vit assise sur son
lit sa Pauline, mais Pauline embellie par l'ab-

sence et par la douleur. Raphaël resta stupéfait à
l'aspect de cette figure blanche comme les
pétales d'une fleur des eaux, et qui, accompagnée de longs cheveux noirs, semblait encore
plus blanche [1] dans l'ombre. Des larmes avaient
tracé leur route brillante sur ses joues, et y
restaient suspendues, prêtes à tomber au moindre effort. Vêtue de blanc, la tête penchée et
foulant à peine le lit, elle était là comme un ange
descendu des cieux, comme une apparition
qu'un souffle pouvait faire disparaître.

— Ah ! j'ai tout oublié, s'écria-t-elle au
moment où Raphaël ouvrit les yeux. Je n'ai de
voix que pour te dire : Je suis à toi ! Oui, mon
cœur est tout amour. Ah ! jamais, ange de ma vie,
tu n'as été si beau. Tes yeux foudroient. Mais je
devine tout, va ! Tu as été chercher la santé sans
moi, tu me craignais... Eh bien...

— Fuis, fuis, laisse-moi, répondit enfin
Raphaël d'une voix sourde. Mais va-t'en donc !
Si tu restes là, je meurs. Veux-tu me voir
mourir ?

— Mourir ! répéta-t-elle. Est-ce que tu peux
mourir sans moi ? Mourir, mais tu es jeune !
Mourir, mais je t'aime ! Mourir ! ajouta-t-elle
d'une voix profonde et gutturale en lui prenant
les mains par un mouvement de folie.

— Froides, dit-elle. Est-ce une illusion ?

Raphaël tira de dessous son chevet le lambeau
de la Peau de chagrin, fragile et petit comme la
feuille d'une pervenche, et le lui montrant : —
Pauline, belle image de ma belle vie, disons-nous
adieu, dit-il.

— Adieu ? répéta-t-elle d'un air surpris.

— Oui. Ceci est un talisman qui accomplit mes désirs, et représente ma vie. Vois ce qu'il m'en reste. Si tu me regardes encore, je vais mourir...

La jeune fille crut Valentin devenu fou, elle prit le talisman, et alla chercher la lampe. Éclairée par la lueur vacillante qui se projetait également sur Raphaël et sur le talisman, elle examina très attentivement et le visage de son amant et la dernière parcelle de la Peau magique. En la voyant belle de terreur et d'amour, il ne fut plus maître de sa pensée : les souvenirs des scènes caressantes et des joies délirantes de sa passion triomphèrent dans son âme depuis longtemps endormie, et s'y réveillèrent comme un foyer mal éteint.

— Pauline, viens ! Pauline !

Un cri terrible sortit du gosier de la jeune fille, ses yeux se dilatèrent, ses sourcils violemment tirés par une douleur inouïe, s'écartèrent avec horreur, elle lisait dans les yeux de Raphaël un de ces désirs furieux, jadis sa gloire à elle ; mais à mesure que grandissait ce désir, la Peau, en se contractant, lui chatouillait la main. Sans réfléchir, elle s'enfuit dans le salon voisin dont elle ferma la porte.

— Pauline ! Pauline ! cria le moribond en courant après elle, je t'aime, je t'adore, je te veux ! Je te maudis, si tu ne m'ouvres ! Je veux mourir à toi !

Par une force singulière, dernier éclat de la vie, il jeta la porte à terre, et vit sa maîtresse à demi nue se roulant sur un canapé. Pauline avait vainement tenté de se déchirer le sein, et pour se

donner une prompte mort, elle cherchait à
s'étrangler avec son châle. — « Si je meurs, il
vivra ! » disait-elle en tâchant vainement de
serrer le nœud. Ses cheveux étaient épars, ses
épaules nues, ses vêtements en désordre, et dans
cette lutte avec la mort, les yeux en pleurs, le
visage enflammé, se tordant sous un horrible
désespoir, elle présentait à Raphaël, ivre
d'amour, mille beautés qui augmentèrent son
délire ; il se jeta sur elle avec la légèreté d'un
oiseau de proie, brisa le châle, et voulut la
prendre dans ses bras.

Le moribond chercha des paroles pour exprimer le désir qui dévorait toutes ses forces ; mais
il ne trouva que les sons étranglés du râle dans sa
poitrine, dont chaque respiration creusée plus
avant semblait partir de ses entrailles. Enfin, ne
pouvant bientôt plus former de sons, il mordit
Pauline au sein. Jonathas se présenta tout épouvanté des cris qu'il entendait, et tenta d'arracher
à la jeune fille le cadavre sur lequel elle s'était
accroupie dans un coin.

— Que demandez-vous ? dit-elle. Il est à moi,
je l'ai tué, ne l'avais-je pas prédit ?

ÉPILOGUE

Et que devint Pauline ?

— Ah ! Pauline, bien. Êtes-vous quelquefois resté par une douce soirée d'hiver devant votre foyer domestique, voluptueusement livré à des souvenirs d'amour ou de jeunesse en contemplant les rayures produites par le feu sur un morceau de chêne ? Ici la combustion dessine les cases rouges d'un damier, là elle miroite des velours ; de petites flammes bleues courent, bondissent et jouent sur le fond ardent du brasier. Vient un peintre inconnu qui se sert de cette flamme ; par un artifice unique, il trace au sein de ces flamboyantes teintes violettes ou empourprées une figure supernaturelle et d'une délicatesse inouïe, phénomène fugitif que le hasard ne recommencera jamais : c'est une femme aux cheveux emportés par le vent, et dont le profil respire une passion délicieuse : du feu dans le feu ! Elle sourit, elle expire, vous ne la reverrez plus. Adieu, fleur de la flamme, adieu, principe incomplet, inattendu, venu trop tôt ou trop tard pour être quelque beau diamant.

— Mais Pauline ?

— Vous n'y êtes pas ? Je recommence. Place !

place ! Elle arrive, la voici la reine des illusions, la femme qui passe comme un baiser, la femme vive comme un éclair, comme lui jaillie brûlante du ciel, l'être incréé, tout esprit, tout amour. Elle a revêtu je ne sais quel corps de flamme, ou pour elle la flamme s'est un moment animée ! Les lignes de ses formes sont d'une pureté qui vous dit qu'elle vient du ciel. Ne resplendit-elle pas comme un ange ? N'entendez-vous pas le frémissement aérien de ses ailes ? Plus légère que l'oiseau, elle s'abat près de vous et ses terribles yeux fascinent ; sa douce, mais puissante haleine attire vos lèvres par une force magique ; elle fuit et vous entraîne, vous ne sentez plus la terre. Vous voulez passer une seule fois votre main chatouillée, votre main fanatisée sur ce corps de neige, froisser ses cheveux d'or, baiser ses yeux étincelants. Une vapeur vous enivre, une musique enchanteresse vous charme. Vous tressaillez de tous vos nerfs, vous êtes tout désir, tout souffrance. Ô bonheur sans nom ! vous avez touché les lèvres de cette femme ; mais tout à coup une atroce douleur vous réveille. Ha ! ha ! votre tête a porté sur l'angle de votre lit, vous en avez embrassé l'acajou brun, les dorures froides, quelque bronze, un amour en cuivre.

— Mais, monsieur, Pauline !

— Encore ! Écoutez. Par une belle matinée, en partant de Tours, un jeune homme embarqué sur *la Ville d'Angers* tenait dans sa main la main d'une jolie femme. Unis ainsi, tous deux admirèrent longtemps, au-dessus des larges eaux de la Loire, une blanche figure, artificiellement éclose au sein du brouillard comme un fruit des eaux et du soleil, ou comme un caprice des nuées et de l'air. Tour à tour ondine ou sylphide, cette fluide créature voltigeait dans les airs comme un mot vainement cherché qui court dans la mémoire sans se laisser saisir ; elle se promenait entre les îles, elle agitait sa tête à travers les hauts peupliers ; puis, devenue gigantesque, elle faisait ou resplendir les mille plis de sa robe, ou briller l'auréole décrite par le soleil autour de son visage ; elle planait sur les hameaux, sur les collines, et semblait défendre au bateau à vapeur de passer devant le château d'Ussé. Vous eussiez dit le fantôme de la Dame des belles Cousines [1] qui voulait protéger son pays contre les invasions modernes.

— Bien, je comprends, ainsi de Pauline. Mais Fœdora ?

— Oh ! Fœdora, vous la rencontrerez. Elle était hier aux Bouffons, elle ira ce soir à l'Opéra, elle est partout [2], c'est, si vous voulez, la Société.

Paris, 1830-1831.

Dossier

BIOGRAPHIE

La biographie de Balzac est tellement chargée d'événements si divers, et tout s'y trouve si bien emmêlé, qu'un exposé purement chronologique des faits serait d'une confusion extrême.

Dans l'ordre chronologique, nous nous sommes donc contenté de distinguer, d'une manière aussi peu arbitraire que possible, cinq grandes époques de la vie de Balzac : des origines à 1814, 1815-1828, 1828-1833, 1833-1840, 1841-1850.

A l'intérieur des périodes principales, nous avons préféré, quand il y avait lieu, classer les faits selon leur nature : l'œuvre, les autres activités touchant la littérature, la vie sentimentale, les voyages, etc. (mais en reprenant, à l'intérieur de chaque paragraphe, l'ordre chronologique).

Famille, enfance ; des origines à 1814.

En juillet 1746 naît dans le Rouergue, d'une lignée paysanne, Bernard-François Balssa, qui sera le père du romancier et mourra en 1829 ; en 1776 nous retrouvons le nom orthographié « Balzac ».

Janvier 1797 : Bernard-François, directeur des vivres de la division militaire de Tours, épouse à cinquante ans Laure Sallambier, qui en a dix-huit, et qui vivra jusqu'en 1854.

1799, 20 mai : Naissance à Tours d'Honoré Balzac (le nom ne comporte pas encore la particule). Un premier fils, né jour pour jour un an plus tôt, n'avait pas vécu.

Après Honoré, naîtront trois autres enfants : 1° Laure (1800-1871), qui épousera en 1820 Eugène Surville, ingénieur des Ponts et Chaussées, et restera presque toujours pour le

romancier une confidente de prédilection ; 2° Laurence
(1802-1825), devenue en 1821 Mme de Montzaigle : c'est sur
son acte de baptême que la particule « de » apparaît pour la
première fois devant le nom des Balzac ; 3° Henry (1807-
1858), fils adultérin dont le père était Jean de Margonne
(1780-1858), châtelain de Saché.

L'enfance et l'adolescence d'Honoré seront affectées par la
préférence de la mère pour Henry, lequel, dépourvu de dons
et de caractère, traînera une existence assez misérable ; les
ternes séjours qu'il fera dans les îles de l'océan Indien avant
de mourir à Mayotte contrastent absolument avec les aven-
tures des romanesques coureurs de mers balzaciens. Balzac
gardera des liens étroits avec Margonne et séjournera souvent à Saché, où l'on montre encore sa chambre et sa table de
travail.

Dès sa naissance, Honoré est mis en nourrice chez la
femme d'un gendarme à Saint-Cyr-sur-Loire, aujourd'hui
faubourg de Tours (rive droite). De 1804 à 1807 il est externe
dans un établissement scolaire de Tours, de 1807 à 1813 il est
pensionnaire au collège de Vendôme. Puis, pendant plus d'un
an, en 1813-1814, atteint de troubles et d'une espèce d'hébé-
tude qu'on attribue à un abus de lecture, il demeure dans sa
famille, au repos. En 1814, pendant quelques mois, il reprend
ses études au collège de Tours, comme externe.

Son père, alors administrateur de l'Hospice général de
Tours, est nommé directeur des vivres dans une entreprise
parisienne de fournitures aux armées. Toute la famille quitte
Tours pour Paris en novembre 1814.

Apprentissages, 1815-1828.

1815-1819. Honoré poursuit ses études à Paris. Il entre-
prend son droit, suit des cours à la Sorbonne et au Muséum.
Il travaille comme clerc dans l'étude de Me Guillonnet-
Merville, avoué, puis dans celle de Me Passez, notaire ; ces
deux stages laisseront sur lui une empreinte profonde.

Son père ayant pris sa retraite, la famille, dont les
ressources sont désormais réduites, quitte Paris et s'installe
pendant l'été 1819 à Villeparisis. Cet été-là est guillotiné à
Albi un frère cadet de Bernard-François, pour l'assassinat,

dont il n'était peut-être pas coupable, d'une fille de ferme. Cependant Honoré, qu'on destinait au notariat, obtient de renoncer à cette carrière, et de demeurer seul à Paris, dans une mansarde, pour éprouver sa vocation en s'exerçant au métier des lettres. En septembre 1820, au tirage au sort, il obtient un « bon numéro », qui le dispense du service militaire.

Dès 1817 il a rédigé des *Notes sur la philosophie et la religion*, suivies en 1818 de *Notes sur l'immortalité de l'âme*, premiers indices du goût prononcé qu'il gardera longtemps pour la spéculation philosophique : maintenant il s'attaque à une tragédie, *Cromwell*, cinq actes en vers, qu'il termine au printemps de 1820. Soumise à plusieurs juges successifs, l'œuvre est uniformément estimée détestable ; Andrieux, aimable écrivain, professeur au Collège de France et académicien, consulté par la famille, conclut que l'auteur peut tenter sa chance dans n'importe quelle voie, hormis la littérature. Balzac continue sa recherche philosophique avec *Falthurne* (1820) et *Sténie* (1821), que suivront bientôt (1823) un *Traité de la prière* et un second *Falthurne*.

De 1822 à 1827, soit en collaboration, soit seul, mais toujours sous des pseudonymes, il publie une masse considérable de produits romanesques « de consommation courante », qu'il lui arrivera d'appeler « petites opérations de littérature marchande » ou même « cochonneries littéraires ». A leur sujet les balzaciens se partagent ; les uns y cherchent des ébauches de thèmes et les signes avant-coureurs du génie romanesque ; les autres doutent que Balzac, soucieux seulement de satisfaire sa clientèle, y ait rien mis qui soit vraiment de lui-même.

En 1822 commence sa longue liaison (mais, de sa part, non exclusive) avec Antoinette de Berny, qu'il a rencontrée à Villeparisis l'année précédente. Née en 1777, elle a alors deux fois l'âge d'Honoré, et elle est d'un an et demi l'aînée de la mère de celui-ci ; il aura pour celle qu'il a rebaptisée Laure et *Dilecta* un amour en quelque sorte ambivalent, où il trouvera une compensation à son enfance frustrée.

Fille d'un musicien de la Cour et d'une femme de la chambre de Marie-Antoinette, elle-même femme d'expé-

rience, Laure initiera son jeune amant non seulement aux
secrets de la vie mondaine sous l'Ancien Régime, mais aussi
à ceux de la condition féminine et de la joie sensuelle. Elle
restera pour lui un soutien, et le guide le plus sûr. Elle
mourra en 1836.

En 1825, Balzac entre en relations avec la duchesse
d'Abrantès (1784-1838); cette nouvelle maîtresse, qui d'ailleurs s'ajoute à la précédente et ne se substitue pas à elle, a
encore quinze ans de plus que lui. Fort avertie de la grande et
petite histoire de la Révolution et de l'Empire, elle complète
l'éducation que lui a donnée Mme de Berny, et le présente aux
nombreux amis qu'elle garde dans le monde ; lui-même, plus
tard, se fera son conseiller et peut-être son collaborateur
lorsqu'elle écrira ses *Mémoires*.

Durant la fin de cette période, il se lance dans des affaires
qui enrichissent d'une manière incomparable l'expérience
du futur auteur de *La Comédie humaine*, mais qui en
attendant se soldent par de pénibles et coûteux échecs.

Il se fait éditeur en 1825, l'éditeur se fait imprimeur en
1826, l'imprimeur se fait fondeur de caractères en 1827 —
toujours en association, les fonds de ses propres apports
étant constitués par sa famille et par Mme de Berny. En 1825
et 1826 il publie, entre autres, des éditions compactes de
Molière et de La Fontaine, pour lesquelles il a composé des
notices. En 1828 la société de fonderie est remaniée ; il en est
écarté au profit d'Alexandre de Berny, fils de son amie :
l'entreprise deviendra une des plus belles réalisations françaises dans ce domaine. L'imprimerie est liquidée quelques
mois plus tard, en août : elle laisse à Balzac 60 000 francs de
dettes (dont 50 000 envers sa famille).

Nombreux voyages et séjours en province, notamment
dans la région de L'Isle-Adam, en Normandie, et surtout en
Touraine, terre natale et terre d'élection.

Les débuts, 1828-1833.

A la mi-septembre 1828 Balzac va s'établir pour six
semaines à Fougères, en vue du roman qu'il prépare sur la
chouannerie. *Le Dernier Chouan ou la Bretagne en 1800*, dont

le titre deviendra finalement *Les Chouans*, paraît en mars 1829 ; c'est le premier roman dont il assume ouvertement la responsabilité en le signant de son véritable nom.

En décembre 1829 il publie sous l'anonymat *Physiologie du mariage*, un essai (ou, comme il dira plus tard, une « étude analytique ») qu'il avait ébauché puis délaissé plusieurs années auparavant.

1830 : les *Scènes de la vie privée* réunissent en deux volumes six nouvelles ou courts récits. Ce nombre sera porté à quinze dans une réédition du même titre en quatre tomes (1832).

1831 : *La Peau de chagrin* : ce roman est repris pour former la même année, avec douze autres récits divers, trois volumes de *Romans et contes philosophiques ;* l'ensemble est précédé d'une introduction de Philarète Chasles, certainement inspirée par Balzac. 1832 : les *Nouveaux contes philosophiques* augmentent cette collection de quatre récits (dont une première version de *Louis Lambert*). Il faut noter que la qualification « philosophiques » a encore un sens fort vague, et provisoire, dans l'esprit de l'écrivain.

Les *Contes drolatiques*. A l'imitation des *Cent Nouvelles nouvelles* (il avait un goût très vif pour la vieille littérature dite gauloise), il voulait en écrire cent, répartis en dix dizains. Le premier dizain paraît en 1832, le deuxième en 1833 ; le troisième ne sera publié qu'en 1837, et l'entreprise s'arrêtera là.

Septembre 1833 : *Le Médecin de campagne*. Pendant toute cette époque, Balzac donne une foule de textes divers à de nombreux périodiques. Il poursuivra ce genre de collaboration durant toute sa vie, mais à une cadence moindre.

Laure de Berny reste la Dilecta, Laure d'Abrantès devient une amie.

Passade avec Olympe Pélissier.

Entré en liaison d'abord épistolaire avec la duchesse de Castries en 1831, il séjourne auprès d'elle, à Aix-les-Bains et à Genève, en septembre et octobre 1832 ; elle s'amuse à se laisser chaudement courtiser par lui, mais ne cède pas, ce dont, fort déconfit, il se venge par *La Duchesse de Langeais*.

Au début de 1832 il reçoit d'Odessa une lettre signée « L'Étrangère », et répond par une petite annonce insérée dans un journal : c'est le début de ses relations avec Mme Hanska (1805-1882), sa future femme, qu'il rencontre pour la première fois à Neuchâtel dans les derniers jours de septembre 1833.

Vers cette même époque il a une maîtresse discrète, Maria du Fresnay.

Voyages très nombreux. Outre ceux que nous avons signalés ci-dessus (Fougères, Aix, Genève, Neuchâtel), il faut mentionner plusieurs séjours près de Tours ou de Nemours avec Mme de Berny, à Saché, à Angoulême chez ses amis Carraud, etc.

Son travail acharné n'empêche pas qu'il ne soit très répandu dans les milieux littéraires et dans le monde ; il mène une vie ostentatoire et dispendieuse.

En politique, il s'affiche légitimiste. Il envisage de se présenter aux élections législatives de 1831, et en 1832 à une élection partielle.

L'essor, 1833-1840.

Durant cette période, Balzac ne se contente pas d'assurer le développement de son œuvre : il se préoccupe de lui assigner une organisation d'ensemble. Déjà les *Scènes de la vie privée* et les *Romans et contes philosophiques* témoignaient chez lui de cette tendance ; maintenant il s'avance sur la voie qui le conduira à la conception globale de *La Comédie humaine*.

En octobre 1833 il signe un contrat pour la publication d'une collection intitulée *Études de mœurs au XIXe siècle*, et qui doit rassembler aussi bien les rééditions que des ouvrages nouveaux. Divisée en trois séries, cette collection va comprendre quatre tomes de *Scènes de la vie privée*, quatre de *Scènes de la vie de province* et quatre de *Scènes de la vie parisienne*. Les douze volumes paraissent en ordre dispersé de décembre 1833 à février 1837. Le tome I est précédé d'une importante introduction de Félix Davin, porte-parole ou même prête-nom de Balzac. La classification a une valeur à la fois littérale et symbolique : elle se fonde à la fois sur le cadre de l'action et sur la signification du thème.

Parallèlement paraissent de 1834 à 1840 vingt volumes d'*Études philosophiques*, avec une nouvelle introduction de Félix Davin.

Principales créations en librairie de cette période : *Eugénie Grandet*, fin 1833 ; *La Recherche de l'absolu*, 1834 ; *Le Père Goriot*, *La Fleur des pois* (titre qui deviendra *Le Contrat de mariage*), *Séraphîta*, 1835 ; *Histoire des Treize*, 1833-1835 ; *Le Lys dans la vallée*, 1836 ; *La Vieille Fille*, *Illusions perdues* (début), *César Birotteau*, 1837 ; *La Femme supérieure* (titre qui deviendra *Les Employés*), *La Maison Nucingen*, *La Torpille* (début de *Splendeurs et Misères des courtisanes*), 1838 ; *Le Cabinet des antiques*, *Une fille d'Ève*, *Béatrix*, 1839 ; *Une princesse parisienne* (titre qui deviendra *Les Secrets de la princesse de Cadignan*), *Pierrette*, *Pierre Grassou*, 1840.

En marge de cette activité essentielle, Balzac prend à la fin de 1835 une participation majoritaire dans la *Chronique de Paris*, journal politique et littéraire ; il y publie un bon nombre de textes, jusqu'à ce que la société, irrémédiablement déficitaire, soit dissoute six mois plus tard. Curieusement il réédite (et complète à l'aide de « nègres ») une partie de ses romans de jeunesse, en gardant un pseudonyme qui n'abuse personne : ce sont les *Œuvres complètes d'Horace de Saint-Aubin*, seize volumes, 1836-1840.

En 1838, il s'inscrit à la toute jeune Société des Gens de Lettres, il la préside en 1839, et mène diverses campagnes pour la protection de la propriété littéraire et des droits des auteurs.

Candidat à l'Académie française en 1839, il s'efface devant Hugo, qui d'ailleurs n'est pas élu.

En 1840, il fonde la *Revue parisienne*, mensuelle et entièrement rédigée par lui ; elle disparaît après le troisième numéro, où il a inséré son long et fameux article sur *La Chartreuse de Parme*.

Théâtre, vieille et durable préoccupation depuis le *Cromwell* de ses vingt ans : en 1839, la Renaissance refuse *L'École des ménages*, pièce dont il donne chez Custine une lecture à laquelle assistent Stendhal et Théophile Gautier. En 1840 la censure écarte plusieurs fois et finit par autoriser *Vautrin*, pièce interdite dès le lendemain de la première.

Il séjourne à Genève auprès de Mme Hanska du 24 décembre 1833 au 8 février 1834 ; il la retrouve à Vienne (Autriche) en mai-juin 1835 ; alors commence une séparation qui durera huit ans.

Le 4 juin 1834 naît Marie du Fresnay, présumée être sa fille, et qu'il regarde comme telle ; elle ne mourra qu'en 1930.

Mme de Berny, malade depuis 1834, accablée de malheurs familiaux, cesse de le voir à la fin de 1835 ; elle va mourir huit mois plus tard.

En 1836, naissance de Lionel-Richard Lowell, fils présumé de Balzac et de la comtesse Guidoboni-Visconti ; en 1837 le comte lui donne lui-même procuration pour régler à Venise en son nom une affaire de succession ; en 1837 encore, c'est chez la comtesse que Balzac, poursuivi pour dettes, se réfugie ; elle paie pour lui, et lui évite ainsi la contrainte par corps.

Juillet-août 1836 : Mme Marbouty, déguisée en homme, l'accompagne à Turin et en Suisse.

Voyages toujours nombreux.

Au cours de l'excursion autrichienne de 1835 il est reçu par Metternich, et visite le champ de bataille de Wagram en vue d'un roman qu'il ne parviendra jamais à écrire. En 1836, séjournant en Touraine, il se voit accueilli par Talleyrand et la duchesse de Dino. L'année suivante, c'est George Sand qui l'héberge à Nohant ; elle lui suggère le sujet de *Béatrix*.

Durant son voyage italien de 1837 il a appris, à Gênes, qu'on pouvait exploiter fructueusement en Sardaigne les scories d'ancienne mines de plomb argentifère ; en 1838, en passant par la Corse, il se rend sur place — pour y constater que l'idée était si bonne qu'une société marseillaise l'a devancé ; retour par Gênes, Turin, et Milan où il s'attarde.

On signale en 1834 un dîner réunissant Balzac, Vidocq et les bourreaux Sanson père et fils.

Démêlés avec la Garde nationale, où il se refuse obstinément à assurer ses tours de garde : en 1835 il se cache d'elle autant que de ses créanciers, à Chaillot, sous le nom de « Mme veuve Durand » ; en 1836 elle l'incarcère pendant une semaine dans sa prison surnommée « Hôtel des Haricots » ; nouvel emprisonnement en 1839, pour la même raison.

En 1837, près de Paris, à Sèvres, au lieu dit Les Jardies, il achète les premiers éléments de ce dont il voudra constituer tout un domaine. On prétendra qu'il aurait rêvé même de faire fortune en y acclimatant la culture de l'ananas. Ses projets assez grandioses lui coûteront fort cher et ne lui amèneront que des déboires. Liquidation onéreuse et longue ; à la mort de Balzac elle ne sera pas encore tout à fait terminée.

C'est en octobre 1840 que, quittant Les Jardies, il s'installe à Passy dans l'actuelle rue Raynouard, où sa maison est redevenue aujourd'hui « La Maison de Balzac ».

Suite et fin, 1841-1850.

Le fait marquant qui inaugure cette période est l'acte de naissance officiel de *La Comédie humaine* considérée comme un ensemble organique. Cet acte, c'est le contrat passé le 2 octobre 1841 avec un groupe d'éditeurs pour la publication, sous ce « titre général », des « œuvres complètes » de Balzac, celui-ci se réservant « l'ordre et la distribution des matières, la tomaison et l'ordre des volumes ».

Nous avons vu le romancier, dès ses véritables débuts ou presque, montrer le souci d'un ordre et d'un classement. Une lettre à Mme Hanska du 26 octobre 1834 en faisait déjà état. Une lettre de décembre 1839 ou janvier 1840, adressée à un éditeur non identifié, et restée sans suite, mentionnait pour la première fois le « titre général », avec un plan assez détaillé. Cette fois le grand projet va enfin se réaliser (sous réserve de quelques changements de détail ultérieurs dans le plan, et sous réserve aussi de plusieurs ouvrages annoncés qui ne seront jamais composés).

Réunissant rééditions et nouveautés, l'ensemble désormais intitulé *La Comédie humaine* paraît de 1842 à 1848 en dix-sept volumes, complétés en 1855 par un tome XVIII, et suivis, en 1855 encore, d'un tome XIX *(Théâtre)* et d'un tome XX *(Contes drolatiques).* Trois parties : *Études de mœurs, Études philosophiques, Études analytiques* — la première partie étant elle-même divisée en *Scènes de la vie privée, Scènes de la vie de province, Scènes de la vie parisienne, Scènes de la vie politique, Scènes de la vie militaire* et *Scènes de la vie de campagne.*

L'Avant-propos est un texte doctrinal capital. Avant de se résoudre à l'écrire lui-même, Balzac avait demandé vainement une préface à Nodier, à George Sand, ou envisagé de reproduire les introductions de Davin aux anciennes *Études de mœurs* et *Études philosophiques*.

Premières publications en librairie : *Le Curé de village*, 1841 ; *Mémoires de deux jeunes mariées, Ursule Mirouët, Albert Savarus, La Femme de trente ans* (sous sa forme et son titre définitifs après beaucoup d'avatars), *Les Deux Frères* (titre qui deviendra *La Rabouilleuse*), 1842 ; *Une ténébreuse affaire, La Muse du département, Illusions perdues* (au complet), 1843 ; *Honorine, Modeste Mignon*, 1844 ; *Petites Misères de la vie conjugale*, 1846 ; *La Dernière Incarnation de Vautrin* (achevant *Splendeurs et Misères des courtisanes*), 1847 ; *Les Parents pauvres (Le Cousin Pons* et *La Cousine Bette)*, 1847-1848.

Romans posthumes. *Le Député d'Arcis* et *Les Petits Bourgeois*, restés inachevés, et terminés, avec une désinvolture confondante, par Charles Rabou agréé par la veuve, paraissent respectivement en 1854 et 1856. La veuve assure elle-même, avec beaucoup plus de tact, la mise au point des *Paysans* qu'elle publie en 1855.

Théâtre. Représentation et échec des *Ressources de Quinola*, 1842 ; de *Paméla Giraud*, 1843. Succès sans lendemain de *La Marâtre*, pièce créée à une date peu favorable (25 mai 1848) ; trois mois plus tard la Comédie-Française reçoit *Mercadet ou le Faiseur*, mais la pièce ne sera pas représentée.

Chevalier de la Légion d'honneur depuis avril 1845, Balzac, encore candidat à l'Académie française, obtient 4 voix le 11 janvier 1849, dont celles de Hugo et de Lamartine (on lui préfère le duc de Noailles), et, aux trois scrutins du 18 janvier, 2 voix (Vigny et Hugo), 1 voix (Hugo) et 0 voix, le comte de Saint-Priest étant élu.

Amours et voyages, durant toute cette période, portent pratiquement un seul et même nom : Mme Hanska. Le mari meurt — enfin ! — le 10 novembre 1841, en Ukraine ; mais Balzac n'est informé que le 5 janvier d'un événement qu'il attend pourtant avec tant d'impatience. Son amie, libre désormais de l'épouser, va néanmoins le faire attendre près de dix ans encore, soit qu'elle manque d'empressement, soit que réellement le régime tsariste se dispose à confisquer ses biens, qui sont considérables, si elle s'unit à un étranger.

En 1843, après huit ans de séparation, Balzac va la retrouver pour deux mois à Saint-Pétersbourg ; il rentre par Berlin, les pays rhénans, la Belgique. En 1845, voyages communs en Allemagne, en France, en Hollande, en Belgique, en Italie. En 1846, ils se rencontrent à Rome et voyagent en Italie, en Suisse, en Allemagne.

Mme Hanska est enceinte ; Balzac en est profondément heureux, et, de surcroît, voit dans cette circonstance une occasion de hâter son mariage ; il se désespère lorsqu'elle accouche en novembre 1846 d'un enfant mort-né.

En 1847 elle passe quelques mois à Paris ; lui-même, peu après, rédige un testament en sa faveur. A l'automne, il va la retrouver en Ukraine, où il séjourne près de cinq mois. Il rentre à Paris, assiste à la révolution de février 1848, envisage une candidature aux élections législatives, repart dès la fin de septembre pour l'Ukraine, où il séjourne jusqu'à la fin d'avril 1850.

C'est là qu'il épouse Mme Hanska, le 14 mars 1850.

Rentrés ensemble à Paris vers le 20 mai, les deux époux, le 4 juin, se font donation mutuelle de tous leurs biens en cas de décès. Depuis plusieurs années la santé de Balzac n'a pas cessé de se dégrader.

Du 1er juin 1850 date (à notre connaissance) la dernière lettre que Balzac ait écrite entièrement de sa main. Le 18 août, il a reçu l'extrême-onction, et Hugo, venu en visite, le trouve inconscient : il meurt à onze heures et demie du soir, dans un état physique affligeant. On l'enterre au Père-Lachaise trois jours plus tard ; les cordons du poêle sont tenus par Hugo et Dumas, mais aussi par le sinistre Sainte-Beuve, qui n'a jamais rien compris à son génie, et par le ministre de l'Intérieur ; devant sa tombe, superbe discours de Hugo : ni Hugo ni Baudelaire ne se sont trompés sur le génie de Balzac.

La femme de Balzac, après avoir trouvé quelque consolation à son veuvage, mourra ruinée en 1882.

NOTICE

Nous ne connaissons pratiquement rien des conditions et circonstances dans lesquelles Balzac fut conduit à écrire *La Peau de chagrin*. Il semble, au début, en concevant le thème central du récit, n'avoir pas osé « jouer le jeu » du fantastique, et s'être plutôt disposé à faire de ce thème une mystification dont le personnage principal aurait été la victime. Il semble aussi n'avoir nullement envisagé, à ce moment, d'imprimer à toute une partie du roman un tour autobiographique.

(Plus généralement, durant ces années où cristallise un destin, tout se passe comme si l'auteur de *La Comédie humaine* s'était approché d'abord, non sans circonspection, des commodités apparentes qu'offre l'autobiographie, pour s'en détourner bientôt en faveur des puissances autrement riches de l'imaginaire.)

Il subsiste au Fonds Lovenjoul de Chantilly un jeu complet d'épreuves de *La Peau de chagrin* portant une série de dates qui nous renseigne fort utilement. Résumons l'analyse qu'en a donnée M. Pierre Barbéris — étant admis que le travail de rédaction et les travaux de typographie se suivaient de très près. On distingue dans ces derniers trois périodes, dont les dates extrêmes enferment à peine six mois : du 7 au 22 février 1831, du 31 mars à la mi-avril, du 30 mai au 30 juillet.

Le passage correspondant à la première période va du début au moment où Raphaël, sortant de chez l'antiquaire, rencontre ses amis.

Il y a lieu de noter que dès le 16 décembre 1830 un périodique, *La Caricature*, sous le titre *Croquis : le dernier napoléon*, publiait une brève ébauche de ce qui sera la première séquence du roman, celle du Palais-Royal. Était-ce déjà une esquisse, appelée à être très remaniée et très amplifiée, ou seulement une petite chronique dont Balzac se serait ensuite avisé qu'elle pouvait servir de point de départ pour un roman ?

Quoi qu'il en soit, il ne tarda pas à s'estimer assez maître de la matière pour signer, le 17 janvier 1831, avec les éditeurs Gosselin et Canel, un contrat où il s'engageait à leur remettre le manuscrit complet le 15 février.

A la veille de cette échéance, comme il était évident qu'elle ne serait pas honorée, l'auteur fautif, selon une tactique classique, prit les devants et adressa à son éditeur une lettre de reproches et de menaces où il ne manquait pas de réclamer une avance. Car tandis qu'il devait pour vivre écrire articles et contes, il fallait bien que le roman attendît.

Au début de mars, il alla passer quelques jours de labeur chez ses amis Carraud : « Mon cher Gosselin, mandait-il le lundi 7 à son éditeur, je me suis exilé à St-Cyr, où je travaille sans relâche et sans distraction à vous achever *La Peau de chagrin*. Je termine ce soir *la première partie*, celle qui me donne le plus de soucis, et d'où dépend tout le livre. Cette rude tâche accomplie, le reste ira tout seul, et j'espère vous aller voir jeudi, apportant en triomphe la copie. »

La composition typographique de cette fin de la première partie occupa la deuxième période : du 31 mars à la mi-avril. Tout n'était donc pas hâblerie dans la lettre à Gosselin : mais Balzac, toute sa vie, confondra volontiers ses rêves avec une réalité assurée.

Puis il s'occupe de tant de choses — y compris des élections législatives, auxquelles il envisage de se présenter — qu'il finit, au début de mai, par avouer humblement à Zulma Carraud : « Mes nuits et mes jours ont été employés à des travaux extraordinaires, et je vous aurai tout dit, en vous confiant que je n'ai pas écrit une ligne de *La Peau de chagrin* depuis le peu de pages que j'ai écrites à St-Cyr. »

Jusqu'au 24 mai il séjourne près de Nemours auprès de Mme de Berny, sa tendre et vieillissante amie, et maintenant et désormais il travaille. D'une lettre du 18 mai à Charles Rabou : « Je suis ici dans un pauvre livre, dans un pavillon au fond des terres vivant avec *La Peau de chagrin*, qui, Dieu merci, s'achève. Je travaille nuit et jour, ne vivant que de café, aussi j'ai besoin pour trouver une distraction à mon travail habituel de faire *L'Auberge rouge*, comme on va caresser la femme du voisin. » (A mesure des rééditions de *La Peau de chagrin*, les rappels de *L'Auberge rouge* puis du *Père Goriot* s'y feront de plus en plus précis autour du personnage de Taillefer.)

Repris le 30 mai, le travail de l'imprimerie se poursuit jusqu'au 30 juillet, avant-veille de la mise en vente. La composition typographique suit pas à pas la rédaction ; la correction des épreuves va de pair avec une campagne de publicité fort bien orchestrée par l'auteur lui-même, et appuyée d'abord sur des prépublications dans la *Revue des Deux Mondes* et la *Revue de Paris*.

Au début de juillet Balzac écrit à Gosselin : « Votre neveu a dû vous dire que je me suis renfermé et que je ne quitte pas que *La Peau de chagrin* ne soit finie. J'ai bien préparé le succès. Madame Récamier en a réclamé une lecture en sorte que nous aurons encore une immense quantité de prôneurs dans le faubourg Saint-Germain. Vous feriez bien de mettre dans les journaux un avis pour les libraires de province, afin qu'ils vous envoient à l'avance leurs demandes parce que je sais, par plusieurs personnes, que cela sera d'un bon effet. »

Paru le 1er août 1831, le roman eut aussitôt un succès très vif : si vif que dès le 22 août un nouveau contrat était signé avec Gosselin pour une réédition. Celle-ci parut sans tarder : un mois plus tard ; elle formait le premier tome d'une série de trois volumes intitulée *Romans et contes philosophiques* ; le texte y était quelque peu corrigé ; la préface que Balzac avait placée en tête de la première édition était supprimée, et remplacée par une étude sur l'ensemble de la publication, due à Philarète Chasles et pour le moins supervisée par le romancier.

Les autres rééditions se succèdent rapidement : 1833, 1835 ou plutôt 1834 (en tête de la série des *Études philosophiques*, précédée elle-même d'une longue introduction signée cette fois par Félix Davin et contrôlée plus étroitement encore), 1838 (édition illustrée), 1839, 1845. Cette dernière édition fait partie de la première publication collective de *La Comédie humaine*, chez Furne et autres : *La Peau de Chagrin* y figure dans le tome XIV, et dans le premier volume de la section

Études philosophiques ; la dédicace à Savary y apparaît pour la première fois.

On aura observé que la rédaction, la composition typographique et la correction des épreuves, en février-juillet 1831, s'étaient suivies de si près et s'étaient si bien imbriquées qu'il n'était pas question pour Balzac de se livrer sur épreuves aux gigantesques remaniements qui bientôt deviendront légendaires. Peut-être y a-t-il un lien entre cette circonstance et le fait que par la suite peu de ses ouvrages ont été corrigés d'édition en édition avec autant de persévérance.

Il ne change pas les grandes structures, mais il ne se lasse pas de perfectionner le détail. « Je travaille dix-huit heures par jour, écrit-il à Mme Hanska vers la fin de juillet 1833. Je me suis aperçu des défauts de style qui déparent *La Peau de chagrin*, je la corrige pour la rendre irréprochable, mais après deux mois de travail, *La Peau* réimprimée, je découvre encore une centaine de fautes. Ce sont des chagrins de poète. » A la même, le 26 (?) août 1834 : « En ce moment je fais le dernier travail de style sur *La Peau de chagrin*. Je la réimprime et j'enlève les dernières taches. Oh ! mes 16 heures par jour sont bien employées. Je ne vais plus à l'Opéra qu'une fois par semaine. » A la même encore, le 20 janvier 1838 : « Le texte de l'*édition illustrée* est revu avec tant de soin, qu'il faut le regarder comme le seul existant, tant il diffère des éditions précédentes, cette solennité typographique a réagi sur la phrase, et j'ai découvert bien des fautes et des sottises (...). »

Pourtant l'édition de 1845 témoigne toujours de nouveaux repentirs. Et ce n'est pas tout. De cette édition de *La Comédie humaine* nous possédons un exemplaire révisé de la main de Balzac en vue des rééditions futures (les spécialistes sont convenus d'appeler cet exemplaire le « Furne corrigé[a] », et nos notes s'y référeront plusieurs fois) ; or, dans toute cette précieuse collection, il n'existe peut-être pas un seul ouvrage qui comporte autant de corrections que *La Peau de chagrin*.

---

[a] Jean-A. Ducourneau en a donné une reproduction infiniment précieuse accompagnée d'utiles éclaircissements dans l'édition des « Bibliophiles de l'Originale ».

Ainsi, durant une quinzaine d'années, Balzac n'a guère cessé de se préoccuper d'apporter au texte primitif ce qu'il regardait évidemment comme des améliorations. Bien entendu nous respectons ici une volonté aussi nettement manifestée : le texte que nous donnons résulte de tous ces aménagements successifs (y compris ceux du « Furne corrigé ») et respecte toute cette attention et tous ces scrupules.

DOCUMENTS

Nous ne reproduisons ici aucun des articles ou notes publicitaires que Balzac fit paraître pour aider au lancement de La Peau de chagrin : ils pourraient nous renseigner sans doute sur l'idée qu'il se faisait des goûts à flatter dans le public, mais fort peu sur sa pensée personnelle et véritable concernant son œuvre. Les textes que nous retenons sont les suivants :

1° la préface publiée en tête de la première édition et supprimée aussitôt après ; à vrai dire, il y est moins question de La Peau de chagrin que de Physiologie du mariage ; mais il s'y trouve quelques lignes capitales sur la « voyance » du romancier et sur la faculté qu'il a d'inventer le vrai (à rapprocher du début de Facino Cane) ;

2° la « Moralité » qui, dans la même édition originale, terminait l'ouvrage, après la « Conclusion » (laquelle est devenue finalement l' « Épilogue ») ; ainsi une invocation à Rabelais, plusieurs fois allégué au cours du récit, terminait un roman ouvert sous le patronage de Sterne ;

3° des extraits de l'introduction de Philarète Chasles insérée en 1831 en tête des Romans et Contes philosophiques : le premier des trois tomes était entièrement occupé par La Peau de chagrin et en constituait la deuxième édition ; on y remarquera un nouveau développement sur Rabelais ;

4° des extraits de l'introduction de Félix Davin insérée dans les derniers jours de 1834 en tête des Études philosophiques, dont La Peau de chagrin occupait les trois premiers tomes et le quatrième presque entier.

Dans les deux derniers cas, le texte a certainement été rédigé soit sous l'inspiration de Balzac (Ph. Chasles), soit même sous son contrôle si ce n'est de sa main.

I. PRÉFACE (1831)

Il y a sans doute beaucoup d'auteurs dont le caractère personnel est vivement reproduit par la nature de leurs compositions, et chez lesquels l'œuvre et l'homme sont une seule et même chose ; mais il est d'autres écrivains dont l'âme et les mœurs contrastent puissamment avec la forme et le fond de leurs ouvrages ; en sorte qu'il n'existe aucune règle positive pour reconnaître les divers degrés d'affinité qui se trouvent entre les pensées favorites d'un artiste et les fantaisies de ses compositions.

Cet accord ou ces disparates sont dus à une nature morale aussi bizarre, aussi secrète dans ses jeux que la nature est fantasque dans les caprices de la génération. La production des êtres organisés et des idées sont deux mystères incompris, et les ressemblances ou les différences complètes que ces deux sortes de créations peuvent offrir avec leurs auteurs prouvent peu de chose pour ou contre la légitimité paternelle.

Pétrarque, lord Byron, Hoffmann et Voltaire, étaient les hommes de leur génie ; tandis que Rabelais, homme sobre, démentait les goinfreries de son style et les figures de son ouvrage... Il buvait de l'eau en vantant la *purée septembrale*, comme Brillat-Savarin mangeait fort peu tout en célébrant la bonne chère.

Il en fut ainsi de l'auteur moderne le plus original dont la Grande-Bretagne puisse se glorifier, Maturin ; le prêtre auquel nous devons *Eva*, *Melmoth*, *Bertram*, était coquet, galant, fêtait les femmes, et l'homme aux conceptions terribles devenait, le soir, un dameret, un *dandy*. Ainsi de Boileau, dont la conversation douce et polie ne répondait point à l'esprit satirique de son vers insolent. La plupart des poètes gracieux ont été des hommes fort insouciants de la grâce, pour eux-mêmes ; semblables aux sculpteurs, qui, sans cesse occupés à idéaliser les plus belles formes humaines, à traduire la volupté des lignes, à combiner les traits épars de la beauté, vont presque tous assez mal vêtus, dédaigneux de parure, gardant les types du beau dans leur âme, sans que rien transpire au-dehors.

Il est très facile de multiplier les exemples de ces désunions et de ces cohésions caractéristiques entre l'homme et sa pensée ; mais ce double fait est si constant qu'il serait puéril d'insister.

Y aurait-il donc une littérature possible, si le noble cœur de Schiller devait être soupçonné de quelque complicité avec François Moor, la plus exécrable conception, la plus profonde scélératesse que jamais dramatiste ait jetée sur la scène ?... Les auteurs tragiques les plus sombres n'ont-ils pas été généralement des gens fort doux et de mœurs patriarcales ? témoin le vénérable Ducis. Aujourd'hui même, en voyant celui de nos Favarts qui traduit avec le plus de finesse, de grâce et d'esprit les nuances insaisissables de nos petites mœurs bourgeoises, vous diriez d'un bon paysan de la Beauce enrichi par une spéculation sur les bœufs.

Malgré l'incertitude des lois qui régissent la physiognomonie littéraire, les lecteurs ne peuvent jamais rester impartiaux entre un livre et le poète. Involontairement, ils dessinent, dans leur pensée, une figure, bâtissent un homme, le supposent jeune ou vieux, grand ou petit, aimable ou méchant. L'auteur une fois peint, tout est dit. *Leur siège est fait !*

Et alors, vous êtes bossu à Orléans, blond à Bordeaux, fluet à Brest, gros et gras à Cambrai. Tel salon vous hait, tandis que dans tel autre vous êtes porté aux nues. Ainsi, pendant que les Parisiens bafouaient Mercier, il était l'oracle des Russes à Saint-Pétersbourg. Vous devenez enfin un être multiple, espèce de créature imaginaire, habillée par un lecteur à sa fantaisie, et qu'il dépouille presque toujours de quelques mérites pour la revêtir de ses vices à lui. Aussi, avez-vous quelquefois l'inappréciable avantage d'entendre dire :

— Je ne me le figurais pas *comme ça !*...

Si l'auteur de ce livre avait à se louer des jugements erronés ainsi portés par le public, il se garderait bien de discuter ce singulier problème de physiologie scripturale. Il se serait très facilement résigné à passer pour un gentilhomme littéraire, de bonnes mœurs, vertueux, sage, bien vu en bon lieu. Par malheur, il est réputé vieux, à moitié roué, cynique, et, toutes les laideurs des sept péchés capitaux, quelques personnes les lui ont gravées sur la face sans même lui en reconnaître les mérites, car tout n'est pas vicieux dans le vice. Il a donc pleinement raison de dégauchir l'opinion publique faussée en son endroit.

Mais tout bien pesé, il accepterait plus volontiers peut-être une mauvaise réputation méritée qu'une mensongère renommée de vertu. Par le temps présent, qu'est-ce donc qu'une réputation littéraire ?... Une affiche rouge ou bleue collée à chaque coin de rue. Encore, quel poème sublime aura jamais la chance d'arriver à la popularité du Paraguay-Roux et de je ne sais quelle Mixture ?...

Le mal est venu d'un livre auquel il n'a point attaché son nom, mais qu'il avoue maintenant, puisqu'il y a péril à le signer.

Cette œuvre est la *Physiologie du mariage*, attribuée par les uns à quelque vieux médecin, par d'autres à un débauché courtisan de la Pompadour, ou à quelque misanthrope n'ayant plus aucune illusion, et qui, dans toute sa vie, n'avait pas rencontré une seule femme à respecter.

L'auteur s'est souvent amusé de ces erreurs et les agréait même comme autant d'éloges ; mais il croit aujourd'hui que si un écrivain doit se soumettre, sans mot dire, aux hasards des réputations purement littéraires, il ne lui est pas permis d'accepter avec la même résignation une calomnie qui entache son caractère d'homme. Une accusation fausse attaque nos amis encore plus que nous-mêmes ; et lorsque l'auteur de ce livre s'est aperçu qu'il ne se défendrait pas seul en cherchant à détruire des opinions qui peuvent lui devenir nuisibles, il a surmonté la répugnance assez naturelle qu'on éprouve à parler de soi. Il s'est promis d'en finir avec un nombreux public qui ne le connaît pas, pour satisfaire le petit public qui le connaît : heureux, en cela, de justifier certaines amitiés, dont il est honoré, et quelques suffrages dont il est fier.

Sera-t-il maintenant taxé de fatuité, en revendiquant ici les tristes privilèges de Sanchez, ce bon jésuite qui écrivit, assis sur une chaise de marbre, son célèbre bouquin *De Matrimonio*, dans lequel tous les caprices de la volupté sont jugés au tribunal ecclésiastique et traduits au jugement confessionnaire avec une admirable entente des lois qui gouvernent l'union conjugale ? La philosophie serait-elle donc plus coupable que la prêtrise ?...

Y aura-t-il de l'impertinence à s'accuser d'une vie toute laborieuse ? Encourra-t-il encore des reproches en exhibant un acte de naissance qui lui donne trente ans ? N'est-il pas dans son droit en demandant à ceux dont il n'est pas connu, de ne point mettre en question sa moralité, son profond respect pour la femme, et de ne pas faire, d'un esprit chaste, le prototype du cynisme ?

Si les personnes qui ont gratuitement médit de l'auteur de la *Physiologie,* malgré les prudentes précautions de la préface, veulent, en lisant ce nouvel ouvrage, être conséquentes, elles devraient croire l'écrivain aussi délicatement amoureux qu'il était naguère perverti. Mais l'éloge ne le flatterait pas plus que le blâme ne l'a froissé. S'il est vivement touché des suffrages que ses compositions peuvent obtenir, il se refuse à livrer sa personne aux caprices populaires. Il est cependant bien difficile de persuader au public qu'un auteur peut concevoir le crime sans être criminel !... Aussi, l'auteur, après avoir été jadis accusé de cynisme, ne serait pas étonné de passer maintenant pour un joueur, pour un *viveur,* lui, dont les nombreux travaux décèlent une vie solitaire, accusent une sobriété sans laquelle la fécondité de l'esprit n'existe point.

Il pourrait certes se plaire à composer ici quelque autobiographie qui exciterait de puissantes sympathies en sa faveur ; mais il se sent aujourd'hui trop bien accueilli pour écrire des impertinences à la manière de tant de *préfaciers ;* trop consciencieux dans ses travaux pour être humble ; puis, n'étant pas valétudinaire, il ferait décidément un triste héros de préface.

Si vous mettez la personne et les mœurs en dehors des livres, l'auteur vous reconnaîtra une pleine autorité sur ses écrits : vous pourrez les accuser d'effronterie, vitupérer la plume assez mal apprise pour peindre des tableaux inconvenants, colliger des observations problématiques, accuser à faux la société, et lui prêter des vices ou des malheurs dont elle serait exempte. Le succès est un arrêt souverain en ces matières ardues ; alors, la *Physiologie du mariage* serait peut-être complètement absoute. Plus tard, elle sera peut-être mieux comprise, et l'auteur aura sans doute un jour la joie d'être estimé homme chaste et grave.

Mais beaucoup de lectrices ne seront pas satisfaites en

apprenant que l'auteur de la *Physiologie* est jeune, rangé comme un vieux sous-chef, sobre comme un malade au régime, buveur d'eau et travailleur, car elles ne comprendront pas comment un jeune homme de mœurs pures a pu pénétrer si avant dans les mystères de la conjugalité. L'accusation se reproduirait ainsi sous de nouvelles formes. Mais, pour terminer ce léger procès, en faveur de son innocence, il lui suffira sans doute d'amener aux sources de la pensée les personnes peu familiarisées avec les opérations de l'intelligence humaine.

Quoique restreint dans les bornes d'une préface, cet essai psychologique aidera peut-être à expliquer les bizarres disparates qui existent entre le talent d'un écrivain et sa physionomie. Certes, cette question intéresse les femmes-poètes encore plus que l'auteur lui-même.

L'art littéraire, ayant pour objet de reproduire la nature par la pensée, est le plus compliqué de tous les arts.

Peindre un sentiment, faire revivre les couleurs, les joues, les demi-teintes, les nuances, accuser avec justesse une scène étroite, mer ou paysage, hommes ou monuments, voilà toute la peinture.

La sculpture est plus restreinte encore dans ses ressources. Elle ne possède guère qu'une pierre et une couleur pour exprimer la plus riche des natures, le sentiment dans les formes humaines : aussi le sculpteur cache-t-il sous le marbre d'immenses travaux d'idéalisation dont peu de personnes lui tiennent compte.

Mais, plus vastes, les idées comprennent tout : l'écrivain doit être familiarisé avec tous les effets, toutes les natures. Il est obligé d'avoir en lui je ne vais quel miroir concentrique où, suivant sa fantaisie, l'univers vient se réfléchir ; sinon, le poète et même l'observateur n'existent pas ; car il ne s'agit pas seulement de voir, il faut encore se souvenir et empreindre ses impressions dans un certain choix de mots, et les parer de toute la grâce des images ou leur communiquer le vif des sensations primordiales...

Or, sans entrer dans les méticuleux *aristotélismes* créés par chaque auteur pour son œuvre, par chaque pédant dans sa théorie, l'auteur pense être d'accord avec toute intelligence, haute ou basse, en composant *l'art littéraire* de deux parties bien distinctes : *l'observation — l'expression*.

Beaucoup d'hommes distingués sont doués du talent d'observer, sans posséder celui de donner une forme vivante à leurs pensées ; comme d'autres écrivains ont été doués d'un style merveilleux, sans être guidés par ce génie sagace et curieux qui voit et enregistre toute chose. De ces deux dispositions intellectuelles résultent, en quelque sorte, une vue et un toucher littéraires. A tel homme, *le faire* ; à tel autre, *la conception* ; celui-ci joue avec une lyre sans produire une seule de ces harmonies sublimes qui font pleurer ou penser ; celui-là compose des poèmes pour lui seul, faute d'instrument.

La réunion des deux puissances fait l'homme complet ; mais cette rare et heureuse concordance n'est pas encore le génie, ou, plus simplement, ne constitue pas la volonté qui engendre une œuvre d'art.

Outre ces deux conditions essentielles au talent, il se passe chez les poètes ou chez les écrivains réellement philosophes un phénomène moral, inexplicable, inouï, dont la science peut difficilement rendre compte. C'est une sorte de seconde vue qui leur permet de deviner la vérité dans toutes les situations possibles ; ou, mieux encore, je ne sais quelle puissance qui les transporte là où ils doivent, où ils veulent être. Ils inventent le vrai, par analogie, ou voient l'objet à décrire, soit que l'objet vienne à eux, soit qu'ils aillent eux-mêmes vers l'objet.

L'auteur se contente de poser les termes de ce problème, sans en chercher la solution ; car il s'agit pour lui d'une justification et non d'une théorie philosophique à déduire.

Donc, l'écrivain doit avoir analysé les caractères, épousé toutes les mœurs, parcouru le globe entier, ressenti toutes les passions, avant d'écrire un livre ; ou les passions, les pays, les mœurs, caractères, accidents de nature, accidents de morale, tout arrive dans sa pensée. Il est avare, ou il conçoit momentanément l'avarice, en traçant le portrait du *laird de Dumbiedikes* *. Il est criminel, conçoit le crime, ou l'appelle et le contemple, en écrivant *Lara* **.

---

* Personnage de *La Prison d'Édimbourg*, de Walter Scott. *(Note de l'Auteur.)*

** Poème de lord Byron. *(Note de l'Auteur.)*

Nous ne trouvons pas de terme moyen à cette proposition cervico-littéraire.

Mais, à ceux qui étudient la nature humaine, il est démontré clairement que l'homme de génie possède les deux puissances.

Il va, en esprit, à travers les espaces, aussi facilement que les choses, jadis observées, renaissent fidèlement en lui, belles de la grâce ou terribles de l'horreur primitive qui l'avaient saisi. Il a réellement vu le monde, ou son âme le lui a révélé intuitivement. Ainsi, le peintre le plus chaud, le plus exact de Florence n'a jamais été à Florence ; ainsi, tel écrivain a pu merveilleusement dépeindre le désert, ses sables, ses mirages, ses palmiers, sans aller de Dan à Sahara.

Les hommes ont-ils le pouvoir de faire venir l'univers dans leur cerveau, ou leur cerveau est-il un talisman avec lequel ils abolissent les lois du temps et de l'espace ?... La science hésitera longtemps à choisir entre ces deux mystères également inexplicables. Toujours est-il constant que l'inspiration déroule au poète des transfigurations sans nombre et semblables aux magiques fantasmagories de nos rêves. Un rêve est peut-être le jeu naturel de cette singulière puissance, quand elle reste inoccupée !...

Ces admirables facultés que le monde admire justement, un auteur les possède plus ou moins larges, en raison du plus ou du moins de perfection, ou d'imperfection peut-être, de ses organes. Peut-être encore, le don de création est-il une faible étincelle tombée d'en haut sur l'homme, et les adorations dues aux grands génies seraient-elles une noble et haute prière ? S'il n'en était pas ainsi, pourquoi notre estime se mesurerait-elle à la force, à l'intensité du rayon céleste qui brille en eux ? Ou faut-il évaluer l'enthousiasme dont nous sommes saisis pour les grands hommes, au degré de plaisir qu'il nous donnent, au plus ou moins d'utilité de leurs œuvres ?... Que chacun choisisse entre le matérialisme et le spiritualisme !...

Cette métaphysique littéraire a entraîné l'auteur assez loin de la question personnelle. Mais quoique dans la production la plus simple, dans *Riquet à la Houppe* même, il y ait un travail d'artiste, et qu'une œuvre de naïveté soit souvent empreinte du *mens divinior* autant qu'il en brille dans un vaste poème, il n'a pas la prétention d'écrire pour lui cette ambitieuse théorie, à l'instar de quelques auteurs contemporains dont les préfaces étaient les *petits pèlerinages* de *petits Childe-Harold*. Il a seulement voulu réclamer, pour les auteurs, les anciens privilèges de la *clergie*, qui se jugeait elle-même.

La *Physiologie du mariage* était une tentative faite pour retourner à la littérature fine, vive, railleuse et gaie du XVIIIe siècle, où les auteurs ne se tenaient pas toujours droits et raides, où, sans discuter à tout propos la poésie, la morale et le drame, il s'y faisait du drame, de la poésie et des ouvrages de vigoureuse morale. L'auteur de ce livre cherche à favoriser la réaction littéraire que préparent certains bons esprits ennuyés de notre vandalisme actuel, et fatigués de voir amonceler tant de pierres sans qu'aucun monument surgisse. Il ne comprend pas la pruderie, l'hypocrisie de nos mœurs ; et refuse, du reste, aux gens blasés, le droit d'être difficiles.

De tous côtés s'élèvent des doléances sur la couleur sanguinolente des écrits modernes. Les cruautés, les supplices, les gens jetés à la mer, les pendus, les gibets, les condamnés, les atrocités chaudes et froides, les bourreaux, tout est devenu bouffon.

Naguère, le public ne voulait plus sympathiser avec les *jeunes malades*, les *convalescents* et les doux trésors de mélancolie contenus dans l'infirmerie littéraire. Il a dit adieu aux *tristes*, aux *lépreux*, aux langoureuses élégies. Il était las des *bardes* nuageux et des sylphes, comme il est aujourd'hui rassasié de l'Espagne, de l'Orient, des supplices, des pirates et de l'histoire de France *walter-scottée*. Que nous reste-t-il donc ?...

Si le public condamnait les efforts des écrivains qui essaient de remettre en honneur la littérature franche de nos ancêtres, il faudrait souhaiter un déluge de barbares, la combustion des bibliothèques, et un nouveau Moyen Âge ; alors, les auteurs recommenceraient plus facilement le cercle éternel dans lequel l'esprit humain tourne comme un cheval de manège.

Si *Polyeucte* n'existait pas, plus d'un poète moderne est capable de refaire Corneille, et vous verriez éclore cette tragédie sur trois théâtres à la fois, sans compter les vaudevilles où Polyeucte chanterait sa profession de foi chrétienne sur quelque motif de *la Muette*. Enfin, les auteurs ont souvent raison dans leurs impertinences contre le temps présent. Le monde nous demande de belles peintures ? où en seraient les types ? Vos habits mesquins, vos révolutions manquées, vos bourgeois discoureurs, votre religion morte, vos pouvoirs éteints, vos rois en demi-solde, sont-ils donc si poétiques qu'il faille vous les transfigurer !...

Nous ne pouvons aujourd'hui que nous moquer. La raillerie est toute la littérature des sociétés expirantes... Aussi l'auteur de ce livre, soumis à toutes les chances de son entreprise littéraire, s'attend-il à de nouvelles accusations.

Quelques auteurs contemporains sont nommés dans son ouvrage ; il espère que son estime profonde pour leurs caractères ou leurs écrits ne sera pas mise en doute ; et proteste aussi d'avance contre les allusions auxquelles pourraient donner lieu les personnages mis en scène dans son livre. Il a tâché moins de tracer des portraits que de présenter des types.

Enfin, le temps présent marche si vite, la vie intellectuelle déborde partout avec tant de force, que plusieurs idées ont vieilli, ont été saisies, exprimées, pendant que l'auteur imprimait son livre : il en a sacrifié quelques-unes ; celles qu'il a maintenues, sans s'apercevoir de leur mise en œuvre, étaient sans doute nécessaires à l'harmonie de son ouvrage.

II. MORALITÉ (1831)

François Rabelais, docte et prude homme, bon Tourangeau, Chinonnais de plus, a dit :

Les Thélémites estre grands mesnagiers de leur peau et sobres de chagrins.

Admirable maxime ! — insouciante ! — égoïste ! — Morale éternelle !...

Le *Pantagruel* fut fait pour elle ; ou, elle, pour le *Pantagruel*.

L'auteur mérite d'être grandement vitupéré pour avoir osé mener un corbillard sans saulce, ni jambons, ni vin, ni paillardise, par les joyeux chemins de maître Alcofribas, le plus terrible des dériseurs, lui, dont l'immortelle satire avait déjà pris, comme dans une serre, l'avenir et le passé de l'homme.

Mais cet ouvrage est la plus humble de toutes les pierres

apportées pour le piédestal de sa statue par un pauvre Lanternois du doux pays de Touraine.

III. INTRODUCTION PAR PHILARÈTE CHASLES (1831)

....

L'analyse, dernier développement de la pensée, a donc tué les jouissances de la pensée. C'est ce que M. de Balzac a vu dans son temps : c'est le dernier résultat de cet axiome de Jean-Jacques : *L'homme qui pense est un animal dépravé.*

Assurément il n'est pas de donnée plus tragique ; car, à mesure que l'homme se civilise, il se suicide ; et cette agonie éclatante des sociétés offre un intérêt profond.

Le désordre et le ravage portés par l'intelligence dans l'homme, considéré comme individu et comme être social : telle est l'idée primitive qui règne dans les œuvres de Byron et de Godwin : M. de Balzac l'a jetée dans ses contes. Il a vu de quels éclatants dehors cette société valétudinaire s'enorgueillit, de quelles parures ce moribond se couvre, de quelle vie galvanique ce cadavre s'émeut et s'agite par intervalles, de quelle lueur phosphorique il scintille encore. Opposant au néant intérieur et profond du corps social cette agitation factice et cette splendeur funèbre, il a cru que la mission du conteur n'était pas finie et perdue ; qu'il y avait encore une magie dans ce contraste ; une féerie dans cette industrie créatrice de merveilles ; un intérêt dans le jeu cupide des ressorts sociaux, cachés sous de si beaux dehors, dans ce spectacle d'une société rendant le dernier soupir sous des rideaux de pourpre, d'argent et de soie.

Un conteur, un amuseur de gens qui prend pour base la criminalité secrète, le marasme et l'ennui de son époque ; un homme de pensée et de philosophie, qui s'attache à peindre la désorganisation produite par la pensée ; tel est M. de Balzac.

....

Ainsi, partout l'égoïsme : égoïsme de la famille, égoïsme physique, personnalités féroces qui naissent d'une civilisation sensuelle et raffinée. Tel est spécialement le fonds de la pensée créatrice de *La Peau de chagrin.*

Rabelais, dans un autre temps, avait vu l'étrange effet de la pensée religieuse, qui, à force de pénétrer la société, achevait de la dissoudre. L'âme, divinisée par le christianisme, avait tout envahi. Le spiritualisme effaçait la matière. Le symbole, l'idéalisation régnaient sans partage ; pour un symbole, l'Occident s'était rué sur l'Orient. Il dominait la poésie qu'il réduisait à l'état de fantôme, en multipliant les personnifications allégoriques, en bannissant de son domaine les êtres vivants, la chair et le sang humains. Rabelais s'arma d'un symbole pour faire la guerre au symbole.

Holà ! Messer Gaster, voici votre règne ! Tonnes pleines d'hypocras, bons saucissons chargés d'épices, bombance gigantesque, culte de la Dive bouteille, douce abbaye de Thélème, dont le *rien faire* est la liturgie ; venez !... Et dans une épopée immense, donnez-nous l'apothéose de ce corps humain que l'on foule aux pieds, et que le curé de Meudon ne se contente pas de remettre à sa place. Il l'installe sur un trône. Or, voici l'ère de Gargantua. On boit plus sec, on mange sans perdre jamais l'appétit : l'élément physique de l'homme se trouve déifié par cette ironie matérialiste, qui semble une prédiction du XVIIIe siècle, et un oracle des destinées futures auxquelles le monde est réservé.

Passe joyeusement la vie et ris-toi du reste ! Trinque ! comme l'a dit M. de Balzac dans *La Peau de chagrin*, voilà le sens des amères dérisions du Pantagruel, et peut-être l'arrêt définitif de ce livre.

Certes, Rabelais, s'il n'eût pas vécu au commencement du XVIe siècle, tout à la fin de ce qu'on appelle Moyen Âge, n'eût rien écrit de pareil. Dans *Pantagruel* et *Gargantua*, il résuma le passé, railla le présent et s'empara de l'avenir, qu'une civilisation matérielle allait isoler de l'ancienne société chrétienne et spiritualiste, de l'avenir qu'un philosophe sensualiste allait dominer et mouler à son plaisir.

L'ère de Rabelais a expiré. Celle qu'il annonçait parcourt son cycle et l'accomplit. Ce ne sont plus les ravages de la pensée idéaliste, mais ceux du sensualisme analytique, que le conteur philosophe peut retracer aujourd'hui.

Aussi, voyez tous ces types d'égoïsme civilisé qui se donnent rendez-vous dans *La Peau de chagrin* : Fœdora, femme sans cœur, type d'une société sans cœur ; Raphaël, symbole de la misère éclatante, le dandy sans un écu ; le malheur même que donne l'étude solitaire, avec la gloire en

perspective, le grenier pour théâtre, et la souffrance pour
escorte. Le vaste plan, caché sous ces fantaisies, a dû
échapper à plusieurs yeux. Des critiques n'ont pas vu que *La
Peau de chagrin* est l'expression de la vie humaine, abstraction faite des individualités sociales ; la vie avec ses ondulations bizarres, avec sa course vagabonde et son allure
serpentine, avec son égoïsme toujours présent sous mille
métamorphoses. La même signification se trouve cachée
sous les plus légers incidents de cette fiction. A part l'intérêt
dramatique du livre, il renferme un intérêt de philosophie
allégorique qui s'attache aux plus minces détails et poursuit
sans pitié cette science d'égoïsme que la civilisation fait
naître. Voyez Raphaël ! Comme le sentiment de sa conservation étouffe en lui toute autre idée ! Comme dans la scène du
duel, chez les paysans, dans son hôtel de Paris, le même
sentiment l'absorbe ! Soumis à ce talisman terrible, il vit et
meurt dans une convulsion d'égoïsme.

C'est cette personnalité qui ronge le cœur et dévore les
entrailles de la société où nous sommes. A mesure qu'elle
augmente, les individualités s'isolent ; plus de liens, plus de
vie commune. La personnalité règne ; c'est son triomphe et
sa fureur que *La Peau de chagrin* a reproduits. Dans ce livre il
y a toute une époque.

. . . .

IV. INTRODUCTION DE FÉLIX FR. DAVIN (1834)

. . . .

Mieux informé que ne l'ont été certains critiques empres-
sés déjà d'attaquer M. de Balzac par le côté biographique, et
qui l'ont peint fort inexactement, nous avons eu des renseignements sur la partie la plus studieuse et la plus inconnue
de sa vie, sur son moment le plus poétique. Ce fut aux jours
d'une misère infligée par la volonté paternelle, alors opposée
à la vocation du poète, et qui nous ont valu le beau récit de
Raphaël dans *La Peau de chagrin*, ce fut pendant les années
1818, 1819 et 1820 que M. de Balzac, réfugié dans un grenier
près de la bibliothèque de l'Arsenal, travailla sans relâche à
comparer, analyser, résumer les œuvres que les philosophes
et les médecins de l'Antiquité, du Moyen Âge et des deux

siècles précédents, avaient laissées sur le cerveau de
l'homme. Cette pente de son esprit est une prédilection. Si
Louis Lambert est mort, il lui reste de Vendôme un autre
camarade, également adonné aux études philosophiques, M.
Barchou de Penhoën, auquel nous devons déjà de beaux
travaux sur Fichte, sur M. Ballanche, et qui pourrait attester
au besoin combien fut précoce chez M. de Balzac le germe du
système physiologique autour duquel voltige encore sa pensée, mais où viennent se rattacher par essaims les conceptions qui peuvent paraître isolées. De ces premières études a
donc surgi une œuvre scientifique dont nous aurions volontiers développé le but, mais que les confidents de l'auteur
nous ont conseillé de tenir dans l'ombre jusqu'au jour où il
l'aura suffisamment méditée et où elle pourra sans danger se
produire dans toute son étendue. Cette science exigeait trop
de temps, trop de fortune peut-être, pour devenir l'occupation exclusive d'une jeunesse nécessairement inexpérimentée
ou précaire. D'ailleurs bientôt de graves intérêts auxquels on
a fait allusion, contrairement aux lois de la bienséance
littéraire, condamnèrent M. de Balzac à des travaux qu'aucun critique n'a pu encore embrasser dans leur ensemble.
Quoique mystérieusement enfermées, ces occupations primi-
tives et la pente entraînante d'un esprit métaphysique
dominèrent les œuvres auxquelles s'adonna M. de Balzac par
nécessité. Ses connaissances, aussi variées qu'étendues,
transpirèrent et teignirent si vigoureusement ses premiers
essais que certaines personnes auxquelles l'auteur de la
Physiologie du mariage était inconnu, attribuaient ce livre à
un vieux médecin où à quelque vieillard enfin veuf ! Ainsi que
nous le disions, le jour où l'artiste a quitté l'envers de sa
tapisserie pour voir le dessin de son fil et ce que produisaient
ses couleurs, il s'est aperçu que, malgré lui peut-être, il
développait le texte qu'il avait dans l'âme, qu'il déduisait les
preuves de sa science cachée, qu'il faisait une œuvre analytique dont il portait la synthèse en lui-même, qu'il exprimait
le drame et la poésie de son monde avant d'en mettre au jour
les formules physiologiques.

  Cette digression était nécessaire pour faire comprendre
dans son entier le système de ces deux ouvrages et les liens
qui les unissent.

....

Telle est la large base sur laquelle vont s'élever les *Études philosophiques*. Après avoir accusé dans ses *Études de mœurs au dix-neuvième siècle* toutes les plaies sociales, dépeint toutes les professions, parcouru toutes les localités, exploré tous les âges, montré l'homme et la femme dans toutes leurs transformations civiles ou naturelles, physiques ou morales, après nous avoir enfin dépeint les effets sociaux, ici l'auteur tend à remonter aux causes de ces effets. Dans les premières assises de cette construction sont pressées et foulées les individualités typisées ; dans la seconde se dressent des types individualisés.

. . . .

Pour nous, il est évident que M. de Balzac considère la pensée comme la cause la plus vive de la désorganisation de l'homme, conséquemment de la société. Il croit que toutes les idées, conséquemment tous les sentiments, sont des dissolvants plus ou moins actifs. Les instincts, violemment surexcités par les combinaisons factices qui créent les idées sociales, peuvent, selon lui, produire en l'homme des foudroiements brusques ou le faire tomber dans un affaissement successif et pareil à la mort ; il croit que la pensée, augmentée de la force passagère que lui prête la passion, et telle que la société la fait, devient nécessairement pour l'homme un poison, un poignard. En d'autres termes et suivant l'axiome de Jean-Jacques, *l'homme qui pense est un animal dépravé*.

. . . .

Certes, la phrase de Jean-Jacques, commentée par Godwin, poétisée par lord Byron, atteste combien peu serait neuve la pensée intime de M. de Balzac. Là, néanmoins, commence la grandeur de son œuvre. Les plus immenses découvertes des sciences mathématiques ou physiques ne sont jamais que la preuve cherchée, trouvée ou devinée d'un fait déjà connu. Des générations entières avaient vu les révolutions de la terre et du ciel : Newton, Kepler, Lagrange, Laplace, Arago en ont dit, en disent encore les causes, ils prouvent en un mot. Le fait physico-moral qui meut le monde social avait été mieux formulé par la sagesse des nations que Rousseau ne l'a formulé lui-même. *La lame use le fourreau*, dit le peuple. M. de Balzac, lui, écrit *Louis Lambert* ! Il prouve à la manière des savants. Nous avons à dessein cité l'histoire de *Louis Lam-*

bert. Là se trouve, en germe informe, cette science tenue secrète, science cruellement positive, dit-on, et qui terminerait bien des discussions philosophiques. Pour *Louis Lambert*, y dit-il, *la Volonté, la Pensée étaient des forces vives.* Soit prouvée cette proposition, voyez où elle mène ! Avant de publier *Louis Lambert*, l'auteur avait dit dans *La Peau de chagrin :* « Elle parut s'amuser beaucoup (Fœdora) en apprenant que la volonté humaine était une force matérielle semblable à la vapeur. » Étudiez l'épigraphe mise en tête de *L'Adieu*, où l'auteur nous a peint une femme naissant tout à coup à la vie en retrouvant sa raison ; enfant par la faiblesse, femme pour sentir un bonheur complet ? La vie et l'amour tombent sur elle comme la foudre, elle n'en soutient pas l'assaut, elle meurt ! « Les plus hardis physiologistes, dit la terrible épigraphe, sont effrayés par les résultats physiques de ce phénomène moral qui n'est cependant qu'un foudroiement opéré à l'intérieur, et, comme tous les effets électriques, bizarre et capricieux dans ses modes. » Voyez, dans *Le Médecin de campagne*, la discussion sur le suicide ! « Aussi, dit Benassis, est-ce la pensée qui tue et non le pistolet. » Enfin, dans la nouvelle édition de *Louis Lambert*, déjà imprimée pour ces *Études philosophiques*, et dont le libraire nous a confié les épreuves, se trouvent ces mots : « Notre cervelle est le matras où nous transportons ce que nos diverses organisations peuvent absorber de matière éthérée, base commune de plusieurs substances connues sous les noms impropres d'électricité, chaleur, lumière, fluide galvanique, magnétique, etc., et d'où elle sort sous forme de pensée. » Rapprochez ces fragments épars dans l'œuvre des belles pages où Balthazar Claës explique l'absolu chimique et dit à sa femme : « Nos sentiments sont l'effet d'un gaz qui se dégage » : n'apercevrez-vous pas les éléments d'une œuvre scientifique dont les éclairs jaillissent, malgré l'auteur ? Ici nous sommes loin de *l'homme qui pense est un animal dépravé.* La question est indécise ! Quelle est la fin de l'homme du moment où celui qui ne désire rien, qui vit sous la forme d'une plante, existe cent ans, tandis que l'artiste créateur doit mourir jeune ? « Où est le soleil, là est la pensée ; où est le froid, là est le crétinisme, là est la longévité, est-il dit dans *Louis Lambert.* Ce fait est toute une science. » Ces paroles, et beaucoup d'autres qui les étendent ou les confirment, semées dans cent pages de M. de Balzac, expliquent ses *Études philosophiques*.

Avant d'arriver à la société composée d'hommes, l'auteur a dû s'appliquer à décomposer l'homme, qui en est pour ainsi dire l'*unité*. Or, les critiques n'ont pas vu que *La Peau de chagrin* est un arrêt physiologique, définitif, porté par la science moderne, sur la vie humaine ; que cet ouvrage en est l'expression poétique, abstraction faite des individualités sociales. L'effet produit par le désir, par la passion, sur le capital des forces humaines, n'y est-il pas magnifiquement accusé ? De là cette morale que peignait si énergiquement le caporal Trim, par le moulinet qu'il trace en l'air avec son bâton et dont M. de Balzac a fait une épigraphe si mal comprise par la plupart des lecteurs. Peu de personnes ont vu qu'après un tel arrêt porté sur notre organisation il n'y avait d'autres ressources, pour la généralité des hommes, que de se laisser aller à l'allure *serpentine* de la vie, aux ondulations bizarres de la destinée. Donc, après avoir poétiquement formulé, dans *La Peau de chagrin*, le système de l'homme, considéré comme organisation, et en avoir dégagé cet axiome : « La vie décroît en raison directe de la puissance des désirs ou de la dissipation des idées », l'auteur prend cet axiome comme un cicérone prend la torche pour vous introduire dans les souterrains de Rome, il vous dit : Suivez-moi ! Examinons le mécanisme dont vous avez vu les effets dans les *Études de mœurs* ! Alors il fait passer sous nos yeux les sentiments humains dans ce qu'ils ont de plus expressif en comptant sur votre intelligence pour revenir par des dégradations aux crises moins fortes dont se composent les événements de la vie individuelle. Il s'élance, il montre l'*idée* exagérant l'*instinct*, arrivant à la passion, et qui, incessamment placée sous le coup des influences sociales, devient désorganisatrice.

NOTES

Page 19.

1. Par suite peut-être d'une simple faute d'impression que Balzac aurait laissé perpétuer d'édition en édition, la référence n'est pas tout à fait exacte : il faut lire CCCXII au lieu de CCCXXII. Dans *Tristram Shandy*, la vignette représente le moulinet que le caporal Trim exécute avec son bâton au-dessus de sa tête pour traduire ce qu'il pense du mariage. Balzac, d'ailleurs, dès la première édition de *La Peau de chagrin*, ne reproduit cette vignette que d'une manière approchée ; ses imprimeurs successifs, qui en ignoraient le symbolisme, la modifièrent peu à peu, jusqu'à lui faire figurer un serpent. Nous reprenons ici le dessin de l'édition originale de 1831, comme étant vraisemblablement la plus proche des intentions du romancier.

Sur la valeur que celui-ci attribuait à l'épigraphe par rapport à *La Peau de chagrin*, on cite ces lignes d'un article autopublicitaire qu'il fit paraître dans *La Caricature* le 11 août 1831 : « [...] drame qui serpente, ondule, tournoie et au courant duquel il faut s'abandonner comme le dit la très spirituelle épigraphe du livre. »

Même indication, quelques semaines plus tard, dans l'introduction de Philarète Chasles aux *Romans et contes philosophiques* : « Des critiques n'ont pas vu que *La Peau de chagrin* est l'expression de la vie humaine, abstraction faite des individualités sociales : la vie avec ses ondulations bizarres, avec sa course vagabonde et son allure *serpentine*, avec son égoïsme toujours présent sous mille métamorphoses. »

Le thème sera repris en 1834, sous la signature de Félix

Davin, dans l'introduction des *Études philosophiques* :
« [...] L'effet produit par le désir, par la passion, sur le
capital des forces humaines, n'y est-il pas magnifiquement
accusé ? De là cette morale que peignait si énergiquement le
caporal Trim, par le moulinet qu'il trace en l'air avec son
bâton et dont M. de Balzac a fait une épigraphe si mal
comprise par la plupart des lecteurs. Peu de personnes ont vu
qu'après un tel arrêt porté sur notre organisation il n'y avait
d'autres ressources, pour la généralité des hommes, que de se
laisser aller à l'allure *serpentine* de la vie, aux ondulations
bizarres de la destinée. »

Remarquons que ces trois textes comportent le verbe
serpenter ou l'adjectif *serpentine*, ce qui donne quelque
signification imprévue à l'évolution de la vignette.

Page 20.

1. Mathématicien et astronome, membre du Bureau des
Longitudes, professeur à Polytechnique (1797-1841). On pré-
sume que Balzac s'était adressé à lui pour obtenir des
renseignements d'ordre scientifique, et l'en remerciait par
cette dédicace.

Page 21.

1. Cette première partie était primitivement intitulée « La
peau de chagrin », et subdivisée en quatorze chapitres
numérotés mais non titrés.

2. La suite du roman permet de dater cet épisode de
l'année 1830.

Page 22.

1. Guazacoulco ou Coatzacoalcos : fleuve côtier du Mexique méridional dans la région duquel un essai de colonisa-
tion française fut tenté en 1823 et se termina misérablement.

2. Darcet ou d'Arcet, chimiste, s'employa à utiliser la
gélatine extraite des os ; il en tira une colle fort efficace, mais
échoua dans ses efforts pour y trouver un aliment très
nutritif et économique à l'usage des déshérités.

Page 23.

1. Dans le livre IV de l'*Émile*.

Page 25.

1. Avec la voix de la Fatalité.

Page 31.

1. « De tant de battements de cœur », air célèbre du *Tancrède* de Rossini, opéra créé à Venise en 1813. A son sujet Stendhal raconte l'anecdote suivante : « A Venise, cet air s'appelle l'*aria dei risi*. J'avoue que c'est un nom bien vulgaire, et je suis assez embarrassé pour raconter la petite anecdote plus gastronomique que poétique qui le lui a valu. *Aria dei risi*, puisqu'il faut l'avouer, veut dire l'*air du riz*. En Lombardie, tous les dîners, celui du plus grand seigneur comme celui du plus petit maestro, commencent invariablement par un plat de riz ; et comme on aime le riz fort peu cuit, quatre minutes avant de servir, le cuisinier fait toujours faire cette question importante : *bisogna mettere i risi* ? Comme Rossini rentrait chez lui désespéré, le cameriere lui fit la question ordinaire ; on mit le riz au feu, et avant qu'il fût prêt, Rossini avait fini l'air *Di tanti palpiti*. Le nom d'*aria dei risi* rappelle qu'il a été fait en un instant. Que dire de cette admirable cantilène ? Il me semble qu'il serait également ridicule d'en parler et à qui la connaît, et à qui ne l'a jamais entendue. Et d'ailleurs qui ne l'a pas entendue en Europe ? »

Page 33.

1. Secrétaire perpétuel de l'Académie française, il s'était suicidé en 1829 au cours d'une crise de dépression, en se jetant dans la Seine.

2. « Asphyxiés par immersion » : noyés. Selon des recherches du docteur P. Dorveaux, il y avait à Paris et près de Paris cinquante postes de secours, que dirigeait M. Dacheux avec le titre d'inspecteur. Ces postes comportaient notamment le matériel nécessaire aux « fumigations », traitement consistant en insufflations de fumée de tabac dans l'intestin. Le repêchage d'un noyé était récompensé par une allocation de 25 francs si le noyé était rappelé à la vie, de 15 francs dans le cas contraire, chiffre fixé par une ordonnance de 1806. Balzac parle de 50 francs : ou bien il était mal renseigné sur le tarif, ou bien celui-ci avait été modifié entre-temps.

Page 38.

1. Marie-Victoire Jaquotot et non Jacotot (1778-1855) s'était fait la spécialité de reproduire sur porcelaine, en réduction, les grandes œuvres de la peinture ; son talent, mis en œuvre à la manufacture de Sèvres, fut goûté et honoré par Napoléon, Louis XVIII, Charles X.

2. Hacquebute : arquebuse.

Page 39.

1. Chibouque : pipe orientale à tuyau long.

2. Drageoir : récipient d'orfèvrerie destiné à contenir des dragées ou autres sucreries.

Page 40.

1. Exilé par l'empereur Domitien dans cette île du Dodécanèse, l'apôtre saint Jean passe pour y avoir composé l'*Apocalypse*.

2. Lucide : qui a du luisant ou de la lumière.

Page 42.

1. A la place de ce mot, qui résulte d'une modification manuscrite du « Furne corrigé », toutes les éditions publiées du vivant de Balzac portaient « un magot chinois ». Idole ou magot, l'objet tel qu'il est décrit semble n'avoir guère de rapport avec « l'Inde et ses religions ». Le romancier était fasciné par l'Extrême-Orient, ou plutôt par l'idée qu'il se plaisait à s'en faire : ses connaissances restaient fort en arrière de sa rêverie.

2. Sandal : santal, bois odorant.

Page 43.

1. L'anatomiste hollandais Frédéric Ruysch (1638-1731) présentait dans son cabinet non des figures de cire mais des cadavres dont, par une série d'injections, il retardait pendant de longues années la décomposition.

2. Personnage principal du poème de Byron, *Lara*, qui fait suite au poème *Le Corsaire*. Balzac a été profondément marqué par le mythe byronien de l'aventurier. Voir ci-dessous la note 1 de la p. 62.

Page 46.

1. Poétesse lyrique grecque du Ve siècle avant Jésus-Christ, rivale de Pindare.

Page 47.

1. Balzac avait une grande admiration pour Cuvier, qu'il cite souvent : nulle part l'éloge qu'il fait de lui n'est aussi développé qu'ici. Toutefois, lorsque l'auteur des *Recherches sur les ossements fossiles des quadrupèdes* entre en conflit avec Geoffroy Saint-Hilaire, Balzac prend parti pour celui-ci, dont la philosophie et la mystique s'accordent avec celles que lui-même va traduire dans *Louis Lambert* et surtout dans *Séraphita* (voir ci-dessous la note 1, p. 65). Né en 1769, Cuvier mourut du choléra lors de l'épidémie qui sévit à Paris en 1832.

Page 49.

1. Montagne du Harz où les sorcières étaient réputées tenir leur sabbat, et où, dans l'ouvrage de Goethe, Méphisto-phélès conduit Faust.

Page 52.

1. Ce tableau célèbre est au Louvre.

Page 53.

1. Voltaire était mort en 1778 dans l'hôtel de Villette, qui formait, vers l'est, du côté amont de la Seine, l'angle de la rue de Beaune et du quai Voltaire, dont il occupait l'actuel n° 27.

Page 57.

1. Balzac écrivait (voir notre Notice) peu de mois après l'avènement de Louis-Philippe, dont la fortune personnelle était considérable.

Page 58.

1. Étoile à six branches que Salomon, selon la tradition, portait sur une bague où était gravé en caractères secrets le nom véritable de Dieu.

Page 61.

1. Marcel Bouteron a publié en 1950 et repris en 1954 dans son recueil *Études balzaciennes* un article sur cette inscription orientale de *La Peau de chagrin* et, en particulier, sur sa prétendue version sanscrite. Toutes les premières éditions du roman donnaient seulement la transcription française. En 1835, à Vienne, Balzac fut présenté par Mme Hanska à un vieil

ami de la famille Hanski, le baron Joseph de Hammer-Purgstall, célèbre orientaliste autrichien. C'est celui-ci qui traduisit alors l'inscription française — non pas en sanscrit, mais en arabe ; et son texte fut inséré pour la première fois dans l'édition de 1838. Balzac cependant ne jugea pas utile d'adapter à ce changement les pages suivantes, où il continua à faire état du sanscrit, du Bengale, d'un bramine. En 1839 il dédia *Le Cabinet des Antiques* au baron de Hammer.

Page 62.

1. Le vieillard entame ici un exposé doctrinal qui résume un des aspects de la philosophie de Balzac lui-même, explique la signification symbolique de *La Peau de chagrin* et se trouvera amplement développé dans *Louis Lambert* ; voir aussi, plus loin, le passage correspondant aux notes 1, p. 142 et 1, p. 158.

Quant au « curriculum vitae » qui suit, il n'est pas sans rappeler celui du héros du récit *Gobseck* : par ses antécédents l'antiquaire se rattache à la série des aventuriers et coureurs de mers mis en scène, par exemple, dans *Modeste Mignon*, dans *Eugénie Grandet*, surtout dans *La Femme de trente ans*. Si *La Comédie humaine* se présente ouvertement comme une défense et illustration de l'organisation sociale, elle en évoque aussi avec une complaisance passionnée l'envers et le contraire, soit sous la forme de l'exotisme des lieux et des mœurs, soit sous celle du monde souterrain du crime et de la police.

Page 65.

1. Fils d'un évêque suédois, Swedenborg (1688-1772), homme de lettres puis naturaliste, eut vers la soixantième année une vision divine, et dès lors se fit prophète. Il enseigna une doctrine fort abstruse d'un monde invisible qui serait la « correspondance » du monde humain (c'est de lui que procèdent la philosophie et la mystique de la correspondance qui a irrigué notre littérature de Balzac à Baudelaire, de Baudelaire aux symbolistes, du symbolisme à un certain surréalisme). Balzac était lui-même un des « enthousiastes » de la révélation swedenborgienne d'où sont directement issues deux de ses « Études philosophiques », *Louis Lambert* (1832-1833) et surtout *Séraphîta* (1835), deux romans initiati-

ques qu'il réunit un moment sous le titre commun de *Livre mystique* ; l'étrange théorie des Anges, notamment dans *Séraphîta*, provient de Swedenborg — de qui s'inspirait également la philosophie « synthétique » de Geoffroy Saint-Hilaire, le naturaliste illuminé.

2. Oriental : le mot « amulette », provenant du latin *amuletum*, était régulièrement du masculin ; mais, en raison de sa désinence, des écrivains aussi divers qu'Agrippa d'Aubigné et Chateaubriand lui donnaient par assimilation le genre féminin. « L'amulette, ajoute Littré, est destiné à préserver du mal, des blessures, de la mort. Le talisman est tout objet auquel des idées superstitieuses font attribuer le pouvoir d'exercer une influence extraordinaire. » La Peau de chagrin est donc bien un talisman, et c'est par une réaction d'incrédulité que le héros l'appelle amulette.

Page 68.

1. *Confessions*, livre VII : « Autant à mon précédent voyage j'avais vu Paris par son côté défavorable, autant à celui-ci je le vis par son côté brillant, non pas toutefois quand à mon logement ; car sur une adresse que m'avait donnée M. Bordes, j'allai loger à l'hôtel St Quentin rue des Cordiers proche la Sorbonne, vilaine rue, vilain hôtel, vilaine chambre ; mais où cependant avaient logé des hommes de mérite [...]. [...] Je retournai loger à mon ancien hôtel St Quentin, qui dans un quartier solitaire et peu loin du Luxembourg m'était plus commode pour travailler à mon aise, que la bruyante rue St Honoré. » C'est là que Rousseau connut Thérèse Le Vasseur, lingère de l'hôtel, qui devait devenir et rester sa compagne ; l'emplacement de la rue des Cordiers, où se trouvait l'établissement, est maintenant recouvert par les bâtiments de l'actuelle Sorbonne.

2. Ta Léonarde : ta logeuse. On y voit généralement le nom d'un personnage de cuisinière dans le *Gil Blas* de Lesage. Une analyse de M. Pierre Citron dans *L'Année balzacienne* (1970) a montré que Balzac, qui cite la Léonarde en cinq passages de *La Comédie humaine*, songe non pas au roman mais à un opéra-comique, *La Caverne*, qui en avait été tiré en 1793, et où les traits du personnage sont sensiblement modifiés : « Léonarde [...], dans l'opéra-comique, n'est plus une dangereuse harpie, mais une brave femme assez bienfai-

sante, victime des circonstances », — modification qui convient particulièrement ici, comme on le verra dans la suite du récit.

Page 71.

1. Ou plutôt *kirschwasser*, eau-de-vie de cerise : c'est notre kirsch.

Page 73.

1. La rainure, c'est le rail.

2. *Le Corsaire rouge* : roman de Fenimore Cooper. Voir ci-dessus la note 1, p. 62.

3. Botany-Bay : baie australienne choisie par les Anglais en 1787 comme lieu de déportation ; par suite d'un enchaînement de circonstances, cette décision se trouva être à l'origine de la fondation de Sydney.

Page 74.

1. Voir, parmi les Documents, la postface de l'édition originale. On lira un peu plus loin une imitation ou transposition des « propos tenus par de joyeux buveurs à la naissance de Gargantua ».

Page 76.

1. Union de tous les Français dans l'oubli des luttes antérieures à la Restauration.

Page 78.

1. Allusion à *L'Auberge rouge* que Balzac écrivait au printemps de 1831, concurremment avec *La Peau de chagrin*. L'épisode de la vie de Taillefer sera de nouveau rappelé dans la suite du roman.

Page 84.

1. Monbard ou Monbars, flibustier célèbre du XVIIᵉ siècle qui combattit les Espagnols en Amérique. J. B. Picquenard lui avait consacré en 1827 un roman : *Monbars l'Exterminateur ou le dernier des flibustiers.*

2. Par le sens comme par la forme, le mot tient à la fois de « croquis » et de « pochade ». Charlet (1792-1845) est un des illustrateurs de la légende napoléonienne.

Page 87.

1. Nom de fantaisie.

2. Le Seigneur des Accords, c'est Étienne Tabourot (1549-1598), d'une famille de robe de Dijon, auteur des *Bigarrures* et des *Touches*, recueils d'acrostiches et de calembours. Quant au dogue Bérécillo, ou plutôt Bérézillo, il s'agit d'un de ces chiens que les Espagnols utilisèrent contre les Indiens d'Amérique. Bérézillo était célèbre par l'énormité de sa taille et de sa force. (Cf. O. Fournier, *Animaux historiques*, Garnier, 1861.)

3. Ces trois répliques, antérieurement aux modifications du « Furne corrigé », étaient rédigées comme suit : « — Lamartine restera-t-il ? — Ah ! Scribe, monsieur, a bien de l'esprit. — Et Victor Hugo ? » On sait d'ailleurs qu'il serait tout à fait vain de chercher dans ces corrections des « clefs » : il n'y a pas de rapport entre Nathan et Lamartine, entre Canalis et Hugo ; Balzac a changé les noms pour rester cantonné plus étroitement dans l'univers romanesque, et en particulier pour rattacher ce roman-ci à l'ensemble de *La Comédie humaine* par des liens plus serrés.

Page 91.

1. C'est en 1830 que Charles Nodier avait publié son *Histoire du Roi de Bohême et de ses sept châteaux*. Antérieurement au « Furne corrigé », Balzac citait ici une autre œuvre de Nodier, *Smarra*. Sur ses rapports avec Nodier, voir une étude approfondie de M. P.-G. Castex dans *L'Année balzacienne (1962)*.

Page 93.

1. Le directeur de la *Revue*, François Buloz, était borgne.

Page 94.

1. Voir ci-dessus la note 1, p. 38.

Page 95.

1. Voir ci-dessus la note 1, p. 78.

Page 96.

1. « Aux dieux inconnus ! »

Notes

Page 102.

1. Aquilina avait emprunté son nom de guerre au personnage de cette tragédie de T. Otway, en vers libres mêlés de
prose (1682) ; le sujet en était tiré de la *Conjuration des
Espagnols contre Venise*, chronique de Saint-Réal (1674).
C'est surtout dans *Melmoth réconcilié* que Balzac retrace
l'histoire d'Aquilina, laquelle, dit-il, ayant lu « par hasard »
Venise sauvée, « croyait ressembler à cette courtisane, soit
par les sentiments précoces qu'elle se sentait dans le cœur,
soit par sa figure, ou par la physionomie générale de sa
personne ». Elle avait été la maîtresse d'un des quatre
sergents de La Rochelle, dont il est question quelques lignes
plus loin et dont la conspiration, organisée en 1821 par le
carbonarisme français qui venait de se fonder, fut découverte
en 1822 grâce à un traître ou indicateur, peut-être un
provocateur ; les quatre sous-officiers conjurés furent arrêtés ; trois d'entre eux furent condamnés à mort et exécutés, et
le quatrième acquitté comme dénonciateur.

Page 111.

1. Cette expression en forme burlesque de formule magique figure déjà dans *La Farce de maître Pathelin* (1465 ?). Elle
est reprise par Rabelais chez qui Balzac l'a trouvée au
chapitre XVII de *Gargantua* : c'est un des jurons que profè-
rent les Parisiens, « les ungs en cholere, les aultres par rys »,
lorsque le géant, accoté aux tours de Notre-Dame, les
compisse.

Page 115.

1. Cette deuxième partie était primitivement subdivisée
en vingt et un chapitres, numérotés de XV à XXXV et non
titrés. Ici va commencer l'un des rares passages autobiogra-
phiques que l'on rencontre dans *La Comédie humaine*.

Page 119.

1. Un des temples de la gastronomie parisienne, installé
au Palais-Royal de 1808 à 1845.

Page 120.

1. Le mot a ici le sens de notre « extralucide » plutôt que
son sens propre (Littré : « Qui laisse passer la lumière, sans
permettre de distinguer les objets »).

Page 129.

1. Raphaël songe au personnage du *Mariage de Figaro*.

Page 132.

1. « J'avais pourtant quelque chose là ! » Ce sont des paroles qu'on prête à Chénier sur le point de monter sur l'échafaud.

Page 134.

1. Une sorte de calcul des probabilités. Il ne s'agit pas d'une coquille (*parti* au lieu de *pari*) ; ce sens de parti est attesté par Littré.

Page 136.

1. C'était alors un pont à péage ; tarif : un sou. La « fontaine de la place Saint-Michel » se trouvait à l'emplacement où aujourd'hui la rue Cujas rencontre le boulevard Saint-Michel.

Page 140.

1. Prisons ménagées sous les toits de plomb du palais ducal.

Page 142.

1. Le rapprochement s'impose entre ce travail et le *Traité de la volonté* de Louis Lambert (voir ci-dessus le début de la note 1 de la p. 62) ; on sait que *Louis Lambert* comporte également une partie importante d'autobiographie.

On admirera qu'en trois ans Raphaël ait pu mener à bien cette composition et les études qu'il énumère. La manière dont il peut dire avoir « appris les langues orientales » appelle un renvoi aux notes 1 des p. 42 et 61.

2. Le médecin allemand Mesmer (1734-1815), après avoir acquis à Vienne un grand renom de guérisseur, vint en 1778 s'installer à Paris, où il demeura quelques années. Il y fut l'objet d'un vif engouement, suscité soit par des guérisons réelles, soit par le snobisme, soit par ces deux causes ensemble. Il professait une doctrine du « magnétisme animal », « moyen, selon lui, d'une influence mutuelle entre les corps célestes, la terre et les corps animés ».

Lavater (1741-1801), pasteur et théologien suisse, spiritualiste et extatique, étudiait dans ses *Fragments physiognomo-*

niques (1774) les rapports qu'il disait exister entre la structure du visage et la personnalité.

Gall (1758-1828), médecin allemand venu triompher à Paris en 1807, prétendait, par une science nouvelle qu'il appelait phrénologie, établir une relation directe entre les formes extérieures du crâne et les facultés déterminées par la disposition du cerveau.

Bichat (1771-1802), médecin, anatomiste et physiologiste, fut, malgré la brièveté de sa vie, le fondateur de l'anatomie générale et marqua l'embryologie et l'histologie. On lui doit la définition fameuse : « La vie est l'ensemble des fonctions qui résistent à la mort » ; il n'est pas malaisé de trouver à de telles notions des résonances ésotériques comme Balzac en discernait volontiers dans toutes les disciplines mettant en cause l'interaction du physique et du moral.

Page 143.

1. « Terme de médecine. Sorte de délire furieux auquel les navigateurs sont sujets sous la zone torride » (Littré).

Page 144.

1. On notera que l'amie de Raphaël porte le même prénom que celle de Louis Lambert.

Page 147.

1. Pour se venger du sculpteur Pygmalion qui méprisait les femmes, Aphrodite le rendit amoureux d'une statue d'ivoire dont il était l'auteur. Touchée par ses supplications, elle donna la vie à la statue, permettant ainsi à Pygmalion d'épouser Galatée.

Page 148.

1. Dentelle de soie.

Page 150.

1. L'adjectif « délicieux » revient trois fois en quelques lignes. Les éditeurs posthumes ont cru devoir le remplacer une fois par « charmant », une autre fois par « adorable ». Bien entendu nous nous refusons la liberté qu'ils ont prise (avec de bonnes intentions) de modifier le texte authentique. On relève plusieurs fois dans la suite du roman des interven-

tions analogues ; nous ne les signalerons plus, et nous nous contenterons de ne pas en tenir compte.

2. Cette « noble tête » semble ne jamais avoir existé que dans l'imagination de Balzac. Carlo Dolci (1616-1686) a certes peint de nombreuses vierges, madeleines, saintes extatiques ou repentantes, mais il n'a jamais prétendu « représenter l'Italie » à travers un visage de femme : une telle intention aurait d'ailleurs été totalement étrangère à la peinture de l'époque. Balzac s'est peut-être laissé ici abuser par un collectionneur ou un marchand avisé qui pensait augmenter la valeur d'un tableau de Dolci en lui prêtant une valeur symbolique.

Page 158.

1. Voir ci-dessus le début des notes 1, p. 62 et 1, p. 142.

Page 162.

1. Le mot « cravate » vient du mot « croate » ; la chose elle-même serait une imitation dérivée de l'ornement vestimentaire qu'on remarquait dès le XVIIe siècle dans l'uniforme des soldats croates.

Page 164.

1. Il s'agit de *L'Immaculée Conception*, chef-d'œuvre de Murillo, plus ou moins légalement acquis par Soult lors de l'occupation de l'Espagne par les troupes impériales. Le tableau fut acheté par le Louvre en 1852, lors de la vente de la collection Soult, et restitué à l'Espagne en 1941 (qui l'échangea, en même temps que *La Dame d'Elche*, contre un Vélasquez de qualité médiocre).

2. Femme d'un architecte, Marie-Catherine Lescombat (1725-1755) fit assassiner son mari par un de ses élèves, Mongeat, qu'elle avait pris pour amant. Lors du procès, Mongeat fit connaître les lettres passionnées que lui avait envoyées la Lescombat pour le décider au meurtre. Les deux amants furent pendus.

Page 169.

1. Dans *Le Misanthrope* et dans *Les Femmes savantes* de Molière.

Page 173.

1. On attendrait « pourrions » ou « aurions pu ». Il n'est pas invraisemblable que cet emploi de l'imparfait provienne d'un usage classique illustré par Racine dans *Britannicus* (acte I, scène 2) : « Vous dont j'ai pu » (= j'aurais pu) « laisser vieillir l'ambition/Dans les honneurs obscurs de quelque légion... »

Page 190.

1. Plus haut dans le roman, Balzac a employé l'orthographe « châle ».

Page 192.

1. Sorte de tickets de repas.

Page 193.

1. Sustentaient. Balzac se plaisait à revivifier les mots du langage courant — au besoin en leur supposant des étymologies de son cru.

Page 195.

1. Niccolo Zingarelli (1752-1837), compositeur italien, auteur d'opéras (*Roméo et Juliette*) d'un style très facile.

Page 202.

1. Ce sculpteur athénien (Polyclète) était, entre autres œuvres, l'auteur présumé d'un *Hermaphrodite*. La phrase suivante fait allusion à *Mademoiselle de Maupin*, roman de Théophile Gautier paru en 1835 : les éditions de *La Peau de chagrin* antérieures à cette date se contentaient de références à d'autres œuvres moins caractéristiques.

Page 203.

1. « Littéraire » parce qu'il servait à tailler les plumes d'oie.

Page 207.

1. Air du *Matrimonio segreto* de Cimarosa : « *Pria che spunti in ciel l'aurora*, Avant que dans le ciel n'apparaisse l'aurore. »

Page 221.

1. Neveu du roi d'Angleterre Edouard IV, condamné à mort pour complot en 1478 à vingt-neuf ans, mais laissé libre de fixer lui-même le mode de l'exécution, il passe pour avoir choisi la noyade dans un tonneau de vin grec de Malvoisie.

Page 228.

1. Mahmoud (ou Mahmut) II était sultan de Turquie au moment de la guerre d'Indépendance grecque.

Page 231.

1. Énorme coupe à deux anses, semblable à celle dans laquelle Hercule, selon la légende, traversa l'Océan. Cette version de la mort d'Alexandre est rapportée par Diodore de Sicile et démentie par Plutarque.

Page 232.

1. Homme politique et philosophe français, auteur d'un *Essai historique et philosophique sur les noms d'hommes, de peuples et de lieux*, paru en 1823.

Page 233.

1. *Cipollata*, ragoût d'oignons.

Page 239.

1. Appelé « bramine » au début du roman. Les deux mots sont équivalents.

Page 240.

1. Voir ci-dessus la note 1 de la p. 76 et le passage correspondant.

Page 243.

1. Cette référence est une addition manuscrite du « Furne corrigé ». Voir ci-dessus la note 1, p. 78.

Page 246.

1. Allusion à Voltaire, *Zaïre*, acte II, scène 3 :
    Oui. Grand Dieu ! Tu le veux, tu permets que je voie !...
    Dieu, ranime mes sens trop faibles pour ma joie !
    Madame... Nérestan... Soutiens-moi, Châtillon...

Page 251.

1. Cette troisième et dernière partie était primitivement subdivisée en dix-huit chapitres numérotés de XXXVI à LIII et non titrés ; ils étaient suivis d'une « Conclusion » dont le titre est devenu finalement « Épilogue ».

Page 258.

1. Professeur en retraite.

Page 260.

1. Horace, *Odes*, III, 30, 1 : « *Exegi monumentum aere perennius,* J'ai achevé un monument plus durable que l'airain. »

Page 266.

1. Opéra de Rossini, créé à Venise en 1823 et à Paris en 1925.

Page 273.

1. La substance balsamique appelée bois d'aloès provient en réalité non de l'aloès mais d'un arbre de l'Asie orientale, l'aloéxylan.

Page 280.

1. Peut-être conviendrait-il de lire, comme dans certaines éditions posthumes : « Eh ! que sont les paroles ? reprit... »

Page 281.

1. « Quelques heures de silence bien employées », disait plus indiscrètement une des éditions antérieures (voir ci-dessous la note 2 de la p. 284). Certaines éditions posthumes croient bon de réduire ces « quelques heures » à « deux heures ».

Page 284.

1. Nouvelle référence à *Tristram Shandy*, chap. CCLV : pour atténuer le péché du juron, l'abbesse et la novice décomposent les mots pour n'en prononcer chacune qu'une syllabe.
2. Voir ci-dessus la note 1 de la p. 281. « Cœur à cœur avec Pauline, qui ne conçut pas le refus en amour » : Balzac a biffé

d'un trait de plume les huit derniers mots dans le « Furne corrigé ». On lit de même dans des éditions antérieures : « ... de mars ; mais une passion forte et vraie leur avait fait mépriser les lois sociales. Ils s'étaient éprouvés... » La fin de l'alinéa puis la suite du roman sont assez clairs.

Page 285.

1. Ormus, ou Ormuz, est une île du golfe Persique.

Page 286.

1. Richard Westall (1765-1836), aquarelliste anglais, illustrateur de Milton et Shakespeare.

Page 287.

1. Proclamations répondant à l'insurrection polonaise.
2. Sauf.

Page 290.

1. Les savants consultés par Raphaël puis les médecins appelés aussitôt après à se prononcer sur son état correspondent certainement à des observations directes de Balzac : mais, d'une manière non moins certaine, ces observations sont « repensées » de telle sorte qu'il n'y a pas plus de « clefs » pour ces personnages que pour ceux dont parle la note 3 de la p. 87.

Page 294.

1. Le « consciencieux docteur Niebuhr » est l'auteur d'une *Histoire romaine* publiée entre 1811 et 1832. Son père voyagea beaucoup en Asie et a laissé une *Description de l'Arabie*. Il mourut en 1815.
2. Le pas géométrique était une mesure de terrain équivalant à cinq pieds ou 1, 2 m.

Page 297.

1. Spécialiste de la science de la mécanique.

Page 301.

1. Papier filtre.

Page 308.

1. Le nom de strychnine a prévalu.

Page 309.

1. Fluorhydrique.

Page 326.

1. Voir ci-dessus la note 1, p. 111 et le passage correspondant.

Page 333.

1. Organisation politique.

Page 338.

1. Dans les premières éditions, la description qui précède se réduisait à quatre ou cinq lignes : Balzac ne connaissait pas encore le lac du Bourget. Puis (voir plus haut sa biographie) il séjourna à Aix-les-Bains auprès de la duchesse de Castries : c'est alors, et en vue de l'édition de 1833, qu'il remania le passage, et lui donna un développement où il se souvient probablement de Lamartine *(Le Lac* et *Raphaël).*

Notons à cette occasion que la duchesse de Castries pourrait avec beaucoup de vraisemblance passer pour le modèle de Fœdora... si Balzac lui avait déjà été présenté au moment où il écrivait *La Peau de chagrin.* « J'ai rencontré une Fœdora, écrit-il à son sujet à Mme Hanska en janvier 1833, mais celle-là je ne la peindrai pas ; et alors, il y avait longtemps que *La Peau de chagrin* avait paru. » Nouvelle preuve de la circonspection avec laquelle doit se mener la recherche de « clefs », si souvent fallacieuse (voir ci-dessus les notes 3, p. 87 et 1, p. 290).

Page 346.

1. La Savoie ne devait être annexée à la France qu'en 1860.

Page 354.

1. L'expression rappelle celle de *Gobseck* : « Sa maison et lui se ressemblaient. Vous eussiez dit de l'huître et son rocher. » L'image traduit d'une manière vigoureuse un élément essentiel de la méthode romanesque de *La Comédie humaine* : décrire le milieu où vit un être, c'est déjà décrire cet être lui-même, en raison des interactions et des « correspondances » qui existent nécessairement entre le monde physique et le monde moral.

Page 360.

1. Suffisant ; solide. Au temps de Balzac, le mot était tombé en désuétude ; mais, comme il arrive souvent, il pouvait survivre dans le langage campagnard.

Page 362.

1. Cette forme pronominale, archaïque, est de celles que l'auteur des *Contes drolatiques* se complaisait à reprendre de Rabelais.

Page 363.

1. Grimaud : maussade.

Page 369.

1. Balzac, dans le « Furne corrigé », a omis de rectifier un lapsus d'un prote qui avait laissé imprimer « noire » au lieu de « blanche ». Cette bévue s'explique aisément, par une répétition machinale. Les éditions antérieures portaient bien « blanche ».

Page 375.

1. Héroïne du roman d'Antoine de La Sale, *Histoire du petit Jehan de Saintré et de la dame des Belles-Cousines* (1481).

2. Les mots qui suivent, et qui terminent le roman, sont une addition manuscrite du « Furne corrigé ».

DU MÊME AUTEUR
Dans la même collection

LE PÈRE GORIOT. *Préface de Félicien Marceau.*

EUGÉNIE GRANDET. *Édition présentée et établie par Samuel S. de Sacy.*

ILLUSIONS PERDUES. *Préface de Gaëtan Picon. Notice de Patrick Berthier.*

LES CHOUANS. *Préface de Pierre Gascar. Notice de Roger Pierrot.*

LE LYS DANS LA VALLÉE. *Préface de Paul Morand. Édition établie par Anne-Marie Meininger.*

LA COUSINE BETTE. *Édition présentée et établie par Pierre Barbéris.*

LA RABOUILLEUSE. *Édition présentée et établie par René Guise.*

UNE DOUBLE FAMILLE suivi de LE CONTRAT DE MARIAGE et de L'INTERDICTION. *Préface de Jean-Louis Bory. Édition établie par Samuel S. de Sacy.*

LE COUSIN PONS. *Préface de Jacques Thuillier. Édition établie par André Lorant.*

SPLENDEURS ET MISÈRES DES COURTISANES. *Édition présentée et établie par Pierre Barbéris.*

UNE TÉNÉBREUSE AFFAIRE. *Édition présentée et établie par René Guise.*

COLLECTION FOLIO

Impression Maury–Eurolivres
45300 Manchecourt
le 7 janvier 2003.
Dépôt légal : janvier 2003.
1er dépôt légal dans la collection : mars 1974.
Numéro d'imprimeur : 03/01/98915.
ISBN 2-07-036555-7. / Imprimé en France